21세기에는 지켜야 할

자존심

21세기에는 지켜야 할

자존심

한겨레출판

공존과 연대의 '창'으로서의 자존심

적잖이 부담스럽습니다.

책의 들머리에서 멋지게 추임새를 넣어야 할 텐데, 생각보다 만만치 않습니다. 이게 다 낮은 목소리로 세상을 보듬는 사회평론가 고병권의 독특한 책 분류법을 알고 난 탓일 겁니다.

고병권은 책에 네 등급을 매깁니다. 우선 가장 좋은 책은, 세계를 변혁하는 책이랍니다. 마르크스의 묘비에 쓰인 말("철학자들은 그동안 세계를 해석해왔다. 그러나 중요한 것은 세계를 변혁하는 것이다")에서 따온 것인데, 말 그대로 세계 속에서 작동하며 세계를 만드는 책입니다. 마르크스의 노작들이 생생한 증거일 테지요. 두 번째는 세계를 해석하는 책입니다. 해석을 통해 기존 세계를 비틀고 자기 세계를 만들지만, 변혁으로까지 나아가지는 못하는 책입니다. 세 번째는 세계를 반영하는 책입니다. 그 자체로 세계의 거울이자 증상인 책으로, 해석을 부인하고 그저 '사실'에 입각하는 책이랍니다. 마지막은 가장 나쁜 책으로, 세계를 낭비하는 책입니다. 세계에 산소를 공급하는 나무를 죽이고, 그 나무로 만든 종이에 독을 담아 유포하는 책입니다. 이런 책은 어떤 질병보다도, 어떤 살상무기보다도 이 세계에 치명적이라고 말합니다(고병권의 《고추장, 책으로 세상을 말하다》 중에서).

그렇다면 이 책 《21세기에는 지켜야 할 자존심》은 어느 등급에나 해당할까요?

스스로에게 묻고, 고민 끝에 조심스럽게 답해봅니다. 가장 좋은 책이라고는 자신할 수 없어도, 세계를 해석하는 책의 언저리 정도엔 분명 자리하고 있을 것이라고. 그리고 그 자리에서 세계를 변혁하는 꿈을 꿀 것이라고.

자신감이 지나치다구요? 걱정하지 마십시요. 책을 읽어나가면 곧 공감하실 겁니다. 책은 《한겨레21》이 창간 기념으로 2007년 봄에 진행한 '인터뷰 특강'의 열기를 고스란히 담았습니다. 올해로 네 번째인 인터뷰 특강은 그동안 시대의 '교양'(2004년)과 '상상력'(2005년)으로 사회의 '거짓말'(2006년)을 파헤쳤습니다. 그리고 이제 '자존심'입니다.

그런데, 자존심이라. 이것 참 무 자르듯 개념 규정하기가 어렵습니다. 사전에는 '일반적으로 남에게 간섭을 받지 않으면서 남에게 받아들여지고, 자기를 높이 평가하려는 감정 또는 태도'라고 풀이돼 있는데, 아무리 되뇌어도 모호하기만 할 따름입니다. 헌데 일상은, 누구나 동의하듯 자존심과 치르는 한 판 승부의 연속입니다. 자존심을 세울 것인지, 아니면 굽힐 것인지 끊임없는 선택과 고민을 강요받습니다. 남녀간의 고전적인 싸움은 물론이고 부모와 자녀, 스승과 제자, 상사와 부하 등 우리네 삶의 관계는 자존심을 둘러싼 치열한 다툼 자체입니다. 자유무역협정(FTA)을 둘러싼 국가간 신경전도 자존심

대결의 확대판입니다.

자존심을 놓고 당대의 내로라하는 논객들이 담론을 펼쳤습니다. 자존심에 관한 한 둘째가라면 서러워할 문화평론가 진중권은 자존심을 미학적으로 정의했고, 인문과학과 자연과학을 종횡무진 넘나드는 재주꾼 정재승 카이스트 교수는 '전 세계에서 처음으로'(그의 주장이긴 합니다만) 자존심을 과학적으로 해석하는 데 도전했습니다. 노무현 정부 최고의 내부 고발자인 정태인 전 청와대 경제비서관은 '자존(自尊)'은 둘째치고 '자존(自存)'까지 무너뜨리는 한미 FTA의 실체를 폭로하고, 여성학자 정희진은 남녀 사이의 기회의 평등, 실질적이고 공정한 평등 속에서 자존심을 재정립했습니다.

두 마당의 대담도 있습니다. 노동자의 오랜 친구 하종강 한울노동문제연구소 소장과 이주노동자의 큰형 아노아르 후세인은 이주노동자라는 프리즘을 통해 우리 속에 내재된 자존심의 허상을 고발하고, 박노자 오슬로국립대학 교수는 '연구공간 수유+너머'의 고미숙 연구원과 연암 박지원 같은 우리 역사의 자존심 모델을 논합니다. 여기에 자칭 타칭 '모든 문제 연구소' 소장인 소설가 서해성 씨가 사회자로서 구수한 입담과 폐부를 찌르는 추임새를 더합니다.

이 아홉 사람의 어울림은 자존심에 대한 인식의 지평을 확 넓혀드릴 겁니다. 그런 단적인 예 하나. 박노자 교수와 고미숙 연구원은 자존심을 이렇게 정의합니다. "철학적으로 봤을 때 '나'와 '남'은 결국 '불이(不二)', 곧 둘이 아니다. '나'에 대한 나 자신의 태도는, 결국 '남'에 대한 태도로 연장된다. 자신에 대한 존경, 즉 '자존'의 결여는 '남'에 대한 존경의 부족으로 이어지는 것이다. 자존은 기본적으로 '세상에 대한 건전한 태도'라고 풀어도 좋을 듯하다. 자존은 '나'와 '외물'을 평등하게 존중함으로써 결국 이 세상을 수평적으로, 공존과 연대가 가능한 것으로 보려 하는 마음 자세다."

나를 내세우는 게 아닌 공존과 연대의 '창'으로서의 자존심이라, 이거 멋진 발상의 전환 아닌가요? 자존심, 이제 제대로 알고, 제대로 세웁시다.

2007년 11월

《한겨레21》 편집장 정재권

사회》서 해 성 시인·소설가

시민방송·기적의 도서관·북스타트·아시아스타트 기획, 한신대 외래교수.
〈고구려!〉, 〈광복 60주년 기념전〉 등 전시 연출, 〈CBS 서해성의 인물한국사〉,
〈서해성의 기억 속으로〉 등 방송, 〈다큐 시대와의 인터뷰〉 등 연출.

자존심의
존재미학

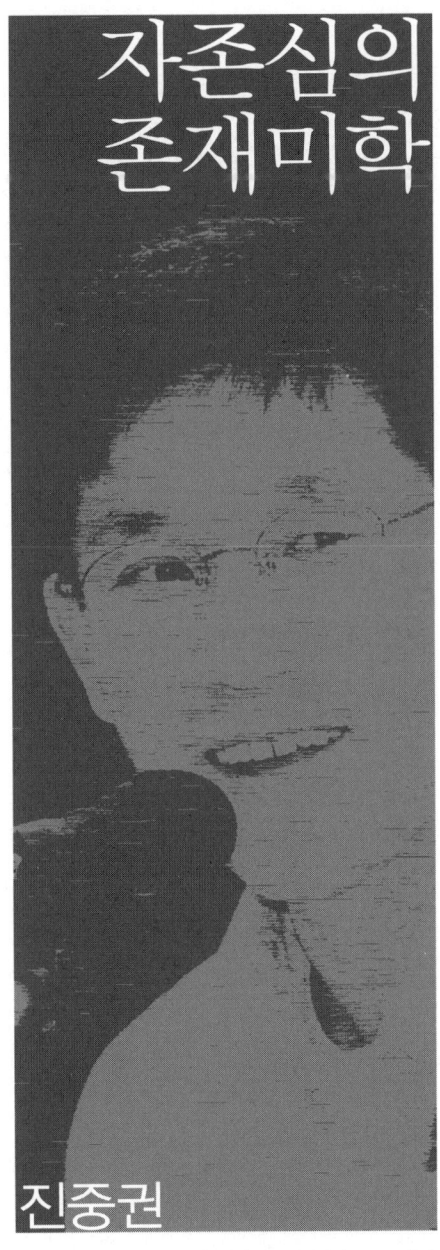

진중권

중앙대학교 독어독문학과 겸임교수. 저서 《호모 코레아
니쿠스》, 《미학 오딧세이》 1·2·3, 《춤추는 죽음》, 《네 무
덤에 침을 뱉으마》 1·2, 《놀이와 예술 그리고 상상력》 등.

자존심의
존재미학
2007년 3월 19일(월) 늦은 7시

사 회 자　올해로 네 번째 맞이하는 《한겨레21》 인터뷰 특강 지금부터 시작
하도록 하겠습니다. 이번 인터뷰 특강의 주제는 '공존과 연대로서의
자존심'입니다. 오늘 강의하실 진중권 선생님의 특강 주제는 '자존심
의 존재미학'입니다. '숨넘어가는 말발과 뼈아픈 이빨의 미학자'라고
소개드려도 별로 항의하지 않으실 것 같습니다.(웃음) 오늘 그 말발의 진
수를 여러분들이 한번 느끼실 수 있지 않을까 싶습니다.

　　　진중권 선생님은 많은 사람들에게 '미학이 현실에서 굉장히 쓸
만한 것이구나' 하고 느끼게 해줌으로써 미학의 대중화, 그리고 미학

의 실천적 안목을 더해준 그런 분이라고 생각합니다. 다른 하나는 정치나 사회 담론 같은 게 자칫하면 '수다적 차원'에서 끝나버릴 수 있는데, 이런 것들이 사회적 행위언어로 작용할 수 있게 해주신 분이라고 생각합니다. 공론장이라는 영역에서 언어가 어떻게 작동하고 자기가 생각하는 아젠다가 어떻게 작동하는가 하는 것들을 보여주는 좋은 지식인 모델이 아닌가 생각합니다. 전투적으로 나타나는 한국의 담론시장에서 패배를 모르는 불패의 언어전사, 진중권 선생님을 여러분들께 소개해드리겠습니다.(청중 박수) 사회자로서 한 가지 여쭙는다면, 미학자시니까 진중권 선생님은 스스로를 미학적으로 어떻게 규정하거나 생각하는지 듣고 싶습니다.

진 중 권 예. 일단 제도권은 아니고, 낭인이라고 할까요? 제도권에서 공부하는 것이 좀 힘들었죠. 그래서 어느 날 갑자기 이렇게는 못 살겠다 싶어서 뛰쳐나왔고요. 그 다음에 아무런 기대나 대책도 없이 밖에서 계속 공부를 하는 길을 찾았습니다. 그때 누나가 그런 말을 하더라고요. 미친 짓도 10년 하면 나중에 인정받는다고.(웃음) 여러분들도 아시겠지만, 우리나라 학교 체제가 지적이거나 창의적인 곳들이 별로 많지 않지요. 제가 거기에 계속 있었으면, 지금 하는 활동들을 못했겠죠. 학교에서는 안정적이지만, 밖에서는 시장을 상대로 작업하니까 더 많은 것들을 해야 하고 늘 긴장해야 되죠. 1년에 한 번씩 꼭 외국에 나가서 자료들 수집해오고, 남의 강의들 중에서 괜찮은 강의도 훔쳐서 보고……(웃음) 그래서 저는 '제도권 밖의 미학자'라고 생각합니다.

사 회 자 네. 그런데 진 선생님 특유의 언어가 아직 나오지 않은 거 같아요.

한 번만 더 스스로를 미학적 범주에서 존재화한다면.

진중권   아, 예. 뭐 그냥 떨거지잖아요. 남들이 명함 달라고 하면, 사실 명함에 기재사항이 없어서 명함을 못 만들었다고 이야기하지요.

사회자   저는 선생님께서 학교를 두 군데 정도 나가시는 줄 알았습니다. 그런데 지금 다섯 군데 학교에서 여섯 개 강좌를 하고 있다고 하십니다. 이게 거의 지식인 한 사람이 해낼 수 있는 최대치에 가깝지 않은가 싶은데, 그러면서 저술활동도 하고 계십니다. 선생님께서 현재 중앙대학교 겸임교수로 계시거든요. 정식교수가 아닌 게 좋기도 하고 그냥 아쉽기도 하고 그렇습니다. 충분한 연구 시간이 있으시면 좋을 텐데 말이죠. 여러분, 강의에 앞서 오늘 재미난 소식을 하나 알려드릴까 합니다. 진중권 선생님은 자동차 면허증이 없는데, 굉장히 신기한 면허증을 하나 갖고 계십니다. 바로 얼마 전에 글라이더 조종사 자격증을 따셨다고 합니다.

진중권   아직은 못 땄습니다. 4월에 시험이 있는데,(웃음) 솔로 비행만 했습니다.

사회자   저한테는 굉장히 신선하게 느껴졌습니다. 그런데 진 선생님 이야기를 들으니, 한 명 내지 두 명 밖에 못 타는 아주 작은 비행기를 이야기하는 겁니다. 실제로 가격도 비싸지 않다고 합니다. 그걸 가끔씩 타고 다닌다고 합니다. 다음으로 두 번째 질문 하나 드리겠습니다. 진 선생님 스스로 자존심이 강하다고 생각하십니까?

진중권   저는 그렇게 생각하지 않거든요. 사실 자존심을 많이 꺾으면서 살았죠. 고등학교 때 사회의식을 처음으로 표출한 적이 있었습니다. 그

때는 만화가게에서 담배를 팔았어요. 당시 솔 담배가 300원이었는데, 한 갑에 스무 개피니까 나누면 15원이잖아요. 그런데 아저씨가 50원씩 받는 거예요. 좀 이상하다고 생각했죠. 그래서 우리가 밖에서 사온 담배를 피게 해달라고 했더니, 안 된다는 겁니다. 반드시 만화가게에서 사서 피라는 거예요. 그래서 제가 그건 부당하니까 30원을 깎든지 아니면 우리가 갖고 온 담배를 피게 해달라고 했어요. 그랬더니 아저씨가 나를 딱 보더니 "너 다음부터 오지 마" 그러더라고요. 그래서 제가 "아저씨 죄송합니다" 했지요.

그때 사회의식이 최초로 꺾였고, 다음에는 대학원 다닐 때죠. 저도 아부를 한다고 했는데, 참 그걸 아부로 받아주지 않더라고요. 사람이 완전히 무릎을 꿇고 땅바닥에 머리를 조아릴 때까지 만족하지 않아요. 그래서 난 이렇게 안 살겠다 싶어서 그쪽하고 완전히 결별했는데, 그때는 제가 자존심을 좀 세운 거 같고요. 세 번째는 꺾인 건데, 외국에서 공부하고 왔더니 마침 주민등록증이 플라스틱으로 바뀌는 때였고, 주민등록증 제도가 부당하다는 운동이 벌어지고 있었어요. 당시 저는 주민등록증이 없었고, 여권으로 웬만한 업무들은 다 처리하고 있었어요. 그래서 끝까지 자존심을 지키자 싶어서, 통장님이 찾아오고 난리가 나도 그걸 안 만들었죠. 그런데 여권을 잃어버린 거예요.(모두 웃음) 그래서 여권 만들러 갔죠. 그랬더니 주민등록증을 내놓으라고 하는 거예요. 그래서 할 수 없이 주민등록증을 만들었고, 그래서 또 자존심이 꺾였습니다. 지금은 이게 있으니까 정말 되게 편하더라고요.

사 회 자   노예가 되는 게 아무래도 좀 편하죠.(웃음)

진 중 권   그렇죠. 삶이 편하기 때문에 노예가 되는 거죠.(웃음)

사 회 자   그 말씀 하시니까 생각이 납니다만, 우리같이 호적까지 완전히 연결돼 있는 이런 종합적인 감시 체계가 다른 나라에는 없죠. 그런데도 한국은 전자 아이디 카드까지 만들겠다고 하고 있습니다. 질문 하나 더 드리겠습니다. 지금부터 어렸을 적에 친구들끼리 모여서 촛불 켜놓고 하던 진실 고백 같은 거 한번 해보죠. 어떤 사람이 대화중에 내가 잘 모르는 지적 세계에 대해서 이야기할 때 안다는 눈빛을 몇 번 정도 보내셨습니까?(모두 웃음)

진 중 권   그럴 경우에는 빨리 화제를 바꿔주기를 바라면서 가만히 있죠. 질문까지 하면 곤란해지잖아요. 그러다가 할 수 없이 막다른 곳에 몰리면 사실은 모른다고 대답하고요. 비슷한 경험이 있었는데, 저희 누나가 작곡을 하거든요. 미학과를 다닐 때 다른 학생들이 음악 이야기를 하다가 제가 나타나면 갑자기 멈춰버려요. 그래서 저는 그걸 즐겼죠. 저도 모르는 이야기면서, 남들에게 가볍게 미소만 살짝 지어주는 거예요. 그러면 학생들이 긴장해서는 "나는 음악에 대해서는 잘 모르지만……" 하면서 겸양법을 씁니다. 그렇게 잘 넘겼다고 생각했는데, 졸업하고 나서 한 5년 뒤엔가 옛날 동창을 만났어요. 그 친구는 내가 음악에 대해 무식하다는 것을 벌써 알고 있었대요. 어떻게 알았느냐고 했더니, 선생님이 강의 시간에 드뷔시의 〈월광〉에 대해 말씀하셨대요. 그때 내가 "어. 〈월광〉은 베토벤 건데" 하더랍니다. 그런데 드뷔시 것도 있다고 그러더라고요.(웃음)

사 회 자　마지막 질문 하나 드릴까 합니다. 저는 진중권이라는 사람을 생각하면 늘 손이 떠오릅니다. 진 선생님께서는 말씀하실 때 손으로 아주 강렬한 메시지를 표현하곤 하는데, 제가 사진을 잘 찍는다면, 얼굴이 안 나오는 진중권의 손 사진을 한번 찍어보고 싶습니다. 손이라는 것을 평소에 어떻게 생각하시는지요? 본인의 손일 수도 있고, 사람의 손일 수도 있습니다.

진 중 권　유럽 사람들이 몸짓이 강하잖아요? 그쪽에서 공부하다 보니 손짓이 강해진 모양이더라고요. 손이요?(웃음) 다른 건 모르겠고 가끔 가다가 그런 이야기를 해본 적은 있습니다. 글을 쓸 때 어떻게 쓰느냐는 질문을 받으면, 저는 글이라는 건 머리에서 나오는 게 아니라 손에서 나온다고 대답합니다. 시작할 때는 아무 생각 없이 시작하게 되고, 자판을 치다 보면 손끝에서 글이 나오는 경우가 많거든요. 어렸을 때 다락방에서 플라스틱 완구 조립도 하고 공작도 하고 장난을 많이 했는데, 지금은 똑같은 장난을 자판 가지고 하는 거 같아요. 글 쓸 때 어떤 분들은 체계적으로 서론, 본론, 결론을 나눠서 틀을 잡고 들어가는데, 저는 일단 본론으로 들어가버리거든요. 그러니까 책이나 글을 쓸 때 마지막에 어떤 것이 나올지 잘 몰라요. 그래서 이번 글이 어떤 내용이냐는 질문을 받으면 참 곤란해요. 저도 아직 잘 모르고, 자판만이 아는 거죠. 손가락 끝에서 나오기 때문에⋯⋯.

사 회 자　제가 이 이야기를 정리해드리겠습니다. 손끝으로 쓴다는 것은 굉장히 직감적으로 쓴다는 뜻인데, 사실 그 말은 "나는 천재다"라고 말씀하시는⋯⋯.(모두 웃음) 대개 논리적이고 범상한 사람들은 서론에서 미리 결론을 내려놓고 글을 쓰는 편이죠. 그런데 그렇지 않고 자기 언어가 가지고 있는 감동의 울림에 따라서 글을 쓴다는 것은, 언어에 대해 선험적인 측면이 있어야 합니다. 제가 손에 대해 이야기한 것은 진중권 선생님의 손 동작에 대해 호감을 가지고 있기 때문입니다. 손은 제2의 뇌라고 흔히 말합니다. 사람이 표현을 할 때 얼굴에 있는 입술을 빼면 몸에서 손보다 더 사용하거나 발달한 부분이 없지요. 오늘 진중권 선생님의 손을 잘 관찰해보시기 바랍니다. 청중의 태도에 따라서 진중권 선생님의 손 동작이 더 울림을 가지고 미학적으로 표현되지 않을까 싶습니다. 진중권 선생님께 즐겁고 깊이 있는 강의를 부탁드리겠습니다.(청중 박수)

자존심은 존재가 아니라 실존의 문제

진 중 권　　제가 이 자리에서 말씀드릴 자존심은 일상적인 의미로 말하는 자존심, 예컨대 '내가 이런 지위인데, 어디에 가서 이런 대접을 못 받았다. 그래서 자존심이 상한다'라는 차원이 아니라, '자기에 대한 존중'이라고 말씀드리고 싶습니다. 자기를 존중하는 사람은 자기가 사회적 지위가 어떻든 그래서 어디서 낮게 평가를 받든, 이른바 자존심이 상하지 않거든요.

　　자존심을 다루는 철학을 자기를 배려하는 미학적 윤리학, 곧 존재미학이라고 할 수 있는데, 존재미학이라는 것은 원래대로 번역하면 실존미학이라고 해야 됩니다. 철학에서는 '존재'와 '실존'을 구별하는데, 존재는 그냥 있는 상태고, 실존은 어떤 것이 자기 규정에 맞게 참되게 존재하는 것입니다. 그러니까 인간으로 또 생물학적 종으로 있는 것은 존재에 지나지 않고, 인간이 정말 인간답게 사는 것을 흔히 실존이라고 합니다.

그리스인들이 그 둘을 분류해서, 재료 상태로서의 삶, 그냥 태어나서 사는 삶을 '비오스'라고 했습니다. 우리가 '바이올로지'라고 할 때 그 '비오' 있잖아요. 그 비오스로서의 삶, 그것만으로는 실존이 못 되는 것입니다. 그것은 재료 상태이기 때문에, 형상이 들어가야 합니다. '형태과학'은 말하자면 그것을 아름답게 꾸미고 구성하는 거죠. 다른 말로 쉽게 말하면, 자기 스타일을 주는 겁니다. 그래서 재료 상태의 삶이 아니라 거기에 자기 스타일을 주는 것, 그래서 자기 삶 자체를 하나의 예술작품으로 끌어올리는 것, 이것이 바로 그리스 사람들이 사는 원리였고, 이것을 우리가 실존미학이라고 이야기하죠.

그래서 제가 생각할 때 실존미학의 가장 큰 바탕이 바로 자기에 대한 존중입니다. 자기에 대한 존중은 자기 자신에 대한 배려겠죠. 자기를 존중하면 자기 삶을 내팽개치는 게 아니라, 될 수 있으면 자기 삶을 윤리적으로 또는 미적으로 아름답게 가꾸려는 욕구가 생기고 그것을 삶에서 최고 목표로 삼게 되죠. 그래서 자존심이라는 것은 결국 구체적으로 자기에 대한 배려, 자기 삶에 대한 배려로 나타나고요.

철학자 미셸 푸코라는 사람이 죽기 전에 마지막으로 쓴 책이 《자기의 테크놀로지》라는 책입니다. 그 책에 나온 내용들에 제가 크게 공감했습니다. 이분이 좀 오래 살았으면 더 자세한 이야기들을 많이 했을 텐데, 바로 뒤에 에이즈로 죽었죠. 그래서 문제의식을 충분히 발전시키지 못했습니다. 근대 철학에서는 인간을 '주체'라고 하지요. 주체라는 것은 세계에 대해 그 위에 있는 것이고, 나, 곧 주체는 1인칭이고 세계는 3인칭이 되는 겁니다. 그래서 1인칭은 3인칭을 지배하고 장악하고 인식하고 변형하지요. 나아가 자연을 '자원의 보고'라고 하면서 자연을 착취하기까지 합니다. 그런 식으로 인간을 세계의 주인으로 끌어올렸는데, 미셸 푸코에 따르면 결코 그렇지가 않다는 겁니다.

　　우리가 흔히 주체라고 부르는 것은 사실 인간관계 망에 의해 만들어지거든요. 또 내가 갖고 있는 의식이라는 것은 내가 직접 생각한 게 아니라, 많은 경우에 사회적으로 거론되는 이야기들이 내 안에 들어와서 조합된 것에 지나지 않는다는 거죠. 이 이야기를 멋있는 말로 하면, 주체라는 것은 권력의 효과에 지나지 않는다는 것입니다. 학교에서 학생들을 가르칠 때, 사회화 과정이라는 것은 주체로 만드는 것이지요. 그런데 주체로 만드는 것 자체가 사실은 그 학생을 배려한다기보다, 어떤 개별자를 사회적으로 보편적인 코드에 강제로 뜯어 맞추는 것입니다. 예를 들면, 학교 다닐 때 의무적으로 일기를 쓰지요? 제가 제 조카가 옛날에 쓴 일기장을 봤는데, 재미있는 이야기가 나오더라고요. "햇빛은 쨍쨍, 오늘 맑음, 오늘은 누구랑 신나게 놀았다" 이렇게 나가다가, 맨 마지막에 오늘의 반성할 점을 꼭 써야 하잖아요. 그래서 오늘의 반성할 점, "오늘 일기를 내일 썼다." (청중 웃음) 그런데 이런 것이 자기를 감시하게 하는 거예요. 그래서 사회적으로 보편적 코드에서 벗어나는 일을 했으면 고해성사를 하게 하는 거죠. 그래서 이게 잘 이뤄지게 됐을 때 흔히 철들었다고 이야기해요. 철들면 예전에 밖에서 감시하던 것을 굳이 계속할 필요가 없어요. 왜냐하면 자기 자신을 감시하게 되거든요. 그러니까 이런 식으로 주체가 만들어지는 겁니다.

어떤 사회든 자기 사회 코드에 맞게, 자기 사회 필요에 맞게 인간들을 뜯어 맞춰요. 그래서 벗어나면 처벌하고요. 그렇기 때문에 우리가 흔히 '자율적 주체'라고 이야기하는 것이 사실 한때는 타율이던 것이 내재화된 것에 지나지 않거든요. 여러분들 아마 어렸을 때는 이닦기 굉장히 싫어하셨죠? 그래서 날마다 혼나고 그랬는데, 요즘은 이를 닦지 않고 자면 어떠십니까? 찝찝하잖아요.(웃음) 원래 동물들은 이빨 닦는 거 안 좋아하는데, 이게 내면화되면 오히려 그것을 쾌감으로 느끼게 되는 거죠. 이렇게 될 때 우리는 이른바 '이제 철들었다', 타율이 아니라 '알아서 하게 됐다', '자율적이다'라고 이야기합니다. 미셸 푸코가 이야기하려는 것은 그 자율이라는 말 자체가 얼마나 자율인가 하는 것이죠. 흔히 말하는 자율이란 게 사실은 내면화된 타율에 지나지 않고, 바깥에 객관적으로 존재하는 권력이 내 안에 들어와서 체화된 상태입니다. 쉽게 말하면, 군대 갔다 오면 사람 된다고 하잖아요. 군대 갔다 와서 사람 된 그 사람, 이것이 근대 철학에서 말하는 주체이고 그들의 이상입니다. '세계의 주인', '자기 자신의 주인'이라는 근대 철학의 이상에 대해 미셸 푸코가 그 바탕에 깔려 있는 현실을 폭로한 거죠.

마찬가지로 내가 갖고 있는 의견, 내가 갖고 있는 견해, 내가 갖고 있는 생각들, 이것들도 가만히 보면 바깥에서 떠드는 겁니다. 미디어에서 떠드는 걸 내가 그냥 계속해서 떠드는 것이죠. 그렇기 때문에 매클루언 같은 사람이 말한 "미디어는 인간의 확장이다"라는 말은 오히려 그 반대라고 할 수 있습니다. 미디어가 인간의 확장이 아니라, 인간이 어떤 면에서 미디어의 확장입니다. 신문을 읽고 그 이야기를 그냥 그대로 해버리고, 그 다음에 그것을 자기가 내린 판단이라고 생각해버리잖아요. 그래서 푸코가 볼 때는 어떤 면에서 주체라는 것은 권력의 효과이고, 의식이라는 것은 담론의 효과일 수밖에 없다는 것입니다. 이런 식으로 푸코는 주체를 객관화, 객체화시켜버립니다. 알고 보면 인간이라는 것, 주체라는 것이 거대한 거미줄 망에 걸린 한 마리 파리에 지나지 않는다는 거죠.

그런데 이렇게 이야기하면 굉장히 허탈해지잖아요. 그러면 도대체 우린 뭘 하라는 말이냐. 여기서 미셸 푸코는 굉장히 사실적이다가, 그 다음에는 당연히 규범적인 문제의식으로 넘어갑니다. 이제는 존재의 영역이 아니라 당위의 영역이죠. '그러면 우리는 어떻게 살아야 하느냐'라고 문제를 제기했을 때, 미셸 푸코가 바로 '존재미학'이라는 개념을 그리스에서 끄집어내옵니다. 그리스 사람들이 갖고 있던 존재미학을 끄집어냈고, 그래서 푸코의 후기 사상은 인간이 자기를 만드는 데 얼마나 이바지할 수 있느냐, 내가 나 자신을 만드는 데 얼마나 이바지할 수 있느냐를 탐구합니다. 이때 이 사람이 쓰는 '자기'라는 말이 '주체'를 대신한 말입니다. 주체라는 것이 근대 철학에 오염됐다고 생각했기 때문에 불어 '스와(soi)'를 '자기', '자아'라는 개념으로 썼어요. 자기가 자기 자신을 만드는 그 주체 형성의 방식을 봤더니, 예전에 그리스 사람들이 이렇게 했다는 겁니다.

앞서 예로 든 일기는 고해성사 형식입니다. 내가 한 일을 쭉 쓰고 나서 바깥의 사회규범과 비교해서 거기서 빗나간 것을 스스로 고해하게 하는 거죠. 그리스 사람들도 일기를 썼는데, 작가들이 쓰는 일종의 창작노트였다고 할 수 있습니다. 그러니까 강제성이 있다기보다, 오늘은 뭘 했는데 책을 좀 덜 읽은 거 같으니까 내일부터는 책을 좀 더 많이 읽어야지 하는 식이었지요. 그리스 사람들은 개별자를 옹호하고 존중해주면서, 그들이 갖고 있는 도덕이라는 게 보편적 도덕이 될 수 있게 해주었습니다. 보편에서 시작해서 개별을 규정해버리는 것이 아니라, 개별을 살려주면서 그것을 보편화하는 식의 도덕을 갖고 있었던 거죠. 그래서 푸코는 그것을 다시 되살려보려고 한 것입니다.

이러한 도덕을 되살리는 데 있어, 존재에 관한 두 가지 문제의식이 있습니다. 하나는 앞서 이야기했듯이 사실적인 측면입니다. 인간 주위를 둘러보면 다 권력이거든요. 권력이라는 게 청와대에만 있는 것이 아니라, 사실 모든 것이 다 권력입니다. 집안에도 있고, 학교에 가면 학생과 교수 관계도 권력이고, 회사 가면 직장 상사와 부하 직원 관계도 있지요. 친구들 사이의 관계에서도 예컨대 내가 어떤 일을 했는데 그 행동이 문제가 되면, 그에 대해 다른 사람들이 이야기하게 되고 그러면 중압감을 느낄 수밖에 없습니다. 그런 방식으로 한 사람이 자기가 원하는 대로 하지 못하도록 가로막는, 굉장히 많은 권력의 망들이 존재합니다. 그런데 그걸 뚫고 자기 자신을 관철시키려면 굉장히 힘들죠. 그렇기 때문에 살아남기 위해서, 또는 그야말로 존재를 위해서 자기의 진짜 존재, 곧 실존을 포기해야 하는 상황들이 벌어지곤 합니다. 그게 가장 큰 문제죠.

그래서 정말로 자기 자존심을 살리는 사람들, 자기에 대한 존중을 끝까지 살리려는 사람들은 때로 사회생활을 포기해야 되는 경우도 있습니다. 극단적인 형태죠. 예컨대 보헤미안 같은 경우는, '보헤미안의 십계명'이라는 게 있어요. 부모를 짚신처럼 알아라, 친구 배신하기를 밥 먹듯 하라 등등.(옮긴이) 그건 뭐냐 하면 주위에서 자기한테 들어오는 힘들이 워낙 상투화되고 관습화된 권력들이니까 그것들을 다 배신하라는 것입니다. 그러니까 한마디로 '창조적 개새끼의 미학'이라고 할 수 있어요. 그러려면 굉장히 많은 용기가 필요하고, 어떤 상황 속에서 벗어나려는 기지가 필요한 것 같아요. 윤리적이고 도덕적으로 존재를 형성하는 방식이 아니라, 미학적으로 존재를 형성하는 방식이 덜 강압적이거든요. 그러면서 어떤 면에서는 규정력이 훨씬 더 강하다고 봅니다. 예를 들어 나쁜 사람들한테 "너는 나쁜 놈이야"라고 하면, "그래, 그런데 그게 어때서?" 이렇게 나오거든요. 그런데 "야, 그게 뭐냐, 쪽팔리게"라고 하면, 사람이 나쁜 일은 해도 쪽팔리는 일은 못하는 그런 성향이 있기 때문에 더 강하게 체면이 구겨진다고 받아들입니다. 그러다 보면 더 강한 규정력을 발휘할 수 있지요.

자존심을 지키며 행복하게 사는 방법

그런데 가장 큰 문제는 자기 자신을 유지하고 관철시키면서 살아나갈 때 주변의 권력들과 계속 싸워야 한다는 것입니다. 집에서는 부모와 싸워야죠, 밖에서는 친구들하고도 싸워야죠, 회사 가면 상사와 싸워야죠, 학교의 선생하고 싸워야하죠. 그냥 "예, 알았습니다" 하고 넘어가야 자기 생존이 보장되는 건데, 그걸 안 할 경우에는 굉장히 많은 위협들이 다가옵니다. 이 문제를 어떻게 해결할까? 그리스인들에게는 크게 두 가지 방식이 있었습니다. 철학적으로 스토아학파, 에피쿠로스학파라고 이야기하는데, 일상화시켜서 어떤 삶의 태도로서 에피쿠로스적 태도와 스토아적 태도라고 말할 수 있습니다.

에피쿠로스적 태도는 쾌락주의죠. 물론 이 사람들이 말하는 쾌락은 우리가 생각하는 무슨 물질적 쾌락 같은 것이 아니라, 상당히 수준 높은 정신적 쾌락이고 자기가 자신을 지키는 데서 오는 쾌락입니다. 그래서 세계를 쾌락주의적으로 바라볼 때는 모든 것을 놀이 상황으로 만들어버릴 수 있습니다. 모든 것을 진지하게 보는 것이 아니라 게임이나 오락 상황으로 가볍게 본다는 거죠. 예를 들어 나보다 돈 많은 집에 태어나거나 또는 나보다 더 조건이 좋은 사람들하고 경쟁할 때, 어떤 사람들은 나는 가난하기 때문에 또는 나는 조건이 나쁘기 때문에 이런 식으로 원망하는 태도를 보이는데, 그것이 아니라 나는 핸디캡을 안고 그 게임에 들어간다는 식으로 도전의식을 느끼는 거죠. 그렇기 때문에 이 게임에서는 지면 당연하고, 이기면 대단하죠.(웃음) 놀이

의식이라고 할까요? 이처럼 문제를 해결하는 과정에서 오히려 즐거움을 느끼는 태도가 있습니다.

그 다음에 스토아적인 태도는 금욕주의라고 해석하죠. 그런데 그리스인들은 결코 금욕주의자들이 아닙니다. 중세 때는 평생 숲이나 사막에 들어가서 그저 빵 몇 조각만 먹으며 육체적 욕망이나 금전에 대한 욕망 같은 모든 욕망을 다 포기하고 평생을 그렇게 고독하게 살아가기도 했죠. 그러나 그리스인들에게 금욕은 연습입니다. 그리스 사람들은 굉장히 쾌락주의자들이거든요. 현세의 행복이 인생의 목표인 철학을 가진 사람들이었습니다. 반면 근대 철학은 행복하라는 것이 아니라 착해지라고 가르치잖아요. 결국 스토아학파라고 이야기할 때 금욕이라는 것은 일부러 자기 자신을 금욕의 상태에 집어넣는 것입니다.

예를 들어, 소크라테스 같은 사람은 목이 말라도 꾹 참습니다. 그러다가 나중에 아주 견디기 힘들 때 물을 마신대요. 그러면 가장 시원한 물맛을 느낄 수 있죠. 그리스인들에게는 운명론적 사고가 있어서, 굉장히 잘 나가던 사람도 그 다음에 완전히 추락할 수 있다고 생각했습니다. 그에 따라 굉장히 잘 나가던 사람이 전쟁으로 노예가 될 수도 있지만, 그런 상태 속에서도 행복할 수 있는 기술이 있다는 겁니다. 아무것도 없는 상태에서도 행복감을 느낄 수 있는 방법들을 평소에 훈련해두는 거죠. 실제로 인생에서 그런 일이 닥쳤을 때도 그것을 의연하게 견딜 수 있게 훈련해둔다는 식입니다. 결국 쾌락주의나 금욕주의라는 것이 서로 배척하는 것이 아니고, 두 개가 결합해서 쓰일 수 있습니다.

저 같은 경우에도 처음에는 대책이 없었죠. 취직을 하면 간단하지만, 공부는 하고 싶은데 앞이 안 보이니까 황당하더라고요. 유학을 가서 학위를 따도 아무 소용도 없죠. 왜냐하면 돌아와도 무슨 연줄이 있어야 되는 거 아닙니까? 모든 걸 그 사람들이 장악하고 있는데 어쩌겠습니까? 그런데 오히려 그러니까 더 마음이 편하고 유학생활도 더 잘하게 되더라고요. 예컨대 뭘 따야 된다는 중압감이 없었습니다. 대개 유학생들은 집에서 학비를 보내주는데, 저 같은 경우에는 집으로 송금하면서 유학을 했죠.(웃음)

지금 생각해보면 유학생활이 살아오면서 제일 재미있는 시간이었습니다. 한 달 동안 아르바이트 하면 오십만 원 받아요. 독일 사람들이 볼 때 인간다운 삶이 아니죠. 제일 최하위 삶인데도, 그때 전시회를 가장 많이 다녔고, 음악회를 가장 많이 다녔고, 여행을 가장 많이 했어요, 그때 요리를 가장 많이 했고, 파티를 가장 많이 했어요. 지금은 그렇게 못하거든요. 그런 상황 속에서도 굉장히 행복하게 지낸 체험들이 있기 때문에, 어떤 면에서는 자신감이 있죠. 그런 방식으로 훈련이 된 것 같습니다.

그 다음으로 조건 자체가 다른 상황이기 때문에 나는 여기서 더 많은 것을 해낼 수 있다는 상황으로 바뀌어버립니다. 예를 들어 저는 학계에 있는 사람들에 비해, 심지어 자료 하나를 이용할 때조차 많은 조건들이 불리합니다. 명함 하나도 없는 상태니까요. 우리나라는 어딜 가나 소속을 묻고 써야 해요. 그러면 저는 거기에 '진중권' 이렇게 씁니다.(청중 웃음) "나는 나한테 속한다"라고 써버릴 때 일종의 쾌락을 느끼고, 또 일종의 놀이 상황으로 즐기죠.

그런데 수많은 사람들이 그렇게 하지 못하는 것은 욕망 때문이라고 생각해요. 욕망에는 크게 두 종류가 있는데, 그리스에서는 욕망이 바로 에로스거든요. 자기한테 결여된 것을 바라는 것이 에로스예요. 자기에게 없기 때문에 욕망하지요. 이것은 타동사적으로 없기 때문에 욕망한다는 것입니다. 다른 욕망은 자동사로서의 욕망, 곧 무엇이 있다는 게 아니라 내면의 욕구 같은 것이 있습니다. 흔히 말하는 자기를 실현하고자 하는 욕구지요. 자기 잠재성을 충분히 펴는 상태가 되고 싶어하는 거지요.

그리스 사람들이 덕이라고 이야기하는 아레테(Areté)는 착하다는 뜻이 아닙니다. 그것은 잠재력을 갖고 태어난 모든 사람들이 그 잠재력을 충분히 발휘하는 상태, 그 상태가 바로 행복한 것이고, 그런 상태가 바로 아레테라는 것입니다. 그런데 어떤 사람이 자신이 충분한 잠재력을 갖고 태어났는데, 예컨대 권력관계라든지 또는 잘살기 위해서나 돈을 많이 벌기 위해서 아니면 남들보다 더 높은 지위에 올라가기 위해서 그것을 희생시키고 다른 방식으로 살 때, 그리스인들의 관념에 따르면 그것은 덕의 상태가 아니며 매우 불행한 상태입니다. 예를 들면 동생이 프로그래머인데 제가 컴퓨터로 작업하는 것을 지켜보더니, 굉장히 한심하다는 눈으로 쳐다봐요. 왜 그러느냐고 물어보니까, 컴퓨터로 한글 문서 작업하고 인터넷 검색만 하는 것은 컴퓨터가 발휘할 수 있는 전체 기능 중에 약 0.0001퍼센트만 활용하는 거라고 합니다.(웃음) 그러니까 컴퓨터 활용의 아레테 상태가 아닌 거예요. 바깥에 있는 무엇에 대한 욕망, 곧 타동사에 대한 욕망 때문에 자기 내부에 있는 자동사의 욕망이 희생하는 것은 아레테 상태가 아닙니다.

만약에 제가 무엇과 타협해서 어디에 들어가면 뭐가 되고, 뭐가 돼서 높은 자리에 올라가면 권력이라는 것이 생기겠죠. 사람들이 저에게 굽실거리는 거예요. 그런데 그것보다 저는 지금 하고 싶은 일을 하고 있거든요. 글 쓰는 일을 하고 싶었고 책 쓰는 일을 하고 싶었는데, 지금 그런 거 하면서도 먹고 삽니다. 홍세화 선생님 말씀에 따르면, 자기가 하고 싶은 일을 하면서 돈을 벌어 먹고사는 사람은 특권층이랍니다. 그런 의미에서 보면 저는 특권층이죠. 하고 싶은 일 하면서 그걸로 밥벌이까지 되니까요. 그렇게 살면서 저는 제가 더 행복하다고 생각해요. 그렇기 때문에 타동사의 욕망이 아니라 자동사의 욕망으로 생각해야 된다는 것입니다.

타동사의 욕망일 때는 바깥에서 회유나 위협, 예컨대 "너 밥줄 끊어버릴 거야", 아니면 "이거 해줄게"라고 하면서 사람을 망가뜨리잖아요. 그런데 아예 그걸 포기하고 살면, 협박받을 것도 없지요. "밥줄 끊을 거야" 그러면 "끊어봐", 또 "이거 해줄게" 그러면 "너나 과자 많이 사 먹어"라고 이야기하면 됩니다. 뭐랑 똑같으냐면 디오게네스와 알렉산드라가 만났을 때 상황을 한번 보세요. 알렉산드라가 디오게네스에게 "당신이 갖고 싶은 게 뭐냐?"라고 물으면서 쳐다보니까, 디오게네스가 "비켜줘. 햇볕 좀 쬐게"라고 했거든요.

알렉산드라는 권력을 비롯해서 모든 걸 가졌지요. 모든 사람들이 우러러보고 부러워하잖아요. 그런데 문제는 디오게네스는 두려워하지 않는 사람이라는 것입니다. 애초에 욕망 자체가 없는 사람이에요. 알렉산드라가 갖고 있는 게 먹히질 않아요. 남이 부러워해야 자기가 자랑스러워할 것 아닙니까? 그런데 안 부러워하거든요. 그래서 결국 알렉산드라는 "내가 대왕이 아니었더라면 디오게네스로 태어나고 싶다. 그래도 끝까지 대왕이 되고 싶었는데"라고 했습니다. 디오게네스가 개였잖아요. '시미시즘'이라는 말이 원래 개예요. 개처럼 막 돌아다닌다는 의미죠. 디오게네스가 "나는 개다"라고 이야기했거든요. 대왕은 개가 되고 싶었는데, 개는 대왕이 되고 싶지 않았어요. 욕망 자체가 다른 거죠. 대왕이 갖고 있는 정복욕이나 타인을 지배하고자 하는 욕망들이 어떤 한 사람 앞에서 완벽하게 무력화됐습니다. 그런 삶의 태도가 바로 자동사로서의 욕망이라는 거죠.

진정한 자존심은 자기 존중감

권력 또는 힘이라고 말하는 것들이 있지요. 제가 볼 때는 사람들이 권력이라는 것을 잘못 이해하는 듯합니다. 니체가 '권력의 의지'에 대해 말했을 때, 그 권력이라는 것의 진정한 의미는 남들에 대해 행하는 의지나 권력이 아니거든요. 어떤 의미에서는 자기 권력이 없는 사람이야말로 남들을 지배하려 하죠. 정말로 지배할 만한 유일한 게 있다면 자기 자신인 거 같아요. 내가 지배해야 될 것은 바로 자기 자신이라는 거죠. 예를 들면, 학교 다닐 때 두 부류의 교수님이 있어요. 한 교수님은 실력이 형편없습니다. 그러니까 공부도 안 해요. 자기만 공부 안 하면 되는데 남도 못하게 해요. 나중에 인터뷰를 했는데, 자기는 평생 제자들에게 단 한 가지 "책은 함부로 쓰는 게 아니다"라는 걸 가르쳤대요. 그래서 그 동네에서는 박사학위 받은 사람이 백 명인데, 책이 안 나와요. 다른 분은 바로 언어학과 선생님이셨는데, 우리가 기타 치면 조용히 좀 하라고 늘 욕을 하셨거든요. 이분이 연구실에서 하루에 두 번 정도 나오는데, 한 번은 우리들한테 조용히 하라고 욕하느라 나오고, 한 번은 러닝셔츠 바람으로 화장실에서 주전자에 찬물 받아 가느라고 나오시거든요. 그러고는 딱 10시까지 공부하고 가십니다. 그런데 이분 같은 경우에는 자기가 자기 공부에 재미있는 거예요. 그러니까 남한테 관심이 없어요.

첫 번째 말한 교수님 같은 분들은 자기에 대해 욕망이 없는 사람입니다. 그러니까 자신은 남한테 인정을 받아야 되고, 다른 사람에게는 권력을 행사합니다. 밥줄 쥐고 부려 먹다가 강사 자리 하나 딱 줘놓고 대단한 거 준 것처럼, 이거 내가 다 신경 써서 주는 거야 하고 생색을 내면서 살아요. 두 번째 말한 교수님은 아예 과내에서 벌어지는 권력투쟁 같은 것에 관심 없고 공부만 하거든요. 그러니까 오히려 그게 진정한 의미의 권력이 됩니다. 자기가 확실한 사람들이지요. 자기에 대한 욕망, 자기를 긍정하는 사람들은 남한테 인정을 받을 필요가 전혀 없어요. 왜냐하면 내가 나를 인정하거든요. 뭐가 더 필요합니까? 내가 나를 인정하면 그만입니다. 가장 중요한 건 내가 나를 인정하지 못하는 상태, 그게 사람들한테 중요한 문제죠. 자신을 인정하는 사람들은 굳이 남에게 인정받을 필요가 없습니다. 남이 나를 인정해주지 않는 것은, 그 사람들 문제지 내 문제가 아니라는 거죠. 그러니까 오히려 권력을 행사하려 들고 거들먹거리고 남한테 굽실거리는 사람들이야말로 어떤 의미에서 굉장히 약한 사람들입니다. 내면이 없기 때문에 그럴수록 훨씬 더 밖으로부터 인정받으려 하고, 주변 사람들을 못살게 하는 것이겠죠.

그래서 정말로 권력이 있는 사람들은 남한테 인정받으려고 하지 않습니다. 굳이 그럴 필요가 전혀 없거든요. 자기를 인정할 사람은 오로지 자기 밖에 없고, 자기가 지배할 사람은 자기 밖에 없어요. 내 관심사는 오로지 내 안에 타고난 누구나 갖고 있는 그 잠재력을 얼마나 충실히 발휘하는가입니다. 바로 그 잠재성을 충분히 발휘하는 상태, 곧 아레테 상태에서만 만족감을 느끼고, 그럼으로써 욕망이 실현됨을 느낍니다. 그리고 그것을 통해서 자기 삶 자체를 완성으로 끝없이 이끌어가죠.

니체가 말하는 초인은 슈퍼맨이나 박정희, 히틀러 같은 인간들이 아니라, 늘 자기 자신을 초극하는 사람들입니다. 내가 과거에는 이랬지만 난 더 나아질 수 있어, 더 나아질 수 있어 하면서 끝없이 올라갑니다. 그리스인들은 그렇게 끝까지 갔을 때 인간이 신이 된다고 생각했습니다. 인간이 신이 되는 다신교에서는 그런 미학을 가지고 있습니다. 그리스 조각상들을 보면 인간을 모델로 하잖아요. 하지만 아름답게 만들어서 더는 아름다울 수 없게 만들었을 때 그것은 바로 신상이 됩니다. 신상의 조각 원리를 보면 그리스인들의 삶의 원리가 나타납니다. 초극하고 초극하고 초극하는 속에서 행복을 느끼는 그것이야 말로 진정한 의미의 행복이 아닌가 하고 생각합니다.

　그렇게 되려면 무엇이 전제되어야 할까요? 자기를 존중해야 돼요. 흔히 말하는 자존심이 필요하죠. 얼마 전에 무슨 영화제에서 그 영화제 전체를 기획한 분이 시장을 소개해야 했는데, 시장님 성함을 몰라서 헤맸어요. 결국 잘렸지요. 정말 멋있는 시장이라면, 영화제 같은 곳에 가면 조용히 자기 돈 내고 표 끊어서 구석자리에서 보고는 혼자 몰래 나가야 하지 않을까요.(웃음) 그러다 들키면 순간 엄청 멋있게 느껴지죠. 그런데 대개 오케스트라나 무슨 연주회 하면 앞자리에 배치하잖아요. 이 사람은 국회의원급이니까 여기다 앉히고, 그러면 저 사람이 토라지고……. 음악회를 조직하는 업무의 50퍼센트 이상이 이런 걸 고민합니다. 그러니까 이른바 브이아이피라는 사람들이 얼마나 천박한가, 얼마나 불쌍한 인간들인가를 보여주죠. 자기가 없습니다. 자기가 없으니까 그런 대접을 못 받으면 자존심이 막 상하는 거예요. 그런데 진짜 자존심이 상하면 조용히 나와야죠. 거들먹거리지 않고요.

　그래서 니체는 주인의 도덕과 노예의 도덕에 대해서 말했습니다. 흔히 권력자들은 자기가 모든 사람들을 부린다고 생각합니다. 하지만 저는 어떤 면에서 그들이야말로 노예성이 있다고 생각하거든요. 예를 들어 가끔 저도 사회적 지위가 굉장히 높은 사람들에게서 종종 다른 사람들이라면 반가워할 제안을 받거든요. 그런데 저는 흥미가 없어서 안 한다고 이야기하면, 그분들이 굉장히 당황해요. 모든 사람들이 자기와 같다고 전제하고 대했기 때문이죠. 그때마다 참 불쌍하다는 생각이 들어요. 자신이 살아온 방식이 모든 사람들에게 다 통할 거라고 생각하는 것을 보면, 그동안 어떻게 살았는지 알겠습니다.(웃음)

디오게네스 같은 경우를 예로 들면, 그는 노예였거든요. 디오게네스가 노예로 팔려갈 때 친구들이 그 소식을 듣고 와서 풀어주겠다고 이야기했는데, 굳이 그러지 말라고 합니다. 왜냐하면 자신은 이른바 사회 신분은 노예이지만, 노예 상태에서도 사자가 될 수 있다는 거죠. 예컨대 사자의 사육사가 오히려 사자의 노예라고 이야기합니다. 결국 디오게네스는 노예 시장에 나가요. 그런데 그가 오히려 살 사람들을 쭉 훑어보다가 "여기 혹시 주인 살 사람 있어요?" 하고 물어봅니다. 그러다가 불쌍하게 보이는 한 사람에게 가서 "당신이요. 당신한테 주인이 필요한 것 같으니 나를 사시오"라고 했습니다.(웃음) 그래서 그 집에 노예로 들어가서, 굉장히 훌륭한 가정교사가 됩니다. 그런 식으로 자신의 사회적 신분은 노예였지만, 실제로는 주인 역할을 했습니다.

사람들이 흔히 사회적 처지가 노예가 되면 원한을 갖습니다. 쉬운 예를 들면 한국과 일본 관계가 그렇다고 생각합니다. 한국 사람들이 일본 정치인들이 망언하면 막 흥분하잖아요. 이러한 것이 원한이 있기 때문이거든요. 불어로 흔히 '르상티망(ressentiment)'이라고 말하죠. 그런데 그런 원한을 가진 사람은 창조적이거나 의연해지기가 힘들어요. 그러면 정신적으로 또 한번 패배하는 거예요. 그러니까 기본적으로 일본 사람들이 망언을 하고 그럴 때 우리의 태도는 좀 더 의연해야 한다는 겁니다. 그것은 너희들 문제고, 너희들이 지금 그렇게 생각하는 것을 보면 너희들 의식 상태가 얼마나 왜곡됐는지 알겠다 하는 거죠. 그리고 오히려 측은지심을 느끼는 자신감을 가져야 한다고 생각합니다.

마찬가지로 어떤 사람이 자존심을 세우려다가 굉장히 많은 사람들에게 상처를 받거나 당하는 경우가 있잖아요. 그럴 때 가장 소모적인 반응이 원한의식을 발전시키는 것입니다. 그렇게 언젠가 복수하겠다는 식으로 살게 되면 그때는 자기 삶 자체가 불행해집니다. 사실 가장 좋은 복수는 뭔지 아십니까? 내가 그들보다 훨씬 더 행복하게 사는 것입니다. 어떤 불행한 상황이 온다 하더라도 원한의식 같은 것을 벗어버릴 때, 오히려 그러한 상황 속에서도 그 사람이 삶의 주인으로서 빛을 발하겠죠.

어떤 사람의 존재미학이 가장 잘 드러나는 순간은 위험할 때, 어려울 때 그 사람이 어떤 선택을 하느냐입니다. 여유 있을 때 그렇게 하는 것은 하나도 멋있는 게 아니에요. 전혀 여유가 없고 정말 힘든데 어떤 어려운 결정을 했을 때 그것이 멋있는 것입니다. 원한을 갚기보다는 오히려 그런 상황에 놓인 자기 삶 자체를 작품으로 끌어올릴 굉장히 중요한 결정적 계기로 여기는 유희 정신이 필요하다고 생각합니다. 그래서 그런 주인의 도덕을 갖고 있는 사람은 사회적 지위가 아무리 낮더라도 자기 삶 속에서 자기가 하는 일에 늘 보람을 느끼고, 자기 상태가 늘 그저 그렇다 하더라도 전혀 열등의식 같은 것을 느끼지 않고 오히려 그런 상황 속에서 훨씬 더 주인의식을 느낍니다.

전체적으로 요약하자면, 그 모든 것의 출발이 결국은 자기 자신을 존중하는 것입니다. "어, 내가 시장인데 왜 내 이름을 모르는 거야" 이런 건 자존심이 아닙니다. 모르는 게 당연하다고 생각하고, 오히려 그걸 편하게 생각해야 합니다. 진짜 자존심은 자기가 자신을 존중하고 자기 삶을 배려하는 것입니다. 자기보다 사회적 지위가 낮은 사람이더라도 그 사람이 하는 말이 옳을 때 얼굴은 좀 빨개지더라도 "아, 맞아" 하고 인정하고 들어가는 것이야말로 훨씬 더 멋있는 거거든요. 자기 자신을 배려하기 때문입니다.

교수님들 중에서 자기가 모르는 질문을 하거나 아니면 학생이 똑똑해서 자기가 틀린 걸 지적하면 끝까지 인정하지 않고 얼굴 붉히는 사람이 있습니다. 독일에 있을 때 세미나를 하다가 드센 독일 학생들이 교수가 잘못한 것을 딱 지적했어요. 그러니까 교수가 얼굴은 빨개졌지만, 손을 번쩍 들더니 하나도 자존심 세우지 않고 그 자리에서 인정을 하는 겁니다. 어떻게 그럴 수 있냐면 자신이 가진 게 많기 때문에 그거 하나 틀렸다고 큰 문제가 되지 않기 때문입니다. 반면에 가진 게 없을 때는 그것 하나로 난리가 나죠. 전 존재가 다 무너지는 거거든요.

진짜 자존심 있는 사람들은 흔히 우리가 말하는 범상한 의미에서 그런 쓸데없는 자존심을 부리지 않습니다. 누가 지적하더라도 받아들이고 그것을 평가해줍니다. 아무리 자기에게 적이라고 해도 훌륭한 점에 대해서는 훌륭하다고 평가하는 그런 여유가 있다는 것은 바로 그만큼 그 사람의 존재가 풍부하기 때문입니다. 오히려 요만한 일에도 흥분하고 요만한 일에도 인정하지 않고 고집부리는 것이야말로 자기를 배려하지 못하고 자기를 존중하지 못하는 태도라고 생각합니다.

존재미학이라는 것은 결국은 자기 자신을 배려하고 자기를 존중하는 마음에서 출발하는 게 아닌가 하고 생각해봤습니다. 제 강연은 이것으로 마치겠습니다. 감사합니다.(청중 박수)

자기부터 자신을 인정해야

사 회 자　고생하셨습니다. 여러분 40분 동안 강연을 들으셨는데, 실제로는 한 80분 정도 들으신 겁니다. 왜 그런지 아시죠? 선생님 말씀을 글로 적으면 보통 사람보다 두 배가량 되지 않을까요?(웃음) 강의를 듣다 보니까 한 사람이 자존감을 느끼기 위해서는 좀 깨달아야 되는구나 하는 생각이 들었습니다. 그런데 우리가 그걸 깨닫기에는 너무나 많은 권력들이 일상 속에서 자기 자신을 잊어버리거나 망각하게 하는 데 작동하고 있습니다. 그러니까 사실 공부라고 하는 것이 단지 책을 읽는 것이 아니라, 그럴 때마다 자기를 발견하도록 또 자존을 잃어버리지 않도록 늘 각성된 상태로 다시 돌아오는 것이구나 하는 생각이 들었습니다. 이제 질문을 받는 시간을 갖도록 하겠습니다. 앞에 계신 분이 손 들어주셨습니다. 말씀하시죠.

청 중 1　자동사로서의 욕망에 대해서 말씀하셨는데, 조금 더 설명해주시면 좋겠습니다.

진 중 권　예전에 《딴지일보》의 김어준 씨를 만났더니, "난 자신감이 있다"라고 이야기하더군요. 그렇게 말할 때의 자신감이라는 건 상대적 자신감이 아니라 절대적 자신감이죠. 남들보다 더 잘할 수 있다는 게 아니라, 나는 그냥 나에 대해 생각할 때 뭔가 할 수 있는 사람이라고 느끼는 거죠. 제가 볼 때 그것이 자동사 욕망과 관련이 있다고 생각합니다. 내가 남들보다 무엇을 잘할 수 있다는 느낌이 반드시 남과 비교해서 갖는 자신감이 아니라, 나는 할 수 있다거나 나는 내 안에서 끓고 있는 것을 분출시킬 수 있다는 느낌인 거죠. 그런 자신감의 느낌이 바로 자동사로서의 자신감이 아닌가 합니다. 어떤 것인지 아시겠죠?(청중 웃음)

사 회 자　정리해보면 대개 욕망이라고 하는 것에 대해 말할 때 외부 요소에 의해 규정되거나 정해준 것들을 생각하기 쉬운데, 스스로 느끼는 자기성취, 자기완성 측면에서 말씀해주셨다고 생각합니다. 다른 분 질문 부탁드리겠습니다.

청 중 2　안양에서 회사를 다니고 있는 평범한 직장인입니다. 제가 존경하는 여성이 두 분 있는데, 한 분은 테레사 수녀님이고 한 분은 루 살로메입니다. 그 두 사람은 제가 보기에 선생님이 말씀하신 자존심을 완벽하게 갖춘 것 같습니다. 그런데 제가 생각하기에 딱 그 반대인 사람이 모 정당의 유신공주님이 아닐까 싶거든요.(모두 웃음) 그런데 어쨌든 똑같이 자기만의 세계에 빠져 있는 것 같기도 하고 얼핏 보기엔 두 부류가 모두 자기 자신이 너무 강한 것 같은데, 두 부류로 나뉘는 근거와 제가 바람직한 전자 쪽으로 갈 수 있도록 조언을 해주셨으면 합니다.

진 중 권　테레사 수녀님 같은 경우에는 사회에서 인정은 받았지만 그것이 남들에 대해 권력을 행사하거나 그런 자리는 아니었고, 모 공주님께서는 권력의 위로 계속 올라가시죠? 그런데 저는 그것도 하나의 삶이라고 생각해요. 누군가 정치를 해야 하잖아요. 또 정치는 적당히 속물들이 하는 것이 좋습니다. 철학자들이 정치하면 피곤해지거든요. 그런데 그것도 하나의 직업이니까 나름대로 규칙과 격조와 미학에 따라 제대로 하는 정치가 있으면 좋겠는데, 우리나라는 그렇지 않잖아요? 우리나라뿐만 아니라 전 세계가 다 그렇습니다. 그리고 제가 다른 사람의 삶에 어떻게 조언을 드릴 수는 없을 것 같습니다. 왜냐하면 건방진 이야기가 되거든요. 제가 무슨 석가나 예수 그리스도라면 "길이여, 진리여, 생명이여, 나를 따르라"라고 하겠는데, 저는 이렇게 살아라 저렇게 살아라 하고 권하고 싶지는 않거든요. 지금 잘하고 계실 거라고 믿습니다. 죄송합니다.(웃음)

사 회 자　선생님, 그래도 후자를 권하고 싶은 마음은 없으시죠?

진 중 권　아니요. 저는 여성이 정치에 참여하는 것도 하나의 길이라고 생각합니다. 다만 거기서도 남을 밟고 올라가서 군림하면서 지배하거나 권위주의적인 것과, 지금보다 훨씬 더 평등하고 자유롭고 창의적인 세상을 만들겠다는 것은 분명 차이가 있잖아요? 똑같이 정치를 해도, 정치인의 격조와 품위에 따른 문제겠죠. 그런 제대로 된 정치라면 해도 좋을 거라고 생각합니다.

청 중 3　초등학교에서 23년 동안 근무하고 있습니다. 개인적으로 전교조 일을 회원으로서 조금 하고 있습니다. 제도권에서 여러 가지 현실 문제에 부닥치면서 현실적으로 자존심이 상하는 일들에 늘 부닥치고 있습니다. 그것을 해결하기에는 너무나 힘이 작기 때문에 여러 선생님들과 같이 일을 합니다. 그런데 서로 추구하는 바가 다른 상대에게는 네가 나를 상처 입혀도 상관없다는 식으로 자신감 있게 대해야 한다고 말씀하셨는데, 현실적으로는 그렇게 하기가 매우 어렵습니다. 혹시 그런 일을 당하셨을 때 선생님께서는 어떤 기지나 용기로 이겨 나가시는지, 어떻게 해야 잘 버틴다고 할 수 있을지를 여쭤보고 싶습니다.

진중권　사실은 그냥 안 보는 제 방식이 제일 편하지요.(웃음) 하지만 대부분의 경우에는 그렇게 살 수가 없지 않습니까? 그래서 모두들 굉장히 힘든 상황인 것 같아요. 그러나 쓸데없이 각을 세우는 것과 완전히 포기하는 것 사이에 굉장히 많은 다양한 변주들이 있다고 생각해요. 그런 것들이 어떤 상황인지는 모르겠지만, 그런 것들을 찾아낼 때 지혜가 필요한 게 아닐까 생각합니다.

　　싸우고 나가는 건 가장 간단한 겁니다. 저는 그런 의미에서 과격파죠. 내가 모든 걸 포기해버리면 상대가 나에 대해서 권력을 행사할 수 있는 근거가 없거든요. 그렇게 해버리는 게 편하죠. 저에게 이거 해라 그러면 나 안 할래 하는 거죠. 이렇게 그들 없이 자립적으로 살 수 있는 조건들을 만들어가는 편이거든요. 위험 부담이 크기 때문에 확 나가버리는 게 어려운 거지, 여러 생각할 필요 없이 속은 편하거든요. 너랑 나랑 싫어하는데 굳이 만날 필요 없잖아 하는 거죠. 하지만 질문하신 것처럼 사람들이 모여서 어떤 일을 할 때는 그렇게 떠날 수 없고 반드시 그 자리에 있어야 되잖아요. 남아 있으면서 동시에 극복할 수 있는 길을 찾아야겠지요. 그 방안들은 저보다 더 잘 알고 계실 거예요. 제가 계속 답변을 못 드리네요.

사회자　전교조 활동하시면서 느끼시는 점들이 반영된 질문이었습니다. 제가 '무척 어려운 질문' 하나 드려보겠습니다. 저는 개인적으로 생각할 때 한국 사회의 미학이라든지 존엄을 가장 심하게 뭉갠 사람으로 박정희라는 군인정치가를 따로 놓고 생각할 수가 없습니다. 그런데 만약에 지금 말로 한판 붙는다면 어떠실 것 같습니까?

진중권 그 사람이 원래 말로 싸우는 사람이 아니라서······. 그리고 제가 개인적으로 고문이나 감옥 같은 걸 별로 안 좋아하거든요. 별로 좋은 주거환경이 아닌 거 같아요.(웃음)

사회자 우스개 질문 하나 드려봤습니다.(웃음) 다른 분 질문 받겠습니다.

청중 4 20대 후반이고, 휴직하고 있는 상태입니다. 어떤 일을 하고 싶은가 선택할 수 있는 상황에서는 답을 내리기가 오히려 쉬울텐데, 사실 직장생활을 6~7년 해오면서 무엇을 하고 싶은지가 오히려 불확실해지는 경우가 많았습니다. 그런 상황에서 자존심을 찾는다는 것이 굉장히 어렵게 느껴지는데, 어떤 조언을 해주신다면 듣고 싶습니다.

진중권 글쎄요. 저같이 혼자 딱 떨어져 나오는 것도 괜찮고, 또 하나는 자기가 그 직장에 있으면서 겪어내는 것도 좋겠죠. 직무 이상으로 권력을 행사하는 사람들을 보면서 그런 관행들을 조금씩 바꿔내는 것, 그래서 다음에 들어올 사람들한테 훨씬 더 나은 환경들을 물려주는 것도 중요한 실천이 되지 않을까 생각해요.

예전에는 학교 다닐 때 교수가 학생들에게 번역을 시키면서 돈을 주지 않았잖아요. 학생들에게 대신 번역시키고 자기 이름으로 책 내고 그랬죠. 학교 공부에 도움되는 자료도 아니고, 그냥 그분 개인 경력에 도움되는 황당한 자료였거든요. 그래서 독일어 번역을 하다가 제가 "아이씨, 뭐 이런 걸 번역시키려면 그냥 원고료를 주든지" 하고 투덜거렸어요. 그런데 그때 나랑 같이 욕한 사람이 나만 교수한테 일러 바친 거예요. 그 교수가 부르기에 갔더니 돈 봉투를 주는 거예요. 몇백 만 원어치 해줬는데, 딱 십만 원 주더라고요. 그래서 안 받겠다고 하니 까 억지로 받으래요. 그래도 우리 교수님이 내가 생각한 것보다는 멋 진 분이네 하면서, 그날 그걸로 책을 좀 샀어요. 다음 날 강의를 들어 갔더니 강의실에서 "요즘 애들 중에 교수가 번역 좀 시켰다고 돈 달래 는 애가 있더라" 하는 거예요. 그게 누군가 생각해봤더니 저예요.^(청중 웃음) 요즘은 학생들한테 번역을 시키면 몇 푼이라도 준다더라고요. 이 자식들아, 그게 다 선배가 쌓아놓은 투쟁의 결과야.^(청중 웃음)

사 회 자 예. 진중권 선생님들이라든지 그런 분들이 보이지 않는 곳에서 투쟁하셔서 전체적으로 많이 좋아졌지요?

진 중 권 네. 본의 아닌 투쟁이었죠. 얼떨결에 투사가 된 거죠.^(웃음)

사 회 자 다른 분 질문을 더 받도록 하겠습니다.

청 중 5 직장인입니다. 아까 어떤 노예에 관해 이야기하실 때, 저는 문득 《아큐정전》의 아큐가 생각났는데 개인이 스스로 만족감을 느껴야 한다 고 하더라도 혼자 너무 만족할 수도 없잖아요. 자기를 감시하는 게 아 니라 스스로 성찰하는지가 진정한 자존심을 만든다고 생각하는데, 실 제로는 사회가 굉장히 빠르게 변화하기 때문에 그런 성찰이 많이 어렵 다고 생각합니다. 진중권 선생님께서도 인터넷 글쓰기 같은 작업을 할 때 자료들이 정신없이 업데이트되는 상황에서 많이 지치기도 하신다 고 전에 말씀하시는 걸 들었는데, 그런 것들을 어떻게 극복해 나갈 수 있을까요?

진중권   저는 극복하지 못하고 있습니다. 사실은 지금 개인적으로 맛이 간 상태거든요. 좀 시간이 걸릴 것 같네요. 그런데 그러한 것은 차원의 문제가 아니라, 내부 문제라고 생각합니다. 내 내면에서 약간 무너져버린 부분들이 있거든요. 심리랄까, 아니면 어떤 부분에서 감정이랄까, 이런 데서 무너져서 수습이 안 되고 있죠. 외적인 것은 하나의 계기가 됐을 뿐이지요. 옛날 같으면 아무리 외부가 힘들어진다 하더라도 그걸 놀이 상황으로 여기는데, 지금 같은 경우엔 제가 내부에서 문제가 생기다 보니 힘들어지는 거 같아요. 전 같으면 난 사막에 혼자 떨어뜨려 놔도 전갈하고 친구하면서 잘 놀 거야 할 정도로 자신감이 충분했는데, 이런 것들이 잘 안 되니까요. 예전에는 논객으로 나가서 욕하는 걸 즐겼거든요. 그리고 나면 올라오는 댓글들을 보면서 그것에 대해 기분이 나쁜 게 아니라 정신 상태가 어떠면 저런 욕이 가능할까를 헤집어보면서 즐거워하고 그랬는데, 요즘은 내부가 약해지다 보니 욕먹는 게 싫어지더라고요.

사 회 자   아까 진중권 선생님이 말씀하신 바에 따르면, 과거에는 에피쿠로스적으로 사셨는데 지금은 스토아적으로 이전해가는 단계에 있는 것 같습니다. 다른 분 질문 또 받도록 하겠습니다.

청 중 6   대학에 다니고 있는 학생입니다. 자기 기준을 세우고 독자적으로 자존심을 세우고 살기 위해서는 능력이 어느 정도 바탕이 되어야만 가능한 부분이라고 생각하거든요. 능력이 떨어지는 사람은 자존심을 세우면서 살기가 어려운 것 같은데, 거기에 대해 어떻게 생각하시는지 여쭤보고 싶습니다.

진중권   사실은 저도 푸코의 글을 읽으면서 그런 게 아닌가 하고 생각했어요. 그런데 최근에는 어떻게 생각하게 됐냐면, 어떤 분야든지 간에 자기가 자신을 유지할 수 있는 공간은 확보할 수 있다는 거예요. 내가 어떤 물건을 판다든지 아니면 뭘 하든지 간에 그 안에서 자기 자신을 가치 있게 만들 수 있다고 생각해요. 나는 훌륭한 구두 수선공이 될 수도 있고, 훌륭한 프로그래머가 될 수도 있고, 훌륭한 강사가 될 수 있는 거죠. 자기 존재의 가치를 세우는 것입니다. 어떤 분야에서든 간에 그 정도는 누구나 할 수 있지 않을까요? 그렇게 되면 바깥에서 들어오는 어떤 회유나 협박이라든지 권력의 정복력으로부터 어느 정도 상대적으로 자유로울 수 있지 않을까요? 따라서 존재미학이라는 것이 주관적으로 생각만 하는 게 아니라, 객관적으로도 자기 자신을 힘이 있게 만드는 과정을 말한다고 생각합니다. 자기가 갖고 있는 잠재력을 충분히 살리고 자기가 자기를 인정할 정도가 되면, 남들도 저절로 인정할 거라고 생각하거든요. 이 정도로 이야기하는 게 과연 엘리트주의라고 할 수 있을까 하는 생각을 해봤습니다.

사회자   저도 묻고 싶은 이야기였는데, 잘 이해가 됐습니다.

존재미학에 필요한 것은 균형감

청중 7   저는 대학교 3학년 학생입니다. 지난 2년 동안 대학을 다니면서 대학생과 기성세대가 그렇게 다르지 않다고 생각하게 됐습니다. 예를 들면 학번이나 나이로 호칭에 대해서 굉장히 신경을 쓴다든지, 아니면 동아리 내에서 지도하는 사람에 대해 많이 집착하는 모습 등에서 말이죠. 대학생을 보고 희망을 본다고 하는데, 과연 대학 사회에 희망이 있는가 하는 생각을 많이 했거든요. 선생님은 그 대학생들을 굉장히 많이 만나실텐데, 어떻게 생각하시는지 또 그 대학생들을 만나면서 어떤 희망적인 면을 발견하셨는지 궁금합니다.

진중권　솔직히 말씀드리면 걱정스런 부분이 많죠. 지금 대학 자체가 시장과 결합도가 너무 심해진 거 같아요. 물론 대학이 경제 부문하고 계속 결합되는 것은 막을 수 없는 현상이거든요. 필연적인 현상인데, 우리 같은 경우에는 막가는 것 같습니다. 대학 건물들을 보면 이게 대학 건물인지 아니면 무슨 호텔 로비인지 모르겠고, 무슨 포스코관, 현대관, 삼성관 하는 식으로 만들어놔서 기업에 필요한 맞춤형 인재를 찍어내는 느낌이 들지요. 학생들도 거기에 맞춰갑니다. 예전에는 사회에 순응하지 않는 비판의식이 있었는데, 상당 부분 사라져버렸지요. 학생들이 제일 먼저 영어 공부하고 몇 가지 자격증을 따는 식으로 공부하는 것도 획일적이거든요. 그러니까 과는 달라도 기본적으로 공부하는 건 똑같아요. 이런 상태에서 과연 사회적 창의성이 나올 것인가 하는 문제가 있거든요.

　　대한민국 자본주의라는 게 별로 합리적이지 못해요. 너무 근시안적이죠. 예컨대 십 년만 내다봐도 이렇게까지 하지는 않을 텐데 말이죠. 전에 고려대학교에서 이건희 사건 났을 때 굉장히 충격받았습니다. 학생들이 들고 일어나서 이건희한테 항의한 총학생회 학생들을 탄핵하자고 하는 걸 보고, 애들 완전히 변태구나 하는 생각을 했어요.(청중 웃음) 자기들이 뭘 잘못했는지를 몰라요. 그리고 자기들 정체성을 '삼성맨'으로 규정하는 거예요. 제가 볼 때 고대생들 중에 삼성 들어갈 사람 많지 않아요. 5퍼센트도 안 될 겁니다. 나머지 95퍼센트는 중소기업으로 가거든요. 중소기업에 들어가면 대기업 삼성과 착취관계에 놓이겠지요. 오죽하면 빌 게이츠가 대한민국에서 태어났으면 성공할 수 없었을 것이라는 말이 나오겠습니까. 그런데 이런 구조 속에 있는 학생들이 자기 정체성을 이상하게 가져가는 것을 보면서, 기업 이데올로기라는 것이 학생들에게 이 정도로 심하게 들어가 있나 하는 생각들을 하면서 솔직히 절망했어요. 아직까지 그 절망감에서 많이 벗어나지 못했습니다.

또 하나는 뭐냐면, 저는 학생들에게 그런 이야기를 하거든요. "남들 하는 것을 똑같이 따라하면 안 된다. 왜냐하면 하는 애들이 너무 많기 때문이다. 남들이 그것을 할 때는 이미 늦은 거다. 완전히 다른 방향으로 나가봐라." 그 다음에 아까 우리 누나가 한 말대로 "십 년만 해"라고 하는 거죠.(청중 웃음) 대책도 없고 내가 보장은 못하지만, 혹시 뭔가 되지 않을까요?(웃음)

사 회 자　　지금 질문하신 분, 십 년 뒤에는 이 질문 안 하게 그렇게 되십시오.(웃음)

진 중 권　　그런데 이제 문제는 학생들한테 무엇을 요구할 수가 없다는 것입니다. 왜냐하면 그러한 것들은 이제 학생들 문제가 아니거든요. 제도 자체가 그렇게 되어 있죠. 그러니 학생들한테 왜 사회의식이 없냐, 왜 책을 안 보냐 하고 탓할 수 있는 문제가 아닙니다. 그래서 더욱 걱정이 됩니다. 그런데 제가 볼 때는 이러한 제도 자체가 자본주의적이지도 못합니다. 영어 잘하는 사람이 그렇게 많아서 뭐 합니까? 대한민국 경제 활동 중에서 영어가 필요한 사람이 몇 퍼센트나 되겠어요? 필요하면 그냥 번역이나 통역하는 사람을 잘 쓰면 되잖아요. 영어 잘하는 사람이 얼마나 많은데, 필요한 곳에 활용하면 되는 문제거든요. 예전에 중국에서 아시안게임 할 때 택시 운전사들한테 몽땅 영어를 배우게 했잖아요. 그래서 영어 못하는 사람들에게는 면허를 안 내준다고 했거든요. 그런데 대한민국은 '피커폰'을 만들었잖아요? 기술로 간단하게 해결할 문제를 미련하게……(청중 웃음) 이러한 것이 상상력의 한계라는 거죠. 그래서 대한민국 자본주의는 아직 합리적이지 못하다, 자본주의적이지 못하다고 생각합니다.

사 회 자　다른 분 질문 받도록 하겠습니다.

청 중 8　현역 군인입니다.(청중 웃음) 사실은 휴가 중인데, 복학을 준비 중인 대학생이기도 합니다. 제가 군인으로 겪은 경험을 이야기하자면, 한 명의 병사로서 자존감을 유지하기 힘들 때가 많은데 그럴 때마다 내가 받는 대우가 내 자신의 자존감이나 가치를 증명하는 게 아니니까 그렇게 생각하지 말아야지 하는 생각을 하곤 했습니다. 선생님께서 진정한 자존심을 갖고 있는 멋진 사람에 대해서 강연하시는 내용을 들으면서 궁금한 점이 생겼는데, 저는 어떤 면에서 그렇게 남이 인정해주는 것이 아니라 자신을 스스로 인정해서 자존심을 유지하는 사람들이 나르시시즘적인 면모가 있는 것처럼 보였습니다. 사실 사람이 불완전한 존재이고 어떻게 보면 자기가 인정할 수 없는 자기 자신에 대한 부분도 있는데, 그런 것과 진정한 자존심을 유지하는 것이 어떻게 공존할 수 있을 지에 대해서 묻고 싶습니다.

진중권   그런 측면이 있죠. 나르시시즘이 있죠.(웃음) 그런데 대개 나르시시 즘 이면에는 자기혐오라는 복잡한 감정도 있어요. 그리고 또 '오토픽 션(autofiction, 자기허구)'이라는 것도 있잖아요. 자기에 대한 애정이 강 하다 보니까 타인에 대한 애정에서 문제가 생길 수도 있지요. 사회적 자폐 증세도 있고요. 그 모든 위험을 감싸 안고 가는 것이 존재미학이 아닌가 하는 생각이 듭니다. 저도 스물다섯 살 때 군대에 갔습니다. 군 대라는 사회가 자존심을 유지하기가 상당히 힘든 사회죠. 그러니까 그 것에 계속 빠져서 한번 뭐면 영원한 뭐다 해서 정신적으로 영원히 제대 하지 못하시는 분들도 계시잖아요.(청중 웃음) 그런 위험도 있습니다. 실제 로 나르시시즘이 어느 정도 필요하지만, 조울증처럼 나르시시즘 이면 에는 자기혐오가 있고 그러면서 또 나르시시즘이 있고, 그 다음에 또 오토픽션이 있고요. 오토픽션이라는 것은 자기를 너무 사랑하는 거예 요. 그러니까 누군가를 사랑하지 못하거나 또는 사랑한다 하더라도 자 기애의 한 부분으로 사랑하는 측면들도 있고, 아까 말씀드린 자폐적인 측면들도 있습니다. 부작용이라고 할까요? 그 모든 것들이 다 있는데, 그것들 가운데 어느 하나가 심해지면 병적으로 되거든요. 위험해지지 않도록 그것들을 배치하고 조절할 필요가 있습니다.

사회자   애정에도 균형감이 많이 필요하군요.

진중권   예. 매트릭(metric)이라고 그러죠? 존재미학이 미학이기 때문에 균형감, 배치 이런 것들이 필요합니다.

청중 8   제가 뒤에 이야기한 것은 답변이 안 된 것 같습니다. 진정한 자존심이라는 것은 타인이 인정해주지 않더라도 자신을 인정하는 것이라고 말씀하셨잖아요. 그런데 자신을 살펴보다 보면 자기가 인정하기 힘든 부분도 있는데, 그런 것과 진정한 자존심을 갖는 것이 어떻게 잘 공존할 수 있는가에 대해서 답변을 부탁드립니다.

진중권   모든 부분에서 자기를 인정할 수는 없잖아요. 그러니까 특정한 분야에서 이것은 내가 누구보다도 잘할 수 있어라든지, 나는 그 전보다 더 잘할 수 있어라든지, 자기가 인정하지 못하는 부분들은 그냥 그 사실을 인정하면 되지 않을까요? 자기가 자신에 대해 만족하기 위해서 슈퍼맨이나 팔방미인이 될 필요는 없다고 생각해요. 적어도 이 분야는 남들이 인정하든 안 하든 간에, 성적표에 점수로 매겨지는 것이 아니라 서로 비교할 수 없는 질적으로 다른 부분들을 갖고 있다고 생각하는 것입니다. 그게 남들보다 더 나은 것일 수도 있고 못난 것일 수도 있지만, 자신의 평가 기준에 따르면 별로 중요하지 않습니다. 자기 안에 못 가진 부분이 많더라도, 다른 사람이 그런 것을 가지고 있을 때는 흔쾌히 인정하는 거죠. 오늘 질문이 굉장히 어렵네요.(청중 웃음)

사 회 자   군대에 '주특기'라는 게 있지 않습니까? 지금 말씀하신 것은 자존에도 주특기가 필요하다는 뜻입니다. 쉽게 이해하셨죠?(웃음)

청중 9   이제 스물네 살 되었고, 대학교 다니고 있는 학생입니다. 아까 말씀하신 부분 중에 일본의 망언을 예로 들면서 자존심이 있을수록 자기 자신에게 의연할 수 있다는 이야기였다고 생각합니다. 그런데 개인이 자신에게 의연할 수 있는 부분과 어느 정도 여러 생각을 가진 많은 사람들이 모였을 때 보일 수 있는 의연한 모습은 다르다고 생각하는데, 다르게 나타날 수 있는 방향에는 어떤 것이 있을지 물어보고 싶습니다.

진중권   글쎄요. 크게 다른가요? 기본적으로 모든 사람들이 그렇게 반응할 수는 없는 거잖아요? 다양한 사람들에게서 다양한 반응들이 나오죠. 그런데 일본 문제가 나오면 우리가 대체로 지나치게 흥분하잖아요. 제가 볼 때는 다양한 반응들 중에서 그것을 일본 사회의 아픔이나 해결하지 못한 문제, 미성숙한 면으로 보면서 거꾸로 우리를 반성하는 것이 주된 흐름이 되어야 한다고 생각합니다. 우리 내부에서도 예컨대 베트남 전쟁처럼 마찬가지인 경우가 있잖아요. 어떤 면에서는 크게 다르지 않기 때문에 우리는 이러한 문제가 있고 저들은 또 다른 큰 문제를 갖고 있다는 식으로 접근하는 것들이 필요합니다. 모든 사람들이 획일적으로 생각할 수는 없지만, 그렇게 접근하는 사람들이 많아져야죠.

오히려 우리가 발끈하면 일본 사람들은 더 재미있어 합니다. 왜냐하면 애들이 놀릴 때도 상처받는 애를 놀리지, 놀려도 씩 웃고 지나가버리는 애는 놀리고 싶은 마음이 안 들잖아요. 마찬가지로 총리가 그런 망언을 했을 때, "세상에 보통 사람이 망언했으면 이해가 되지만, 총리가 그런 망언을 하다니 그 나라 상태가 오죽할까" 하면서 여유 있게 "일본 사회가 조속히 성숙한 의식을 회복했으면 좋겠다"라는 담화를 내보내면 그들이 무색하고 창피하게 느끼지 않을까요? 저는 그렇게 생각합니다.

고독감까지 사랑하는 자존심, 새롭게 배치하는 꿈

청중10 예. 반갑습니다. 저는 작년에 오지혜 씨가 사회 볼 때도 아주 재미
있게 들은 바 있습니다. 오늘 선생님께서 노예의 도덕주의나 도덕 또는
자동사적인 욕망, 타동사적인 욕망 등을 말씀하셨는데, 제가 드리려는
질문은 우리네 말법에 과연 문제가 없는가 하는 것입니다. 전 세계 300
여 개 공식 언어 중에서 상대방 나이나 사회적·경제적 지위에 따라서
의미가 바뀌는 언어는 일본하고 한국 밖에 없습니다. 특히 한국말 같은
경우는 예절이라고 배운 그런 어법들이 대부분 조선시대 때부터 내려
온 신분제 말법입니다. 그런 것들이 우리네 일상사회를 얼마나 억압하
는지 저는 굉장히 심각하게 생각하는 사람인데, 진 선생님께서 의견을
주시면 감사하겠습니다.

진중권 존칭에 관한 문제지요? 독일에 처음 갔을 때 머리에 피도 안 마른
학생이 교수한테 "니가 방금 말한 것에서 어쩌고저쩌고" 하는 거예요.
그쪽에서는 예컨대 너냐 당신이냐가 상하관계가 아니라 친소관계에
따르거든요. 친하면 '너'라고 부르고, 멀면 '당신'이라고 부릅니다. 군
대에서도 졸병 부를 때 '당신'이라고 불러요. 우리나라도 점점 그렇게
존칭과 반말, 평어가 상하를 나타나는 것에서 원근을 나타내는 것으로
가야죠. 저는 모든 학생들한테 존댓말을 씁니다. 그래도 같이 대학생활
을 한 후배들을 만나면 친하니까 반말이 나오거든요. 그런데 상대가
"선배님" 하고 반갑게 인사하는데, 제가 존댓말을 하면 굉장히 서운해
해요. 학생들도 제가 존댓말을 쓰면 처음에는 불편해합니다. 왜냐하면

같이 술 먹으러 가면 다른 교수님은 반말 쓰는데, 저만 혼자 존댓말 쓰고 있거든요. 어떤 면에서는 학생들을 친숙하게 여기고 경어를 쓰는 건데, 학생들은 저 선생님과는 영원히 친해질 수 없을 것 같은 느낌도 받는다고 합니다. 하지만 갈수록 자신들도 거기에 익숙해지죠.

그래서 저는 어떻든지 간에 아무리 나이 어린 사람이라 하더라도 끝까지 존댓말을 씁니다. 일단 관계가 수평화되고 나서, 그 다음에 나한테 반말을 쓴다고 하면 같이 반말을 쓰죠. 그런 식으로 하고 있습니다. 나이 많은 분들과 같이 반말하는 게 우리나라에선 좀 그렇잖아요. 그렇기 때문에 그럴 거면 차라리 그냥 존칭으로 해버리기로 정했어요. 지금 상황은 이처럼 혼재된 상황이지만, 장기적으로는 존칭이 상하관계에서 친소관계를 표시하는 쪽으로 바뀌어야 된다고 생각합니다.

청중 11 안녕하세요? 공무원 시험을 준비하고 있는 스물여섯 살 수험생입니다. 제가 생각하기에 사람들은 누구나 꿈을 갖고 자존심을 갖고 살아가고 있다고 생각을 합니다. 그런데 점점 나이가 들어가면서 또 살아가면서 사회 현실 속에서 그런 꿈들이 부딪치고 깨지고 그 꿈을 꺾게 되고 포기하게 되는 경우가 많아진다고 생각합니다. 저처럼 다른 꿈을 갖고 있다가 공무원 시험을 준비하는 것도 현실에 맞춰 살아가기 위해 자존심을 약간 꺾은 거라고 생각하는데, 이런 사람들이 주위에 갈수록 많아지고 있습니다. 공무원 시험을 준비하는 대학생들에게 해주고 싶은 조언이 있으신지 듣고 싶습니다.

진 중 권 제 문제도 지금 해결하지 못하고 있는데……(웃음) 글쎄요, 제가 볼 때는 차라리 공무원 조직은 백번 나은 것 같아요. 왜냐하면 권력관계에서 공적 영역이 있잖아요. 그런데 《사생활의 역사》라는 책을 읽어보니까, 옛날에는 노동자들이 공권력 투입을 요청했다고 하더라고요. 작업장 자체가 기업주의 사적인 영역으로 받아들여지고, 기업주가 그 안에서 전권을 행사했으니까요. 그런데 우리나라도 기업들이 거의 왕국처럼 되어 있지요. 완전히 공적 영역이 아닌 거죠. 옛날 유럽에서도 그랬대요. "어이 김씨, 내 차 닦아놔" 하면, 옛날에는 닦아놔야 했습니다. 작업장 자체가 사적인 영역이었기 때문에 기업주의 사적인 일까지 다 해야 했습니다. 그런데 그 뒤 노동조합이 발달한 다음부터 "어이 김씨, 닦아놔"라고 할 때 "협약서에 그런 말 없는데요"라고 할 수 있는 것은 작업장 자체가 공적인 영역으로 바뀌었기 때문이지요. 이렇게 볼 때 공무원 조직이라는 것이 오히려 개인들의 전행이 훨씬 덜한 영역이 아닌가 하는 생각이 듭니다. 두 가지 장점이 있지요. 한편으로는 안정성, 두 번째가 앞서 말한 것이고요.

어쨌든 저도 권투 선수나 만화가, 발명가가 되고 싶었지, 글 쓰면서 먹고 살 거라고는 전혀 생각해보지 않았거든요. 그런데 하다 보니까 그렇게 됐지요. 제가 어렸을 때 무슨 백일장 나가서 상이라도 한번 타봤으면 모르겠는데 말이죠. 하기는 남다른 점은 좀 있었어요. 제가 문학 쪽으로 굉장히 앞선 면은 있었던 것 같아요. 학교에서 글짓기를 해오라고 하면, 원고지 첫 장에 제목 쓰고 이름 쓰고 그러면 백 자 정도 남아요. 막 쓰다가 첫 장이 딱 넘어가면, 그 다음부터는 신문을 베껴 썼어요. 지금 생각하면 그게 몽타주더라고요. 글 쓰는 걸 너무 싫어

했거든요. 살다 보니까 이렇게 됐습니다.

꿈은 여러 번 바뀔 수 있지요. 장기 둘 때도 이렇게 하려다가 상대가 치고 들어오면 수가 바뀌잖아요. 마찬가지로 현실이 원래 내가 바란 꿈과 다르다고 해서, 꿈을 포기해야 하는 것은 아니라고 생각해요. 수열도 1, 2, 3, 4 다음에 5가 나오게 할 수 있고, 6이 나오게 할 수 있지요. 그때마다 수열의 공식을 다시 쓸 수 있는 것과 마찬가지로, 그때그때 배치를 보면서 자기 꿈들도 새롭게 만들어가는 거지요. 꿈은 계속 바뀌는 거 아니에요? 꿈을 한번 접었다고 해서 그것 때문에 패배의식 같은 것을 느끼거나 그러실 필요는 전혀 없다고 생각합니다.

사 회 자   선생님께서 어렸을 때 되고 싶었다고 말씀하신 직업 중에서 권투 선수는 적절하지 않은 것 같습니다. 제가 관상을 보아하니 눈두덩이 높은데, 그런 사람들은 권투 장갑에 맞으면 잘 찢어집니다. 피가 흘러서 곧 앞이 안 보이게 되지요. 그래서 권투 선수는 역시 꿈이었던 거죠. 현실을 잘 파악하셨습니다.(청중 웃음) 마지막 질문으로 자존심과 관련해서 나는 이 질문을 꼭 해야겠다고 생각하시는 분께 질문 받겠습니다. 멋진 질문 하나 해주십시오.

청 중 1 2   저는 마흔네 살이고, 한 달 전까지 직장을 다녔습니다. 가벼운 질문 같기도 하고 무거운 질문 같기도 한데요. 오지혜 씨가 집안에서도 진보적이시냐고 물을 정도로 선생님을 이 시대 진보 논객이라고 보고 질문드리겠습니다. 우리 사회에 천박한 기득권층이 있잖아요? 그들을 보면 어떨 때는 끔찍할 정도로 밉거든요. 그러면서도 '아 내가 이러면 안 되지' 하는 생각으로 마음을 가다듬는데, 진보 논객의 대표이신 선생님께서는 선생님 입장과 대척점에 있는, 뭉뚱그려서 보수라고 하거나 그 밖에 다른 것으로 명명하는 사람들을 저처럼 끔찍하게 미워하시는지, 그들 나름대로 존재미학이 있다고 인정하시는지, 아니면 정말 미워하는데 안 미워하는 척하시는지(모두 웃음) 그런 생각을 듣고 싶습니다.

진중권　사실은 밉지가 않거든요. 욕하거나 미워하는 건 없는 거 같아요. 조갑제 씨가 덤벼들 때도 저는 "너 나쁜 놈이야"라고 하지 않잖아요. 귀엽다, 앙증맞다 이렇게 미학적으로 이야기하고. 이문열 씨 같은 분들 이야기를 할 때는 간단하게 이문열 씨는 탁월한 17세기 작가라고 풍자한다든지,(청중 웃음) 이런 식으로 저는 생각하거든요. 사람이 사람을 미워하거나 심판할 권리는 인간한테 없고, 나중에 죽어서 하나님 앞에 가서 그때 심판받는 것이라고 생각합니다. 그리고 그 사람들에게는 그 사람들 나름대로 역할이 있다고 생각하거든요. 물론 그들이 좀 더 세련된 방식으로 표현해주면 좋겠지요. 어쨌든 나름대로 그들도 역할이 있다고 생각하고 그 존재를 인정해야 하고, 정치적으로 대립한다 할지라도 그들을 미움으로까지 발전시키는 것은 자기 자신한테도 안 좋다고 생각합니다. 아무리 그들이 강하게 보인다 하더라도, 아무리 그들이 하는 짓이 황당하다 할지라도 인간 자체를 미워할 필요는 없는 것 같아요.

　　예전에는 인터넷에서 사람들하고 심하게 싸웠어요. 되로 받으면 말로 돌려주거든요. 제가 또 욕하면 못하는 욕이 없어요. 향토색 짙은 욕부터 해부학적인 욕까지 다 합니다.(청중 웃음) 그렇게 싸우다가 바빠서 며칠 못 들어가잖아요? 그러면 나를 날마다 욕하는 사람들이 놀아달라고 "중권아, 뭐 하나? 놀자"라고 불러대는 거예요. 서로 싸운다 하더라도 인간적으로 인정한다는 이야기거든요. 마찬가지로 우리도 보수주의자들하고 싸운다 하더라도, 마지막에는 "그래 당신들이 있기 때문에 또한 삶이 이렇게 재미있는 거 아니냐" 하는 태도가 필요하지 않을까요? 전 정말 밉지는 않아요. 정말로 그렇습니다.

사 회 자　　오늘 귀한 시간 내주신 여러분 정말 고맙습니다. 선생님 간단하게 정리하는 말씀해주십시오.

진 중 권　　그런 생각을 해봤습니다. 가끔 글 쓰다 보면 어떤 유혹을 받아요. 대중들에게 유혹을 받거든요. 내가 글 쓰면 어떤 사람들은 막 환호하고, 어떤 사람들은 흥분하지요. 하지만 글쟁이의 덕목이라는 것이 있는데, 가장 중요한 것은 대중들이 원하는, 듣고 싶어하는 이야기를 하는게 아니라, 듣기 싫어하는, 들어야 할 이야기를 해야 된다는 것입니다. 때로는 나를 막 지지하거나 편들어주거나 좋아하거나 이런 사람들도 배신할 줄 알아야 된다는 거죠. '창조적 개새끼'로서.

　　그럴 때는 결국 고립될 수밖에 없는데, 이런 고립의 고독감 같은 것들도 견딜 수 있어야 되고, 오히려 그런 것들을 견딜 때 오래 남을 수 있다고 생각합니다. 대중들한테 자기 존재를 맡겨버리면 자기가 그들에 의해서 외부적으로 규정되는 거잖아요? 그러니까 결국은 그들이 원하는 이야기만 하게 되죠. 그게 아니라 그걸 또 뒤통수칠 수도 있어야 하고, 때로는 배신할 줄도 알아야 합니다. 그럴 때 나중에 대중들이 "아, 그래도 저 이야기는 쟤가 뭘 위해서 하는 게 아니니까 쟤가 이야기하면 그래도 들어줄 만하다"라고 인정해주게 되겠지요. 그러니까 초조해할 필요가 없다는 생각들을 많이 했어요. 이것이 제가 갖

고 있는 일종의 자존심이라고 할 수 있습니다. 감사합니다.^(청중 박수)

사 회 자　여러분, 오늘 몇 가지 일이 있었습니다. 오전에 부분일식이 있었습니다. 그리고 손학규 한나라당 후보가 오후 2시에 탈당을 하겠다고 발표했습니다. 베이징에서는 지금 6자회담이 열리고 있습니다. 내일이면 미국이 이라크를 침공한 지 4년이 넘어갑니다. 그리고 여러분은 우리 시대 최고의 논객, 최고의 담론 검객, 불패의 언어전사, 진중권을 만났습니다. 여러분, 오늘을 잊지 마시고 기억해주십시오.

　　첫 강의는 검객 이야기로 마무리 지을까 합니다. 로마의 검투사 노예 스파르타쿠스는 동료들과 함께 자유인이 되기 위하여 싸우면서 탈출을 하다가 붙잡혔습니다. 그는 온갖 회유에도 굴하지 않고 기꺼이 죽었습니다. 그가 한 행동과 말이 자세히 전하는 건 아니지만 우리 방식으로 풀어서 정리하면 대략 이러합니다. 자기 발목에 족쇄가 채워져 있다 하더라도 족쇄가 채워져 있다는 것을 자각하면 그는 노예가 아니다. 언젠가는 반드시 족쇄를 풀어내려고 할 것이기 때문이다. 반대로 자기가 실제로 노예 상태임에도 이를 자각하지 못하면 그는 노예다. 그렇기 때문에 나는 한번도 로마의 노예가 아니었다고 했습니다. 아까 진중권 선생님이 말한 주인과 노예의 자존심에 관한 이야기와 관련이 있지 않을까 싶습니다.

　　여러분, 긴 시간 동안 함께 공부하느라 애쓰셨습니다. 고맙습니다.

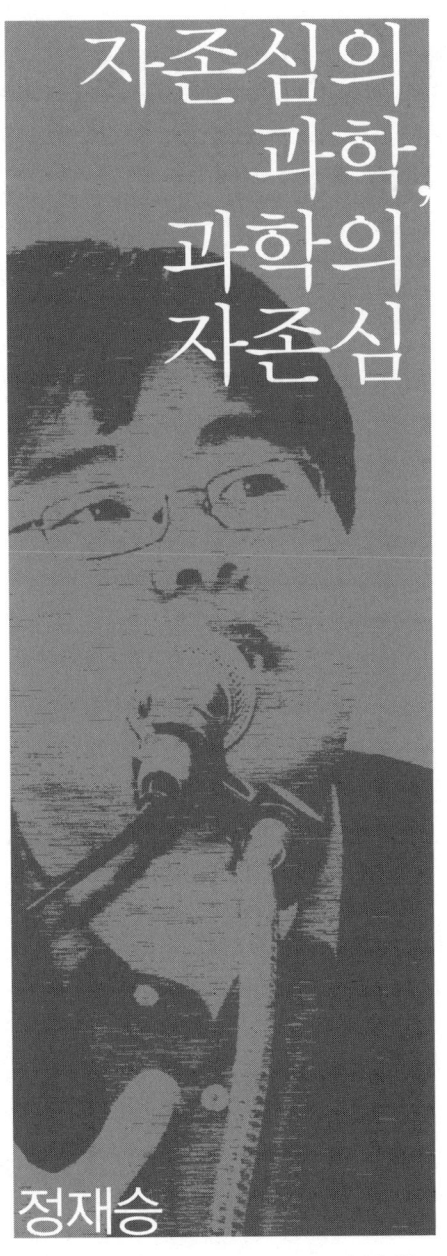

자존심의 과학, 과학의 자존심

정재승

카이스트(KAIST) 바이오및뇌공학과 교수. 저서 《과학
콘서트》, 《물리학자는 영화에서 과학을 본다》 등.

자존심의 과학,
과학의 자존심 2007년 3월 20일(화) 늦은 7시

사 회 자   여러분, 안녕하십니까? 오늘은 정재승 선생님을 모시고 '자존
심의 과학, 과학의 자존심'에 대한 인터뷰 특강을 진행하겠습니다. 그
전에 제가 과학적 사고와 관련된 제 이야기 하나를 말씀드려볼까 합
니다. 아주 어렸을 적, 1969년 7월 며칠인지는 기억이 잘 나질 않는데,
닐 암스트롱이라는 사람이 무거운 쇠 신발을 신고 달 표면에 도착했
습니다. 당시에 엄청난 뉴스였기 때문에 텔레비전에서 생중계였는지
녹화방송이었는지 아무튼 방송을 했습니다. 저는 깊은 시골에 살아
서 그걸 보려고 십오 리를 걸어서 면소로 나갔습니다. 하지만 결국 텔

레비전 중계는 보지 못했습니다. 너무나 많은 사람들이 모여들어서 그 집 담장이 무너져버렸기 때문입니다. 그 여름날 저녁에 어머니께서 "달나라에서 계수나무하고 토끼가 사라졌구나"라고 말씀하셨습니다. 인류가 지구상에 나타난 이래로 수십만 년 동안 믿어온, 거기에 무언가 있을 거라는 믿음이 일거에 사라져버린 날 어머님이 그런 말씀을 하셨고, 나중에 서른 살쯤 먹었을 때야 그게 무슨 뜻인지 비로소 깨달을 수 있었습니다. 이 이야기는 아마도 과학이 가지고 있는 양면성을 잘 말해주는 대목이 아닐까 합니다.

오늘 소개해드릴 정재승 선생님은 여러분들이 잘 아시는《과학 콘서트》라는 책을 쓰신 분입니다. 그리고 〈정재승의 도전 무한지식〉이라는 방송 프로그램도 진행하고 계십니다. 굉장히 배짱이 좋으신 거죠. 뭔가 문제가 있을 때 끝없이 도전하는 자세를 가지고 있다는 점에서 굉장히 근대적인 인간형이라고 말씀드릴 수 있습니다.(웃음) 정재승이 어떤 사람이냐고 묻는다면,《과학 콘서트》등을 통해 한국 사회에서 대중의 과학화를 이루는 데 이바지한 분이라고 소개하고 싶습니다. 그 말을 줄이면 과학을 구어체화했다고도 할 수 있는데, 이전에 공식에 갇혀 있거나 문어체였고 일본식의 번역이나 번안한 것에 가깝던 과학을 한글세대의 입맛에 맞춰 대중을 과학화하고 과학을 대중화하셨죠. 무엇보다도 그 책을 보면 과학을 연주할 수 있다는 느낌을 주지 않습니까? 학교 다닐 때 과학은 외워야 하는 지긋지긋한 '암기 과목'이었는데, 과학을 음악처럼 연주할 수 있고 감상할 수 있는 것으로 느끼게 해줌으로써, 과학을 우리 삶 주변으로 끌어온 분입니다. 과학을

구어체화한 젊은 과학자, 정재승 선생님을 여러분께 소개해드리겠습니다. (청중 박수)

정 재 승   예. 반갑습니다.

사 회 자   조금 수줍어하시는 것처럼 보이시죠? 하지만 강의는 아주 재미있게 해주실 거라고 의심하지 않습니다. 왜냐구요? 바로 과학 연주자이기 때문이지요. 여러분들을 대신해서 몇 가지 여쭤보도록 하겠습니다. 아까 달나라 이야기를 했는데, 작년에 미국의 우주선 아폴로가 달나라에 가지 않았다는 상당히 합리적인 근거를 제시하는 주장이 제기됐죠? 정말로 갔는지 안 갔는지를 여쭙는 것이 아니고, 사람들이 왜 그런 걸 의심하게 되는지 궁금합니다.

정 재 승   저도 아폴로 11호가 달에 도착하는 다큐멘터리 필름을 보면서 가슴이 굉장히 떨렸고, 나중에 그게 전부 다 거짓일 수 있다는 다큐멘터리도 미국에 있을 때 방송으로 봤습니다. 처음에는 말도 안 된다고 생각하면서 봤는데, 너무 잘 만들어져서 마지막쯤 가서는 '저게 만약 사실이라면 너무 충격적이겠구나'라는 생각이 들더라고요. 그래서 방송이 끝나자마자 나사(NASA, 미항공우주국)에서 일하는 선배에게 연락해서 물어봤습니다. 그랬더니 그 선배가 '그게 얼마나 허황된 이야기인가'에 대해서 얘기해주더라구요. 그래서 안심하고 지금은 달 착륙이 사실이라고 믿고 있지만, 이 해프닝에서 중요한 것은 많은 사람들이 (심지어) 9·11테러조차 그것이 잘 짜인 각본이고 시나리오일 수 있다고 생각하는 것이나, 그러한 이야기가 꽤 그럴듯하게 들린다는 사실 자체인 것 같습니다. 설령 그것이 나중에 결국 거짓이라고 판명

날 수도 있고 사실이라고 판명날 수도 있겠지만, 그것보다도 우리 모두가 그런 음모론에 대해서 '지금 세상이라면 그걸 조작하고도 남는다'고 여기는 사회에 살고 있다는 것이 오히려 되새겨봐야 할 대목이 아닌가 생각됩니다.

사 회 자 이따가 의심이라는 것도 한번 여쭤보시기 바랍니다. 왜 우리는 의심하는가? 뇌에 그런 특성이 있는가?(웃음) 한 가지만 더 질문드리겠습니다. 사회생물학을 창시한 에드워드 윌슨이라는 분이 쓴 책을 보니까, '인간은 디엔에이(DNA)의 숙주에 지나지 않는지도 모른다'라는 내용이 있더군요. 쉽게 말하면 우리는 사람이라는 형상을 지니고 있는, 디엔에이의 '꼬붕'이라는 이야기겠죠.(웃음) 그걸 보고서 자존심이 한순간에 뭉개지는 듯한 느낌을 받았습니다. 그게 도대체 무슨 이야기입니까?

정 재 승 유전자의 역할을 중요하게 생각하는 생물학자들은, 결국 유전자가 다음 세대에 자신의 유전자를 퍼뜨리기 위해서 여러 가지 생물학적 기작들을 만들어내는 것이라고 봅니다. 그것에 의해 우리가 행동하고 짝짓기하고 다음 세대에 유전자를 퍼뜨린다는 것이죠. 인간으로서는 당연히 인간의 존엄성을 위협하고, 영혼이라는 개념을 무시하고, 자존심에 상처를 입힌다고 느낄 수밖에 없죠. 그 이론이 틀리다, 맞다를 이야기할 처지는 아닌 것 같고, 그리고 그 자체가 중요한 것도 아니라고 생각합니다. 과학은 본래 인류의 자존심이 근거 없는 것에 기대고 있다며 그것을 타파하면서 발전해왔습니다. 인간이 자존심을 갖는 이유는 우리가 유전자의 숙주에 지나지 않는다는 것을 부정하고 온전한 하나의 존재이기 때문이 아니라, 우리의 모습을 정직하게 말할 수 있는 용기가 있는 존재라는 점 때문이라고 생각합니다. 그렇기 때문에 그것이 사실로 판명나든 그렇지 않든 간에 자존심은 상할지언정 자부심은 갖게 되지 않을까 하는 생각이 듭니다.

사 회 자 아주 좋으신 말씀이십니다. 제가 자존심 상했다고 했지만, 사실은 그분께서 말씀하신 내용이 우리 존재를 좀 더 과학적으로 엄격하게 들여다본 것이라고 생각합니다. 선생님, 쉬운 질문 하나 더 드리겠습니다. 책에 지은이 소개한 글에 아주 어려서부터 과학을 좋아했다고 하신 걸 보면, 마치 일생을 과학적으로 살고 계시지 않을까 생각하게 됩니다. 집에서도 과학적으로 사십니까?(청중 웃음)

정 재 승 집에서도 과학적으로 살면 쫓겨납니다.(웃음) 제가 원래 이론물리학을 전공해서 생각이 많고 말은 과학적으로 하는데, 행동은 매우 비과학적입니다. 그래서 사랑받고 있습니다.(청중 웃음)

사 회 자 여러분, 삶은 비과학적으로 살아야 사랑받습니다.(웃음) 한 가지만 더 질문을 드리고, 정 선생님 강의를 듣도록 하겠습니다. 오늘 청중들 중에 많은 분들이 여성이신데, 알렉산드리아의 수학자 히파티아라는 여성이 죽어가는 모습이 서양에서 그림 주제로 자주 등장합니다. 라파엘로도 직접 보고 그린 건 아니지만, 모델을 세워서 그 모습을 그렸다고 하죠. 과학이 역사적으로 여성의 지위를 얼마나 깎아내렸고, 동시에 여성의 자존심을 얼마나 세워줬는지 궁금합니다.

정 재 승 제가 아내와 연애할 때 아내가 약간 페미니스트여서 그런 이야기들을 굉장히 많이 하면서 시간을 보냈습니다. 지금 와서 생각해보면 사실 과학이 여성들에게 해준 게 별로 없지만, 여성들은 과학을 위해서 앞으로 해줄 것들이 굉장히 많습니다. 여성분들이 자신의 존재 가치를 높이면서 당당하게 생활하고 활동할 수 있는 분야가 바로 과학 분야라고 생각하기 때문에, 지금까지는 과학이 별로 해드린 것이 없지만 앞으로 과학을 잘 부탁드립니다.

사 회 자 과학자다운 말씀이셨습니다.(웃음) 선생님께 강의를 부탁드리겠습니다. 어떤 시인이 모든 별들은 음악소리를 낸다고 한 적이 있습니다. 이는 케플러의 행성에 대한 이야기에서 가져온 것으로 알고 있습니다. 과학과 문학, 과학과 예술은 이렇게 결코 멀리 떨어져 있는 게 아니란 뜻입니다. 한국의 과학자 정재승은, 모든 과학은 연주할 수 있다고 말했습니다. 자, 이제 연주를 부탁드리겠습니다.(청중 박수)

과학자들의 뇌에서 무슨 일이 벌어지는가

정 재 승 안녕하십니까? 정재승입니다. 제가 원래 강연할 때 처음 한 5분만 떠는데, 오늘은 계속 떨리네요. 이제 여러분들 얼굴이 한 명, 두 명씩 보입니다. 반갑습니다. 과학과 관련된 자존심에 관한 이야기를 해 달라는 부탁을 받고, 처음에는 재미있겠다 싶어서 덜컥 하겠다고 했는데, 곰곰이 무슨 이야기를 할까 생각해보니까 별로 생각나는 이야기가 없었습니다. 그래서 인터넷에서 '자존심과 과학'을 키워드로 쳐봤더니 아무것도 안 나오더군요.(웃음) 그러니까 오히려 '아, 이거 내가 한번 해야 되겠다' 하는 생각이 들었습니다. 이제 누군가가 '자존심과 과학'을 검색하면 제 글이 나올 거 아니에요? 그래서 어떤 이야기를 할까 고심하면서 이 자리에 왔습니다. 생각하면 할수록 자존심과 과학이 관련이 많더군요. 제가 생각한 범위 안에서 '자존심과 과학, 과학과 자존심'에 대해 말씀드리려고 합니다. 오늘은 쌍방향으로 진행되는 강연을 했으면 하는 바람입니다. 제가 여러분들께 질문을 많이 드릴 것이고, 여러분들도 그때그때 저한테 많이 질문해주십시오. 시작해볼까요?

자존심이란 무엇이냐? 자기 스스로를 존중하고 높이는 마음이겠죠? 우리 모두는 누가 가르쳐주지 않아도 자기 스스로를 존중하고 자신의 가치를 나름대로 평가해서 행동하고 생각하는 것을 본능처럼 가지고 있습니다. 과연 자존심의 기원은 무엇일까요? 제가 원래 물리학적인 관점에서 인간의 뇌가 어떻게 사고하고 자신을 의식할 수 있는지를 통합적으로 이해하는 일을 하는 사람이거든요. 그런 관점에서 자존심이라는 근원이 무엇인지 말씀을 드리고, 그런 면에서 과학자의 자존심은 어디에 있는지, 그리고 앞으로 과학의 자존심을 어떻게 지켜 나갈 수 있을지 여러분들께 말씀드리겠습니다.

꽃 한 송이를 보고 냄새를 맡고 탄성을 지르는 순간에도 뇌는 구석구석까지 아주 활발하게 활동합니다. 지난 한 50년 동안에 사람들은 그 300년 전보다 뇌에 관해 훨씬 더 많은 지식을 갖게 됐습니다. 그래서 이제는 우리가 보고 듣고 냄새 맡고 맛과 감각을 느끼는 것들이 모두 뇌의 기작이고, 무언가를 느끼고 기억하는 것도 생물학적 뇌의 기작이라는 것을 어느 정도 설명할 수 있게 됐습니다. 심지어 영혼이라는 개념을 도입하지 않고도 의식이나 누군가를 사랑하는 마음까지 설명할 수 있다고 어떤 과학자들은 믿고 있습니다. 그들이 옳을 수도 있고 그렇지 않을 수도 있지만, 최소한 우리가 자존심이라는 것이 있어서 그 자존심에 따라 생각하고 행동한다면, 뇌의 어떤 부분에서 그 자존심을 만들어낼 것이라는 추측은 타당하고 합리적이라고 생각하거든요. 자존심은 어디에 있느냐? 그것이 자존심에 대해 던지는 첫 과학적 질문입니다.

여러분들은 다행히 자기 뇌를 직접 본 적 없으시죠? 뇌의 무게가 1.2킬로그램에서 1.4킬로그램 정도됩니다. 그리고 약간 불그스름하면서 말랑말랑한데, 그렇다고 해서 푹푹 들어가는 건 아니고 약간 지우개 같은 느낌이라고 생각하시면 됩니다. 그리고 보통 핏기가 서려 있지만, 시체들의 뇌를 보면 좀 더 짙은 회색입니다. 사람들이 뇌를 이야기할 때 '우주에서 가장 복잡한 기관'이라고 말합니다. 여기 보이는 주름 하나하나가 그냥 생긴 주름이 아닙니다. 누구 뇌든 주름 모양이 비슷합니다. 그리고 이 안에는 150억 개 정도 되는 신경세포들이 다른 신경세포들과 각각 천 개씩 서로 연결되어 네트워크를 이루면서, 우리로 하여금 듣고, 말하고, 생각하고, 행동하게 합니다. 도대체 이 녀석들이 어떻게 신호를 주고받으면서 사고하는지를 밝혀내는 것이 21세기 과학의 최대 난제가 될 것입니다.

과학자의 자존심을 이야기하려면, 과연 과학자들의 뇌에서 무슨 일이 벌어지는지를 알아야겠죠? 자존심은 어떻게 생기는 걸까요? 학습하고 배우지 않더라도 그에 따른 행동을 보이는 걸로 봐서 생물학적으로 그렇게 조직되어 있거나, 아니면 부모의 행동들을 보면서 자연스럽게 배울 수도 있겠죠. 자존심의 기원이 무엇인지 제가 뇌 속에서 한번 파헤쳐보도록 하겠습니다.

뇌에 관한 이야기를 드리기 전에 뇌에 대한 기본적인 지식을 말씀드리겠습니다. 원자력 발전소에서 일하는 과학기술자 심슨의 뇌를 예로 들면서 설명드리겠습니다. 우리가 보고 듣고 냄새 맡고 촉각을 느끼는 신호들은, 뇌를 반으로 나누었을 때 뒤쪽으로 갑니다. 눈은 정반대편인 뇌의 뒷부분과 연결되어 있고 청각이나 후각도 양 옆쪽에 있는 측두엽으로 들어가므로, 이곳을 신호들이 모두 들어오는 입력단자라고 보시면 됩니다. 그래서 뒤통수를 맞으면 별이 보입니다. 앗, 농담입니다. 어디 가서 그런 이야기하시면 안 됩니다.(청중 웃음) 두개골로 덮여 있어서 전혀 상관없습니다. 이렇게 모인 신호들은 갑자기 다시 맨 앞으로 갑니다. 이마 바로 뒤의 부분을 '전두엽(frontal lobe)'이라고 부릅니다. 그 중에서도 더 앞에 있는 부분이 '전전두엽(prefrontal cortex)'입니다.

전전두엽이 사람의 인격 구조에 비유하자면 일종의 슈퍼에고 같은 역할을 합니다. 인간을 인간이게 하는 뇌 영역이 바로 이 영역입니다. 이 영역이 하는 일은 내가 받은 모든 신호들, 곧 보고, 냄새 맡고, 들은 것들을 종합해서 어떤 상황인지 추론하고, 내가 어떻게 해야 되는지 고민하고 내가 행동을 취했을 때 벌어지는 상황을 예측하고, 그 다음에 어떻게 행동하라고 명령을 내리는 곳입니다. 그래서 사람이 여기가 망가지면 정신분열증에 걸립니다. 어린아이는 이 영역이 거의 발달돼 있지 않습니다. 이 영역은 사춘기가 되어야 발달합니다. 그래서 사춘기 전 아이들이 개념이 없습니다. 그러니까 어렸을 때 "나는 박치기 왕이야" 하며 으스대던 아이들은 이 영역이 많이 망가져서 '커서 인간되기 어렵습니다'.(청중웃음) 원숭이보다 하위 동물들은 이 영역이 굉장히 작습니다. 여기서 어떻게 하라고 명령을 내리면, 감각운동 영역(sensorimotor area)인 뇌 가운데 부분에서 어떻게 행동할지 몸으로 신호를 보냅니다. 그래서 사람들이 그렇게 행동하는 겁니다. 결국 신호가 오면 어떻게 행동해야 될지 고민해서, 행동을 결정하면 명령을 내리는 구조인 거죠. 그러면 자존심은 어디 있을까요? 자존심은 이마 뒤에 있겠죠. 넌 도대체 자존심도 없냐고 누가 물으면, 이마 뒤에 있다고 말씀하시면 됩니다.(청중웃음)

지금까지 뇌에 관한 해부학적인 이야기를 드렸는데, 사실 겉으로 보이지 않지만 대뇌피질에 둘러싸여 있는 가운데 부분이 있습니다. 뇌 한가운데 있으니까 보이지 않겠죠? 거기가 '보상중추'라는 곳인데, 베르나르 베르베르의 《뇌》에서 '쾌락의 중추'라고 말하는 영역입니다. 거기에 전기적으로나 약물을 통해 자극을 주면 기분이 좋아집니다. 스키너가 했던 아주 유명한 심리학 실험이 있는데, 상자 안에 쥐를 놔두고 거기에 전극을 꽂습니다. 상자 안에 레버 두 개가 있는데, 한 레버를 누르면 먹을 게 나오고 다른 한 레버를 누르면 보상중추가 전기적으로 자극을 받습니다. 그러면 이 쥐는 밥 나오는 레버를 누르지 않고, 쾌락중추를 자극하는 레버만 누르다가 굶어 죽는다고 합니다. 그 정도로 우리는 쾌락에 민감합니다. 알코올 중독자가 알코올을

먹을 때 활발하게 활동하는 영역이 바로 이곳입니다. 담배를 못 피다가 담배를 한 대 피웠을 때 막 활동하는 영역이죠. 안 풀리던 수학 문제가 어느 순간 풀렸을 때 활동하는 영역, 필로폰 먹고 기분 좋은 영역이 다 이곳입니다. 그러니까 그 영역은 나로 하여금 무슨 행동을 하게 하는 역할을 합니다.

인간은 쾌락을 좇는 동물이니까, 나에게 많은 쾌락을 주는 행동들을 하게 마련이죠? 만약 필로폰이 그 쾌락이라면 뇌의 앞부분인 전전두엽에서는 "아, 그거는 도덕적으로 문제가 있고, 법적으로도 문제가 복잡하기 때문에 하지 않는 게 좋을 걸"이라고 이야기하고, 그 밑에서는 "아, 뽕 냄새 장난 아니야, 홍콩 가"라고 신호를 보냅니다. 그러면 "아, 안 돼. 한 번만 더 생각해봐" 하면서 계속 신호를 왔다갔다 보냅니다. 전전두엽이 이기면 "그래, 오늘은 하지 말자" 하고 끝나고, 가운데 보상중추가 이기면 "딱 한 번만 하고 다음부턴 안 해야지" 하고 행동을 하는 거죠. 삶은 결국 그 둘 중에서 누가 이기느냐에 따라 많은 부분들이 결정됩니다.

사람들 중에 거짓말을 해야만 하는 사람들이 있습니다. 병적인 거짓말쟁이죠. 거짓말을 하면 기분이 좋아지는데, 그때 보상중추가 활발히 활동하기 때문이겠죠. 그리고 남을 때리고 싶은 충동을 억제하지 못하는 사람도 있죠. 이런 사람들은 원래 어떤 의도를 가지고 그러는 것이 아니라, 자기를 억제하지 못해서 그런 것입니다. 아이들이 그렇습니다. 아이들은 이 앞쪽 영역이 발달하지 않았기 때문에, 하지 말라고 해도 다섯 살짜리 언니가 세 살짜리 동생을 때립니다. 그리고 나서 미안하다고 합니다. 앞으로 여러분의 자식들이 그런 행동을 하면 '아직 우리 애는 전전두엽이 발달하지 않아서 그렇구나'라고 생각하고 이해하세요. 이제 뇌가 어떻게 작동하는지 감이 오시죠? "우리 남편은 성인인데 아직도 그래요" 하는 분 있으세요?^(청중 웃음)

　　보상중추는 아주 어렸을 때 발달합니다. 그렇기 때문에 두세 살짜리 아이도 사탕이나 초콜릿을 한번 주기 시작하면 난리가 납니다. 사탕이나 초콜릿이 쾌락의 중추인 보상중추를 열심히 자극하거든요. 우리가 사랑에 빠져도 그 영역이 막 자극되죠. 사랑하는 사람끼리 초콜릿을 나눠 먹는 이유도 그것 때문입니다. 사랑하지 않는데 초콜릿을 먹고 기분이 좋아지면 아니 저 사람을 사랑하나 하면서 혼란스럽겠죠? 그러면서 감정 변화에 꼬리표를 붙입니다. 어떤 사람 앞에서 가슴이 뛰고 기분이 좋고 설레고 땀이 나는 신체적인 각성이 먼저 오고, 판단은 나중에 한다는 거죠. 이렇게 스무 살 정도가 될 때까지 발전하는데, 13세 이후부터 굉장히 많이 발전합니다. 사회화도 이곳과 관련됩니다. 다 때가 되면 발달하지만, 그때 환경적으로 어떤 상황에 놓이느냐에 따라 발달하는 정도가 다르죠. 생물학적으로 완전히 결정된 게 아니라, 어느 부분은 생물학적으로 결정된 부분도 있고 환경에 영향을 받기도 하는 복잡한 과정에 의해서 각자 서로 다른 뇌의 특징과 구조를 갖습니다.

　　다음으로 그러면 보상중추를 '이드'라고 할 수 있냐고요? 좋은 질문이신데, 딱히 그렇다고 볼 수는 없습니다만 성적 욕망 자체도 다 보상중추에서 관여하기 때문에 이드의 모습에 가깝습니다. 그래서 어떤 사람들은 이것을 논리적으로 비약해서, 전전두엽이 슈퍼에고이고 보상중추가 이드이며, 그 둘 사이에 주고받는 아주 복잡한 과정을 통해 행동하는 '밖에서 본 나'가 에고라고 해석하기도 합니다. 그렇지만 기본적으로 프로이드의 이드와 에고 그리고 슈퍼에고라는 도식이 과학적으로 적절하지 않은 도식이기 때문에, 과학자들은 잘 사용하지 않습니다.

이타적 행동과 자존심의 미스터리

자, 그러면 이제 제가 여러분과 함께 간단한 게임을 하나 해보겠습니다. 두 분 정도 앞으로 나오셔서 저랑 같이 게임을 해야 되는데, 자발적인 지원자를 원합니다. 손을 들어주시지요. 서로 모르시는 분이 나와주세요. 반갑습니다. 어떤 게임이냐면 바로 '최후통첩 게임(Ultimatum game)'이라는 것입니다. 앉아 계신 여러분들도 함께 생각해주세요. 제가 이쪽 분께 만 원을 드립니다. 그러면 이 돈을 받으시고, 원하는 액수를 본인이 갖고 나머지를 옆에 계신 분께 주면 됩니다. 그러면 옆에 계신 분은 이 돈을 받을 것이냐 말 것이냐를 결정하시면 됩니다. 만약 받겠다고 하시면 두 분이 사이좋게 나눠 가지면 되구요, 안 받겠다고 하면 둘 다 못 받고 제게 돈을 돌려주셔야 합니다. 아시겠죠? 제가 일단 만 원을 드리겠습니다. 이런 상황에서 옆에 계신 분께 얼마를 드릴 건가요? '본인이 5천 원 갖고 상대에게 5천 원을 주겠다'고 하셨습니다. 그러면 다른 분은 5천 원이면 받으시겠습니까? '받겠다'고 하십니다. 잘하셨어요. 감사합니다.

최후통첩 게임이라는 것이 이런 것입니다. 여러분들이라면 얼마를 주시겠습니까? 일단 5천 원보다 더 많이 주겠다는 분 계십니까? 도대체 어떤 생각을 가지고 계신 분들이죠?(청중 웃음) 그러면 5천 원보다 적게 주겠다는 분 계세요? 그렇게 줘도 받을 거라고 생각하는 분? 천원 주겠다는 분도 계시네요. 얼굴을 잘 봐두십시오.(청중 웃음) 방금 보신 대로 한 사람이 두 사람 중 한 사람에게 돈을 주면, 그 사람은 원하는 만큼 갖고 다른 사람에게 나머지를 주는데, 그 사람은 받거나 안 받거나 두 가지를 할 수 있습니다. 보통 사람들의 경우에는 7 대 3에서 6 대 4 사이 비율로, 본인이 6에서 7 사이를 갖고 상대에게 3에서 4 사이를 줍니다. 만약 여러분이 수학적이거나 경제적인 사람이라면, 이 게임에서 가장 훌륭한 선택은 무엇일까요? 우선 받을지 말지를 선택해야 하는 분의 경우에는 단돈 오십 원이라도 무조건 받는 게 이득입니다. 만약 만 원 중에서 9천9백 원을 상대가 갖고 나에게 백 원 준다고 해도, 무조건 받는 것이 안 받는 것보다는 경제적인 관점에서 봤을 때 더 낫죠? 한번 쪽팔렸는데 반드시 받아야죠. 그렇기 때문에 처음 제게 돈 만 원을 받은 분은 상대에게 최소의 금액만 지불하는 것이 가장 현명한 선택입니다. 그런데 사람들은 이상하게도 7 대 3 또는 6 대 4 정도의 비율로 나눠 갖습니다. 왜 상대에게 3천 원이나 4천 원을 주는지 아직도 풀리지 않은 과학계의 미스터리입니다. 또 받는 사람의 경우에는 6 대 4 또는 7 대 3일 때는 보통 받아들입니다만, 8 대 2나 9 대 1이면, 다시 말해 자신에겐 천원이나 2천 원만 주겠다고 하면 '안 받겠다' 고 하는 사람이 60퍼센트가 넘습니다. 이것 역시 과학계의 미스터리입니다. 아직 왜 그런지 모릅니다. 천 원, 2천 원이라도 받는 게 분명 이득이죠? 그런데 안 받습니다. 그냥 안 받는 게 아니라 "더럽고 치사해서 안 받고 말아"라고 하지요.^(청중 웃음)

수학 분야 중 게임이론을 적용하면 최소 십 원을 주고 자기가 9천 9백9십 원을 갖는 것이 최상의 답안이라는 것은 수학적으로 증명되어 있습니다. 이것을 증명한 사람이 영화 〈뷰티풀 마인드〉의 주인공 존 내쉬입니다. 존 내쉬는 여러 사람이 게임을 할 때, 항상 '최선은 아니지만 모두가 자기 전략을 바꾸지 않는 것이 적절한 전략(해답)'이 존재한다는 것을 증명했는데, 그 상황을 우리는 '내쉬 평형'이라고 부릅니다. 최후통첩 게임의 경우에는 9천9백9십 원을 주고 십 원이라도 받는 것이 여기에 해당됩니다. 그런데도 사람들은 그렇게 행동하지 않습니다. 보통 자기가 6천 원에서 7천 원을 갖고, 옆에 있는 사람에게 3천 원에서 4천 원을 줍니다. 더 희한한 현상은 '독재자 게임'이란 것을 할 때인데, 돈을 나눠주면 옆 사람이 선택의 여지가 없이 반드시 받아야 하는 상황에서도 사람들은 최소한 천원, 혹은 2천 원을 준다는 거죠. 수학적인 사람이거나 매정한 사람이라면, 혹은 옆 사람을 두 번 볼 거 아니라면,^(청중 웃음) 그냥 십 원을 주겠죠. 그런데 이러한 상황에서 사람들이 왜 천 원에서 2천 원까지 주는지가 과학계의 미스터리입니다.

최후통첩 게임에서는 4천 원을 주고 독재자 게임(옆 사람이 반드시 주는 대로 받아야 하고 선택의 여지가 없는 상황)에서 2천 원을 주겠다는 사람은 원래 옆 사람에게 실제로 주고 싶은 금액은 2천 원인데 2천 원만 줬다가는 옆 사람이 거절할 수도 있으니까, 보험 드는 셈 치고 2천 원을 더 얹어준 것으로 해석할 수 있습니다. 그러면 위에 얹어준 2천 원은 보험이라 치고, 왜 무조건 받아야 되는 상황(독재자 게임)에서도 2천 원을 주는지 그 이타적 행동은 과학계의 미스터리이자 '우리 사회와 인류가 풀어야 할 문제'입니다.

사람들에게 그럴 때 왜 돈을 안 받았느냐고 물어보면, '기분이 나빠서 안 받았'고 이야기합니다. "둘 다 사실 특별히 하는 일 없이 돈을 받는데, 누구는 8천 원을 받고 누구는 2천 원 받느냐? 게다가 이것을 받을지 말지는 나에 의해 결정되는 것이니까 내가 더 많이 노력하는데⋯⋯." 내가 2천 원이라도 받는 게 이득이라는 것은 똑똑한 사람일수록 잘 알지만, 상대적으로 내가 덜 받는다고 믿기 때문에 더럽고 치사해서 안 받는다고 하는 것이 '사람의 자존심'입니다. 내가 노력한 만큼 대우받기를 바라는 마음, 그렇지 않으면 공정하지 않다고 느끼는 사회적 감정, 그것이 바로 자존심과 연관이 돼 있으니까요. 그래서 과학자들이 '그때 뇌에서 무슨 일이 벌어지는지' 게임에 참가한 사람들의 뇌 영상을 찍었습니다. 그러면 자존심 상한 상황에서 뇌가 어떻게 되는지를 알 수 있겠죠?

먼저 천 원, 혹은 2천 원을 받고 기분이 나빠서 제안을 거절하는 상황일 때 찍은 뇌 사진을 들여다보면, 이때 가장 활발히 활동하는 영역은 인슐라(Insula)라는 뇌 영역입니다. 인슐라가 어떤 곳이냐면, 사람이 길을 걷다가 똥을 보거나 역겨운 상황을 맞았을 때, 그래서 기분이 굉장히 나쁠 때 마구 활성화되는 영역입니다. 이 영역이 이렇게 활동을 보인다는 것은 사람들이 겨우 천 원을 제안받으면 말 그대로 '더럽고 치사해서' 안 받게 되는 겁니다. 그 외에도 '갈등적인 상황에서 어떻게 해야 될지 고민하는 영역'인 ACC(anterior cingulate cortex)라는 영역도 마구 활동을 하지요. 갈등을 한다는 것은 이미 안 받을 준비가 된 것이라고 보면 됩니다.

반면 단돈 천 원이라도 제안을 받아들이겠다고 마음먹은 사람의 뇌활동을 살펴보면, '이 상황에서 내가 받는 게 좋겠지' 하면서 계획을 세우고 추론하고 합리적으로 선택하는 전전두엽이란 곳이 마구 활동을 합니다. 그래서 어떤 사람이 돈을 받고자 할 때 그 사람의 뇌에선 이 영역이 인슐라 같은 곳의 활동을 억제하는 것이지요.

이처럼 간단한 상황에서도 사람들의 뇌는 여러 영역들이 마구 활성화되면서 상대에게 돈을 얼마를 줄 건지, 또 제안을 받아들일 건지 말 건지 고민하죠. 그러니까 결국 뇌에 있는 어떤 영역을 콱 망가뜨린다고 자존심이 없는 인간이 되는 것이 아닙니다. 여러 가지 정보들이 뇌 앞부분으로 오면 저 사람이 나를 어떻게 대우하고 있는지를 판단하는 영역과 감정적인 욕망에 좌우되는 보상중추가 복잡하게 활성화되면서, 나로 하여금 지금 내 상황에서 내가 상대로부터 어떻게 평가받고 나는 어떻게 행동해야 되는지를 결정하게 합니다. 이 모든 과정이 뇌라는 복잡한 네트워크에 골고루 흩어져 있어서, 내가 자존심을 세우고 어떤 행동을 할 때마다 이 영역들이 난리를 칩니다. 어느 한 군데만 관여하는 것이 아니라, 이 모든 영역들이 '이럴 경우에는 자존심

죽여야 돼', '이럴 경우에는 받아야 돼', '기분 더럽게 나쁘네', '저 사람이 지금 날 무시하는 건가?', '지금 이 상황이 뭐지?' 하고 고민하면서 어떻게 행동해야 될지 결정하는 것입니다.

그러다 보니 사람들은 특히나 어렸을 때 과도하게 공정함에 집착합니다. 대학생들도 마찬가지입니다. 저 학생이 저 점수를 받았는데, 내가 왜 이 점수를 받아야 되는지를 막 따집니다. 논리적인 설명 없이 점수를 대충 주면 안 됩니다. 어릴수록 굉장히 산술적인 공정함에 집착합니다. '쟤는 두 개 줬는데 나는 왜 하나 밖에 안 주나?' 하는 식으로요. 이 영역은 누가 그렇게 하라고 가르쳐주는 게 아니라, 우리가 뇌에 가지고 있는 여러 가지 본질적인 특징 가운데 하나입니다. 다른 사람으로부터 차별받지 않고 공평하게 대우받고 존중받고 싶은 마음이 아주 어렸을 때부터 사소한 행동 하나하나에도 다 연결되어 있습니다.

추락한 과학자들의 자존심, 그럼에도……

그러면 작금의 상황에서 과학자들이 얼마나 자존심이 상했을지 짐작이 가세요? 요즘 생물학과가 난리가 났습니다. 일반생물학 강의를 200명, 300명씩 듣습니다. 그런데 그 중에 80퍼센트는 의대를 가겠다는 학생들입니다. 전국에 있는 의대를 다 휩쓸고 나서, 서울공대나 자연대를 고려한다면서요? 엄청 열심히 공부해야 되는 것은 과학자나 의사나 마찬가지인데, 과학자는 이 정도만 대우받고 비슷하게 공부한 의사는 훨씬 사회적으로 존경받고 돈도 많이 버니까 생각할수록 억울하죠. 최후통첩 게임에서 8 대 2 비율로 2천 원을 받은 심정이 요즘 과학자들의 심정입니다. '쟤는 별로 한 것도 없고 고민은 내가 다 한 것 같은데, 나는 왜 2천 원 받고 쟤는 왜 8천 원 받지?' 대한민국이 이렇게 좋아진 것은 다 과학기술이라는 성장 동력 때문이라고 말하면서, 사람들은 왜 그 돈으로 의사한테 가서 성형수술 받느라 돈을 다 쓰나? 우리 사회에서 그런 일들이 벌어지고 있는 것이 공정하다고 평가하는 것 같습니다.

특히 국제통화기금에서 구제금융을 받아야 하는 상황이 되었을 때 사람들이 굉장히 충격을 받았습니다. 1970년대부터 1990년대 초반까지 가장 똑똑한 사람들은 다 이공대로 가고, 그 중 천재들은 물리학과에 갔다고 하죠. 그런데 1997년도에 아이엠에프(IMF) 사태가 터지자, 정부에서 제일 먼저 연구개발(R&D) 분야 예산을 줄이자면서 대덕연구단지의 과학자들도 약간 해고했고 기업에서도 알앤디 분야를 제일 먼저 축소하고 연구비를 동결했습니다. 우선적으로 가장 불필요한 존재로 낙인찍혔죠. 그 사실이 과학자들에게는 굉장히 받아들이기 힘든 상황이었습니다. 왜냐하면 한편으로는 내가 하고 싶은 연구를 마음껏 할 수 없는 상황이 너무 안타까워서이기도 하지만, 다른 한편으로 사실 과학자들은 사회적 인정, 다시 말해 자존심으로 먹고사는 사람들입니다. 자신이 굉장히 똑똑한 사람이고 중요한 일을 하고 있다는 자의식이 있죠. "이 수학 문제, 이런 거 왜 못 풀어?" 하면서,^(청중 웃음) 어깨에 힘주고 살아왔는데 제일 먼저 정리하고 대상이 된 것입니다. '이제까지 우리가 진짜로 필요했던 게 아니고, 실제로 우리를 조정하고 있는 사람은 인문·사회학자들이구나. 인문·사회학을 전공한 사람들이 보직을 맡아서 돈은 자기네들이 다 나누면서, 우리한테는 성장 동력이라고 부추기면서 부려 먹고 있었구나. 그러다가 상황이 어려워지니까 이렇게 내치는구나' 하고 느껴지는 거죠.

이러한 상황은 우리만이 아니라 일본도 마찬가지입니다. 일본에서 인문·사회과학 학과를 졸업한 사람과 자연과학 학과를 졸업한 사람을 20년 뒤에 비교해보니까, 전공에 따라 인문·사회과학을 전공한 사람이 자연과학을 전공한 사람들보다 평생 연봉의 합이 5억이 더 많았습니다. 그러니까 인문·사회과학을 졸업하면 집 하나 가지고 시작하는 거죠. 우리나라도 지금은 많이 바뀌었습니다만, 1997년만 하더라도 사실 그랬죠. 그러다가 1990년대가 끝날 무렵 2000년에 들어서면서 황우석 교수가 나타났습니다. 아이엠에프 사태로 알앤디 분야 예산이 확 죽었다가, 그래도 멀리 내다보면서 알앤디 분야를 투자해야 된다는 분위기가 만들어질 때쯤 슈퍼스타가 나타난 것입니다. 멋지게 생기고 말도 잘하고 연구 업적도 훌륭하고 겸손한 국가적 영웅이 나타난 거죠. 그러자 과학계에 주목하지 않던 언론들이 일간지 1면에 과학기사를 싣고, 사회적으로 이공계에 투자를 해야겠다는 분위기도 생기면서 한참 기분이 좋았죠. 그러다가 논문 조작 사건이 터지면서, 21세기 한국 과학의 자존심이 다시 한번 한순간에 나락으로 떨어졌습니다.

모든 국민들에게 충격이었지만, 과학자들에게는 아주 특별한 충격이었죠. 지금도 기억하는데, 《뉴욕 타임스》 기사 제목이 '한국의 자존심이 추락했다'였습니다. 그걸 보면서 아이엠에프 사태 이후 이 최대 위기를 과연 잘 추스를 수 있을까 하는 걱정이 들었습니다. 그 뒤로 점점 이공계를 기피하는 현상이 줄어들면서 과학계의 연구 지원도 많이 늘어나는가 싶지만, 정말로 똑똑한 사람들은 의대로 많이 가고 있기 때문에 과학계 내부에서 걱정의 목소리가 굉장히 높습니다. 이것이 작금의 현실입니다.

　사람들에게는 'The status quo bias'라고 해서 '현상 유지 특성'이라는 것이 있습니다. 항상 지금 내가 갖고 있는 것에 집착합니다. 그것의 가치를 높이 평가합니다. 유명한 실험을 예로 들면, 여러분들에게 초콜릿 바를 나눠드리고 나서 그것보다 천 원 정도 더 비싼 머그컵을 들고 와서 바꾸자고 합니다. 그러면 초콜릿 바를 가지고 있는 사람은 "싫어요. 컵 두 개 주세요"라고 합니다. 마찬가지로 다른 사람들에게는 먼저 컵을 나눠준 다음에 초콜릿 바하고 바꾸자고 하면, "초콜릿 바 두 개 주세요"라고 합니다. 가치가 비슷한데도, 사람들은 내가 지금 갖고 있는 가치가 높고 그것을 뭔가와 바꾸는 수고를 하려면 더 큰 보상이 있어야 된다고 생각합니다. 현재 상황이 항상 기준점이 되는 거죠. 미국에 뉴저지 주와 필라델피아 주가 있는데, 뉴저지 주는 차를 사면 무조건 모든 것이 보장되는 보험이 기본입니다. 물론 그것 말고 이것저것 다 뺀 값싼 보험에 들 수도 있습니다. 그럴 경우에 모든 것이 다 보장되는 보험을 드는 사람이 75퍼센트 정도 되고, 보장 내용을 몇 가지 빼서 값이 싼 보험을 드는 사람이 25퍼센트 정도 됩니다. 그런데 필라델피아는 기본 보험이 제일 싼 겁니다. 원하는 사람은 추가해서 다 보장되는 보험을 들 수 있습니다. 그 경우에 72퍼센트가 기본인 값 싼 보험에 듭니다. 나머지 28퍼센트 정도가 여러 가지 옵션을 추가해서 비싼 걸 든다는 거죠. 기본이 무엇이냐에 따라, 내가 지금 갖고 있는 게 무엇이냐에 따라 사람들은 다른 것을 받아들일 때 충격이 다릅니다. 항상 그 기준은 지금입니다. 그래서 백화점에서 세일 기간이 끝나고 나서 값이 다시 제자리로 돌아오면, 한동안 물건이 안 팔립니다. 다시 제자리로 돌아온 건데도 사람들이 비싸게 주고 산다고 느끼기 때문이죠. 프로모션 딥(promotion dip)이라고 부르는 이런 현상이 발생합니다.

이런 것처럼 과학자들은 그 전까지 굉장히 잘 나가다가 너무 짧은 순간, 곧 1997년부터 겨우 10년 사이에 한꺼번에 많은 걸 잃어버렸습니다. 그래서 그 충격이 되게 큽니다. 사실 저도 이공계 출신이지만, 냉정하게 보면 이공계보다 인문·사회과학의 상황이 훨씬 더 힘들고 어렵습니다. 이공계는 위기지만 인문·사회과학은 절망입니다. 이공계에 투자하는 돈에서 10분의 1만이라도 인문·사회과 '학'에 투자한다면, 우리나라가 정신적으로 엄청나게 성숙해질 텐데도 그런 일이 벌어지지 않죠.

그리고 더 냉정하게 바라보면 전에도 과학자가 우대받던 시절은 없었습니다. 언제가 과학자가 우대받던 시절이었나요? 생각해보세요. 삼국시대, 고려시대, 조선시대에 과학자가 우대받았습니까? 근대에 와서 과학자가 우대받았나요? 해방 이후에 박정희 대통령에 의해서 과학원이 만들어지고 과학을 일으켜 세우려고 하는 것 같았지만, 사실 그때 과학은 산업인력을 키우는 것이었습니다. 결국 과학자들이 우대받는 시절은 없었습니다. 과학자들 중에서 대우받는 사람들은 교수들인데, 그 사람은 교수이기 때문에 대우를 받는 거지 과학자이기 때문에 대우받는 것이 아닙니다. 그 사람들은 인문·사회과학 교수들과 똑같이 대우받습니다. 냉정하게 살펴보면 우리 사회에서 과학자들이 훌륭한 일을 한다고 대우받은 적이 많지 않습니다.

이공계에 있는 사람들은 지금의 상황에 대해 매우 절망적이라고 생각하고 이공계를 기피하거나 떠나려고 합니다만, 저는 이공계에 희망이 있다고 생각합니다. 사실 제가 보기엔 지금은 과학기술에 있어 유례없이 좋은 시절입니다. 최소한 온 국민이 과학자를 걱정해주는 사회잖아요. 사실 기피하는 학과는 인문·사회과학에 더 많습니다. 정원이 세 명, 네 명인 학과가 많이 있잖아요? 학과의 존립 자체가 위험하죠. 그럼에도 국가에서는 "과학이 중요한데, 더 많이 투자해야 되는데……" 하고 있고. 결국 지금은 못하고 있지만 언젠간 되겠죠. 그리고 많은 사람들이 의대 가면 똑똑하다고 칭찬하지만, 그래도 "바람직한 현상은 아닌데, 이공계도 많이 가야 되는데" 하고 최소한 걱정은 해주시잖아요. 물론 자존심이 좀 상하지만 그 동정이라도 있는 것이 그 중요성을 인정받고 있다는 점에서 그나마 다행인거죠. 그리고 저는 개인적으로는 과학에 대한 중요성을 모두가 점점 더 많이 인식하고, 그보다 더 중요하게는 모두가 과학을 조금 더 즐기게 되기를 바랍니다. 과학이란 게 어려운 줄 알았는데 할 만한데 하는 마음을 갖기도 하고, 앞으로는 과학 모르면 세상 살기 힘들지 하는 마음도 가져보고요. 유시시(UCC)라든지 웹2.0이라든지 모르면 무식한 사람이 되는 시대에 우리가 살고 있잖아요. 과학이나 과학자가 중요하다고 굳이 강조하지 않더라도 아마 사회적 분위기로는 점점 증대될 겁니다.

진정한 과학적 자존심은 인간과 자연에 대한 이해

무엇보다도 뇌에 대해 굉장히 재미있는 부분들을 우리가 아직 잘 모르기 때문에, 많은 젊은 사람들이 뇌를 연구하겠다고 나설 겁니다. 그래서 한 20년 뒤쯤 되면 '뇌과학'이 굉장히 발달하겠지요. 저는 가만히 20년 정도 연구 잘하고 있으면 이 분야에서 '선구자'가 되겠죠? (청중 웃음) 그게 제 학문적 전략입니다. 열심히 이 분야를 하다 보면 언젠가는 홈런을 칠 것이다!

개인적으로는 저는 냉정하게 봤을 때 지금처럼 사람들이 의대로 몰리는 현상도 그렇게 오래갈 것 같지 않습니다. 얼마 전 미국에서 출간된 책인데, 《의학의 종말(The End of Medicine)》이라는 책이 있어요. 굉장히 재미있습니다. 조만간 한국에도 출간될 것 같아요. 그러면 한번 읽어보시길 추천해드립니다. 빨리 번역돼서 서점에서 깔려야 할 책인데……. 어떤 내용인가 이야기하기 전에, 요즘 재미있는 현상 하나 알려드릴게요. 학생들이 카이스트에 들어가려면 면접을 보잖아요? 그때마다 고등학교에서 학생들에게 항상 가르쳐주는 것이 있습니다. 뭐냐면 면접에서 나중에 의대 가겠다고 이야기하지 말고, 카이스트가 이공계 대학이니까 "저는 훌륭한 과학자가 되겠습니다"라고 대답하라고 주입한답니다. 그래서 면접 보는 학생들마다 대답이 똑같습니다. "저는 피를 싫어합니다."(청중 웃음) "커서 뭐 하고 싶니?"라는 건 무슨 과에 가서 어떤 과학자가 될 건지 진로를 물어보는 건데, "의사는 싫고요……"라고 시작합니다. 하지만 일단 입학하고 나면 결국 의대에 들어가려고 공부를 열심히 합니다(다행히 아직 카이스트는 의사를 꿈꾸는 사람들의 수가 많지 않습니다. 70퍼센트가 과학고에서 오다 보니 훌륭한 과학자를 꿈꾸는 학생들이 다행히 아직은 많습니다만). 그런 학생들에게 왜 의대를 가려고 하는지 물어보면, 과학이 재미는 있는데 뭔가 사람들에게 도움이 되는 일을 해보고 싶다고 합니다. "야, 너 정말 사람들을 위해 도움이 되는 일을 하고 싶거든, 나중에 꼭 의사가 돼서 시골에 내려가서 사람들을 진료해라"라고 말하죠.(청중 웃음)

정말 사람을 돕고 싶다는 마음으로 의사가 된다면 똑똑한 사람들이 의사가 되는 게 전혀 문제될 거 없습니다. 그런데 우리가 알아야 할 것은 정말로 많은 사람들을 치료하고 돕고 싶으면 과학을 해야 된다는 사실입니다. 환자들이 약을 먹으면, 약이 치료할 곳에 가서 그 부분만 치료하지 않아요. 온몸으로 다 가는 겁니다. 다친 부위에도 가지만 다치지 않은 부위에도 가거든요. 그러면 다른 부분에서 문제를 일으킵니다. 약은 그럴 때 치명적인 영향을 주지 않을 정도로만 만들어놓은 것뿐이죠. 사실 그동안 굉장히 무식한 방식으로 사람을 치료해온 것입니다. 그런데 앞으로 미래가 되면 과학이 여러분들이 생각하는 것보다 훨씬 더 발달해서 배를 째지 않고도 안에 있는 암을 다 제거할 수 있게 됩니다.

　이번에 연세대학교 병원에 '다빈치'라는 기계가 들어왔습니다. 값은 좀 비싸지만, 이 기계 덕분에 암 수술을 받고 보통 2개월 동안 누워 있어야 될 사람이 이제는 개복하지 않고 수술을 받은 다음 며칠 후에 퇴원해서 출근할 수 있는 세상이 이미 왔습니다. 그런 기계가 이제 앞으로 더 많아질 것이기 때문에 향후 10년 안에 의사들이 사람을 치료하는 방식도 굉장히 많이 달라집니다. 그것이 《의학의 종말》이 전하고자 하는 메시지입니다. 그래서 15년 후에는 의학이 모습이 지금과는 전혀 다른 모습이 돼 있을 것이라고 책의 저자는 주장합니다. 그런데 지금 의과대학에 가서 공부를 하고 인턴, 레지던트, 펠로우까지 마치고 의사가 되려면(남학생의 경우 공중보건의까지 마치면) 약 15년이 걸립니다. 그러니 지금 입학한 사람이 15년 뒤에 의사가 되서 '사람 좀 고쳐볼까, 돈 좀 벌어볼까' 하면 세상은 완전히 바뀌어 있다는 거죠. 그 15년 사이에 가르쳐줘야 되는데, 학생들을 가르칠 의사들은 지난 20년, 30년 동안 전통 방식으로 의학을 하던 사람들이거든요. 그러니까 앞으로 '의학의 대혼란'이 온다는 것이 이 책의 요지입니다. 읽고 싶죠?(청중 웃음)

　의사는 환자와 대면해서 자신이 보는 환자를 위해 좋은 일을 하지만, 과학자는 많은 환자를 도울 수 있는 의료 기술과 의료 장비를 개발합니다. 정말로 남에게 도움되는 일을 하고 싶으면 내가 맡은 환자만 치료하는 것이 아니라 더 많은 사람들에게 더 큰 혜택이 갈 수 있도록 좀 더 근본적인 일을 하는 게 한 방법일 수 있는데, 사람들이 의학만 선택합니다. 저는 생명에 대한 소중함이나 존엄성을 모두 다 인정하는 한 의학에 종말이 오지는 않으리라 생각합니다. 그리고 의사가 하찮게 여겨지는 세상은 지금까지 한 번도 없었고, 앞으로도 그런 날은 오지 않을 것입니다. 의학이 이러한 여러 가지 문제점으로 인해서 그 중요성이 점점 덜해지는 상황에서도 미래에 대해 낙관하는 이유는 과학이 여전히 성장할 것이기 때문입니다. 그 때문에 크게 자존심을 상하지 않겠다는 것입니다.

그러면 과학자가 원하는 보상이란 무엇이냐? 돈을 더 많이 받아야 되나요? 아까처럼 5 대 5로 나누면 될까요? 과학자를 포함해서 많은 사람들을 대상으로 그 사람의 쾌락중추를 가장 자극하는 것이 무엇인지 뇌 사진을 가지고 조사해봤습니다. 그런데 과학자들이 가장 원하는 것은 돈이 아니라 사회적 지위, 명예, 존경 등이었습니다. 우리나라 정부는, 과학자를 제대로 대우해주지 않아서 이공계를 기피하는 현상이 일어나니까 장학금으로 대학생들에게 몇 백만 원씩 주고 월급을 올려주면 과학자들이 좋아할 테고 그러면 이공계로 더 많이 갈 거라고 생각합니다. 물론 그것도 원합니다! 굉장히 중요하지요. 그렇지만 그것 못지않게 중요한 게 또 있다는 겁니다. 과학자들이 원하는 것은 다른 지식노동자들과 마찬가지로 자신들이 하는 일이 굉장히 중요하다는 것을 많은 사람들이 인정해주는 것입니다.

아까 사회자께서 과학이 어렵다고 생각했는데 《과학콘서트》를 읽어보니까 쉽게 느껴졌다고 말씀하셨잖아요. 굉장히 훌륭하신 분인데,(청중 웃음) 《과학콘서트》는 쉬운 책이 아닙니다. 저한테도 과학은 어렵습니다. 저는 여러분들한테 과학이 어렵지 않고 쉽다고 이야기할 생각이 없습니다. 중고등학교 과학 교과서를 보면서 '너무 재미있다'고 '감동이야!'라고 말하는 사람은 변태입니다!(청중 웃음) 과학은 어렵습니다. 특히나 교과서는 더 재미없게 쓰여 있습니다. 그나마 제가 교양 과학 책을 보시라고 권하는 이유는 과학이 우리에게 주는 가장 큰 기쁨인 '자연과 우주 그리고 생명과 의식이 주는 경이로움'이 교과서에는 담겨 있지 않거든요.

과학은 지식이 아니라 그 경이로움을 체험하는 것인데, 그나마 교과서보다는 과학서적에서 그 경이로움을 맛볼 수 있으니까 그것을 권해드리지만, 사실 과학은 어렵습니다. 누구나 다 잘할 수 있는 것이 아닙니다. 그렇지만 그것이 굉장히 중요한 문제를 다루기 때문에 '도전해볼 만한 가치'가 있는 학문입니다. 그리고 인간들이 만들어놓은 약속들을 다 배우고 나면 굉장히 큰 기쁨이 옵니다. 남들이 마약을 할 때 느끼는 자극을 어떤 사람은 어려운 수학 문제를 풀고 나서 맛봅니다. 그 경험을 일찍 하면 할수록 더 어렵고 새로운 문제에 도전하게 되고, 나중에는 자기가 문제를 만들어서 사람들에게 던지게 되기까지 하거든요. 그러면서 '쾌락의 중추'가 활성화되죠.

과학자들이 원하는 것은 이런 것입니다. 너희들이 하는 연구 때문에 우리가 우주와 자연 그리고 생명과 인간이라는 존재에 대해 더 폭넓게 이해하고, 우리가 여기에 왜 태어나서 어디로 가는 거고 우주가 왜 이렇게 생겼는지 이해할 수 있으니, 굉장히 중요한 일을 하고 있다고 인정해주는 것입니다. 경제적으로 많이 보상해주지 않는데도 이렇게 연구하는 것을 보면, '과학자들은 정말 우주와 자연과 생명과 인간을 사랑하는구나' 하고 인정받고 싶은 겁니다. 과학자들은 굉장히 순수해서 그러면 또 도전할 힘이 생깁니다.

칼 세이건(Carl Edward Sagan)이 책도 많이 쓰고 텔레비전에도 나오고 다큐멘터리도 하고 그러잖아요? 코넬대학교 천문학과의 다른 젊은 조교수가 코넬대 학생들이 너무 똑똑해서 쩔쩔매면서 수업을 하고 나오다가 칼 세이건을 만났대요. 그래서 "연구하고 수업 준비하기도 바쁜데, 세이건 교수님은 어떻게 텔레비전에 나와서 일반인들 상대로 이야기도 하고 그럴 시간이 나세요?" 하고 물었더니, 칼 세이건이 "시간이 나서 하는 게 아니라, 내가 그런 걸 했기 때문에 당신 같은 똑똑한 사람이 천체물리학이라는 지옥에 빠지지 않았겠지"라고 이야기했답니다.

제가 원래 대학교 4학년 때까지 천체물리학자가 되려고 했는데, 그것이 우리 집안의 유일한 우환이었습니다. 식구들 누구도 저한테 말은 안 했지만, 말리지도 못하고 못내 걱정만 했었지요. 우리나라에 변변한 망원경이 있는 것도 아니고 제대로 연구도 할 수 없는데, 어떻게 그걸 하려고 하냐는 걱정이었죠. 그렇지만 저는 이 우주가 어떻게 탄생했고 인간이라는 생명이 어떻게 탄생해서 여기에 있는지를 평생 연구하면서 사는 삶이 굉장히 고귀한 삶이라고 믿었기 때문에, 그것이 되고 싶었죠. 저희 가족들도 그것을 기꺼이 인정해주었습니다. 과학자들은 그런 것을 인정받고 싶어합니다.

'과학자와 자존심'에 대해 마무리를 하겠습니다. 사실 과학자는 아주 오랫동안 인류의 자존심을 많이 상하게 해왔습니다. 2천 년 동안 우주는 인간을 위해서 만들어졌다고 믿어왔는데, 코페르니쿠스와 케플러, 그리고 갈릴레이가 나타나서 지구를 위해 세상이 도는 게 아니라 이 넓은 세상에 태양이라는 별이 존재하고 지구는 그 별의 주위를 도는 행성 가운데 하나일 뿐이라고 했을 때 지금부터 한 400년 전 사람들은 받아들이기 어려웠습니다. 당시 기독교적 관점에서 보자면 도저히 받아들일 수 없는 생각이었겠죠. 왜냐하면 성경에 따르면 인간이 그런 존재일 리가 없거든요. 지구가 그런 땅일 리가 없거든요. 자존심이 상했죠. 그래서 실험 결과가 아무리 맞지 않아도 신이 이 우주를 그렇게 만들었을 리가 없다고 생각했죠. '그래도 지구는 돈다'면서^(청중 웃음) 진리를 고수하려 했습니다. 그때 인간의 자존심은 굉장히 상처를 받았습니다.

그러고 나니까 또 몇 백 년 뒤에 찰스 다윈이 나타나서, 인간이 원숭이, 그리고 모든 인류가 공통 조상으로부터 진화해왔다고^(청중 웃음) 도저히 믿을 수 없는 이야기를 했습니다. 원래 계통수라는 것이 있어서 생명체들이 스스로 진화하고 분열하면서 인간이라는 존재까지 왔으므로, 인간과 다른 동물 사이에 질적으로 아주 큰 차이가 있는 것이 아니라 개체별로 차이는 있지만 그 차이들이 큰 계통수 흐름 속에 존재한다는 것이죠. 인간 역시 적자생존이라는 원칙으로 진화해온 생명체의 일종이라는 주장을 했던 겁니다. 그후 다윈의 후예는 다른 동물들도 인간을 즐겁게 하기 위해 만들어진 도구적 존재가 아니라, 인간과 더불어 살아야 되는 존재라고 주장했습니다. 도저히 받아들이기 어려운 주장이죠. 그러자 사람들이 그 과학자에게 그러면 '너도 원숭이 새 끼냐'고 놀렸습니다. 그 개념을 인류가 받아들이는 데 몇 십 년이 걸렸습니다(물론 아직도 받아들이지 않은 사람들이 많습니다만).

지금 우리가 살고 있는 세상은 어떤 세상일까요? 이제는 어쩌면 '우리가 서로 사랑하는 것'까지도 뇌의 생물학적 기작으로 설명할지 몰라요. 인간만 자의식을 갖고 있다고 믿으시죠? 그렇지 않을 수도 있어요. 이마 뒤에 있는 전전두엽이 인간이 제일 크니까 특별하기는 하죠. 그러나 다른 동물도 어느 정도 차이는 있겠지만, 전전두엽이 다 있습니다. 우리가 의식이라고 부르는 그것이 우리만의 특별한 것이 아니라 생물학적 뇌의 작용으로 설명할 수 있을지도 몰라요.

더 놀랍게는 로봇도 컴퓨터 프로그램으로 알고리즘화해서 우리처럼 의식을 갖게 될지도 모르고, 로봇이 우리를 사랑하게 될지도 모릅니다. 이제 기계 덩어리와 인간의 차이가 갈수록 줄어드는 세상이 올지도 모르고, 과학자들이 그런 세상을 부추길지도 모릅니다. 인간의 자존심이 점점 나락으로 떨어지죠.

그런데 그것이 정말로 인간의 자존심을 해치는 일일까요? 만약에 신이 인간을 위해 지구를 중심으로 우주를 만들었다면 과학자는 그 진실을 밝혀냈을 겁니다. 하지만 나중에 어떻게 될지 모르지만, 지금 우리가 알기로는 그것은 사실이 아닙니다. 그리고 인간의 지적 능력이 다른 동물들보다 그렇게 양적으로 우수하고 질적으로 뛰어난 것은 사실이지만 '우리가 생각한 것만큼' 특별하지 않다는 것이 조금씩 밝혀지고 있습니다. 인류가 턱없는 근거로 자존심을 자꾸 세우려고 하면 과학자들이 지난 수백 년간의 연구를 통해 그러지 말라고 다독거려왔습니다. 인간의 자존심은 그런 데서 오지 않습니다. 인간의 자존심은 자기 자존심이 깎이는데도 진실을 위해 냉정하게 우리 모습을 밝혀낼 때 거기에서 자존심을 찾을 수 있습니다.

지금은 여러분들께서 과학 때문에 인간이 자존심을 많이 상했고, 현재 과학계의 자존심이 바닥에 떨어졌다고 생각합니다. 하지만 우리가 좀 더 기다려보면, 과학을 통해 인간의 내면을 냉정하게 바라봄으로써 무엇보다 이 우주에서 어쩌면 유일하게(혹은 그렇지 않다고 하더라도) '나 자신과 우리를 둘러싼 환경에 대해 가장 깊이 이해하는 존재'가 되겠죠. 그런 점에서 지금은 먼지처럼 하찮은 존재지만, 앞으로 나름대로 자부심을 갖고 세상을 살 날이 오지 않을까 하는 생각이 듭니다. 감사합니다.^(청중 박수)

시민과학운동과 인문학적 성찰

사 회 자 여러분, 과학자의 자존심에 관한 이야기 잘 들으셨죠? 과학자의 자존심에 대해서, 그리고 인간이 어떻게 자존심을 가지고 있는가를 과학적으로 잘 설명해주셨습니다. 정말 연주를 잘해주셨죠? 제일 먼저 손드신 분께서 질문해주십시오.

청 중 1 저는 이번에 음대에 입학한 07학번 신입생입니다. 과연 과학이 진보하고 과학자들이 사회에서 인정을 받으면 사회가 발전할 수 있는지, 그리고 과학자들이 인문학적으로 성찰할 수 있는지에 대해 질문

하고 싶습니다.

정재승   좋은 질문이고, 사실 답이 없는 질문이라 편하긴 합니다. 일단 과학의 진보가 인류의 진보냐, 그리고 그것이 인문학적인 성찰이 많이 부족하다면 인간의 삶에 진정한 행복을 줄 수 있느냐 하는 문제는 과학자들에게 굉장한 숙제입니다. 저도 사실 그다지 낙관하지는 않습니다. 왜냐하면 과학 자체는 호기심을 충족시켜주고 진리를 드러낸다고 하지만, 그 결과물들은 대개 자본과 권력과 결탁하여 상업화되고 정치화되기 때문에 그것이 반드시 우리 삶을 행복하게 해준다고 생각되지 않아요. 특히나 우리나라 경우에는 작금의 현실로 보았을 때, 과학기술이 가져다줄 미래가 인간에게 삶의 가치를 높여주는 방식으로 적용되고 이해되는 것이 아니라 과학기술이 국가경쟁력이고 성장 동력이라고 생각하는 사회에 우리가 살고 있어요. 다른 나라에서는 과학기술이 굉장히 발달한 미래를 상상하라고 하면 아이들이 자연과 인간이 잘 조화된 세상을 그리는데, 우리는 나무 하나 없이 유리로 되어 있어 내부가 다 보이는 굉장히 높은 빌딩들이 서 있는 테크노피아를 먼저 떠올리잖아요? 그런 걸 보면 우리 머릿속에 있는 과학의 이미지는 사실 그런 모습입니다. 그런 사람들이 모여서 과학으로 우리 미래를 디자인하고 있기 때문에 우리는 그런 인문학적 성찰이 많이 부족한 상황입니다.

    저도 그것을 굉장히 중요하게 생각하면서도 어떻게 하면 된다는 답이 정확히 있지는 않지만, 과학자와 인문학자, 사회과학자들이 함께 이야기하면서 과학기술을 결국 어떤 방식으로 우리 삶에 안착시킬 것이냐에 대해 논의해야 된다고 생각합니다. 다행히도 우리나라에서도 시민과학운동 같은 것들이 조금씩 일어나고 있고, 또 많은 사람들이 거기에 관심을 가지면서 권력이나 거대 기업과 대응할 수 있는 수준까지 힘을 키우고 있습니다. 앞으로 그 힘들이 더욱 커질 거라고 믿고요. 따라서 과학자들은, 자기가 하는 연구들이 대부분 여러분들이 내주시는 세금으로 하는 일들이기 때문에, 내가 하는 일이 무엇이고 우리 미래를 어떻게 만들어놓을지를 여러분들 눈높이로 자주 이야기해드려야 합니다. 그런 이야기는 사실 전문가만 해야 하는 것이 아닙니다. 그것을 여러분들과 과학자, 또 인문학자, 사회과학자 들이 함께 이야기할 수 있는 사회 분위기를 만들어가는 것이 앞으로 과학자들이 해야 할 일이죠. 지금은 저처럼 텔레비전이나 라디오에 나오고 책을 쓰는 과학자들을 과학자들 내부에서도 중요한 일을 한다고 이야기하고 그런 사람들이 옛날에 비해서 굉장히 많아졌지만, 아직도 많은 사람들이 '저 사람이 시간이 남아서 그런다'고 하면서 곱지 않은 시선으로 보는 경우가 종종 있거든요. 그렇지만 제가 보기에는 우리 다음 세대쯤 되면 그것이 선택사항이 아니라 과학자의 당연한 의무로 받아들여지는 날이 올 것입니다.

사 회 자   첫 번째 질문이 거룩한 질문이었기 때문에(웃음) 이번에는 쉬운 질문 한번 받겠습니다.

청 중 2   안녕하십니까? 저는 정재승 교수님한테 관심이 있는 학생인데요,(청중 웃음) 두 가지 질문을 드리고 싶습니다. 아까 거짓말을 하게 하는 뇌의 작용에 대해서 말씀하셨잖아요. 뇌과학자로서 보시기에 정말 거짓말을 많이 한 황우석 박사의 뇌에 대해서 어떻게 생각하시는지 궁금합니다. 그리고 두 번째로는 선생님께서 우리나라의 유명한 글쟁이 중 한 분이라고 저는 생각하는데, 글쓰기 덕목으로 삼고 계신 것이 어떤 것인지 궁금합니다.

정재승 황우석 교수님 이야기를 먼저 하자면, 개인적으로 황우석 교수님의 논문 조작 사건이 있을 때 검찰조사를 받아야 하고 서울대가 먼저 진상조사를 해야 한다고 나름대로 《한겨레21》에 글도 쓰고 그랬는데, 사실 냉정하게 이야기해보면 황우석 교수님이 굉장히 유명했기 때문에 그 반대급부로 나락으로 떨어졌지만, 저는 그분이 굉장히 나쁜 의도를 가지고 용의주도하게 처음부터 거짓말을 했다고 생각하진 않습니다. 우리가 세계적인 수준의 논문을 쓴 역사는 매우 짧습니다. 불과 20년 전만해도 해외 저널에 논문을 낸 과학자들의 수는 손을 꼽을 정도였습니다. 근거가 있는 것은 아니지만, 그 시대에 과학자들 중에 몇몇 분들은 그와 비슷한 일들을 저질렀을 것입니다. 황우석 교수는 너무 유명했기 때문에 그리고 그 부정행위가 세계적인 저널에 실린 모두가 관심 있는 주제였기 때문에 모든 사람들이 그것을 검증할 수 있는 상황이 돼서 그런 문제가 도드라졌지만, 겨우 15년 전까지만 하더라도 과학자들을 포함해 우리나라 학자들이 그런 논문 조작 문제에 대해 그다지 엄격하지 않았습니다. 그러다 보니 그 사건이 우리도 이제 선진국들처럼 엄격한 기준을 만들어야 한다고 생각하게 하는 굉장히 좋은 계기가 됐습니다.

왜냐하면 과학의 힘은 바로 그 자정능력이기 때문입니다. 누가 검사해서 이게 가짜라고 판정하는 게 아니라, 과학자들 스스로가 모여서 그것을 걸러내는 장치들이 있어야 합니다. 우리나라는 오랫동안 그런 장치가 없었는데, 이번 기회에 그 장치가 만들어졌고, 그 부정을 적절한 방식으로 드러내면서 조치했죠. 이번에 굉장히 좋은 선례를 남겼다고 생각합니다. 황우석 교수가 우리에게 굉장히 큰 실망을 주었고 실제로 그가 한 일 자체는 잘못된 일이지만, 사실 우리가 그것이 개인의 문제라기보다 굉장히 많은 과학자들이 비슷할 것이라는 혐의를 가지고 있기 때문에 그 세대가 반성해야 될 문제가 아닌가 하고 개인적으로는 생각합니다. 그리고 그것은 비단 과학자들만의 문제가 아니라, 그것 때문에 고려대에선 총장직을 사임하는 일들이 벌어졌듯이, 학계 전체가 반성하고 이번 기회에 앞으로 적절한 검증 체계를 제대로 잘 갖추는 것이 중요합니다.

덧붙여 한편으로 걱정되는 것은, 그것 때문에 총리가 되려다가 못 된 사람도 있고, 총장이 되려다가 못 된 사람도 있고, 국민적 영웅이 추락하기도 하고, 위조나 표절 등이 사회적 문제가 되고 있는데, 그것이 그 몇몇 개인들 문제가 아니라 이전 세대 사람들 전체의 문제였기 때문에 앞으로 우리가 누구를 뽑든지 간에 그것이 '정치적으로 얼마든지 악용될 수 있다'는 것입니다. 틀림없이 어떤 당에서 교수나 학자를 장관 같은 행적 요직, 정계 중요 위치에 올리려 할 때 그 사람의 이력을 뒤지면 문제가 반드시 나올 가능성이 높습니다. 그래서 때로는 적절하고 훌륭한 사람이 과거에 관행이 팽배하던 시절의 과오 때문에 정치적으로 매장되는 일들이 벌어질 수 있다는 생각까지 들거든요. 그것이 때로는 안타까운 면이 있어요.

학자를 대표해서 이런 사실들이 매우 부끄럽지만, 한편으로는 우리가 그런 상황일 때 학자들이 전부 나서서 사실 그것은 그 사람들만의 문제가 아니라 그때는 우리 전체가 다 그랬다고 잘못을 인정하고 사과하고 앞으로 그러지 않겠다고 약속하고 새로운 시스템을 만들면서 앞으로 이것 때문에 정치적으로 악용되는 일이 없었으면 좋겠다고 커밍아웃을 하면 멋있지 않았을까 하는 생각이 듭니다. 다른 학자들은 나는 드러난 게 없으니까 나는 안 그랬다고 가만히 있고, 몇몇 부정이 드러난 사람들만 그것이 온전히 개인적인 문제로 돌려지고 정치적 표적이 됐죠. 그러니까 그런 시스템이 생긴 지 얼마 안 되기 때문에 제 생각에는 앞으로 한동안은 많은 사람들이 그로 인해 때로는 희생이라고 불릴 만큼 문제가 되지 않을까 하는 걱정이 있습니다.

저는 '글쟁이'라고 할 수는 없을 것 같지만, 제가 글을 쓸 때 특히 신경 쓰는 '글쓰기 덕목'이 몇 가지 있긴 합니다. 제가 학교에서 글쓰기 수업을 하거든요. 글쓰기를 어떻게 할 것인가는 굉장히 중요한 문제니까 내년 인터뷰 특강 주제로도 좋을 듯합니다. 다른 것들은 여러분이 다 들어보셨을 테고, 남들이 잘 안 하는 것 중에 제가 하는 것이 '책을 읽을 때 멋있는 문장이나 좋은 표현들에 항상 밑줄을 그어놓는 습관'이 있습니다. 제 책이나 칼럼을 보시면서 혹시 느끼셨을 텐데, 과학의 어떤 이야기를 하기 위해 굉장히 엉뚱한 데에서 시작하거든요. 그것이 서로 연결돼서 글이 됩니다.

오늘 강연도 사실은 그런 느낌이 드시죠? 그것이 제가 좋아하는 방법입니다. 예를 들어 사회생물학에 대한 논란을 이야기하고 싶으면, 사회생물학에 관한 책을 보는 게 아니라 엉뚱하게 제가 예전에 밑줄 치며 읽은 여행기 같은 것을 봅니다. 그래서 주제와 잘 연결되는 문장을 찾으면, 그 문장을 인용하면서 전체 맥락을 만들거든요. 의도적으로 그런 훈련들을 많이 하는 편이고, 그러다 보니 어떤 책들에는 책내용이 중요해서가 아니라 표현이 멋있어서 밑줄을 그어놓기도 합니다. 항상 그런 것들을 적절하게 인용하고 비유를 들려고 노력하는 편인데, 그것이 제 글을 풍성하게 만드는 요소 가운데 하나가 아닌가 하고 생각합니다.

사 회 자　다음 분 질문하시죠?

청 중 3　저는 과학의 양면성에 대해서 듣고 싶은데, 과학이 발전하면서 생활이 편리해지고 좋은 점이 많아지는 반면에 과학으로 인해서 인간이 위협받는 정도에까지 이를 수 있다고 생각하거든요. 그런 면에 대해 과학자로서 어떻게 생각하고 계시는지 궁금합니다.

정 재 승　아까 강연을 시작하면서 이야기했듯이, 단 한순간에 굉장히 많은 사람들이 희생될 수 있는 시대에 우리가 살고 있지요. 우리 사회를 위협하는 요소가 되는 문제의 중심에는 항상 과학이 있기 때문에 가슴이 아픕니다. 그리고 더 안타까운 것은 그게 몇몇 개인들이 그러지 말아야겠다고 생각한다고 해서 안 그럴 수 있는 게 아니라, 그 자체가 어떤 동력을 가지고 있어서 걷잡을 수 없이 굴러가기 때문에 더 큰 문제입니다. 그래서 저는 항상 위안하기로는 나는 그런 일에 관여하고 있지 않다고 발을 빼지만, 제가 하는 연구도 결국 정치적으로나 윤리적으로 악용될 여지는 없는지 걱정이 됩니다. 예를 들면 제가 뇌에 관해 연구함으로써 정신질환을 치료하는 데 도움을 주고자 하지만, 한편으로는 그 똑같은 기술이 사람의 마음을 읽고 조종하는 데 활용될 수 있거든요.

지금은 그래도 그나마 과학 때문에 살 만한 세상에 살고 있다고 생각해요. 지금보다 50년이나 100년쯤 지나면 더 무서운 세상이 될 것 같습니다. 그런 생각이 들 때는 가슴이 철렁 내려앉기도 하는데, 다행인 것은 과학이 너무 발달해서 무서우니까 1920년대에 태어나는 게 좋았다고 생각하는 사람은 없다는 것입니다. 아직까지는 괜찮은 것 같고, 우리 다음 세대까지는 잘 모르겠어요.

많은 사람들이 과거에 대해 향수를 가지면서도 으레 과학을 미화합니다. 여러분 모두가 원한다면, 과학기술의 발달을 되돌리고 과학기술로부터 벗어나서 살 수 있어요. 그런데 모두가 과학기술의 노예가 되어서 살아가거든요. 저도 마찬가지고. 핸드폰이 없는 시절에는 어떻게 살았나 걱정되잖아요. 지금은 늘 핸드폰을 손에 들고 있으니까 약속이 어긋나는 일도 없고 언제든지 통화할 수 있는 것이 너무 당연하지만, 겨우 20년 전만 하더라도 우리는 핸드폰 없이 살았잖아요. 그런 걸 보면 과학의 발달이 우리를 삭막하게 하는 것 같으면서도, 인간은 항상 그 삭막한 세상에 적응하고 그 안에서 행복을 찾고 낭만을 찾습니다. 그것이 좋다는 게 아니라 씁쓸합니다.

사 회 자   시간이 많이 지나서 마지막 한 분만 질문해주시기 바랍니다.

청 중 4   저는 학생들을 가르치는 교사입니다. 제 경험에 따르면 제가 스물다섯이나 서른 살쯤까지는 자랐다는 느낌을 못 받고 살았거든요. 그러니까 초등학교 때보다 정신적으로 컸다는 느낌이 잘 안 드는 거예요.(청중 웃음) 아까 말씀하시기를 사춘기가 되면 전전두엽이 발달한다고 했잖습니까? 그런데 가르치는 아이들도 그렇고 대학생들을 봐도 개념이 없다는 느낌은 마찬가지예요. 그래서 그것이 몇 살 때까지 발달하고 어떤 계기로 발달하는지, 그것을 자극하는 것은 무엇이고 방해하는 것은 무엇인지 알고 싶습니다.

정재승   예, 좋은 질문입니다. 많은 사람들이 인간의 뇌가 한두 살 때까지 급속히 발전했다가 그 뒤로는 점점 쇠퇴한다고 배웁니다. 실제로 보면 두 살 때까지 뇌세포가 정말로 엄청나게 늘어납니다. 그리고 주변에 있는 신경세포들과 마구잡이로 다 연결해놓습니다. 우리가 머리를 쓰면 쓸수록 사용되는 것들은 남고 쓰지 않는 것들은 사라지는 것은 뇌가 정교하게 발달해가는 과정입니다. 옛날에는 10대 때 뇌가 어떻게 발달하는지 알 수 없었습니다. 영아들이 많이 사망하고 나이 드신 분들이 많이 사망하니까 그 뇌를 열어보면 그 연령대의 뇌 상태는 알 수 있었지만, 그 중간은 잘 몰랐습니다. 중간 연령대에서도 20대나 30대는 사고사로 죽는 사람들이 있어서 어느 정도 알 수 있었는데, 10대의 뇌에 대해서는 잘 몰랐습니다. 특히나 뇌 영상기술이 발달해도 위험할까 봐 10대는 되도록 안 찍거든요. 그러다가 이제는 뇌를 찍어도 되는 안전한 장치들이 많이 나와서, 지난 10년, 5년 사이에 10대들의 뇌에 대해서 많은 걸 알게 됐습니다.

그리하여 알게 된 결과가 뭐냐 하면, 13세부터 18세까지 사춘기 시절에 뇌가 엄청나게 발달해서 마구잡이로 연결된 것들이 대부분 사라지고 사용한 것들만 남는다는 것을 알게 됐습니다. 그러니까 사춘기 시절에 무엇을 했는지가 굉장히 중요한 거예요. 그때 날마다 학원 다니고 암기하면서 자기 혼자 공부한 적이 없는 사람들은, 그 시기를 지나면 혼자 문제를 해결할 수 있는 능력을 잃어버립니다. 학원이나 과외가 그렇기 때문에 문제입니다. 지금은 더군다나 그 시절에 책을 많이 읽고 다양하게 경험하는 일들이 적기 때문에, 대학에 들어온 19세 된 사람들도 개념이 없습니다.(웃음)

그런데 '개념이 없다'라고 할 때 그 개념이 아까 말씀드린 전전두엽에서 만들어집니다. 개념이란 우리가 깊이 있게 사고하고 인간답게 행동할 때 필요한데, 전전두엽에서 그것을 못 만드는 거죠. 제 경험으로는 그 발달이 스물네 살까지 계속 이뤄지는 것 같습니다. 그래서 사춘기인 13세에서부터 18세까지만 뇌가 발달하고 그 뒤로는 성인이 되는 것이 아니라, 뇌의 관점에서 보면 스물네 살 정도가 되면 사람들이 개념이 생기고 철이 듭니다. 그때가 지나도 계속 비슷하면 원래 개념이 없는 사람인 거죠. 결국 13세부터 24세까지의 삶을 어떻게 사느냐가 그 사람의 이후 삶을 결정하는데, 직접 경험과 간접 경험, 그리고 많은 사람들과의 상호작용이 뇌를 가장 풍성하게 합니다. 수많은 시행착오를 겪고 실수를 하면서 자기 행동이나 생각을 고쳐 나갑니다. 그래서 스물네 살 전에 많은 경험을 할 수 없는 여건이라면 책을 통해 간접체험이라도 하는 것이 가장 적절한 방법이 아닐까 하고 생각합니다.

사 회 자   네. 아직 스물네 살이 안 된 분들은 오늘 굉장히 좋은 행운을 잡으셨습니다. 정재승 선생님, 긴 시간 동안 말씀해주시느라 고생하셨습니다. 여러분, 굉장히 훌륭한 연주였죠? 과학의 자존심에 대해 이야기 한마디 하고 정리하도록 하겠습니다. 한국 문학에서 '자연주의 문학'을 대표하는 작품으로 《표본실의 청개구리》가 있지요? 그 《표본실의 청개구리》에 대략 다음과 같은 대목이 나옵니다. "선생님께서 개구리를 해부하자 거기서 모락모락 김이 나기 시작했다." 대개 그 소설을 읽으면서 우리는 대부분 이의를 제기하지 않았습니다. 물론 이걸 지적해서 출세를 한 사람도 있긴 합니다만. 그런데 개구리의 몸에서는 거의 김이 나지 않습니다. 변온동물이기 때문이죠. 이게 문학과 과학이 동시에 오류를 범한 것인지, 작가의 오류였는지, 읽으면서 알지 못한 우리의 오류였는지 잘 모르겠습니다만, 암튼 이효석이 쓴 유명한 단편소설 《메밀꽃 필 무렵》을 보면 주인공인 장돌뱅이는 자기가 데리고 다니는 동이라는 소년을 제 아들이라고 확신을 합니다. 그 이유는 딱 한 가지인데, 바로 왼손잡이라는 것이었습니다. 문제는 왼손잡이가 유전이 아니라는 것입니다.

아마 우리가 과학적이라고 생각하는 것들 중에는 그러한 것들이 많이 있겠지요. 과학의 매력은 이와 같이 그것이 끝없이 바뀔 수 있기 때문이 아닌가 싶습니다. 그래서 좀 더 명징한 단계에 도달하고자 하는 것이지요. 과학은 그렇기 때문에 종교가 아니고, 또 다른 줄 압니다.

괴테는 여러 가지 유명한 이야기를 했는데 그 중 이런 대목이 있습니다. 기억나는 대로 읊어보면 대략 이러합니다. "어렸을 적 밤이면 어머니 무릎을 베고 많은 이야기를 들었다. 그럴 적이면 나는 별과 별 사이에 길을 놓곤 하였다." 대단히 멋지죠? 하지만 아직까지도 위대한 과학은 별과 별 사이에 다리를 놓지 못하고 있습니다. 이는 과학이 부족해서가 아닙니다. 우리의 상상력이 그만큼 아름답고 거룩하다는 뜻입니다. 달을 빼앗겼다고 해서 계수나무와 토끼를 내버릴 필요가 없음은 물론입니다. 오늘 저녁에는 정재승 선생님의 말씀과 함께, 선생님이 일러준 과학과 과학자의 자존심으로 별과 별 사이에 길을 놓아보시기 바랍니다. 감사합니다. (청중 박수)

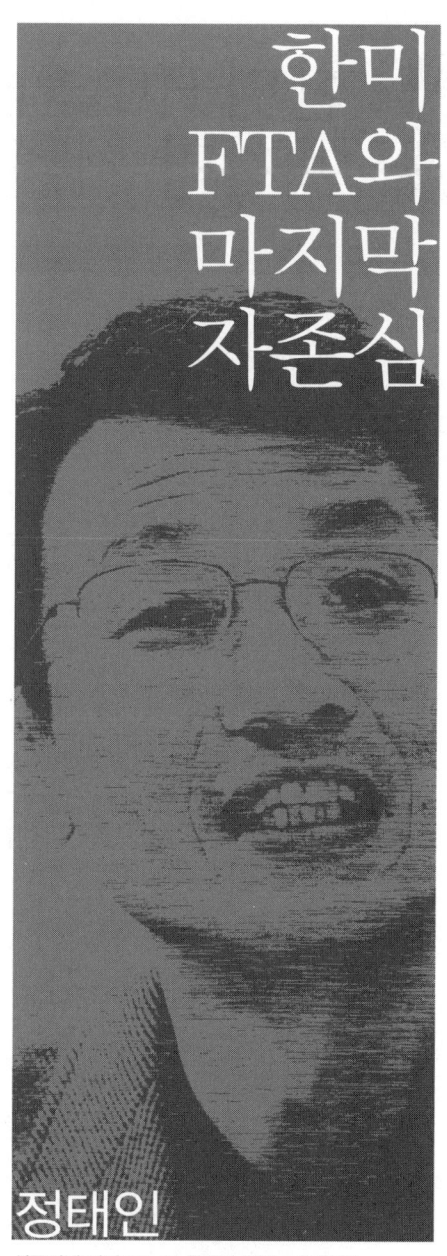

한미
FTA와
마지막
자존심

정태인

성공회대 겸임교수·전 청와대 국민경제비서관.

한미 FTA와
마지막 자존심

2007년 3월 26일(월) 늦은 7시

사 회 자　　인터뷰 특강 세 번째 시간입니다. 오늘 주제는 '한미 FTA와 마지막 자존심'입니다. 한국 경제는 물론이고 한국 사회 전체의 명줄이 걸린 참으로 중차대한 문제가 이번 주 안에 결정 납니다. 일단 3월 30일에 한국과 미국이 한미 FTA 협정문에 가서약을 하면, 그 뒤에는 아주 미세하게 조정하는 정도만 가능하지 않을까 하고 판단하고 있습니다. 또 어떤 나라와 맺은 조약이라도 역대 국회에서 통과시키지 않은 적이 없다고 합니다. 그런데 그날까지 이제 고작 4일 남았습니다. 그런 중요한 시간에 정태인 선생님을 모시고 강연을 듣게 되었습니다.

제가 생각했을 때 한미 자유무역협정은 한국 경제만이 아니라 한국 사회 전체를 일종의 광우병 상태로 몰아넣는다고 비유하고자 합니다. 오늘 여러분께 소개해드릴 분은 한미 FTA 반대 투쟁의 정점에 있고, 자그마치 자유무역협정과 관련된 강의를 200회나 진행해온 분이십니다. FTA 저격수 정태인 선생님을 소개해드리겠습니다.^(청중 박수) 어서 오십시오.

정 태 인   예. 안녕하십니까?

사 회 자   먼저 몇 가지 질문부터 드리고 진행하겠습니다. 방송이나 시민운동을 하다가 청와대에서 잠깐 근무하셨죠? 방송이나 시민운동은 아무래도 비판적인 이야기를 하는 곳이고, 정치나 청와대는 현실이자 안정적 체제를 지향한다고들 생각하거든요. 격차가 제법 있는, 그런 경험을 해보니까 어떠셨습니까? 그러다가 다시 비판적 신분으로 돌아왔는데 지금은 또 어떻습니까?

정 태 인   큰 차이는 없습니다. 제가 태어나서 한 번도 정규직을 가져본 적이 없고, 백수 아니면 비정규직으로 살았습니다. 청와대 비서관도 정무직이라고 해서 비정규직입니다. 비정규직에서 백수로 돌아온 정도이기 때문에 큰 차이는 없습니다. 보통은 사람들이 그런 데서 권력을 휘두르다가 나오면 권력 금단 증세가 나타난다고 하는데, 저는 별로 휘두른 적이 없어서 그런지 그런 증세는 별로 없었습니다. 지금도 심상정 후보를 돕고 있기 때문에, 정책을 만드는 것은 청와대 들어가기 전이나 들어가서나 또 지금이나 큰 차이가 없습니다. 남들이 보기에 큰 차이가 있는 것 같지만······.

위험한 역사적 소명의식

사 회 자   대개 이런 분들이 출세하지 못한다고 생각하시면 됩니다. 왜냐
하면 임명권자인 노무현 대통령에게 요새 계속 일 년 넘게 맞짱을 뜨
고 계시지 않습니까? 견디기가 좀 어려우시겠죠? 현실적인 권력 안에
서 평소에 자기가 생각하던 것을 관철하기 위해 들어갔는데, 그런 것
들이 받아들여지지 않고 자유무역협정 같은 사태가 생길 때 일하는
사람은 굉장히 당혹스럽지 않을까요? 하지만 정태인 선생님과 몇몇
분들을 제외하면, 대부분 사람들은 당혹스러워하기보다 그 상황에
잘 적응해서 생존하고 있는 게 아닌가 하는 생각이 듭니다.

정 태 인   그게 대단해서 그런 게 아니고 멍청해서 그런 거예요. 누군가
"넌 가만히 있으면 지금 어느 공사 사장하고 있었을 텐데 왜 그러냐?"
하는 이야기를 듣고 그때 깨달았습니다. '아, 내가 가만히 있었으면
연봉 1억이 넘는 사장을 하고 있었겠구나.' 그런 생각을 잘 못하니까
계속 이렇게 살고 있죠.

사 회 자   행담도 사건 기억하시죠? 그 사건으로 기소까지 되셨고 1심에
서 무죄 판결을 받으셨지만, 그것 때문에 몹시 가난해졌다는 소문이
있던데…….

정 태 인   네. 변호사비가 많이 나왔기 때문이죠. 행담도 사건은 이미 정치
사건이 됐습니다. 이 사건은 본래 서남해안을 개발하는 문제를 두고
골프장이나 호텔을 지을 게 아니라 정주공간으로 만들자는 것이었습
니다. 우리나라는 유럽과 비교해보면 휴양도시라는 개념이 없습니

다. 특히 은퇴자들이 가서 사는 동네라는 개념이 없고, 수도권 은퇴자들은 거의 분당이나 일산에 가서 살죠. 아직 훼손되지 않은 서남해안을 이용해서 무작정 파괴하는 것이 아니라 정주공간인 동시에 관광지이자 연구개발단지를 만들려고 했는데, 그러려면 돈이 많이 드는 거예요. 대충 계산해봤더니 200조 원 정도가 들기 때문에 거의 불가능한 일이었습니다. 그래서 서남해안, 곧 전라도에서만 한다는 게 불가능해서 싱가폴 쪽과 이야기를 하게 됐습니다. 이때 싱가폴 대사와 아주 친한 김재복 행담도개발 주식회사 사장이 개입되었습니다.

행담도 개발은 1999년에 시작된 사업으로 외환 위기 이후에 우리나라 최초의 외자 유치였습니다. 그런데 사업을 하는 도중에 한국도로공사와 마찰이 있었나 봅니다. 그런데 검찰은 동북아시대위원회가 김재복 사장을 많이 만났다는 점을 연결해서 행담도 쪽에 특권을 줬다는 혐의로 기소한 것이고, 청와대 입장에서는 좋게 보면 대통령을 보호하기 위해 말하자면 잘라냈다고 볼 수도 있지요. 청와대 쪽에서는 적절한 업무를 부적절하게 했지만 법에는 걸리지 않는다고 주장했고, 감사원도 똑같은 논리였습니다. 그러니까 언론에서는 감사원이냐, 감싸원이냐 하면서 더 문제가 됐죠. 결국 1심 판결은 적절한 업무를 적절하게 했다는 것으로 났습니다. 2심에서도 그렇게 나겠지만, 일방적인 분위기 속에서 진행된 재판 과정 때문에 우울증으로 고생 좀 했습니다.

사 회 자　그래서 허위 공문서 작성 및 직권 남용 등의 혐의에 관해서 1심에서 무죄판결을 받으신 거죠?

정 태 인　예.

사 회 자　제가 구구하게 질문을 한 이유는 누구에게나 그렇지만 특히 지
식분자에게 이런 일은 굉장히 불명예스럽습니다. 윤리성에 심각한
타격을 주기 때문이지요. 설령 소송을 통해 완전하게 무죄로 판결 나
더라도 말이죠. 실제로 정태인 선생님은 그 일로 몹시 우울해했고 병
원에서 치료도 받고 있습니다. 법원에서도 인정했다시피 정태인 선
생님은 그런 과정에서 어떤 부적절한 일도 하지 않은 것으로 알고 있
습니다. 하지만 당장은 우울증으로, 또 자칫하면 좀처럼 떨어지지 않
은 딱지가 될 수도 있습니다.

정 태 인　우울증이 결국 미친놈이라는 이야기죠. 그런데 생각해보니까
그건 맞는 말 같아요.

사 회 자　그런데 사실 우울증이나 미친 것보다 정상적인 상태에서 잘못
된 것에 미치는 것이 더 위험하지 않습니까? 자유무역협정이 그런 게
아닐까요?

정 태 인　제가 200회 강연을 하는 동안 한번도 빠지지 않고 나온 질문이
"그런 FTA를 노무현 대통령이 왜 추진합니까?"입니다. 초기에 문제
가 된 것이 바로 작년 이맘때입니다. 한 인터넷과의 인터뷰에서 제가
미쳤다고 표현해서 문제가 됐는데, 최근에 대통령이 대답을 하셨죠.
앞으로 한나라당 후보가 대통령이 되더라도 한미 자유무역협정(FTA)
을 체결하지 못할 것 같아서, 역사적 소명의식에 따라 내가 했다고.

사 회 자　그 말씀하시니까 기억나는데, 박정희 전 대통령이나 전두환 전
대통령이 특별히 자주 하신 말씀이 역사적 소명의식이었죠.

정 태 인   내가 아니면 누구도 할 수 없다는 생각은 위험하죠.

사 회 자   그렇죠. 전문적인 질문 하나 더 드리겠습니다. 박현채 선생님과 어떤 관계십니까? 특별히 기회가 있을 때마다 박현채 선생님 이야기를 자주 하시던데요.

정 태 인   여기 계신 분들은 박현채 선생님을 아시나요? 잘 모르시죠? 우리나라에는 사실 고유의 학문이 없습니다. 특히 사회과학 쪽은 학문이라고 할 만한 게 없죠. 그러다 보니 경제론도 외국의 여러 이론들이 조합된 상태인데, '민중을 위한 경제론'을 집대성한 유일한 경제학자가 박현채 선생님입니다. 여러분 《태백산맥》 읽으셨나요? 그 책에 소년전사 조원제라는 사람이 나옵니다. 그 소년전사가 바로 박현채 선생님입니다. 중학교 2학년 때 지리산에 올라가서 3학년 때 중대장이 됩니다. 결국 태백산맥에서 내려오다 잡혔고, 그 뒤에 전주고등학교로 편입해서 1년 만에 서울대학교에 간 분입니다. 그분이 10년 전인 1995년에 돌아가셨어요. 그 장례식장에서 제가 국가자본주의이자 국가사회주의 시대이던 1970년대의 민족경제론을 글로벌 시대의 민족경제론으로 다시 쓰겠다고 약속했는데, 십 년 동안 아직 아무것도 못했고 그래서 그 일을 꼭 해야 된다는 생각에서 그 이야기를 자주 합니다.

사 회 자   《민족경제론》이 작년에 전집으로 크게 나왔습니다. 도서관에 가시면 그 책을 보실 수 있습니다.

정 태 인   학교 도서관에 《민족경제론》을 사라고 이야기 좀 해주세요. 한 권이 2천 쪽인데, 총 열한 권이기 때문에 개인이 사기는 어렵거든요.

도서관에 있으면 굉장히 좋은 자료입니다.

사 회 자   이번에야말로 전문적인 질문이 아닐까 싶습니다. 며칠 전에 전여옥 전 한나라당 대변인께서 한미 FTA를 추진하고 있는 노무현 대통령을 힘껏 도와줘야 한다고 말씀하셨습니다. 원래 두 분이 그렇게 가까우셨습니까?(청중 웃음) 왜 그런 일이 생겼죠?

정 태 인   FTA에 관한 한 똑같죠. 지금 한나라당 입장에서는 굉장히 기분이 좋을 겁니다. 본인들이 추진하고 싶지만 굉장히 부담스러운데, 노무현 대통령이 역사적 소명의식을 가지고 할 테니까요. 나중에 한나라당이 취할 태도도 명확합니다. 한미 FTA는 옳은 것인데 무능한 정부가 협상을 잘못해서 이런 나쁜 결과가 나왔으니, 일단 비준은 하지만 여러 가지로 미국과 교섭을 해서 독소조항을 없애 나가겠다고 우아하게 이야기할 것입니다. 한나라당으로서는 정말 누구 표현대로 손도 안 대고 코 푼 상황입니다.

사 회 자   마지막으로 FTA를 말 그대로 그냥 '자유무역협정'이라고 번역해서 생각하시면 굉장히 곤란해진다는 말씀을 꼭 드리고 싶습니다. 자, 그러면 본성은 초식동물인데 맹수로 살아야 하는 한 남자, 정태인 선생님 강연을 힘차게 박수로 청해주시기 바랍니다.(청중 박수)

선결요건까지 들어주며 협상에 뛰어들다

정 태 인   제가 200회 이상 강연을 했는데, 양복을 안 입고 하는 건 오늘이 처음입니다. 어제 나온 한미 자유무역협정에 대한 여론조사를 보면 반대가 더 많아지고 있습니다. 초기에는 찬성이 80, 반대가 20이었습니다. 저는 자신 있었어요. 한미 자유무역협정에 대해서 알기만 하면 우리 국민의 70퍼센트 내지 80퍼센트는 반대할 것이라고요. 실제로 2006년 7월에 문화방송 〈PD수첩〉과 한국방송공사 〈KBS스페셜〉이 연속해서 두 번씩 한미 자유무역협정에 대해 방송하니까, 65퍼센트 정도가 반대로 나타났습니다.

그렇게 역전이 되니까, 정부가 '한미 FTA 체결추진위원회'라는 것을 만들어서 대대적으로 홍보하기 시작했죠. 지금까지 쓴 돈이 80억 정도 되고, 전체 예산이 130억 정도가 됩니다. 그러면서 대신에 농민들이 나락 모아서 만든 그 짧은 광고도 방송을 못 타게 했죠. 현재 쟁점에 있는 국가의 중대사를 일방적으로 이야기하면 안 된다는 것이 이유였습니다. 그래서 제가 인터넷으로 도대체 일방적으로 뭐라고 그랬나 봤더니, 경남 함안의 할머니가 "잘돼야 될 낀데"라고 하는 겁니다. 이게 국가 기밀입니다. 형식적 민주주의조차 어기면서 막은 결과가 50 대 50입니다. 조금 역전이 됐죠. 최근에 여당의 대표적 대권 주자들이 반대를 표명하면서 역전된 듯합니다.

섭섭한 이야기를 하나 하면, 김근태 의원이 당위원장이 된 다음 날 제가 《오마이뉴스》에 글을 썼습니다. "당신이 살 길은 한미 자유무역협정에 반대하는 것이다. 최근에 당의장께서는 항상 두 걸음 정도 늦게 행보를 하신다. 벌써 한 걸음 늦었으니까 빨리 한 걸음을 내딛으시라"라고 썼는데, 그 나머지 한 걸음을 내딛는 데 2006년 5월에서 2007년 3월까지 무려 10개월이 걸렸습니다. 어쨌든 천정배 의원이나 김근태 의원 같은 분들이 반대를 하면서 훨씬 반대가 늘어날 거라고 생각합니다.

그러나 아직도 50퍼센트가 찬성을 합니다. 그래서 왜 찬성하는지 이야기를 들어보고 여쭤보기도 했더니, 그 이유가 간단합니다. 'FTA는 자유무역협정이니까 미국이 한국에 대해 관세를 내려준다면 한국에서 수출이 늘어날 것이다. 만일 농업 하는 분이나 수산업 하는 분들이 일부 손해를 본다고 하더라도 전체 이익을 잘 나눠 가질 수만 있다면 전체적으로 좋은 것 아니냐'라는 생각입니다. 여기 계신 분들도 이 이야기에 대해서 맞는 것 같은데 하고 생각하실 것입니다. 맞습니다.

원래 자유무역협정이라는 것은 관세에 관한 협정입니다. 세계무역기구(WTO) 이전에는 가트(GATT)가 있었죠. 바로 '관세와 무역에 관한 일반 협정'입니다. 이때도 관세가 제일 중요한 문제였어요. 관세란 화물이 국경을 넘어갈 때 내는 세금이죠. 그 세금을 낮춰서 전체적으로 서로 무역을 촉진시키기 위해 맺는 협정입니다. 그러나 한미 자유무역협정은 관세에 대한 협정이 아닙니다. 국경을 넘어가는 문제가 아니라 국경 안의 문제입니다. 다시 강조하지만 한미 자유무역협정은 국경 안의 문제입니다.

2006년 5월 25일에 미국의회조사국에서 CRS레포트라는 것이 나왔습니다. 우리나라 국회에는 특별한 조사국 기능이 거의 없지만, 미국의회조사국은 권위 있는 연구기관입니다. 그 CRS레포트에서 명확하게 규정하고 있습니다. "한미 FTA는 관세 장벽을 중요시하는 것이 아니라 비관세 장벽, 곧 한국의 법과 제도와 관행을 바꾸는 것을 목표로 한다." 한국의 법과 제도와 관행을 왜 바꾸느냐? 미국 다국적 기업의 이익을 최대한 추구하기 위해서입니다. 미국이 자유무역협정을 맺기 위해 협상할 때 관세를 낮추는 문제에 초점을 맞추지 않습니다. 여러분 요새 신문들을 떠올리면서 지금 남아 있는 문제들을 생각해보세요. 미국이 초점을 맞추는 것은 지적재산권, 서비스, 투자, 이 세 가지 더하기 농업입니다. 직관적으로 지적재산권, 서비스, 투자가 무역과 무슨 상관이 있느냐는 생각이 들죠? 맞습니다. 이것은 원래 통상 협상의 대상이 아니었습니다. 그래서 이것을 '신이슈'라고 불러요. 바로 우루과이라운드 때부터 새로운 이슈로 등장했습니다. 물론 이런 분야가 통상 협상에서 새로운 이슈로 등장한 것은 이 분야에서 미국 경쟁력이 가장 강력하기 때문입니다.

1960년대를 지나면서 유럽이 그리고 1970년대를 지나면서 일본이 제조업에서 미국을 따라오기 시작했습니다. 그럼에도 제조업보다 훨씬 더 강력한 경쟁력을 가진 분야가 바로 미국의 지적재산권, 서비스, 그리고 투자 분야입니다. 셋 다 다국적 기업과 밀접하게 연관된 분야들입니다. 그래서 다국적 기업이 지적재산권의 보호나 서비스 교육, 또는 다국적 기업이 외국에 가서 투자하는 것에 대해서도 국제 규범이 있어야 한다고 주장해서, WTO에 정식으로 의제가 된 것입니다.

지적재산권 같은 경우를 살펴볼까요. '화이자'라는 회사 아십니까? '한국 화이자'라고 해서 우리나라에 예전에 들어온 세계적인 제약회사입니다. 화이자 회장이 WTO 지적재산권의 초안을 만들었어요. 다국적 기업들이 자기들 이익을 관철시키기 위해 새롭게 등장시킨 이슈입니다. 바로 이 부분에 미국이 통상 협상을 벌이는 초점이 맞춰져 있습니다.

제2차 협상 때 미국 대표 웬디 커틀러가 협상에 참가했다가 문을 박차고 나갔어요. 그래서 신문을 보고 깨지는가 보다 하고 속으로 만세를 불렀죠. 그런데 그게 어떤 문제인지 아십니까? 기억나십니까? 의약품 분야입니다. 의약품 분야에서 문제가 발생했죠. 그때 문제가 된 것이 한국이 새로 도입하려 한 약값 적정화 방안입니다. 이것은 우리나라의 약값을 낮추자는 이야기예요. 왜냐하면 건강보험 재정에서 약값이 차지하는 비중이 선진국의 두 배쯤 됩니다. 우리나라는 25퍼센트, 30퍼센트까지 되는데, 선진국은 15퍼센트 정도 됩니다. 우리가 외국 사람들에 비해서 약값을 지나치게 비싸게 내고 있기 때문에 그것을 낮출 필요가 있어서 약값 적정화 방안을 도입했는데, 이것이 기분 나쁘다고 박차고 나갔습니다.

미국이 기분 나빠할 만했어요. 왜냐하면 이것이 이른바 4대 선결 요건 가운데 하나였습니다. 스크린쿼터, 쇠고기 수입, 새로운 약값 정책, 마지막으로 자동차 배기가스 기준에 관한 요건, 이 네 가지가 4대 선결요건입니다. 협상하기 전에 선결요건이 있었어요. 그게 뭐냐면 미국은 원래 한국과 자유무역협정을 맺는 것을 탐탁지 않게 여겼습니다. 전략적으로는 한국이 꿍장히 중요하지만, 실제로 한국과 자유무역협정을 맺었을 때 과연 효과가 있을까 하는 의심을 품던 거지요.

미국이 자유무역협정을 맺을 상대 국가를 선정할 때에는 세 가지

기준이 있습니다. 첫 번째는 확실한 경제 이익이 있을 것, USITC(미국 무역위원회)가 2001년에 계산했을 때 미국에 약 100억 달러의 이익이 난다고 예측됐습니다. 우리나라의 미국에 대한 무역수지 흑자가 대체로 100억 달러 정도 됩니다. 그러니까 100억 달러 적자를 다 없앨 수 있으니 확실하게 이익이죠. 100억 달러면 큰 돈이죠. 10조 원입니다. 두 번째는 외교안보적 의미가 있을 것. 이따가 시간이 있으면 말씀드리겠습니다만, 한미 자유무역협정은 중국에 대한 경제 공세 라인으로 사용될 수 있습니다. 앞으로 미국이 주적인 중국과 대립할 때 굉장히 중요하죠. 제가 맨 처음에 인용했습니다만, 아미티지 보고서를 보면 미일동맹을 말하면서 미일 자유무역협정을 굉장히 강조합니다. 이 두 개가 합쳐지면 중국에 대해 완벽한 공세 라인이 형성되는 것입니다.

세 번째, 대내 협상 능력이 있을 것. 이것이 우리나라가 빵점이었습니다. 대내 협상 능력이라는 것이 바로 지금 우리나라가 시험받고 있는 것입니다. 미국과 협정에 서명했는데 과연 한국 내에서 비준동의를 받을 수 있느냐, 곧 국내에서 협정 결과를 관철시킬 능력이 있느냐 하는 점입니다. 그런데 미국이 보기에는 빵점이었어요. 바로 스크린쿼터 때문이었습니다. 스크린쿼터는 이번에만 문제가 된 것이 아닙니다. 여러분 월드스타 강수연이 영화 때문에 말고 또 삭발한 것 기억나세요? 그게 바로 스크린쿼터 때문이었어요. 그때 남성들 반응이 어땠는지 아십니까? 미인은 깎아놔도 미인이다.^(청중 웃음) 강수연만 깎은 게 아닙니다. 세계적인 감독들이 무릎 꿇고 앉아서 머리를 깎았습니다. 우리나라가 재경부 주도로 1999년부터 BIT라는 것을 맺으려고 했기 때문입니다.

자유무역협정에서 투자 부분만 떼어내면 BIT, 곧 '양자간투자협정(Bilateral Investment Treaty)'입니다. 우리는 지금 이것까지 포함한 엄청난 자유무역협정을 체결하고 있는 거예요. 그때 미국이 요구한 것을 다 받아주는 상황에서, 마지막 하나 스크린쿼터 146일을 73일로 줄이라고 한 것을 영화인들이 막아냈죠. 1999년부터 7년 동안 해마다 그 싸움을 했습니다.

스크린쿼터 줄이겠다고 약속해놓고 한국 정부가 국내에서 그것을 관철시키지 못했으니까, 미국이 이번에는 너희들 못 믿겠으니 먼저 "당신의 능력을 보여주세요"라며 요구한 것이 바로 4대 선결요건입니다. 이 4대 선결요건이야말로 미국이 한국에 가장 원하는 것이었어요. 스크린쿼터, 쇠고기, 약값, 그 다음에 자동차 문제. 생각해보세요. 스크린쿼터는 세계를 장악하는 할리우드 자본의 요구입니다. 쇠고기가 미국 농민들 요구인가요? 아닙니다. 한국방송공사 이강택 피디가 광우병 프로그램에서 찍어온 소를 보면, 소를 기르지 않고 대량으로 생산합니다. 똥 위에 소들을 쫙 올려놨잖아요? 바로 그런 소를 생산하는 카길이나 타이슨푸드 같은 세계적인 농기업들이 세계 농업을 장악하고 있습니다. 종자부터 비료, 곡물 유통, 유전자 변형 농산물까지 자기들이 다 장악하고 있습니다. 약값은 화이자 같은 세계적인 제약회사들의 요구입니다. 그리고 자동차는 지엠이나 크라이슬러 같은 세계적인 자동차 기업의 요구이고요. 먼저 이 네 가지를 들어주면 협상을 시작하겠다는 식으로 된 것입니다.

김현종 본부장이 2월에서 5월까지는 이 사실에 대해서 자유무역협정 담당 비서관인 저에게 보고하지 않았습니다. 그때 신문을 보면 '한미 자유무역협정을 전제로 하지 않은 실무협상'이라고 되어 있습니다. 지금은 한미 자유무역협정을 위한 사전협의였다고 주장합니다. 그것이 바로 4대 선결요건을 확정하는 회의였어요. 그리고 그것을 확정하고 나서 7, 8월 동안 미국에 가서 미국 의원들, 쇠고기 관련 의원들이나 할리우드 자본에 관심 많은 캘리포니아 의원들을 찾아다니면서 선결요건을 들어주겠다고 약속했습니다. 미국 의원들이 미국 대통령에게 편지로 확인한 것이 바로 그 내용입니다. 그 다음에 미국 통상대표부(USTR) 담당자를 만나서 선결요건을 다 들어주겠다고 한 것입니다. 대통령한테 보고한 때가 9월이에요. 대통령도 그 전에는 몰랐어요. 그리고 10월 들어서 청와대에서 한덕수, 김현종, 정문수, 대통령 네 명이 협상을 하기로 결정합니다. 그렇게 시작된 거예요. 장관들도 몰랐어요. 그러고 나서 11월에서 1월까지 이 네 가지 문제를 전격적으로 해결해버립니다.

그때 바로 스크린쿼터를 73일로 줄여버렸습니다. 이건 대통령의 의지예요. 아까도 말씀드렸지만 1999년에서 2006년까지는 해결되지 않았거든요. 대통령이 가만히 있으면 아무리 재경부가 밀어붙여도 그렇게 안 됩니다. 쇠고기 수입도 쉽지 않습니다. 장관이 안 합니다. 대통령이 '한미 자유무역협정'이라는 더 엄청난 정책을 해야 되니까, 너희들이 먼저 그것들을 들어주라고 요구한 것입니다. 그리고 약값과 자동차 배기가스 기준 문제가 남아 있었던 거죠. 두 가지는 해결하고 두 가지는 앞으로 해결할 테니까 일단 자유무역협정을 시작하자고 해서, 2006년 2월 3일에 전격적으로 한미 자유무역협정 협상을 선언한 것입니다. 바로 그 선결요건 안에 있는 건데, 유시민 전 장관이 약값 적정화 방안을 새로 들고 나왔으니 대통령이 화가 나지요. 유시민이니까 한 건데,(청중 웃음) 그래서 내가 유시민 잘한다고 했더니 그분한테 전화가 왔어요. "제발 그런 소리 좀 하지 마라. 대단히 곤란하다. 차라리 비판을 해달라"라고요.

원래 이 정책은 '피비에스(PBS, Pharmaceutical Benefit Scheme)'라는 오스트레일리아 제도를 흉내낸 것입니다. '의약품 급여 제도' 정도로 번역할 수 있어요. 아마 여러분 중에서 주의 깊게 들으신 분은 약값 적정화 방안, 곧 '포지티브 리스트'라는 식의 보도가 기억나실 겁니다. 원래 새로운 신약이 나오면 20년간 특허가 보장됩니다. 예를 들어서 '글리벡'이라는 약을 생산한 회사는 그것에 대해 20년 동안 독점권을 가져요. 잘은 모르지만 약이라는 것이 화학성분이잖아요. 인체에 부작용이 없는지 확인하는 과정이 굉장히 오래 걸리기 때문에 만들기 어렵지만, 일단 만들어진 것을 분해해보면 성분을 바로 알 수 있기 때문에 복제하기는 쉽습니다. 그러니까 그러지 못하도록 20년 동안 보장해주는 거예요. 독점으로 생산하니까 불치병 약일수록 약값을 무지무지하게 높게 붙이겠죠. 이것이 자본주의입니다. 자본주의가 모든 걸 해결해주지 않아요. 왜냐하면 자본주의에서 수요곡선에 나오는 수요는 필요가 아닙니다. 예를 들어 에이즈 환자가 가장 많은 곳은 사하라 사막이나 아프리카로, 전 세계 에이즈 환자의 반이 있습니다. 그렇지만 에이즈에 대한 새로운 약이 나와도 그 사람들은 못 먹습니다. 자본가에게 그 사람들의 필요는 수요가 아닙니다. 돈 없는 사람들이기 때문이죠. 그러니까 돈을 제일 많이 벌 수 있는 양만 생산해서 굉장히 높은 가격을 붙여놓습니다. 경제학에서 독점가격은 보통가격보다 항상 높지요? 불치병 약일수록 더 높습니다. 집 팔아서라도 사먹을 테니까요. 그것을 깎는 데 피비에스 제도가 엄청난 역할을 합니다. 그래서 세계보건기구에서 다른 나라도 본떠서 실시하라고 권장하는 제도예요.

그런데 2004년에 호주가 미국과 자유무역협정 협상을 합니다. 미국 입장에서는 피비에스 제도를 엄청나게 공격합니다. 이 제도가 실시되는 과정이 이렇습니다. 일단 새로운 약이 나오면, 약값 결정위원회에서 전문가들이 모여서 그 약을 분석합니다. 우리나라 약값 적정화 방안에도 똑같은 말이 나옵니다. 예를 들어 글리벡이라는 약이 나오면 과거에 쓰던 백혈병 약과 비교를 합니다. 전문가들이 보기에 효능이 40퍼센트 좋아졌는데 제약회사에서 독점권을 이용해서 가격을 80퍼센트 올려놨다면 약값을 낮추라고 요구합니다. 독점인데 낮추겠어요? 그러면 바로 포지티브 리스트가 등장합니다. 포지티브 리스트가 뭐냐면 의사가 처방해주는 약 명단입니다. 그 안에 있는 약만 처방해줄 수 있는데, 약값을 낮추지 않으면 그 안에 넣어주지 않습니다. 건강보험을 통해서는 한 알도 못 파는 거죠. 약값을 낮춰서 그 명단에 들어가려고 노력합니다. 그런 효과를 갖고 있으므로 환자들이나 건강보험 재정에 도움이 되겠죠. 당연히 미국 정부나 미국의 초국적 제약회사 입장에서는 이 제도를 없애려고 무지하게 노력했고, 반면에 호주 정부 역시 자존심을 걸고 최선을 다해서 막았습니다. 제도 자체는 지켰지만, 그 대신 사실상 특허 기간을 20년이 아니라 23년에서 25년까지 늘리라는 요구를 받아들입니다.

　독점 기간인 20년이 끝나면 '제네릭(Generic)'이라고 해서 복제약이 나옵니다. 이 복제약은 원래 약값의 70퍼센트에서 80퍼센트에 지나지 않습니다. 그런데 미국은 이 복제약이 나오는 과정을 굉장히 까다롭게 만들어놨어요. 미국에 세계적인 제약회사들이 다 있으니까 당연하겠죠. 그 사람들이 로비해서 법 자체가 약을 쉽게 복제할 수 없게 만들었어요. 반면 복제하는 제약회사 밖에 없는 나라는 복제하기가 쉽겠지요. 그래야 약값이 떨어지고 국민들한테 약을 싸게 공급할 수 있잖아요. 그러니까 그런 나라에는 법을 미국 법으로 바꾸라고 강요하는 것입니다. 그래서 사실상 23년에서 25년으로 특허를 연장시키는 거죠. 그 방법은 열여섯 가지가 있는데, 그 중 하나는 포지티브 리스트에 못 들어간 약의 재심위원회를 만들라고 요구하는 것입니다. 그리고 그 위원회에 미국 제약회사의 전문가들이 들어갑니다. 그 사람들이 할 일은 뻔하죠. "진짜 전문가들인 우리들이 봤더니 약효가 40퍼센트 좋아진 게 아니라 80퍼센트 좋아졌다. 따라서 약값은 정당하다. 그래서 도로 명단에 들어가야 한다"라는 식으로 아주 정상적으로 언제나 로비할 수 있는 제도를 만들어놓았습니다. 유시민이 약값 적정화 방안을 내놓고도 잘한다 어쩐다 그런 소리 하지 말라고 해서, 제가 그 다음 날 라디오 방송에서 "아마 앞으로 미국이 틀림없이 재심위원회를 요구할 거고 이걸 받아들이면 유시민은 사실상 사기를 친 것이다"라고 했습니다. 친구가 원하는 대로 해준 거지요. 아직 결론은 안 났지만, 사실상 특허를 3년 내지 5년 연장하려는 미국의 요구에 따라 재심위원회를 만드는 것으로 결론이 났는지 아닌지 나중에 확인해 보십시오.

제가 왜 이 이야기를 하냐면, 이것 자체가 한미 자유무역협정 협상 초기에 제일 큰 이슈였기 때문입니다. 만약에 이것을 유 전 장관이 받아들이지 않았으면 한미 자유무역협정은 깨집니다. 그러나 받아들였습니다. 그 결과 호주에서는 5년 동안 약 1조 6천억 원의 약값이 더 지출된다고 예상했습니다. 제일 큰 피해자는 불치병 환자입니다. 지금도 허덕허덕하는데 그 약값이 더 올라갑니다. 두 번째 피해자는 우리 제약회사들이에요. 복제약을 쉽게 만들 수 없으니까 당연히 피해를 보지요. 아마 많은 회사들이 도산하겠지요. 세 번째 피해자는 우리 국민 모두입니다. 약값이 올라가니까 건강보험료도 올라가겠죠. 그러면 우리가 다 피해보는 일을 왜 하죠? 오로지 미국 제약회사의 이익을 위해서입니다. 제가 아까 시작할 때 한미 자유무역협정은 관세 문제가 아니라 미국 초국적 기업의 이익을 위해서 우리의 법과 제도와 관행을 바꾸는 거라고 했죠? 누구의 이익도 아닙니다. 화이자의 이익을 위해서 우리의 법과 제도와 관행을 바꿔서 우리나라의 환자와 제약회사와 국민 모두를 손해 보게 하는 거예요. 이것이 미국의 자유무역협정입니다.

저작권 문제도 마찬가지입니다. 미국은 저작권이 70년입니다. 세계 거의 모든 나라는 50년이에요. 베른협약에 의해서 50년으로 되어 있습니다. 저작권자가 죽은 뒤 50년 동안 저작권을 보호받는 것입니다. 그것을 미국이 10년쯤 전에 70년으로 바꿨어요. 그 법의 별명이 미키마우스법입니다. 눈치 빠른 분은 벌써 짐작하셨겠지만, 10년 전이 월트 디즈니가 죽은 지 50년 되는 해였어요. 그런데 20년을 더 연장시켜버렸습니다. 물론 디즈니 회사가 로비를 해서 그렇게 법을 바꾼 거죠. 50년이 맞는지 70년이 맞는지 답은 없습니다. 다만 확실한 것은 저작권이나 특허가 많은 나라는 그 기간을 길게 하고 싶고, 없는 나라는 줄이고 싶겠죠. 우리나라가 많나요? 미국이 많나요? 제가 정확한 통계를 보지는 못했지만, 전 세계 저작권을 다 합쳐야 미국의 저작권하고 비슷할 겁니다. 그런데 만일 미국이 200개 나라가 모인 베른협약 회의에 가서 "야, 우리 70년으로 바뀌었으니까 너희들도 다 70년으로 바꿔"라고 하면, 나머지 나라들이 뭐라고 그럴까요? "너나 바꾸세요"라고 쏴주겠죠? 우리같이 미국 앞에서 말도 못하고 쪼그라드는 나라는 말 한마디 안 해도 됩니다. 그냥 프랑스 뒤에 가만히 서 있으면 돼요.(청중 웃음) 프랑스가 다 막아줄 테니까요. 그런데 일대일로 바뀌면 어떻게 됩니까? 결국 바뀌었어요.

공공서비스 민영화한 길로 가는 한미 FTA

이런 것을 바로 미국은 '경쟁적 자유주의'라고 이야기합니다. 미국이 1990년대 말까지는 다자간협정인 WTO에서 한꺼번에 해결하려고 했어요. 또 MAI(multilateral agreement on investment)라고 해서 다자간투자협정을 맺으려고 했습니다. 하지만 잘 안 됐거든요. 2000년에 21세기가 되면서 '경쟁적 자유화(competitive liberalization)'라는 새로운 전략을 들고 나옵니다. 저보고 번역하라면, '각개격파'라고 하겠습니다. 하나씩 깨부수겠다는 것이고, 그 첫 번째 모범국가가 바로 한국입니다. 영광이죠. 4대 선결요건까지 바치면서, 자기가 그 첫 번째 희생양이 되겠다고 나섰습니다. 여태까지 세계에서 가장 강력한 자유무역협정은 나프타(NAFTA, 북미 자유무역협정)로 알려져 왔습니다. 1994년에 미국과 멕시코 그리고 캐나다가 맺은 것입니다. 지금 한국이 맺은 협정은 지금까지 알려진 것만 해도 '나프타 플러스'입니다. 앞으로 정부에서 우리가 맺은 게 중간 수준이라고 거짓말할 텐데, 지적재산권, 서비스, 투자 항목에 이미 독소조항이 가득 들어 있는 아주 강력한 자유무역협정입니다. 세계 일등을 좋아하는 대통령이 역사적 소명을 가지고 추진하고 있습니다.

서비스는 더 심각합니다. 서비스는 두 가지로 분류할 수 있습니다. 하나는 공공서비스, 다른 하나는 민간서비스입니다. 민간서비스가 어떤 거죠? 미용, 음식, 숙박업 등이 민간에서 하는 서비스입니다. 공공서비스는 철도, 전기, 수도, 가스, 우편 등을 말합니다. 그래서 그런 서비스에 붙이는 가격에는 공공요금이라는 이름이 붙습니다. 제일 확실한 공공서비스는 국방과 치안입니다. 이런 것은 공공재라고 부릅니다. 그런데 문제는, 대부분의 나라에서는 공공서비스인데 미국과 영국은 이미 민영화한 분야가 있습니다. 1980년대에 영국의 대처와 미국의 레이건 이후로 영국과 미국은 이른바 신자유주의라는 이름으로 공기업 민영화를 합니다. 공기업들이 오래되다 보니까 관료주의에 빠지고 서비스도 형편없으니, 민영화를 하면 훨씬 좋아질 거라고 주장합니다. 그래서 철도, 전기, 수도 등이 이미 민영화됐어요. 여러 회사가 하다 보면 경쟁을 하니까 값이 싸지고 서비스도 좋아질 거라고 생각하지요. 제가 영국에서 집을 구하면서 제일 놀란 순간이 "전기 어떤 거 쓸래?" 하고 물었을 때였어요. 무려 네 회사에서 전기를 공급해요. 그러니까 한미 자유무역협정을 체결하는 것은 미국 회사가 우리나라에 공공서비스를 공급한다고 들어오는 것이고, 그 순간부터 문제가 생깁니다.

전 세계 통상전문가가 주목하는 소송이 하나 있는데, 그게 뭐냐면 유피에스(UPS)가 캐나다 우체국을 제소한 것입니다. 유피에스는 우리나라에도 들어와 있는 세계적인 특송업체입니다. 세계적인 특송업체인 유피에스, 디에이치엘(DHL), 티엔티(TNT), 페덱스(FedEx) 네 곳이 모두 우리나라에 들어와 있고, 다만 아직 국내 택배는 안 하죠. 그런데 한미 자유무역협정 조항에 택배가 들어 있습니다. 유피에스의 주장은 캐나다 우체국이 불공정 경쟁을 한다는 것입니다. 캐나다 우체국은 월급을 어디서 받을까요? 우리나라 우체국은 어디 소속인지 아십니까? 정보통신부 소속입니다. 똑같이 택배를 하는데 한 놈은 정부에서 국가 보조금을 받고 한 놈은 안 받으니 불공정 경쟁이라는 이야기입니다. 우리나라 전국 어딜 가나 있는 것이 농협과 우체국입니다. 이 우체국 망을 이용해서 배달을 합니다. 우체국 그 건물도 그렇지만 그 망 자체가 국가 소유입니다. 이것은 사적 기관이 이용하지 못해요. 가령 한진택배는 우체국 망을 이용하지 못하지만, 우체국은 국가 기구를 이용해서 배달을 해요. 정확히 이야기하면, '교차보조금에 의한 불공정 경쟁'이라고 해서 유피에스가 제소한 것입니다.

만일 유피에스가 이기면 세 가지 방법 밖에 없습니다. 첫째는 유피에스에도 국가에서 우리 세금으로 월급을 주는 겁니다. 그런데 유피에스만 주면 되나요? 페덱스, 티엔티, 디에이치엘, 그리고 국내 회사도 차별하면 안 되니까 택배회사 직원들 모두 공무원이 되는 거예요. 두 번째는 포기하는 거예요. 우체국이 택배를 안 하는 겁니다. 현재 우표 붙여서 편지 보내는 사람들은 딱 세 부류 밖에 없습니다. 첫 번째는 자꾸 보내야 되니까 정치인,^(청중 웃음) 두 번째는 격리되어 있는 군인이나 제소자,^(청중 웃음) 세 번째는 아주 낭만적인 사랑을 하는 사람들.^(청중 웃음) 이 사람들을 제외하면 편지 안 써요. 택배 안 하면 우리나라 우체국은 할 일이 없어요. 우체부 아저씨들 전부 정리해고 해야 됩니다. 세 번째는 민영화입니다. 따로 떼어내서 파는 거예요. 앞의 두 가지는 말이 안 되는 이야기죠? 결국은 이런 과정을 거치면 직접 요구하지 않더라도 우리나라의 공공서비스가 민영화되도록 되어 있습니다. 민영화해도 나쁠 거 없죠. 택배도 여러 개가 경쟁하기 때문에 큰 문제가 없습니다. 그러나 산골 오지에 가는 택배 요금이 높아질 것은 틀림없습니다. 민영기업들끼리 경쟁해도 교차보조(Cross subsidy)는 불가능하니까요.

그러나 철도 같은 분야는 문제입니다. 멕시코에서 나프타 조약을 체결한 뒤에 민영화를 했더니, 수도에서 밖으로 나가던 모든 철도가 얼마 안 가서 다 끊어져버렸습니다. 돈이 안 되니까요. 서울 부근에서 1킬로미터 달리나 시골에서 1킬로미터를 달리나 들어가는 비용은 비슷하겠죠. 그렇지만 서울 부근에서는 천 명이 타고, 시골에 가면 세 명밖에 안 탑니다. 그러면 시장원리에 따라 시골사람들은 요금을 300배 이상 내야 됩니다. 그렇잖아요? 비용이 가령 백 원이라면 천 명 탔을 때 십만 원인데, 세 명 타면 삼백 원 아니에요? 그러면 기업이 손해니까 이익이 똑같게 하려면 세 분이 천 배 요금을 내야 됩니다. 마찬가지로 아파트 부근에 전신주 하나 세우면 수천 가구에 공급합니다. 그런데 저 시골에 있는 외딴 동네에 전기를 공급하려면 전신주를 수십 개, 수백 개 세워야 됩니다. 원래 시장원리에 맡긴다면, 외딴 동네에 있는 사람은 전신주 값을 다 물어줘야 돼요.

제가 처음에 공공서비스가 뭐냐고 했을 때 여러분이 대답한 철도, 전기, 수도, 가스 등이 모두 망 산업(Network industry)입니다. 망 산업의 특징은 거리가 멀어질수록 비용이 올라갑니다. 시장원리에 맡기면 멀어질수록 돈을 더 내야 되지만, 현재는 안 그렇죠? 시골의 수도요금이나 전기요금이나 철도요금이 서울의 그것과 거의 비슷해요. 그것은 국가가 요금을 매길 때 저쪽에서 남는 돈을 가지고 이쪽에 보조해주기 때문입니다. 이것이 바로 교차보조금이고, 유피에스가 문제 삼는 거예요. 제가 서울방송 프로그램에서 토론하기 전에 김종훈 대표를 만났어요. 그래서 국내 택배 되면 큰일이라고 했더니, 이분께서 경제학 용어인 '교차보조'를 캐나다 우체국이 우편에서 남은 돈을 택배에 보조금을 줘서 유피에스가 제소한 것으로 잘못 이해하고 있어요. 만일에 유피에스가 캐나다 우체국에 승소한다면 공공서비스 전체가 위협을 받습니다. 네트워크 산업은 모두 교차보조금을 주게 되어 있으니까요.

반면 우리나라 내부에는 망 산업을 민영화하고 싶은 그룹들이 있습니다. 재경부, 그리고 저런 걸 살 수 있는 재벌들입니다. 가령 철도 민영화한다고 할 때, 한전 민영화한다고 할 때 그것을 누가 사겠어요? 우리나라 안에서 살 수 있는 사람이 누가 있겠어요? 이 분야는 모든 면에서 인천이 선두입니다. 벌써 물 민영화하고 있어요. 볼리비아에서 수도 민영화를 했더니 20배에서 50배까지 수도요금이 뛰어버렸습니다. 제가 어렸을 때 서울에도 종종 단수가 됐어요. 그러면 어머니가 시키는 대로 양동이 두 개 들고 급수차 올 때까지 기다렸다가 길어오고 했는데, 볼리비아 어린이들은 악어가 사는 강에 물을 길러 갑니다. 실제로 물 민영화가 되면 가난한 사람들한테는 끔찍한 일이 벌어질 수 있습니다. 옛날이야기 같지만 아이엠에프 때 기억해보세요. 아이엠에프 직후에 정부가 모든 걸 민영화하려고 했어요. 사실 이걸 중지시킨 게 참여정부입니다. 제가 있던 인수위 1분과에서 망 산업 민영화를 중지한다고 했고, 여태까지 지켜져왔습니다. 그때 재경부가 난리났었죠. 그런데 만일 한미 자유무역협정을 맺게 되면, '한미 FTA' 이름으로, 곧 미국 기업이 요구한다는 이유로 민영화의 길을 걷게 될 겁니다.

다음으로 바로 가까이에 다가온 것이 건강보험 문제입니다. 우리나라에 외국 민간보험들이 들어와 있어요. 우리나라 보험제도는 보험증이 있으면 전국 모든 병원에 다 갈 수 있습니다. 이런 것을 강제 지정제, 또는 당연 지정제라고 합니다. 그런데 미국은 그렇지 않아요. 우리나라에 어떤 미국 보험회사들이 들어와 있죠? 에이아이지(AIG), 푸르덴셜(Prudential), 라이나(Lina) 등 많습니다. 미국은 병원이 보험회사와 계약을 맺습니다. 병원이 크면 많은 보험회사와 계약을 맺겠죠. 그래서 만일 가고 싶은 병원이 있으면, 그 병원이 계약을 맺은 보험회사에서 파는 보험을 사야 됩니다. 에이아이지가 우리나라에서 파는 보험은 몇 가지 질병을 보장한다는 식이지요? 우리나라에는 국민건강보험이 있으니까 그것을 보완하는 보험으로 나오는 거죠. 그런데 미국에는 우리 같은 국가보험, 사회보험이 없으니까 에이아이지에서 발끝부터 머리끝까지 전부 책임지는 보험을 팝니다. 감기부터 암까지 다 보장해주는 보험이죠. 그런데 그런 보험은 평균 보험료가 1년에 천만 원 이상입니다. 왜 그렇게 비쌀까요? 간단합니다. 전 국민이 한 보험에 든 것과 세 명이 모여 보험 하나 만든 것을 생각해보세요. 세 명 중에 한 명이 암 걸리면 두 사람 다 망해요. 그러니까 안 망할 만큼 보험료를 내야 돼요.

그 잘사는 미국에서 아무런 보험도 없이 살아가는 사람들이 무려 4천7백만 명입니다. 비싸니까요! 누구나 천만 원 내느니 병원에 안 가는 해도 많으니까 보험을 안 들게 됩니다. 특히 가난한 사람은 보험 안 들죠. 어제 《프레시안》에 한미 자유무역협정과 관련된 기사를 쓰는 노주희 기자를 만났는데, "선배, 그거 진짜더라. 배가 아파서 가서 주사 한 대 맞았는데 이십만 원이래"라고 하더군요. 제가 아까 영국에서 살았다고 했잖아요? 마누라가 유학 가면서 애들이 아프면 안 되니까 저더러 따라와서 뒷바라지하라고 해서 따라간 거였어요. 영국은 엔에이치에스(NHS)라고 해서 의료 서비스가 공짜입니다. 문화방송 프로그램 중에 최윤영 아나운서가 진행하는 〈더블유(W)〉라는 프로그램이 있어요. 그 중에 2006년 7월쯤에 〈세계 최고의 약값, 한국에 몰려온다〉라는 내용이 있었습니다. 그때 〈블레이딩〉이라는 미국 다큐멘터리를 조금 소개했는데, 한 흑인 여성이 손가락이 곪았어요. 그런데 병원비가 너무 비싸서 병원에 못 가요. 결국 계속 곪아가니까 어쩔 수 없이 물속에 손가락을 담그고 칼로 잘라버립니다. 이것이 남의 이야기가 아닙니다.

　우리 정부가 이미 민간보험을 추진하고 있습니다. 인천 경제자유구역에서 시범적으로 운영될 예정입니다. 여기에서는 건강보험을 사용할 수 없습니다. 비싼 민간보험을 산 사람만 그 병원을 이용할 수 있습니다. 지금 우리나라 정부가 미국 대학과 미국 병원을 유치한다고 하잖아요? 미국에서 훨씬 장사가 잘되는데 왜 오겠어요? 일 년 등록금이 오만 달러인데, 한국에 왜 오겠어요? 세계적인 병원들이 비영리법인이기 때문입니다. 경제자유구역에서 영리법인으로 바꿔준다고 약속했습니다. 그 다음에 돈 벌면 미국으로 부칠 수 있게 해주겠다고 했습니다. 원래 외국 병원에 특혜를 줘서 경제자유구역에 들어오게 하는 것은 외국 사람들 편의를 봐주기 위해서입니다. 그런데 송도 부근에 외국 사람이 몇 명이나 살겠어요? 부산에서 맹장염 걸린 외국인이 인천에 외국 병원이 있다고 비행기 타고 가겠어요? 그러니까 한국 환자도 받게 해주겠다는 것이 세 번째 약속입니다. 그리고 네 번째 약속이 무서운 겁니다. 건강보험 환자를 안 받게 해주겠다. 건강보험 환자를 받으면 돈이 안 되잖아요. 우리나라 건강보험이 굉장히 싸서 한국 의사들도 지금 불만이 많아요. 그러면 누구를 환자로 받아요? 바로 민간보험이 그 병원용 보험을 팔 것입니다. 천오백만 원짜리 같은 걸 팔겠죠. 그래서 송도에 세워지는 미국 병원이 병상이 6백 개인데, 다 1인실이라고 합니다. 부자들만 갈 수 있겠죠.

그런데 이런 민간보험이 생기면 정말 심각한 문제가 발생합니다. 갈수록 부자들의 불만이 많아집니다. 천오백만 원짜리 병원에서 치료받으면서도 부자들이 그것을 선택하는 이유는 줄을 안 서도 되고 20분 진료로 늘어나기 때문이죠. 그러다 보니 이 부자들이 불만이 생깁니다. 왜냐하면 이 사람들은 건강보험료도 내요. 건강보험료는 강제니까. 그것도 누진이니까 이 사람들은 돈을 많이 내요. 그러니까 건강보험에서 빼달라고 이야기하겠죠? 자기는 이용하지도 않는 건강보험료를 내고 있으니 빼달라고 헌법소원을 할 수도 있습니다. 그래서 부자들을 빼주면 우리나라 건강보험 체계 자체가 무너집니다. 간단한 이야기인데, 보험 체계에서 맨 위에 있는 이 사람들이 나가버린다고 가정해봅시다. 이 사람들은 보험료를 많이 내던 사람들이었죠? 그리고 부자들이니까 병에 걸릴 확률이 적은 사람들입니다. 평소에 잘 먹고 운동하고 미리미리 예방하잖아요. 그러면 남은 사람들은 상대적으로 가난하고 병에 걸릴 확률이 높은 사람들입니다. 보험료는 줄어들었는데, 보험금 지급은 많아요. 조금 지나면 건강보험이 악화됩니다. 보험료를 올려요. 금년에도 0.6퍼센트 올랐어요. 그러면 사람들이 건강보험에서 나가서 민간보험으로 가는 악순환이 반복됩니다. 그렇게 돈 많은 순서대로 민간보험으로 떠나면 결국 건강보험은 무너지고 맙니다. 이것이 미국에서 실제로 일어난 일입니다.

병원과 보험이 계약을 맺어서 특정 보험을 산 사람만 환자로 받는 것을 계약지정제라고 이야기합니다. 그런데 우리 정부의 문건에 강제지정제를 재고하는 정책, 곧 계약지정제로 바꾸는 정책이 이미 나타나고 있습니다. 부자들한테는 물론 선택의 폭이 넓어지고 서비스 질이 좋아지니 괜찮은 제도입니다. 그러나 가난한 사람들한테는 엄청난 시련입니다. 그래서 미국에서 진보적인 정치가들은 언제나 의료개혁을 이야기합니다. 사회보험을 만들겠다고 약속해요. 그러나 항상 실패합니다. 이유는 뭘까요? 미국 대통령이 못하는 일도 있습니다. 대형 병원과 그 엄청난 보험회사들이 방해를 하죠. 다음 선거에서 선거자금을 대주지 않는다고 하면 끝나요. 힐러리 클린턴의 선거 공약 1번이 또 이것입니다. 미국은 어떻게든 사회보험을 만들려고 하는데, 거꾸로 우리 정부는 민간보험 체계로 가려고 안달입니다. 이게 글로벌 스탠더드라는 거죠.

미국식으로 가야 병원이 새로운 기술을 개발하고, 또 많은 보험이 있어야 선택의 폭이 넓어지고 선택의 자유가 있다는 말도 맞습니다. 저희 큰아버지 두 분이 다 간암으로 돌아가셨습니다. 저는 지금은 한미 자유무역협정 막을 때까지 술 안 먹겠다고 술을 끊었지만, 원래는 술과 담배를 엄청 많이 합니다. 그러면 당연히 간을 잘 치료하는 병원을 찾고, 보험 중에서 간에 대해 혜택을 제일 많이 주는 보험을 계약하면 됩니다. 하지만 이 모든 것이 돈이 있을 때 이야기죠. 돈 없는 사람들한테는 선택의 폭이 넓어져봐야 아무 소용이 없습니다. 한미 자유무역협정은 바로 이렇게 공공서비스, 또는 공공성이 있는 서비스를 민영화하는 쪽으로 갑니다. 교육도 마찬가지입니다. 결국 한미 자유무역협정은 양극화를 심화시킵니다.

줄줄이 망하는 국내 산업들

그런데 한미 자유무역협정을 맺은 뒤에 정부가 정신을 차려서 민영화를 막는다고 합시다. 그러면 투자 분야가 기다립니다. 거기에 정말 무시무시한 조항이 들어 있는데, 투자자 국가제소권이라는 것입니다. 아까 유피에스가 캐나다 우체국을 제소한 것도 바로 자유무역협정에 들어 있는 투자자 국가제소권에 의거한 것입니다. 투자자 국가제소권은 기업이 정부가 하는 일에 불만이 있을 때 정부를 제소할 수 있는 권한입니다. 자주 하지는 않지만 가끔 하는 행정소송이에요. 그런데 자유무역협정에 들어 있는 이 조항은 한국에 있는 미국 기업이 한국 정부를 제소해서 한국의 행정법원 같은 데서 심판하면 법원이 한국 정부 편을 들 것이기 때문에, 제3의 민간기구에서 해야 된다는 것입니다. 우리 정부 역시 이 방법이 객관적이므로 좋은 것이라고 주장합니다. 그 제3의 민간기구란 ICSID 또는 UNCITRAL인데, 그건 규약일 뿐이지 우리나라 법원처럼 건물이 있고 판사들이 있는 것이 아닙니다. 그때그때 변호사가 선임되는 거예요. 예를 들어 아까 유피에스 대 캐나다 우체국이라면 유피에스가 통상전문 변호사 한 명을 선임합니다. 그리고 캐나다 우체국이 또 통상전문 변호사 한 명을 선임해요. 둘이 합의해서 또 한 명을 선임합니다. 이 세 명이 중재위원회(tribunal)를 만들어요. 이 세 명은 왜 그런 제도가 캐나다에 생겼는지 또는 한국에 있는지에 대해서는 관심이 없고, 알 수도 없습니다. 다만 나프타 또는 한미 자유무역협정에 들어 있는 규정을 정부가 어겼는지 어기지 않았는지만 봅니다. 그래서 어겼다고 판정하면, 그 결과를 무조건 받아들여야 합니다. 이것은 한 나라의 사법권을 위반하는 것입니다. 오죽했으면 미국 연방법원 판사들마저 투자자 국가제소권은 위헌이라는 성명서를 냈겠습니까?

실제로 그 내용을 보면 걸리지 않을 게 없습니다. 거기에는 간접수용이라는 정말 애매한 개념이 있습니다. 개발하기 위해서 돈을 주고 토지를 수용하는 것이 직접적인 수용이고, 그에 비해 간접수용은 범위가 굉장히 넓습니다. 그와 비슷한 효과가 나는 것은 모두 간접수용입니다. 예컨대 처음에는 우리 정부가 사실 미국보다 더 강력한 투자자 국가제소권 초안을 냈어요. 그 뒤에 문제점을 깨달아서 수정안을 냈습니다. 건교부가 문제를 알아차리고 부동산 정책은 빼자는 내용을 넣은 것입니다. 서울시가 전부 투기 지역으로 설정돼 있잖아요. 미국 기업이 서울시에 땅과 건물을 갖고 있다면 땅값이 올라갈 때 돈을 벌었을 것입니다. 그런데 투기 지역으로 설정하면 돈을 못 벌게 됩니다. 그렇게 됐을 때 간접수용과 보상이라는 항목에 근거해서 이 정책을 제소하면, 예컨대 10억 원이 올랐을 텐데 투기 지역에 묶여 10억이 안 올랐다고 하면 그 10억 원을 물어줘야 됩니다. 그런 것이 여태까지 알려진 것만 한두 가지가 아닙니다.

투자자 국가제소권에 따른, 현재까지 밝혀진 소송 42건 중에서 3분의 1이 환경에 관한 것입니다. 하지만 환경은 예외로 한다고 분명히 밝히고 있어요. 나프타에도 마찬가지고요. 그러나 실제로 환경 부문이 제일 많이 걸립니다. 일반적으로 구역을 설정하는 정책(zoning)이 다 문제가 됩니다. 환경보호구역, 수자원보호구역 등등 구역이 엄청 많은데, 그 구역 안에 미국 기업이 있으면 정책 규제에 걸립니다. 그러면 그 기업이 이익을 실현하는 데 방해가 됐다고 해서 제소하겠죠. 돈을 물어주라고 판결이 나면 정부가 그 기업에 돈을 물어줘야 하는데, 여태까지 제일 큰 돈이 33조 원이었습니다. 우리나라 GDP가 850조 원입니다. 30분의 1이 넘죠. GDP의 약 3퍼센트가 한꺼번에 날아가요. 아르헨티나는 약 40건의 투자자 국가제소권을 한꺼번에 맞았어요. 당시 아르헨티나가 외환 위기를 맞아서 여러 가지 긴급조치를 취했습니다. 가령 외국 기업들에게 이윤을 송금하지 못하게 해서 달러가 해외로 나가지 못하게 막았습니다. 달러가 나가면 자국의 돈 가치가 더 떨어지니까요. 그러자 미국 기업이 돈을 해외로 못 보내게 해서 자기 이익을 실현하지 못했다고 40건을 제소했습니다. 한 건당 2조만 하면 80조입니다. 보통 몇 백 억, 몇 천 억 정도의 벌금이 나옵니다. 문제는 더 있습니다. 이처럼 워낙 엄청난 돈이 걸리니까 세계적인 통상전문가를 고용해야 되겠죠? 그 통상전문가는 전 세계에 몇 명이 안 되고, 대부분 미국인입니다. 여태까지 미국 정부는 한 번도 안 졌고, 미국 기업은 다 이겼습니다. 반면 캐나다 정부는 다 졌어요. 우연이 아닙니다.

이러한 투자자 국가제소권은 세 가지 측면에서 헌법 위헌입니다. 첫 번째는 사법권 위반입니다. 이것은 치외법권이에요. 두 번째는 평등권 위반입니다. 우리나라에서 어떤 사람이 투기 지역에 걸렸다고 행정소송을 합니까? 그런데 미국 기업은 할 수 있어요. 세 번째로 사회권 위반입니다. 환경, 건강 등은 규제를 해야 보호될 수가 있습니다. 새로운 독성물질이 발견됐다면 당연히 규제해야 하는데, 투자자 국가제소권에 걸리면 패소할 가능성이 높습니다. 왜냐하면 그것이 인체에 정말 해를 입히는지 아닌지를 과학적으로 증명하기가 굉장히 어려워요. 그것을 지정해서 손해를 본 미국 기업이 있으면, 소송에서 우리 정부는 거의 집니다. 담배가 아직 해로운 물질인지 아닌지도 여전히 소송의 대상입니다. '과학적'이라는 말이 들어가면 굉장히 어렵습니다. 광우병 쇠고기에 대해서도 마찬가지입니다. 과학적으로 쇠고기를 반송할 만한 이유를 대야 해요. 미국과 자유무역협정을 맺으면 그런 일이 벌어집니다. 그 다음에는 정부 스스로가 규제를 하지 않게 되는 상황이 벌어집니다. 이미 우리나라 정부 관리들이 그렇게 하고 있어요. 지금도 문제가 생기면 "그거 잘못하면 WTO 걸리는 거 아니야?"라고 하는데, WTO보다 훨씬 센 한미 FTA가 체결되면 더하겠죠.

이것을 스스로 겁을 먹고 규제를 약화시키는 '위축 효과(chilling effect)'라고 합니다. 그 다음에는 걸릴 거 같으면 미리 돈을 주고 해결합니다. 예를 들면 민사재판과 똑같은 거예요. 이 조항에 한국의 주권과 민주주의를 훼손시키는 엄청난 것들이 들어 있습니다. 이것이 한미 자유무역협정의 문제입니다.

자유무역협정이 다 그런 것이 아니에요. 미국형 자유무역협정이 특히 이런 독소조항을 많이 가지고 있습니다. 미국이 힘이 세니까 그것을 받아들이도록 강요하는 겁니다. 최근에 제일 웃기는 미국의 제안이 자동차에 관한 것이었어요. 한국 시장에서 미국 자동차 점유율이 현재 2.5퍼센트 정도 밖에 안 되는데, 점유율이 20퍼센트가 될 때까지 관세를 낮추지 않겠다는 이야기를 한 미국 의원이 했습니다. 말도 안 되잖아요. 이것이 무슨 자유무역이에요? 강제로 한국 사람들한테 미국 자동차를 사게 하는 것이 어디 있어요? 그런데 미국은 실제로 이렇게 했었어요. 1986년에 미국과 일본이 '미일 반도체 협정'을 맺었는데, 그 내용이 바로 그렇습니다. 일본에서 미국 반도체가 몇 퍼센트로 시장 점유율을 보이기 전까지는 일본 반도체 수입을 금하는 협정을 맺었어요. 그 협정이 삼성 반도체를 살렸죠. 일본이 수출하지 못하는 동안에 삼성 반도체가 막 수출을 했습니다. 그게 좋은 건가요? 미국은 그런 것을 강요해서 맺게 하는 힘을 가진 나라입니다. 통상 깡패죠. 그런 나라와 아무 준비도 없이 조약을 체결하겠다고 우리 정부가 이 협상을 시작한 것입니다.

이런 이야기 들어보셨을 거예요. 이것이 더 큰 문제인데, 미국과 하는 자유무역협정을 비판하니까 앞으로 중국이나 유럽연합과도 맺을 거라고 하잖아요. 그렇게 하면 정말 큰일입니다. 그렇게 큰 나라들과 같이 자유무역협정을 동시에 맺어버리면 우리나라에 남아나는 게 없습니다. 모든 자유무역협정은 대내적으로 산업구조를 새로 조정합니다. 미국보다 약한 것은 죽습니다. 그런데 중국이나 유럽연합과 같이 해봐요. 농업을 예로 들면, 한미 자유무역협정을 맺으면 우리나라 농업 중에서 특히 축산 쪽이 심각하게 타격을 받습니다. 그러면 살아남는 것이 야채, 과실 등입니다. 그것은 미국에서 들여오기에 너무 멀어요. 그런데 또 중국과 자유무역협정을 맺는다고 하면, 남아 있는 것까지 엄청난 피해를 입습니다. 여러 나라와 자유무역협정을 동시에 맺어버리면, 남는 건 아마 반도체뿐일지도 모릅니다. 반도체가 남았으니까, 우리 산업구조가 고도화되는 건가요? 이렇게 이야기를 해도 맨 처음에 이야기한 것처럼 관세가 떨어지니까 그래도 수출이 늘어날 수 있는 거 아니냐는 분이 계시겠지요? 그러나 안 늘어납니다. 여태까지 자동차, 섬유, 전기, 전자에 대해서만 이야기했는데, 제조업 분야도 수출할 데가 거의 없습니다. 작년에 신발 수출액이 4천만 달러였습니다. 굉장한가요? 4천만 달러라고 하면 감이 잘 안 잡히시겠지만, 우리나라가 작년에 미국으로 수출한 것이 2천8백 억 달러입니다. 그 중에 4천만 달러인 거예요.

우리나라 자동차가 2천8백 억 달러 수출에서 3분의 1 정도 차지하고, 정부는 앞으로 계속 늘어날 거라고 이야기합니다. 그런데 자동차 관세가 2.5퍼센트인데, 미국은 아까 말씀드린 것처럼 한국 시장 점유율을 늘려주지 않으면 관세를 인하하지 않겠다고 하거든요. 제가 예측하기로는 추후에 논의하기로 했겠죠. 그러자 김현종과 한덕수가 픽업과 에스유브이(SUV)를 수출하겠다고 주장하고 다녔습니다. 이건 말이 되요. 왜냐하면 이것은 관세가 25퍼센트로 되어 있습니다. 그리고 큰 차들이잖아요. 굉장히 큰 돈이기 때문에 10년에 걸쳐 낮춘다고 해도 일 년에 백만 원씩 떨어질 수 있습니다. 백만 원이면 분명히 바뀔 수 있습니다. 하여튼 백만 원에서 이백만 원까지 차이가 나면 선택을 바꿀 수 있어요.

그런데 우리나라는 에스유브이와 픽업을 한 대도 생산해내지 않습니다. 이것도 모르고 수출이 늘어난다고 이야기하고 다닙니다. 산타페나 투싼이 굉장히 많이 수출되고 있는데, 뭔 소리냐고요? 강성범이라는 개그맨이 하던 개그 기억나시죠? "미국 에스유브이는 트럭 라인에서 생산됩니다. 이 정도가 아니면 에스유브이라고 할 수 없습니다." 우리 산타페는 승용차 라인에서 생산됩니다. 산타페에 붙어 있는 관세는 2.5퍼센트로 소나타와 똑같아요. 픽업은 현대자동차에서 한 대도 생산하지 않습니다. 미국 텔레비전 드라마나 영화를 보면 주부들도 트럭 타고 학교에 애들 데려다주죠. 그것이 픽업입니다. 하지만 우리나라 사람들은 트럭을 싫어해요. 농촌 사람들도 트럭이 있는데, 승용차를 또 사요. 길이 좁고 주차장이 좁기 때문에 싫은 거예요. 이상한 허영심이 있을 수도 있겠죠. 어쨌든 한 대도 생산하지 않는 것을 어떻게 수출해요?

제가 국회 4차 토론에서 이 내용을 알려줬어요. 그 뒤에 텔레비전

토론회에서 김종훈 씨를 만났더니, "현대에 있는 내 친구한테 물어보니까, 한미 FTA가 체결되면 픽업 라인 깐다던데"라고 하더군요.(청중 웃음) 이 사람이 그것을 실제로 믿어요. 그런데 송영길 의원이 제 이야기를 듣고 의정일기에 써놓은 것을 보니까, 알아본 결과 생산 라인을 만드는 데 최소한 5년 걸린다고 해놨어요. 자동차라고 하는 것은 생산 라인을 만들고 국내에서 팔면서 계속 품질을 향상시켜서 수출하는 겁니다. 최소 10년 걸립니다. 그런데 우리나라 사람은 픽업을 안 사요. 누가 트럭 사요? 트럭 살 거예요?(청중 웃음) 그러니까 한국에 안 깝니다. 깔더라도 미국에 직접 깝니다. 팔리지도 않는 한국에 깔겠어요. 그리고 우리나라는 트럭을 생산하지 않은 지가 오래되서 트럭 기술이 없습니다. 절대로 자동차 수출이 늘어나지 않습니다.

지금 현대자동차도 굉장히 고전하고 있어요. 작년에 수출이 줄었어요. 이유는 현지 생산이 늘었기 때문입니다. 또 기아자동차가 미국에 30만 대 공장을 짓습니다. 수출이 늘어나기는커녕 줄어들 것입니다. 자동차 부품 수출이 늘어날 것은 확실하죠. 자동차 부품이 20억 달러쯤 수출되고 있는데, 앞으로도 늘어날 거예요. 관세가 떨어지면 훨씬 더 많은 부품이 갈 테니까요. 오히려 우리 시장이 잠식당할 가능성이 대단히 높습니다. 미국에서 생산되는 일본 자동차들, 혼다 시빅, 혼다 아코드, 도요타 캠리 등 미국 시장에서 소나타를 압도하고 있는 차들이 결국 미국 차예요. 현재 논의되고 있는 자동차 원산지 기준에 따르면 부품을 50퍼센트 이상 미국에서 조달하면 미국 차입니다. 그런데 혼다 아코드나 도요타 캠리는 이미 75퍼센트 이상을 현지에서 조달해요. 그 차들은 미국 차예요. 관세 8퍼센트가 0퍼센트로 되면 가격이 160만 원 정도 떨어질 수 있습니다. 그렇게 되면 현재 거의 독과점 상태인 준중형차 시장도 무너질 수 있습니다.

전기, 전자도 우리나라 수출에서 3분의 1 정도 차지합니다. 반도체와 마찬가지로 관세가 제로입니다. 한미 FTA 한다고 어떻게 더 늘립니까? 한미 자유무역협정을 체결하면 국가 신임도가 올라가서 브랜드 가치가 올라간다고 합니다. 삼성이 이미 세계 1위인데, 더 올라갈 게 뭐가 있습니까? 포스코도 철강 분야에서 이미 세계 1위인데 더 올라갈 게 뭐가 있어요? 그건 말도 안 됩니다.

1994년에 나프타 조약을 맺은 뒤에 미국과 멕시코 국경지대가 엄청나게 발전합니다. 마킬라도라라는 이 국경 지역에 세계적인 다국적 기업이 다 들어갔어요. 이곳의 3대 업종이 자동차, 전기·전자, 섬유·의류입니다. 여기에 삼성도 들어가서 가전을 생산해요. 디티비(DTB)도 여기서 350만 대를 생산합니다. 그런데 이 마킬라도라의 섬유·의류 업체들이 2000년이 지나면서 줄줄이 무너지기 시작했습니다. 무엇 때문일까요? 원래 여기에 왜 초국적 기업들이 다 들어갔느냐? 부품을 전부 미국에서 조달하지요. 무관세잖아요. 생산해서 다시 미국으로 수출하는 거예요. 옛날에 우리 마산에 수출자유지역이라는 것이 있었잖아요. 외국 사람들이 와서 조립해서 다시 수출하는 거예요. 이곳이 말하자면 엄청나게 큰 마산 수출자유지역입니다. 여기는 생산해서 배 타고 운반할 필요 없이 트럭으로 실어 나르면 되니까 물류비용도 안 들어요. 관세도 제로예요. 그런데 섬유가 막 줄줄이 무너

졌어요. 왜 그랬을까요? 미국 시장에 멕시코보다 더 싼 놈이 나타났어요. 바로 중국제입니다. 미국에 중남미쿼터라고 해서 중남미 국가의 섬유 분야에 특혜를 주던 것이 풀려버렸습니다. 그리고 중미 섬유협정이 풀리는 시점이 2008년입니다. 그러면 중국은 이제 마음대로 수출할 수 있어요. 물론 관세는 물지만, 10퍼센트나 20퍼센트 물어도 다른 것보다 싸요.

우리나라에서 제일 큰 의류생산단지가 동대문 시장입니다. 그런데 중국제 때문에 동대문 시장 부근 네트워크가 무너지고 있습니다. 우리나라도 중국제에 대해서 관세를 엄청나게 물립니다. 그런데도 우리나라에서 지는데 미국 가면 이기나요? 또 미국에는 원산지 기준이란 것이 있어서, 원사 기준, 곧 얀포드라는 것이 있습니다. 자유무역협정을 맺으면 그 나라만 떨어뜨려주는 거잖아요? 그러면 문제가 뭐냐면 이 물건이 한국제냐 아니냐를 판단하는 기준이 있어야 됩니다. 모든 품목마다 원산지 기준이 다 있어요. 그런데 옷에 대해서는 미국이 아주 이상한 기준을 가지고 있습니다. 이 옷이 한국제냐 아니냐를 판단할 때 기준이 이 옷에 들어간 원사가 어느 나라 산이냐, 실이 어느 나라 것이냐입니다. 동대문에서 생산하는 옷의 90퍼센트는 중국에서 원사를 갖고 옵니다. 미국 관세청이 보기에 동대문 옷은 90퍼센트가 중국산입니다. 한미 자유무역협정에 적용되는 대상이 아니에요. 그래서 처음에 우리 정부가 얀포드 대상을 확 줄여서 얀포드가 적용되지 않도록 하겠다고 했어요. 85개 품목에서 적용되지 않게 하겠다고 했다가, 지금 5개 품목으로 줄어들었습니다. 섬유도 늘어날

게 없습니다.

　제가 보기엔 크게 늘 것은 없고, 기계의 첨단 부문과 정밀화학은 전부 무너집니다. 정밀화학은 우리나라에서 거의 자취를 감출 겁니다. 제가 요새 밤새도록 봤는데, 기계 부문에서 첨단 부문은 미국제로 대체될 것입니다. 물론 일본제가 우리나라를 장악하고 있지만, 일제가 안 하는 부문을 미제가 대체합니다. 석유화학도 첨단 부문은 대체하게 됩니다. 곧 우리나라가 제일 약한 부분이 이거에요. 기계나 화학 같은 중간재가 없다는 거예요. 우리나라 수출이 많이 늘어나도, 부품이나 소재 부문은 일제를 수입해서 쓰니까 일본으로부터 수입이 늘어나요. 그 부문에 더해서 미제까지 들어옵니다.

　대통령이 제약과 농업 빼고 망하는 분야를 한번 이야기해보라고 했지요. 열 가지는 말할 수 있어요. 제조업도 우리나라가 훨씬 약합니다. 우리나라의 제조업 평균 노동생산성이 미국을 100이라고 할 때 얼마쯤 될 것 같습니까? 우리나라 사람들이 흔히 오해하는 것이 제조업 분야에서 우리가 미국보다 강하다고 생각합니다. 그러나 우리는 40퍼센트밖에 되지 않습니다. 일본이 80퍼센트입니다.

　제조업이 우리가 더 세다고 생각하는 이유는 재벌들이 생산하는 몇 품목이 미국보다 강하기 때문입니다. 가령 포스코의 철강, 현대자동차 중형 이하 자동차, 삼성반도체 디램, 현대중공업의 조선, 이 정도만 우리가 경쟁력이 더 있습니다. 그런데 그 내부에서도 비싼 것은 모두 미국이 만듭니다. 미국이 세계 최대 무기생산국이잖아요. 무기라는 게 뭐예요? 특수강 덩어리죠. 그러니 특수강에 대해서 제일 많은 기술을 갖고 있죠. 미국에서 제일 약하다는 섬유도 마찬가지예요. 낚시하거나 등산할 때 입는 옷의 섬유가 고어텍스잖아요? 그것을 개발한 데가 나사(NASA)입니다. 나사에서 나온 기초 기술을 상업화한 거죠. 미국에는 그런 기초 기술이 엄청나게 많기 때문에 아주 비싼 부분은 여전히 미국이 장악하고 있습니다. 세계에서 제조업 최강도 역시 미국입니다. 서비스 최강, 제조업 최강, 농업 최강인 나라와 준비도 없이 협상하고 있는 것입니다. 협상력은 어떻냐? 깡패잖아요. 깡패와 왜 협상하는지 모르겠어요. 협상 맺어도 별 필요 없는 나란데.

그럼에도 한미 FTA 막을 수 있다

마지막으로 한미 자유무역협정은 외교안보 면에서도 대단히 위험합니다. 작년 겨울에 전에 같이 일하던 공무원들을 만났더니, 요새 공무원들이 저를 보고 '공공의 적'이라고 부른대요. 혹세무민하고 다닌다고. 정부에서 한미 FTA 괴담이 돌아다닌다고 비판하는데, 그 열 가지 괴담, 제가 한 이야기 맞습니다.(청중 웃음) 그게 정말 괴담이고 근거가 없다면 직접 텔레비전에서 토론하면 되지, 왜 안 나오는지 몰라요.

오늘 신문에 일제히 한미 자유무역협정이 동아시아 평화 유지에 도움이 된다고 실렸어요. 한미 FTA 민간지원단이 전면광고를 냈어요. 다섯 번째 괴담이 그것입니다. 미국의 가장 큰 적은 중국입니다. 언젠가는 중국과 미국이 붙습니다. 85의 힘을 가진 놈과 90의 힘을 가진 놈이 있어요. 우리는 10의 힘을 갖고 있어요. 얘들이 서로 무엇을 할 때 우리가 이쪽을 편들면 이쪽이 이기죠. 내가 저쪽을 편들면 저쪽이 이 깁니다. 이런 위치를 '캐스팅보터(casting voter)'라고 합니다. 이 상태를 유지하면 양쪽에서 존중받을 수 있어요. 그런데 한쪽으로 들어가 버리면 10의 힘을 가진 애는 아무것도 아닙니다. 100 중에 10일 뿐 아무 의견도 갖지 못합니다. 전략적 유연성은 미국이 중국을 군사외교적으로 제압하기 위한 수단이고, 한미 FTA는 중국을 경제적으로 견제하기 위한 수단입니다. 그런데 2005년 9월에서 11월 사이에 대통령이 이 두 개를 다 받아들입니다. 이렇게 되면 지난 20년간 개선된 남북관계도 악화될 가능성이 대단히 높습니다.

과거에 소련과 미국이 냉전체제 아래 서로 맞설 때, 남한은 미국 편을 들고 북한은 소련 편을 들어서 전쟁까지 했습니다. 그 뒤로 알게 모르게 남북관계는 굉장히 많이 개선됐습니다. 대학생들은 모르겠지만, 20년 전에 희한한 코미디가 있었습니다. 그때 텔레비전 화면에 63빌딩이 물에 반쯤 잠기는 장면이 나왔어요. 북한이 금강산 부근에 저수용량이 200억 톤인 댐을 만드는데, 그것을 일거에 무너뜨리면 여의도의 63빌딩이 반쯤 잠긴대요. 그래서 국민들이 성금을 냈어요. 착한 국민들이 2천6백 억 원인가 얼마를 모아서 평화의 댐이라는 것을 만들었습니다. 그런데 뒷날 밝혀진 것은 북한의 금강산댐이 사실은 26억 톤짜리였어요. 그것을 200억 톤이라고 부풀려서 성금을 걷어서 평화의 댐을 만들었어요.

그런데 작년 7월에 북한이 미사일을 일곱 개나 쐈습니다. 그 중 두 개는 대포동 미사일이니까 멀리 날아가기 때문에 한국과 관계없지만, 나머지 다섯 개는 스커드 미사일입니다. 반경 200킬로미터에서 400킬로미터까지 날아가니까 남한 곳곳에 다 떨어질 수 있어요. 그렇지만 아무도 불바다 이야기 안 했습니다. 아무도 북한이 그 스커드 미사일을 한국에 쏠 거라고 생각하지 않았습니다. 미국하고 일본이 난리쳐도, 아무도 라면 사재기 안 했어요. 하지만 작년 여름에 안양천이 범람할지도 모른다고 하니까, 우리 집이 안양천 부근인데 그날 마누라가 라면 한 박스 사왔습니다.(청중 웃음) 지금 북한의 존재는 안양천만도 못해요.(청중 웃음) 이건 농담입니다만, 그만큼 남북관계가 개선된 거지요.

이제 문제는 장차 중국과 미국이 대립할 때 도대체 우리가 어떤 위치를 지켜야 할 것이냐입니다. 한미 자유무역협정을 맺으면 완전히 미국 편에 편입됩니다. 여러분 아미티지 보고서를 꼭 보십시오. 《한겨레21》에서 요약해서 번역해주시면 좋겠어요. 그 책에서 강조하는 것이, 미일동맹이 기본이지만 미일 자유무역협정을 맺어야 그것이 완성된다고 합니다. 그 배경이 중국에 대한 견제입니다. 미국의 대 아시아 전략입니다. 부제가 '아시아 올바로 가게 하기(Getting Asia Right)'예요. 그것을 일본이 하기 전에 선점해야 된다면서 우리가 먼저 찾아가서 한 거예요. 하지만 일본은 절대로 미일 자유무역협정을 맺지 않습니다. 바보가 아니니까요. 아시아에는 미국이 패권을 잡는 것도 중국이 패권을 잡는 것도 바라지 않는 나라들이 일본 말고도 여럿 있습니다. 예컨대 대국인 러시아, 인도 같은 나라들이 먼저 연합하면 양쪽이 부딪치는 것을 완충시킬 수 있겠죠. 그런데 한미 자유무역협정은 그것을 완전히 포기한 것입니다.

미국의 자유무역협정은 미국을 중심으로 해서 스포크(spoke)를 만들겠다는 것입니다. 이것을 '허브앤스포크(Herb & Spoke)'라고 이야기합니다. 자전거 바퀴에 중심 부분이 있고 그 주위로 자전거 살이 있죠? 그것처럼 허브를 만들고 아시아의 나라들을 미국이 전부 장악하겠다는 이야기예요. 아시아 공동체를 만드는 게 아니고, 전부 미국화하겠다는 것입니다. 아미티지 보고서에서 표현한 바에 따르면, 미국식 가치를 전파하겠다고 합니다. '미국식 사회체제', 좋은 말이죠. 그러나 미국 사회경제체제는 미국에서만 이뤄질 수 있습니다. 그런데다 미국은 이미 파산 상태입니다. GDP의 6퍼센트가 무역 적자고, 4퍼센트가 재정 적자입니다. 보통 그 정도면 외환 위기 맞았을 거예요. 이미 모든 나라가 외환 위기를 맞았어요. 그런데 미국은 달러가 있고, 군사 최강국이고, 자원이 많고, 인구가 많고, 엄청난 돈으로 인재를 끌어 모으는 시스템이기 때문에 살아남았습니다. 우리나라는 하나도 안 갖고 있어요. 미국이 갖고 있는 그런 능력을 갖고 있지 못하면서 미국 시스템을 받아들인 곳이 바로 중남미입니다. 중남미가 외환 위기를 두세 번씩 맞으면서 국제금융기구에서 요구하는 대로 미국 시스템을 받아들였습니다. 그러니까 제도는 완전히 미국화했습니다. 그런데 미국 같은 능력이 없으니까, 경제성장률이 낮아지고, 그러면서 양극화는 심화되고, 심지어 반란군까지 생기는 복잡한 처지가 되었습니다.

한미 자유무역협정은 3월 말로 끝나는 것이 아닙니다. 타결이란

단지 통상장관 수준에서 서명하는 거예요. 실제로 대통령 차원에서 행정부의 대표가 서명하는 것은 6월입니다. 왜 그렇게 기간이 떨어져 있냐면, 미국 의회가 자문위원회에 그 내용을 검토하게 해야 되기 때문입니다. 그런데 우리 국회는 아무런 규정이 없어요. 민주노동당이 국정조사 하자고 하는 것이 바로 그것입니다. 미국처럼 자문회의 전문가들을 동원해서 2개월 동안 검토하고 그 내용을 국민들한테 알린 다음에, 국민들이 좋다고 하면 미국에 가서 서명하고 아니라고 하면 서명하지 말라는 거예요. 맞잖아요? 이 한미 FTA는 한번 맺으면 여러분뿐만 아니라 여러분 아이들의 아이들, 그리고 그 아이들까지도 영향을 받습니다. 소파(SOFA)라고 부르는 '외국군 지위에 관한 행정협정'을 50년 전에 너무나 불평등하게 맺어서 지금까지 문제가 되고 있잖아요. 조그만 거 하나 고치느라고 촛불시위하고 난리를 치잖아요. 그런데 그런 조약 수천 개가 모인 것이 한미 FTA입니다. 여태까지 알려진 것만 해도 너무나 불평등한 조약입니다.

여러분이 상위 10퍼센트에 드는 계층이라면, 조약 맺자고 '예스' 하십시오. 여러분의 아이들도 10퍼센트에 들 자신이 있다면 '예스'하십시오. 또 그 아이들의 아이들까지 10퍼센트에 들게 할 자신 있으면 '예스'하십시오. 우리나라가 이미 신분이 세습되는 사회가 됐어요. 과거에는 교육이 신분상승의 통로였지만, 이제는 신분상승을 가로막는 통로가 되고 있습니다. 여러분들이 10퍼센트가 아니면, 아이들도 아닐 확률이 99퍼센트입니다. 또 그 아이들의 아이들도 그 확률이 99퍼센트입니다.

한미 FTA, 막을 수 있습니다. 국민들이 알면 알수록 반대하는 사람이 많아질 것입니다. 그런 상황에서 어느 대통령 후보가 한미 자유무역협정을 비준하겠다고 하겠습니까? 그대로는 안 한다고 뭔가를 수정하겠다고 할 것입니다. 그러면 미국 의회가 비준해주지 않겠죠. 불행하게도 대통령이 한미 자유무역협정에 찬성하는 사람이 되더라도, 내년 4월까지는 여유가 있습니다. 국회의원들이 함부로 비준에 동의하지 못해요. 그때까지 대통령이 서명하지 못하게 해야 되고, 그 다음에는 한국 국회가 비준하지 못하게 해야 됩니다. 미국 의회가 먼저 비준한 경우는 한번도 없습니다. 그러니까 한국 국회가 비준하지 못하게 하면 막을 수 있습니다. 감사합니다. (청중 박수)

한미 FTA는 우리 삶 전체를 미국식으로 바꾸는 협정

사 회 자　여러분 잘 들으셨죠? FTA를 저지하는 것이 한국 민중의 자존심을 지키는 일입니다. 그렇죠? 그러면 질문을 받겠습니다.

청 중 1　오늘 아침에 《중앙일보》를 보니까, 한칠레 FTA를 맺은 결과 포도나 복숭아 농장 면적이 오히려 늘었고 수익이 늘었다면서 한미 FTA 때문에 농업을 우려하는 것은 기우라는 기사가 있었습니다. 한칠레 FTA의 결과에 대해서는 어떻게 평가하시는지 듣고 싶습니다.

정 태 인　예. 한칠레 FTA나 다른 것도 마찬가지인데, 자유무역협정이라고 하는 것은 기본적으로 큰 나라가 유리합니다. 보통 큰 나라들이 개방을 많이 했기 때문에 관세가 낮아요. 칠레는 굉장히 높았거든요. 지금같이 개방해버리면 평균으로 우리는 8퍼센트 내려야 하고, 미국은 2.5퍼센트에요. 그러면 미국이 훨씬 적게 내리는 거죠. 이미 개방이 많이 된 상태에 적응되어 있습니다. 그런데 칠레는 우리보다 훨씬 관세가 높았기 때문에, 단순히 비교하기는 어렵습니다만 우리가 유리한 FTA였어요. 그럼에도 문제는 농산물이었거든요. 칠레의 농산물이 들어오자, 우리나라 농민들이 생각하기에 이제 경쟁력이 없을 것 같으니까 과수원의 3분의 1이 폐농을 했습니다. 그러니까 공급이 줄어들고, 가격이 올라간 겁니다. 폐농한 그분들이 다른 것을 해서 돈을 벌었다면 성공입니다. 하지만 그 분야에 종사하는 사람들이 많이 없어져서 독점이 된 것입니다. 한우도 마찬가지입니다. 똑같은 논리입니다. 여러 사람들이 소를 기르다가 안 될 것 같으니까 다 포기를 해버리거든요. 공급이 떨어지면서 오히려 가격이 올라가는 그런 현상이 나타납니다.

따라서 자유무역협정을 맺었다고 해서 가격이 단순히 떨어지는 것이 아니고, 가격이 올라갈 수도 있습니다. 다만 확실한 것은 그 중에서도 힘없는 농민들이 피해를 보겠죠. 개방을 해도 산업구조를 조정하는 효과 때문에 농민 중에 대농들, 그리고 기업들 중에서 큰 기업들은 오히려 성장합니다. 아이엠에프 때도 작은 금융들이 막 무너져서 헐값이 되니까, 그것을 큰 금융에서 다 먹어버렸잖아요. 미국 회사가 먹는 것도 있지만 우리 내부의 큰 회사가 먹는 것도 있어요.

칠레와 협정을 맺어서 문제가 없었다는 이야기는, 금융회사의 규모가 엄청나게 커졌으니까 외환 위기가 성공적이었다고 이야기하는 것과 같습니다. 오히려 양극화는 너무나 심해졌죠. 금융인들 반 정도가 잘렸다가 지금 비정규직으로 다시 취업하는 과정에서 엄청나게 고통을 받고 있습니다. 칠레는 농업만 센 작은 나라니까 문제가 한 군데서만 일어나고 끝났지만, 미국은 우리보다 모든 부분에서 다 셉니다. 그런 게 들어왔을 때 전 부문에서 산업구조 조정이 일어나면 그게 어떤 현상을 가져올 것이냐? 재벌들이 여러 산업에 진출할 게 틀림없습니다. 그러나 중소기업과 그 아래 산업 들이 무너지고, 노동자들은 비정규직이 훨씬 많이 늘어날 것이 확실합니다.

사 회 자　이해하셨죠? 이번에는 다른 쪽에서 질문 받겠습니다.

청 중 2　강연을 들으니까 무엇보다 마음이 답답해지고, 우리가 더 불리한 FTA를 체결하면 안 된다고 생각하게 됐습니다. 그러면 과연 우리가 조약을 체결하지 못하게 하기 위해서 해야 될 일이 무엇일지 궁금합니다.

정 태 인　제일 중요한 것은 국민들이 아는 겁니다. 현재 국민들의 두 가지 권리가 무시되고 있다고 생각하는데, 하나는 알 권리이고, 또 하나는 의사를 표출할 권리입니다. 우선 국민들에게 알게 해줘야 되는데, 모든 분이 관심이 없어요. 특히 대학생들이 관심이 없습니다. 제가 강연을 200회 했는데, 그 중에 대학교에서 대학생들이 부른 건 열 번 밖에 안 돼요. 자기 일이 아니라고 생각해요. 많은 분들이 그건 수출하는 사람들이나 농사짓는 사람들에게 관련된 일이라고 생각합니다. 그러나 제가 조금 전에 설명드렸듯이, 한미 FTA는 우리 삶 전체에 엄청난 영향을 미치는 것은 물론이고 우리 자식과 그 자식 들에게까지도 그 영향을 미칠 겁니다. 오늘 그것을 아셨다면, 옆에 계신 분들도 알게 해야 됩니다. 그 다음에는 말을 해야죠. 일단 국회에 요구를 해야 됩니다. "국회의원, 이 자식들, 니들 뭐 하냐? 타결된 결과가 당장 나올 거니까, 그걸 가지고 우리나라에 어떤 일이 일어날지 찬성하는 놈이든 반대하는 놈이든 분석을 해서 국민들한테 내놔라." 그러면 그것에 대해 국민들이 의사를 표시할 수 있어야 되겠죠. 그 방법으로 국민투표라는 좋은 제도가 있습니다.

그러나 일단은 아는 게 중요합니다. 많은 분들이 이게 내 일이 아니라고 생각해요. '농민들 불쌍하니까 내가 반대해야지'라고 생각하는데, 그렇지 않습니다. 농민들께 강연하면서 깨달은 것이 있는데, 농민들도 농업 이야기보다 의료보험 이야기에 관심을 훨씬 많이 보이세요. 도시에 있는 자녀분들 이야기라는 점에 더 관심을 보입니다. 농민들께서 나이가 많으시다 보니까, '에휴, 언제나 당해왔는데 한번 더 당하지 뭐' 하는 생각을 갖고 계세요. 오히려 그쪽은 지금 문제가 없어요.

돌아가셔서 쉽게 설명한 여러 사이트들 보시고, 우리 전체의 문제라는 걸 알려주세요. 어렵게 설명한 것을 굳이 보시고 싶으시면 제가 알려드리겠습니다. 제가 게을러서 홈페이지가 없고, 하종강 선생님 홈페이지(www.hadream.com)에 셋방을 살고 있어요. 거기에 가면 제가 한미 자유무역협정에 대해 여태까지 쓴 글들이 다 있습니다. 범국민운동본부에는 쉽게 쓰인 글들이 많이 있어요. 그 글들이 정부가 괴담 수준의 거짓말이라고 하는 건데, 정말로 그것이 사실인지 김현종과 끝장토론을 했으면 좋겠어요.

사 회 자 지난번에 선생님이 〈100분 토론〉에 나가시기로 되어 있었는데, 송영길 의원이 토론회에 나오지 않겠다고 해서 못하신 거죠?

정 태 인 그게 좀 정확하지 않은데, 본인이 찬성 측 패널로 나오기로 했다가 빠지면서 프로그램 자체를 못하도록 훼방을 놓은 거죠.

사 회 자 그렇군요. 다른 분 질문을 더 받도록 하겠습니다.

청 중 3 선생님 말씀을 들으니 한미 FTA가 옳지 않은 것은 잘 알겠습니다. 그런데 지금까지 한미 FTA가 추진되고 어느 정도 지지를 받고 있는 것은 한국 경제가 어려움에 처해 있다는 사실 때문일 것입니다. 한미 FTA가 지금 한국 경제의 불황을 타파하는 하나의 해결책이라고 정부에서 주장하는데, 그러면 선생님께서는 한미 FTA가 아닌 다른 어떤 대안이 있으신지 궁금합니다.

정 태 인 과연 한미 자유무역협정이 돌파구가 될 것이냐는 점에 대해서 부정적입니다. 그 이야기는 미국과 자유무역협정을 맺으면 최신 금융기법이 들어오고, 서비스업이 발전하고, 그것이 다시 제조업에서 생산성을 향상시킨다는 논리잖아요? 그런데 아무런 시나리오가 없어요. 어떻게 해서 그렇게 되는지 아무도 몰라요. 우리가 피해보는 산업이 있지만, 그래도 산업구조가 조정돼서 금융산업 같은 것은 생산성이 올라간다는 주장입니다. 금융산업은 그 시나리오대로 구조가 조정됐습니다. 대형 은행이 생겼죠. 그런데 과연 그 대형 은행이 우리 경제에 도움이 됐느냐? 아니에요. 과거에 우리나라 은행은 산업에 대해서 대출하는 것을 주요 업무로 했습니다. 그런데 미국 은행이 들어오면서 미국식 대출을 해요. 미국식 대출이라는 건 소비재 금융입니다. 그래서 불쌍한 서민들이 부동산을 담보로 돈을 마구 빌려 씁니다. 그래서 처음에는 카드였고, 그 다음으로 지금은 부동산 담보 대출의 늪에 빠졌습니다. 미국식이 한국에 들어와서 결코 좋은 역할을 하는 게 아니에요. 왜냐하면 미국과 우리나라는 다르거든요. 미국의 시스템이 들어온다고 해서 한국에서 좋은 결과가 나오지 않습니다.

다음에 그러면 대안이 있느냐? 대안 많죠.(웃음) 가령 지금 우리나라가 큰 위기에 빠져 있다는 건 사실이 아닙니다. 중국이 따라와서 갈 곳이 없다고 자꾸 위기의식을 부추깁니다. 제가 2006년 2월 23일에 설명을 드렸더니, 대통령이 첫 번째 질문한 것이 그거였어요. "중국이 한국 제조업을 따라오는 데 몇 년이나 걸리느냐?" 제 전공이 '산업'입니다. 아까 제가 설명할 때 이런저런 산업을 예로 든 이유가 제 전공이기 때문인데, 아무튼 최소한 십 년은 걸린다고 대답했습니다. 그런데 청와대 비서관들의 인식은 삼 년이라는 거예요. 제가 2006년에 보고했으니까, 일 년이 지났죠. 2년 뒤에 우리나라 망한다는 이야기인데, 그런 일은 벌어지지 않습니다.

지금 우리나라에 특히 문제가 되는 부분은 양극화입니다. 돈을 많이 가진 대기업은 국내에 투자를 안 하고 외국에 투자하거나 소비하고, 소비자들은 돈이 없으니까 소비를 안 해서 성장률이 떨어졌어요. 이럴 때 오히려 분배를 제대로 해서 가난한 사람들이 돈을 더 많이 갖게 되면, 국내 소비는 확실히 늘어나요. 부자들은 돈이 많이 남아도 니까 해외에서 소비하잖아요. 분배가 제대로 되면 국내 소비가 늘어납니다. 그러면 소비를 많이 해주니까 내수산업에 도움이 되고 기업들이 살아나겠죠. 그러한 간단한 분배 문제부터 해결하는 것이 더 중요합니다.

이대로 양극화가 심해지면 사람들이 희망을 잃기 때문에, 경제에 기여하지 못하고 복지비용만 가져다 쓰는 사람처럼 되어버립니다. 이게 심해지면 이른바 '두 나라 문제(two nation problem)'라는 게 발생합니다. 한 나라 안에 있는데도 완전히 둘로 갈라져서 사실상 두 나라 사람처럼 된다는 뜻이죠. 영국이나 미국에서는 선거 때마다 나오는 이야기입니다. 영국이나 미국 사람들이 희망이 없으니까 아예 일을 하지 않아버려요. 그냥 복지비 받아서 살려고 해요. 그게 복지병인데, 우리는 그런 거 없습니다. 다 열심히 하려고 하는데 기회가 없는 거예요. 그런 사람들을 참여하게 하는 것을 적극적 노동시장 정책이라고 합니다. 그런 정책들을 비롯해서 보완되어야 할 것들이 많습니다. 그런 것만 해도 충분히 살아날 수 있습니다.

사람들이 엄청난 위기의식을 갖고 있는 건 좋은데, 그걸 타개하려고 빅뱅처럼 파괴적인 한미 자유무역협정을 하는 것은 정말 위험합니다. 그렇게 한 나라가 러시아예요. 한꺼번에 시스템을 확 바꾸면 뭔가 될 것이라고 생각했지만, 엄청난 혼란만 일어났고 그 와중에 가난한 사람들은 크게 희생됐습니다. 차분하게 해도 충분히 중국과 격차를 늘리고 미국을 따라갈 수 있습니다. 여러 가지 정책이 많아요. 그런데 그런 것들을 하나도 해놓지 않고, 갑자기 미국과 협정을 맺어서 한꺼번에 해결해버리려는 것이 문제죠.

청중 4 대학교에 다니는 학생입니다. 제가 알기로는 몇몇 재벌 그룹과 언론에서도 지속적으로 FTA를 찬성하는 입장의 논리를 전파하는데, 처음에는 저도 그 보도를 보면서 그래도 적어도 몇몇 재벌그룹한테는 엄청난 이익이 돌아가겠구나 하고 생각했거든요. 그런데 아까 선생님 강연을 들어보니, 그들한테 특별하게 엄청난 수출 이익이 돌아가는 것은 아니라고 보입니다. 그러면 그것이 재벌그룹과 언론 들의 정보력 문제나 잘못된 판단인 건지, 아니면 수출에 대해서는 상당한 부분을 포기하더라도 아까 말씀하신 대로 FTA가 국내 산업구조를 개편하는 과정에서 얻을 수 있는 떡고물이 상대적으로 많아서 그것을 노리는 것인지를 묻고 싶습니다.

정태인 네. 굉장히 우수한 질문입니다. 맞습니다. 어느 나라나 미국과 자유무역협정을 맺고자 추진하는 세력은 셋입니다. 제가 캐나다와 멕시코에 다 가봤는데, 바로 그 나라의 재벌에 해당하는 대기업, 그 다음으로 고급 통상경제관료, 그리고 보수언론입니다. 재벌들이 원하는 것은 일단 수출 조건이 좋아지는 것이에요. 그러나 재벌들 그룹 연구소에서 나온 연구서를 보면, 우리 그룹은 별로 얻을 것이 없다고 나와 있습니다. 하지만 방금 말씀하신 것처럼 민영화하는 과정에서 얻을 수 있는 것들이 굉장히 많아요. 가령 한전을 민영화한다고 하면, 외국에 팔든가 아니면 재벌에 팔든가 둘 중에 하나입니다. 특히 삼성 같은 경우는 방송을 갖고 싶어합니다. 원래 동아방송, 그러니까 한국방송공사 제2텔레비전이 삼성 것이었습니다. 하지만 동아방송을 빼앗겼기 때문에 탈환하고 싶어합니다.

관료들은 시장에 맡겨놓으면 모든 게 잘 이루어진다는 환상을 갖고 있습니다. 세계의 경제관료들은 IMF나 OECD 같은 국제기구에 파견 나가거나 미국 대학에서 서로 자주 모입니다. 제가 이런 농담을 했어요. "너희들은 비행기 티켓이 바뀌어도 상관없다. 생각이 똑같기 때문에 돌아가서 할 정책이 똑같지 않냐"라고. 멕시코 관료가 우리나라에 와도 하려고 할 정책이 똑같아요. 시장에 맡기면 되는 거니까요. 또 뭐가 있냐면, 공무원들은 낙하산 인사라고 해서 퇴직해도 공사 같은 곳으로 가잖아요. 그러니까 공사들을 미리 민간기업으로 민영화해놓으면, 나중에 자기가 거기로 갔을 때 연봉이 훨씬 더 높아집니다. 그런 직접적인 이익도 있습니다.

언론은, 지배계급이 그쪽으로 가야 된다거나 우리나라가 미국과 연계해서 살아나가야 한다는 굳건한 믿음이 있습니다. 심지어 작전권을 돌려받아도 문제가 되는 사고를 갖고 있잖아요. 거기다 또 하나 말하자면, 《조선일보》 같은 곳은 운영을 방만하게 하고 있어요. 협정이 체결되면 앞으로 분명히 조정 대상이 될 텐데, 자기는 아닐 것이라고 생각해요. 그런 것을 심리학 용어로 '은사특권'이라고 하거든요. 어느 사형수도 자기가 죽을 거라고 생각하지 않는답니다. 언젠가 어떤 기적이 일어나서 살게 될 거라고 생각한답니다. 그런 생각을 갖고 있어요.

청중 5 감명 깊게 들었습니다. 제가 질문하고 싶은 것은, FTA를 반대하는 세력을 수구좌파라고 비난하기도 합니다. 지금 FTA 반대는 제2의 쇄국이며 망국으로 가는 지름길이라는 말도 있습니다. FTA가 하나의 세계사적 흐름이고 대세라고 생각하는 의견이 많은 듯합니다. 그 부분을 어떻게 생각하시는지요?

정태인 미국이 영원히 세계를 지배할 거라고 생각하는 것과 마찬가지인데, 자유무역협정은 제가 보기에 유행입니다. 더는 자유무역협정 방식으로 안 된다는 것이 곧 판명 나고 다른 대안을 찾게 될 거예요. 저는 아직 읽지 않았습니다만, '자유무역협정(free trade agreement)'이 아니라 '모든 사람에게 공평한 무역(fair trade to all)'이라고 제목을 붙인 스티글리츠의 책을 한번 읽어보십시오. 노벨경제학상을 받았고, 세계은행 부총재를 맡고 있던 중에 아이엠에프를 비판해서 잘린 사람입니다. 나라들끼리 교류하는 방법은 굉장히 많습니다. 미국식 자유무역협정이라는 것은 아주 특징적인 교류방식입니다. 모든 걸 제도로 얽어매놨는데, 그게 미국식 제도를 받아들이게 하는 자유무역협정 형식이에요. 우리가 그것을 택할 이유가 전혀 없습니다. 다른 방법으로 얼마든지 다른 나라와 교류할 수 있고, 특히 동아시아는 국가들끼리 교류하고 협력하면 서로 얻을 이익이 굉장히 큽니다.

그래서 완전히 다른 형식으로 협력하는 교류관계의 틀, 진정한 자유무역협정을 만들어야 한다고 생각합니다. 일본에서 그러한 몇 가지 예를 발표할 예정인데, 그런 것들이 충분히 가능합니다. 호혜협력이 가능한 틀을 어디선가 먼저 보여야 돼요. 'EU형'이 그런 것입니다. EU형도 FTA의 유형 가운데 하나면서, 미국형과 완전히 다릅니다. EU형과 똑같이 하기보다는, 지금은 미국이 그렇게 강력할 수 없으니까 느슨하면서도 더 못사는 나라들을 생각하는 공동협력, 결국 모두에게

득이 되는 형태들을 취해야 합니다.

　　미국형 자유무역협정은 정확하게 제로섬이에요. 강한 쪽이 약한 쪽을 최대한 착취하고 수탈하는 자유무역협정입니다. 결국 오래가지 못합니다. 제국주의적인 방식이 오래갈 듯하지만, 실제로 역사적으로 봤을 때 오래가지 못합니다. 현재 미국의 상태가 그래요. 이미 파산 상태인데, 미국의 파산을 막아주고 있는 나라가 한국과 중국, 일본이에요. 미국의 재정 적자가 GDP의 4퍼센트가 넘는데, 우리가 우리 무역 흑자로 미국 재무성 증권을 사주면서 메워주고 있거든요. 사실 우리가 그것을 10퍼센트만 회수하면 미국은 파탄 납니다. 한국과 중국, 일본이 모여서 1퍼센트 빼겠다고 하면, 월스트리트는 당장 붕괴합니다. 그 정도로 취약한 상태인데, 지금 군사력을 통해 힘이 과잉 표출되고 있어요.

사 회 자　마지막 한 분께 질문 받도록 하겠습니다.

청 중 6　처음에 말씀하실 때, 미국에서 원하지 않았는데 우리 쪽에서 원해서 하고 있다고 말씀하셨잖아요. 그러면 미국은 그렇게 득이 되는데도 처음에 하기 싫다고 한 이유가 무엇입니까?

정 태 인　아까도 말씀드렸는데, 한국은 국내 협상 능력이 없기 때문에 미국은 그보다 미일 FTA를 하고 싶었죠. 사실 한국이 그대로 있으면서 중국과 같이 다른 경제협력을 강화시켰으면, 미국이 몸이 달아서 한국에 훨씬 좋은 조건을 제시했을 거예요. 왜냐하면 한국이 중국 쪽으로 끌려가면 일본 하나만 남거든요. 그런데 한국 정부가 가서 매달려버리니까, 정말 복이 굴러 들어왔죠. 아까 안 하려고 한 이유가 "너희는 스크린쿼터 같은 문제도 해결하지 못하지 않느냐? 그러니까 네 가지부터 먼저 해결해라. 그럼 믿고 시작한다"라는 입장이었기 때문에, 우리가 가만히 있었으면 미국이 대신 다른 것을 주겠다면서 꼬드기러 왔을 텐데 우리가 갖다 바치면서 시작한 거죠. 아무 이유 없는 조급증이었어요. 그런데 이제는 역사적 소명이었음을 알게 됐죠.(청중 웃음)

사 회 자　네. 알겠습니다. 정태인 선생님 두 시간 동안 고생하셨습니다. 오늘 말씀하신 내용을 간략하게 정리해주십시오.

정 태 인　한미 FTA는 단순히 어떤 산업의 관세를 낮추는 자유무역협정이 아닙니다. 법과 제도는 물론 우리 삶 전체를 미국식으로 바꾸는 제도입니다. 너무나 어마어마한 것이기 때문에 우리 국민이 알 것을 알고 자기 의견을 찬성이든 반대든 표출할 기회를 가져야 합니다. 이 내용을 옆에 있는 분들한테 말씀해주십시오. "막아야 된다. 아니면 우리 아이들도 계속 고생할 수도 있다"라는 것을 주위 분들과 같이 토론하면서 의견을 표출해나가면 틀림없이 막을 수 있습니다. 감사합니다.

사 회 자　고맙습니다.(청중 박수) 《한겨레21》 인터뷰 특강 세 번째 시간으로 '한미 FTA와 마지막 자존심'에 관해 이야기해보았습니다. FTA는 4대 선결요건에서 알 수 있듯이, 애초부터 한국인의 자존심을 뭉개고 시작한 협상이 아닌가 싶습니다. 한국인의 자존과 명예 그리고 경제 이익을 지키기 위해 우리가 해야 할 일이 너무나 많습니다. 정태인 선생님께서 말씀하셨듯이, 오늘 들은 내용들을 돌아가셔서 적어도 다섯 분께 전파해주시기 바랍니다. 그것이 바로 FTA를 막을 수 있는 길입니다.

정태인 선생님도 그런 줄 알고 있습니다만, 저 또한 20년 넘게 이른바 데모를 하면서 살아왔습니다. 그런 제가 민주정부에 바란 것은 간명했습니다. 민주화된 정부에서는 데모를 하지 않게 되기를, 오직 이것 하나를 바랐습니다. 지나치게 소박한 꿈이었다고나 할까요. 그런데 어제도 데모를 하러 갔고, 앞으로도 데모를 하러 다녀야 할 것 같습니다. 정부에서는 이를 막고 있습니다. 최소한 지난 20년 동안 기대해온 것들이 근본에서 무너지는 느낌입니다. 가난한 사람이 더 가난해지는 건 민주화가 지향한 가치도 아니고 또 옳지도 않습니다. 1980년대에 우리 세대는 거리에서 역사를 쓰고 있다고 생각했습니다. 그런데 다시 그런 시대가 오고 있는 게 아닌가 하는 생각마저 듭니다. 돌이켜보면 역시 가장 어려운 문제는 민중이 직접 나서서 해결해야 하는 것 같습니다. 그래서 민주화된 정부가 도리어 서글픈 것입니다.

앞으로 시간이 많지 않습니다. 한미 자유무역협정에 대해 여러분들이 다른 많은 분들과 토론하시고, 할 수 있다면 의사를 표출하기 위해 거리로 나가야 할 것 같습니다. 거리에서 다시 만나 '시대의 교과서'를 쓸 그날을 약속하면서,^(청중 웃음) 오늘 인터뷰 특강을 마치도록 하겠습니다. 고맙습니다.^(청중 박수)

덧 붙 이 기　　강연 이후 많은 시간이 지났습니다. 예측대로 6월 30일 양국 정부는 한미 FTA 체결을 했고 정부는 9월 2일 국회에 비준동의 요청을 했습니다. 정태인은 8월에 민주노동당에 입당해서 한미 FTA 저지 사업본부장을 맡았습니다. 지금은 이번 국회에서 비준되지 않도록 노력하고 있습니다. 일단 대통령이 약속한 '밤샘토론'을 요구했고 통외통위의 청문회, 국회감사를 준비하고 있습니다. 또 시국회의 의원들을 중심으로 82명이 서면한 국정조사도 기다리고 있습니다. 행정부가 국회를 존중한다면 국정조사의 결론이 나올 때까지 비준동의안을 본회의에 상정할 수는 없습니다.

　　물론 현 정부가 어떻게 행동할지는 아무도 모릅니다. 다만 현재 여론조사에서 압도적인 우위를 보이고 있는 한나라당이 판을 흔들 수도 있는 FTA 비준동의를 할 가능성은 거의 없습니다. 대통령 선거가 끝나면 또 총선이 기다리고 있습니다. 여야를 가리지 않고 농촌 출신 국회의원들은 비준동의안에 찬성하는 모습을 보이고 싶지 않을 것입니다. 그렇다면 18대 국회가 새로 구성되는 내년 여름까지 처리되지 않을 것입니다.

　　상황이 이렇다고 해서 손을 놓아서는 안 됩니다. 오히려 대선과 총선이라는 '정치의 계절'에 한미 FTA가 최대 이슈가 되도록 해야 할 것입니다. 협정문을 상세하게 분석한 국민보고서2가 나왔고 〈MBC 스페셜〉은 한미 FTA의 문제점을 조목조목 다룬 프로그램(오해와 진실)을 내보냈습니다. 그러나 신정아 스캔들, 정윤재 스캔들, 신당 경선의 파행 등에 빠진 언론은 거의 관심을 보이지 않고 있습니다.

　　한미 FTA가 국민의 삶에 어떤 영향을 미치는지 지속적으로 분석하고 국민들에게 알려야 합니다. 국민들이 스스로 한미 FTA의 문제점을 깨닫고 대안을 요구하지 않으면 우리는 낭떠러지에서 떨어진 뒤에야 후회하게 될 것입니다. 11월 11일 범국민 행동의 날이 각성의 그날이 되지 않으면 우리는 또 한번 '오호 통재라', 긴 탄식을 내뱉게 될 것입니다.

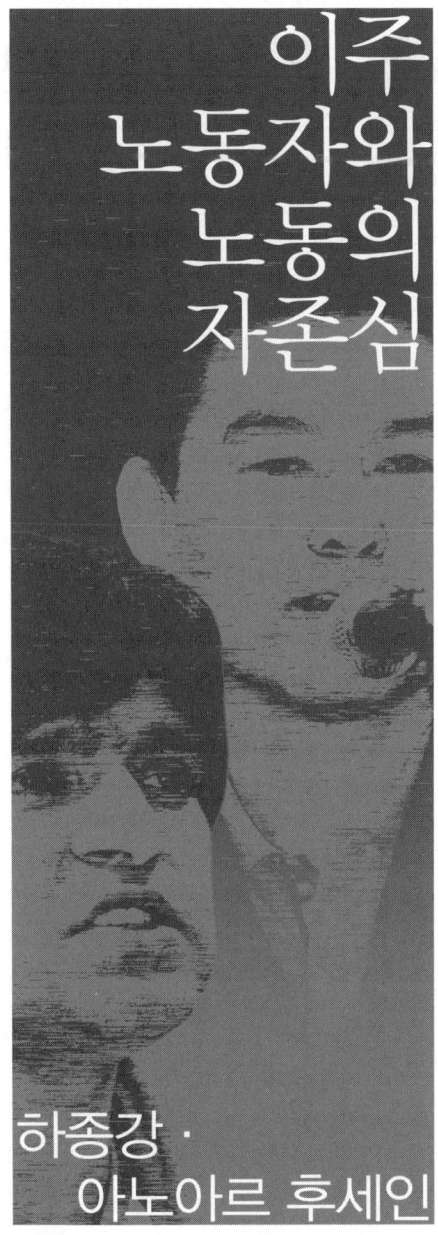

이주
노동자와
노동의
자존심

하종강 ·
아노아르 후세인

하종강
한울노동문제연구소 소장. 저서 《그래도 희망은 노동운
동》, 《철들지 않는다는 것》, 《길에서 만난 사람들》, 《21세
기를 바꾸는 교양》(공저), 《왜 80이 20에게 지배당하는
가》(공저) 등.

아노아르 후세인
전 이주노동자노동조합 위원장.

이주노동자와
노동의 자존심

2007년 3월 27일(화) 늦은 7시

사 회 자　여러분, 삼수갑산이라는 말 흔히 들어보셨죠? 삼수갑산은 실제
로 백두산 밑에 있는, 화전민과 포수 들이 주로 살던 깊은 산골의 지명
이기도 합니다. 그 삼수에서 태어난 한 사람이 있었습니다. 일제강점
기 때 화전민 후손으로 태어났으니, 당연히 아주 가난했죠. 이 양반은
혼자 개성에서 또 서울에서 학교를 다녔고, 도쿄에서도 혼자 고학을
했습니다. 개성에서 송도고보에 다닐 때 벌써 강제적 채플수업을 거
부하고 동맹휴학을 주도해서 제적당했습니다. 강의석 군 대선배인
셈이지요. 일본에 있을 때는 독립운동과 관련하여 70여 회 정도 검속

됐습니다. 서울에서도 감옥에 들락거렸습니다. 그는 나중에 노동자로서 '경성트로이카'라는 조직을 이끌었습니다. 그 과정에 일제의 포위망을 피해 거짓말 같은 위장술, 자신을 감시하는 일제 경찰마저 설복시키는 언변, 변소 지붕을 뜯고 도주하는 등 실제로 영화보다 훨씬 멋지게 일곱 번이나 완벽한 탈출을 거듭했는데, 결국 여덟 번째에 붙잡혔습니다. 그가 체포되었을 때 일제는 친일신문을 모두 동원하여 이제 조선에는 노동운동이나 공산당 활동이 없다는 발표를 신문 1면에 정말 대문짝만하게 실었습니다.

한국전쟁을 전후로 유격투쟁을 전개한 전설적 빨치산 지도자 이현상도 같은 조직원이었습니다. 그 사람의 이름은 이재유입니다. 그는 1944년 10월 26일에 죽었습니다. 10월 26일은 알다시피 정치군인 박정희 대통령이 부하에게 죽은 날이기도 하고, 이토 히로부미가 하얼빈에서 안중근 의사에게 저격당해 절명한 날이기도 합니다. 이재유는 정말로 걸출한 노동운동가이고 영웅인, 일제강점기 노동자였습니다. 그 양반이 일제강점기 때 태평양 전쟁에 반대하고 노동자의 권리를 주장하면서 요구한 사항이 대략 이런 것이었습니다. "비인간적이고 봉건적인 기숙사 제도를 폐지하라. 하루 8시간 노동을 하게 해달라. 아내가 있는 사람에게는 최저임금제를 보장하라. 노동자의 처우를 개선하라. 동일노동 동일임금제를 시행하라. 부인과 아동에 대해 강제로 한 노동 계약은 이행하지 않아야 된다. 하루에 18시간씩 노동하는 제도를 폐지하라. 지각에 대한 벌금제를 없애야 한다. 노동하는 공장의 현실이 감옥 수준이니 외출을 허가해달라."

재판정에서 판사가 이재유에게 왜 그런 일을 하고 다니느냐고 물으니까 이렇게 말했습니다. "내가 알고 있던 5년 이상 근무한 직공 여덟 명 가운데 지금은 단 두 명 밖에 남아 있지 않고, 나머지 여섯 명은 죽었다. 내가 일찍이 죽어야 할 운명을 가진 사람들만 알았단 말인가."

　　제가 이 말씀을 드리는 것은 바로 일제강점기 때 이재유가 요구한 것이 몇 십 년 뒤에 전태일이 요구한 것과 거의 같은 내용이기 때문입니다. 그런데 지금 이 개명한 21세기, 세계 10위 부자인 한국에서 이와 흡사한 권리를 요구하는 사람들이 있습니다. 바로 이주노동자들입니다. 1920년대와 1930년대 요구하던 것을 70년, 80년이 지난 오늘날, 이주노동자들이 이 사회에서 다시 요구하고 있습니다.

　　여러분, 우리 해외동포가 몇 만 명쯤 된다고 알고 계십니까? 적게 잡아서 550만, 많게는 700만 명이 넘는 것으로 알고 있습니다. 최초로 해외에 우리 동포가 생긴 것은 공식 기록으로 1863년입니다. 그때 함경북도 경성에 있는 사람들 열세 가구가 시베리아에 있는 찌신허로 이주했다는 기록이 남아 있습니다. 그들이 이주해간 것은 나라와 민족을 사랑하지 않아서가 아니라 배가 고파서였습니다. 1902년 12월에는 노동자 102명이 한국을 떠나 1903년 1월에 하와이에 도착했습니다. 사탕수수밭으로 사실상 노예로 몸을 팔려갔습니다. 그들이 얼마나 비인간적인 대우를 받았는지 잘 아실 테지요. 당시 하와이의 사탕수수 농장에서 일본인 노동자들이 노동조합을 만들어서 임금을 인상해달라고 했기 때문에, 이를 대체하는 인력으로 한국인이 투입됐습니다. 그러자 일제는 1905년에 하와이 노동이민을 금지시켰습니다. 그 뒤 아메리카 대륙으로 노동이민을 가고자 하는 사람들은 주로 멕시코, 쿠바로 향하게 되었습니다. 흔히 만주라고 말하는 중국 동북 지역으로 건너간 것도 대부분 애초에는 먹고살기 위해서였습니다. 자그마치 200만 명이 넘었습니다. 일본이라고 해서 다를 것은 없었습니다. 그 사람들이 모두 이주노동자들입니다.

한국은 이주노동자이거나 또는 이주노동자 후손을 700만 명이나 가지고 있는 나라입니다. 아일랜드 사람들이 대기근이 들었을 때 100만 명이 죽고, 100만 명이 주로 미국으로 이민을 갔습니다. 노동이민입니다. 그것 말고는 현재 중국인보다 더 많은 비율로 한민족이 이주노동자로 세계를 떠돌고 있습니다. 한국이 과거에 비하면 지금 잘 살고 있는 건 사실이죠. 하지만 해방된 뒤에도 많은 사람들이 노동이민을 갔습니다. 중동에서 일한 많은 사람들도 결국 노동을 하기 위해서 간 사람들입니다. 독일에 간 광부 8천 명, 간호사 1만2천 명도 대표적인 노동이민입니다. 그들이 푸대접을 받고 있다는 소식은 많은 한국인들을 비참한 심정에 빠지게 하거나 분노케 했습니다. 그와 질적으로 같은 모욕과 저임금과 분노를 안고 있는 사람들이 지금 한국에 40만 명이 살고 있습니다. 그들이 바로 이주노동자들입니다.

오늘 우리는 '과연 한국에 노동의 자존심이 있는가' 라는 질문을 하기 위해 네 번째 강의 자리를 마련했습니다. 오늘 소개해드릴 분은 방글라데시에서 오신 아노아르 후세인 선생님이십니다. 이분은 한국에 와서 단지 자기 돈벌이만 한 것이 아니라, 이주노동자들의 노동조합을 결성한 주인공이십니다. 다른 한 분은 현재까지 노동상담소에서 가장 긴 기간 일하고 계시는 한울노동문제연구소의 하종강 선생님이십니다. 혹시 노동하는 사람들은 초라하다거나 얼굴이 못생겼다는 편견이 있었다면, 오늘 두 분이 그걸 버릴 수 있게 해줄 것 같습니다. 잘생긴 노동자 두 분을 여러분 앞에 초청하겠습니다.^(청중 박수)

해외동포 600만 국가의 80만 이주노동자

사 회 자   하종강 선생님, 후세인 선생님, 두 분 소개가 괜찮으셨는지요?^(웃음)

아 노 아 르   네. 감사합니다. 제 이름은 아노아르이고, 국적은 방글라데시입니다. 한국에 온 지 10년이 넘었어요. 이주노동자 노동조합 전 위원장입니다. 이렇게 만나서 반갑습니다.^(청중 박수)

하 종 강   소개 말씀이 혹시 '얼굴만 잘생겼지 하는 일이 없다'는 뜻인가요?^(웃음) 항상 학기 첫 수업 때마다 "그냥 종강하지요" 하는 학생들이 있습니다.^(청중 웃음) 대학교에 입학해보니 제가 공부할 운명이 아니었습니다. 유신헌법이 만들어진 다음 해에 대학에 들어가서 유신헌법 철폐하라고 열심히 활동할 수밖에 없었는데, 군대에 갔다 왔더니 이번에는 전두환 씨가 집권을 했습니다. 그래서 전두환, 노태우 처벌하라고 싸우다가 20대가 다 갔습니다. 제 이름 탓이 아닐까 하는 생각도 합니다.

사 회 자   두 분은 원래 가까운 사이신가요? 글도 같이 쓰셨던데요.

하 종 강　전에는 만난 적이 없었고, 이번 일 때문에 가까워졌습니다. 아노아르 씨가 구속됐을 때 석방하라는 집회에 한 번 갔죠.

사 회 자　어쩌다가 구속되셨습니까?

아 노 아 르　그때 제가 노조의 초대 위원장을 맡고 있었는데, 불법체류 노동자들은 노조를 만들 수 없다는 정부 입장 때문에 구속됐습니다. 강제 연행된 뒤 한두 해 동안 활동하지 못했고, 나온 뒤에 다시 활동을 시작했습니다.

하 종 강　노동조합을 설립해도 된다고 허가받은 뒤에 20일 지나서 구속됐는데, 그게 표적구속이 아니었다는 것이 정부 주장이고, 그렇다는 것이 이쪽 주장입니다.

사 회 자　합법성을 나중에 인정받은 거죠?

하 종 강　예, 그렇죠. 행정법원에서는 인정받지 못하다가, 그나마 서울고등법원에서 합법성을 인정했습니다. 행정법원보다 고등법원이 조금 높은 법원이거든요. 법원은 올라갈수록 판사들이 보수적 경향을 갖는 편입니다. 그런데 고등법원에서 이주노동자들의 노동자 자격을 인정하는 판결을 했다는 것은, 그것이 이주노동자의 문제에 대해 우리가 취해야 될 방향임을 알려준 것입니다. 노동자의 권리를 인정하는 방향으로 갈 수밖에 없거든요. 그것이 세계사적인 흐름이기 때문에 그 강을 거스를 수 없다는 판결이라고 할 수 있습니다.

사 회 자　이런 식으로 상담을 얼마 정도 하셨습니까?(웃음)

하 종 강　1980년 9월에 처음 상담을 시작했으니까 27년 정도 됐네요. 요즘은 교육이나 외부 활동이 너무 많아져서 상담하지 못한 지 꽤 오래

됐고, 명색이 연구소장인데 연구를 못한 지도 몇 년 됐습니다. 그래서 우리 연구소가 격월로 한 번씩 펴내던 연구서를 작년에는 세 번인가 밖에 펴내지 못했습니다.

사 회 자　　그러셨군요.(웃음)1980년도부터 27년 동안 한국의 노동자와 함께 해오신 진짜 노동자 하 선생님께 박수 한번 보내주십시오.(청중 웃음)

하 종 강　　예. 고맙습니다. 이런 이유로 박수 받아보긴 처음인 것 같습니다.

사 회 자　　제가 청중 여러분들을 대신해서 먼저 후세인 선생님께 몇 가지 질문을 드려보겠습니다. 오늘의 직접적인 주제는 아닙니다만, 현재 한국에서 노동을 하고 있는 한국 국적이 아닌 사람들 가운데 이주노동자 외의 범주가 궁금합니다. 국제 혼인 형태를 통해서 성인 여성 노동자들이 이동해오는 경우도 많지 않습니까? 작년에는 한국 전체 혼인자 가운데 15퍼센트 정도가 아시아에서 온 여성들과 짝을 이뤘습니다. 개인적으로 이런 방식이 '매매혼'이나 자본주의 '약탈혼'에 가깝다고 생각하고 있습니다만, 물론 그분들의 혼인 순결성이나 존엄을 폄하하거나 침해코자 하는 뜻은 전혀 없습니다. 국경을 넘어 국제 혼인 하는 여성들도 같이 이주노동자에 포함되는지요?

아 노 아 르　　전체 80만 명이 있는데, 그 중 이주노동자는 40만 명으로 봅니다. 나머지를 아직 노동자로 인정하지 않고 있지만, 어쨌든 그분들도 노동하고 있습니다. 한국에 들어오면 언어가 다르고 자기가 어떤 자격을 갖고 있는지에 대해서도 잘 모르니까 어디 가서 이런 문제들을 해결하기 위해 상담을 받아야 되는데 착취만 당합니다. 어쨌든 작년에 엠네스티가 발표한 바에 따르면, 한국의 전체 이주노동자 중에 30

퍼센트는 여성노동자예요. 여성노동자 중에 12퍼센트가 성폭행을 당하고 있고, 성폭행을 당하는 중에 15퍼센트는 임신을 하고, 그것에 항의하면 53퍼센트가 두 배로 탄압받았습니다. 그럼에도 어디가도 마찬가지라서 남아 있을 수밖에 없는 상황입니다. 정부가 이주노동자들을 노동자로 인정하고 노동 환경을 안정화시키기 위해 좀 더 많이 신경 써야 된다고 생각해요.

사 회 자   엄청나군요. 그 과정에서 태어난 아이들은 어떤 처우를 받고 있는지 혹시 아십니까?

아 노 아 르   아이들도 많이 차별받고 있어요. 예전에는 학교에도 못 들어갔고, 지금은 학교에 갈 수는 있지만 피부색이 다르고 언어가 달라서 잘 친해지지 못하죠. 정부가 불법체류자라는 한마디로 모든 권리를 막는 것은 정말 큰 인권 침해라고 생각합니다. 또 한국에서 아기가 태어나면 30일 안에 고국으로 보내야 하고 보내지 않으면 벌금을 내야 해요. 정말 이상한 법이에요. 태어난 곳은 한국이잖아요. 정말 바뀌어야 된다고 생각해요.

사 회 자   잘 알겠습니다. 들으신 대로 이주노동자들은 사람이라면 마땅히 누려야 하는 상식적이고 보편적인 것들을 갈구하고 있는 것이지, 특별한 것들을 요구하고 있지 않는 것으로 보입니다. 한국 정부에 무엇을 달라는 게 아니라 내가 이곳에서 일하고 있기 때문에 받아야 되는 정당한 권리를 요구하는 것입니다. 한국에 와 있는 40만 이주노동자, 그리고 이미 한국 국민인 국제결혼을 한 40만 여성들, 모두 80만 명이나 되는 국제형제들이 용기를 낼 수 있도록 뜨거운 박수 한번 보내주시기 바랍니다.(청중 박수) 하 선생님께 한 가지만 여쭤보겠습니다. 지난 2월에 여수에서 이주노동자들 열 명이 죽지 않았습니까? 어떤 통계를 보니까 이주노동자들 40만 명 중에서 136명 정도가 사망했다고 하더군요. 노동 강도도 높고, 또 노동 강도가 높다는 것은 동시에 산재 위험도 높다는 뜻이죠?

하 종 강   예. 이주노동자들이 주로 산재 위험성이 높은 사업장에 밀집해 있죠.

사 회 자   오늘 강연 순서는 어떻게 되십니까?

하 종 강   아노아르 씨하고 이메일을 주고받으면서 협의했는데, 아노아르 씨가 오늘 주요 발제자이고 저는 보조 발제자입니다. 지금 제 핸드폰에도 남아 있는데, 한번은 아노아르 씨가 저한테 이메일을 보내면서 문자메시지를 보냈어요. "이메일 보냈어요. 확인해주세용."(웃음) 다른 나라의 말을 그 정도로 구사한다는 것이 저는 굉장히 감탄스러웠습니다. 생긴 것뿐만 아니라 언어구사력에서도 제가 열등감을 느낄 수밖에 없었죠. 게다가 한국말만 잘하는 줄 알았더니, 아까 영어 발음할 때 보니까 제가 듣기에는 거의 원어민 발음이에요.

사 회 자   질문 하나만 더 드리겠습니다. 방글라데시는 어떤 나라입니까? 뉴스에서 들을 때는 물에 잠기고 그런 이야기만 들었는데, 자랑 좀 해주십시오.

아 노 아 르   방글라데시는 1947년에 인도에서 갈라져 나왔고, 1971년에 파키스탄에서 해방됐어요. 그때 인구가 7천만 명이었는데, 지금은 1억 5천만 명 정도로 늘어났어요. 자랑할 만한 것은 그것 밖에 없어요.^(청중 웃음) 그리고 세계적으로 행복한 나라라고 인정받고 있고, 두 번째로는 콜옵션(채무국이 채무를 상환할 수 있는 더 유리한 조건이 되었을 때 중도에 빚을 갚을 수 있는 권리)에서 세 번이나 일등을 차지했어요. 잘사는 사람들은 잘살고, 못사는 사람들은 아주 못삽니다. 사람들은 착하고요. 우리나라는 민주주의 나라였는데, 이번에 비상사태가 벌어져 예전 정부가 떠나고 임시정부가 나라를 운영하고 있어요. 그러다 보니 콜옵션 하는 사람들이 그런 자본가들을 다 잡고 있어요. 기름도 많고 가스도 많지만, 정부가 운영을 잘하지 못해서 점점 낙후되고 있습니다. 33퍼센트만 학교에 다니고, 나머지 사람들은 학교에 못 다니고 있습니다.

사 회 자 네. 잘 알겠습니다. 몇 년 전에 조금 바뀌기는 했지만, 자기 나라에 대한 만족도 조사에서 방글라데시 사람들이 1위를 했습니다. 사람들에게 잘살고 못사는 기준이 어디에 있는지 생각하게 하지요. 후세인 선생님께 먼저 강연을 부탁드리겠습니다.^(청중 박수)

시대가 다르고 피부색이 달라도 한결같은 외침

아 노 아 르 안녕하세요. 한국말이 많이 부족하고 발음도 정확하지 않지만, 예쁘게 봐주셨으면 좋겠습니다.^(청중 웃음) 여러분 아시다시피 2007년 2월 11일에 여수 출입국관리사무소 화재 참사로 이주노동자 아홉 명이 그곳에서 바로 죽고 한 명은 나중에 병원에서 죽어서, 모두 열 명이 죽고 열입곱 명이 크게 다쳤습니다. 이 사건이 일어난 뒤로 한국에서 이주노동자에 대한 관심도 높아지고 있고, 이주노동자 문제에 대해 많이 알려졌습니다.

지금까지 이주노동자들이 가장 기뻐한 소식은 2004년 4월 24일에 이주노동자 노동조합이 건설된 것입니다. 언론에서 불법체류자들이 노동조합을 건설했다는 소식을 전했고, 노동부는 불법체류자 노동조합을 인정할 수 없다고 발표했습니다. 노동조합을 만들고 나서 20일 뒤에 제가 표적연행되면서 일 년 내내 여러 가지를 많이 생각했습니다. 우리의 권리를 위해서 싸우면 정부는 계속 똑같은 입장으로 불법체류자라는 한마디만 되풀이하면서 인정할 수 없다고 넘어갔습니다. 마찬가지로 이번 여수 사건에서도 정부는 책임지고 해결하려는 자세 없이 불을 지른 김씨에게 모든 문제를 넘겼습니다. 한국의 이주노동자가 어떤 위험한 상태에서 살고 있는지 똑똑히 보여주는 사건입니다.

1980년부터 이주노동자가 한국에 오기 시작했습니다. 정부는 1991년에 해외투자법인 연수제도를 처음 만들었습니다. 그게 어떤 제도냐면, 인도에서 한국 돈으로 월급 십만 원 받던 사람이 여기 와서도 똑같이 받는 거예요. 그래서 이곳에서 생활하는 것이 굉장히 힘들어지니까, 정부에서 말하는 불법체류자가 늘어나기 시작했습니다. 2002년에 와서 산업연수생 제도를 만들었지요. 이 제도에 따라 한국의 염색, 도금, 기계, 신발, 피혁 등 10개 업종, 3D 업장으로 이주노동자가 공식적으로 들어오기 시작했어요. 이 산업연수생들이 장시간 노동하면서 월급으로 21만 원을 받았습니다. 언어가 달라서 대화가 안 되니까 폭행당하고, 그 21만 원조차 제대로 받지 못했습니다. 이 사람들이 한국에 올 때는 브로커를 통해서 옵니다. 브로커한테 1200만 원이나 1300만 원 정도 줘야 한국에 올 수 있어요. 20만 원 받으면서 브로커에게 돈을 갚으려면, 불법으로라도 남아 있을 수밖에 없습니다. 그러다 보니 한국에 이주노동자들이 늘어나기 시작한 것입니다.

그 과정에서 착취당하는 연수생 제도를 바꿔야 한다는 투쟁이 일어나기 시작했습니다. 1994년에도 농성을 했습니다. 1995년에 명동 성당에서 네팔 사람 다섯 명이 농성하면서 그 제도를 바꿨고요. 1년은 노동, 2년은 학생으로. 당시에는 노동행정이 안정되지 않아서 산재당한 사람들에 대해 산재 처리를 해주지 않았어요. 3D 업종 일을 하면서도 건강보험 같은 것도 없었죠. 투쟁하면서 이러한 문제들에 대해서도 어느 정도 결과를 얻었어요. 그때 한국 사람들이 이주노동자 인권에 대해 관심을 갖고 열 개 정도 되는 단체를 모아서 외국인노동자대책협의회, 곧 외노협이라는 조직을 만들었습니다.

정부에서 2000년도부터 고용허가제라는 제도에 대해 고민하기 시작했어요. 외노협도 처음에는 인권 문제로 시작했지만, 고용허가제를 두고 많은 논의를 했습니다. 한편에서는 노동허가제를 통해 노동자의 권리를 보장받아야 한다는 견해가 있었지만, 다른 쪽은 사업장을 이동할 수 있는 자유가 없기 때문에 산업연수생 제도와 본질적으로 다르지 않다고 주장하면서 외노협을 탈퇴하고 2000년 10월 3일에 다른 조직을 만들었습니다. 바로 '이주노동자 노동권 완전 쟁취와 이주취업의 자유 실현을 위한 투쟁본부(이노투본)'입니다. 그 뒤에 이주노동자의 인권과 노동권을 보장하라는 주장을 가지고 사업장을 방문하고, 이주노동자들이 있는 곳에 가서 이주노동자의 권리에 대해 알려주는 활동 등을 하는 공동체들이 많이 생겨났어요. 그러면서 6개월 동안 활동한 '이노투본'과 공동체들이 힘을 모아 2001년 5월 26일에 이주노동자 노동조합을 만들었습니다. 독자노조는 아니지만 한국인과 이주노동자 들이 섞여서 평등노조 산하에 이주노동자 지부를 창립하게 되었습니다. 그때 서울·경기·인천 지역에 일반노조가 하나 있었고, 평등노조 산하의 이주노동자 지부도 민주노총 산하에 조직이 있었습니다.

이주노동자 지부가 힘차게 조직되면서 2002년 4월 7일에 1,000여 명의 이주노동자들이 모여서 집회를 했습니다. 이주노동자들이 이주노동자의 권리에 대해 주장하기 시작했지요. 그러자 바로 정부가 탄압하기 시작했어요. 집회에 참가하거나 집회를 조직하는 활동가들을 강제단속하면서 본국으로 추방시켰습니다. 그때 지부에서 명동성당에 모여 77일 동안 농성투쟁했습니다. 이주노동자 지부를 지키고, 이주노동자 권리를 쟁취하기 위해서였지요. 그 뒤 2003년에 40만 이주노동자를 갈라서 3년 미만의 이주노동자는 비자를 주고, 3년 이상인 19만 명은 본국에 갔다 와야 비자를 주고, 12만 명은 단속하면서 본국으로 보내겠다는 정부의 입장을 발표했습니다.

2003년 7월 30일에 이러한 고용허가제가 통과되자, 2003년 12월 15일 정오부터 합동단속을 시작했습니다. 이 합동단속에 맞춰서 명동성당에서 이주노동자 200명이 모여서 농성투쟁을 시작했고, 전국적으로 농성이 번져갔습니다. 성공회대에서도 100명 정도 모여서 농성을 시작했는데, 중간에 본국으로 갔다가 다시 고용허가제를 통해 돌아올 수 있다는 이야기들이 정부와 오고 가면서 농성을 풀었습니다. 명동성당에서는 이주노동자의 노동권 보호와 인권 보장을 요구하면서 계속 농성을 진행했어요. 380일 동안 계속된 명동성당 농성을 통해 정부로부터 특별하게 얻어낸 것은 없었지만, 이주노동자 문제가 사회에 많이 알려지면서 그때부터 한국에서 이주노동자들을 위한 단체들이 계속 생겨났고 사회적으로 연대가 이뤄졌습니다.

2004년 11월 28일에 농성을 해산하고, 여러 지역에서 30개가 넘는 많은 모임들을 만들었습니다. 농성하다가 지역에 내려간 사람들이 이주노동자들을 계속 만나면서 조직을 한 거지요. 민주노동 산하 지역일반노조인 평등노조 이주노동자지부로 시작한 이주노동자 조직이 2005년 4월 24일 독자적 이주노동자 노동조합을 건설하자, 민주노총과 민주노동당 그리고 수많은 시민·사회단체와 노동조합 들이 지지와 지원을 보내줬습니다. 엄청난 연대를 거두고 언론에도 많이 나가면서 이주노동자들이 정말 큰 힘을 받았어요. 그때 투쟁의 성과를 맛보며 굉장히 기쁘고 행복했습니다.

아직도 정부의 정책이 2003년과 다름없이 계속 유지되고 있고, 일하다가 죽거나 다치는 사람들이 매우 많고, 여전히 3D 업종에서 일하고 있습니다. 정부 사람들은 안전에 대해서 아무런 계획도 없고, 솔직히 말하면 이주노동자를 정말 인간으로 보지 않고 기계로 봅니다. 고용허가제라는 제도는 사업장 이동의 자유가 없다는, 정말 이해할 수 없는 것이기 때문에 이주노동자들이 안전하고 자유롭게 일할 수 있도록 노동허가제를 도입시키라는 투쟁을 계속 벌여왔고, 정부는 계속 불법체류자이므로 안 된다는 입장입니다. 또 우리가 만든 노동조합에 대해서도 인정하기는커녕 반한(反韓) 단체라고 규정하고, 노동조합 활동가들을 반한 활동가나 테러리스트로 부르면서 심하게 단속하고 있습니다. 그동안 6만 명을 단속하여 본국으로 추방시켰습니다.

노동자들이 일하다가 어려운 점이 많아서 사업장을 이동하고 싶어도, 사장이 그렇게 해주지 않으면 아무것도 하지 못합니다. 현재 아무 권리 없이 노예처럼 기계처럼 노동하고 있습니다. 거기다가 사업자들이 말을 듣지 않으면 바로 본국으로 보내겠다면서 예전보다 일도 더 많이 시키고 돈도 제대로 안 줍니다. 이곳에 오기 위해서 많은 돈을 썼는데 월급마저 제대로 못 받으면, 사람들이 계속 이렇게 일을 할 수 없습니다. 어쨌든 사람 위에 돈이 있는 거 아니잖아요. 사람이 살기 위해서 돈이 필요한 것이죠. 모든 거 포기하고 어려운 일이라는 거 알면서도 그렇게 노동자가 되는 겁니다. 고용허가제가 실시된 지 벌써 3년이 지났고 미등록 이주노동자는 다시 20만 명으로 늘어났습니다. 한국의 시민사회단체들이 한 말이 3년이 되면 80퍼센트부터 90퍼센트까지가 불법체류자가 될 것이라는 겁니다. 왜냐하면 체류 기간이 1년이기 때문입니다. 1년씩 연장해서 3년이 되면 끝나고 더는 안 됩니다. 그래도 사람들이 자발적으로 가지는 않을 거예요. 개인적으로 문제가 있어서 못 갈 것이고, 그렇게 되면 10년이면 80퍼센트까지 계속 늘어날 겁니다.

정부가 정책에 대해서 아무 신경 쓰지 않고 단속만 진행하는 상황에서, 이주노동자의 역사가 1988년부터 아까 이야기한 대로 1999년까지 9년이 그냥 흘렀습니다. 지금도 달라지지 않았어요. 정부가 노동조합을 인정하지 않으니까, 우리가 고등법원에서 인정받고 다시 노동부에 항소했습니다. 그런데 아직까지도 받아들일 수 없다는 똑같은 입장만 되풀이합니다. 이주노동자의 인권 문제는 정말 심각한 상태고, 아까 이야기한 것처럼 전태일 씨가 요구한 것을 21세기에도 이주노동자들이 요구하고 있습니다.

제가 일 년 동안 보호소에서 생활해봤습니다. 밖에서는 보호소라고 부르고 그럴 것이라고 생각하지만, 들어가보면 보호소라고 말할 수 없습니다. 정말 감옥보다 심각한 문제들이 많아요. 감시카메라가 24시간 내내 지키고 있고, 조그만 방에 12명이나 13명씩, 조금 더 큰 방에는 23명씩 갇힌 채 밖에 나가지도 못하고 24시간 내내 거기서 생활하는 거예요. 화장실도 샤워실도 없고, 옷도 한 벌뿐이고 음식도 부족합니다. 운동도 안 시키고 직원들에게 개선해달라고 요구해도 제대로 해결해주지 않습니다. 언어가 달라서 힘든 점을 제대로 설명하지도 못하고 정말 어렵게 생활합니다. 그곳에서 오래 생활하면 정말 죽을 수밖에 없습니다. 우울증에 걸릴 수밖에 없지요. 또 보호소 안에 들어가면 문제는 체불임금입니다. 피땀 흘려 노동했는데 임금을 못 받습니다. 정부가 사업자에게 주라고 하지 않고 그냥 가라고 합니다. 받을 돈이 있는 사람들은 떠나지 못하고 그곳에서 기다리면서 죽어갑니다. 화재 같은 사고가 발생해도 안전에 대해 아무런 준비가 없지요. 여수 보호소 화재 사건이 일어난 뒤에야 사람들이 상황을 알 수 있게 됐습니다.

우리가 한국에서 이렇게 지내려고 온 건 아닙니다. 사업장에 들어가면 원래 8시간 노동해야 되는데, 8시에 출근하고 퇴근 시간이 없어요. 일이 끝날 때까지 어떨 때는 11시도 되고 12시도 되고, 1시도 됩니다. 같이 일하는 한국 노동자들이 자기들은 일 안 하고 우리한테 계속 시킵니다. 이름도 부르지 않고, 새끼라고 하는 건 기본이에요. "야, 새끼야" 하면서 마구 반말하고, 나이 같은 것은 생각하지도 않아요. 말을 알아듣지 못하면 무조건 손이 올라갑니다. 정말 1년, 2년 노동하면서 겨우 말이 늘었습니다. 여기저기 많이 옮겨 다니느라 말을 잘 배우지 못했어요. 어렵게 말을 배우고 나니까, 노동운동에 대해서 생각하게 되고 이러한 문제를 해결해야겠다고 생각하게 됐습니다.

아까 이야기한 것처럼 여성노동자들 문제도 굉장히 심각합니다. 눈에 안 보이면 믿을 수 없듯이 이주노동자들의 현실도 마찬가지예요. 제가 이렇게 이야기하긴 하지만, 저도 다 알지 못합니다. 현장에 들어가서 직접 보면 알게 됩니다. 이주노동자들은 단속 때문에 불안해서 밖에도 나가지 못하고 있어요. 단속에 걸릴까 봐 아파도 병원에 가지 못하고, 약도 사러 가지 못합니다. 2003년에 농성할 때 마석에서 방에 숨어 있던 노동자가 죽은 뒤 3~4주일 뒤에 발견됐어요. 심장이 아팠는데 무서워서 병원에 가지 못한 겁니다.

예전에 언론에 많이 나온 사건이 있었습니다. 태국에서 온 여성노동자들이 병에 걸렸는데 사장이 세 명은 너무 위험하니까 병원에

입원시키고, 다섯 명은 강제로 본국으로 보냈습니다. 나중에 한국의 활동가들이 알게 돼서 여러모로 애쓴 끝에 그 사람들을 한국에 데리고 와서 2년간 치료받게 했습니다. 이 사람들은 결국 장애인이 돼서 다시는 일을 하지 못합니다. 노동 환경이 안정이 되지 않은 상황에서 너무나 위험하게 일해왔는데, 이제 와서 정말 고생한 사람들을 3년이 지났다고 해서 강제로 본국으로 돌려보내겠다는 것입니다. 아이엠에프라는 어려운 시기에도 회사가 잘 돌아가면 돈을 주겠다고 해서 이주노동자들이 월급도 받지 못하고 무척 고생하며 일했습니다.

피부색이 다르고 언어가 다르지만, 우리 모두 똑같은 인간입니다. 세상 어디를 가든 노동자들이 원하는 것은 똑같습니다. 국적을 떠나 이곳 한국에서 이주노동자의 권리를 위해 노동조합을 만들어 열심히 싸우고 있습니다. 앞으로 많은 관심과 지지를 보내주시면 좋겠습니다. 이주노동자들만의 문제가 아니라 한국 사회의 문제이므로 모두가 연대해서 함께 움직이면 해결할 수 있을 거라고 믿습니다. 감옥에 보내든 어떤 착취와 탄압을 당하든 차별을 당하든 포기하지 않을 겁니다. 나중에 더 많은 이야기를 나눌 수 있는 자리를 또 만들어주시면 좋겠습니다. 이상으로 마치겠습니다. 감사합니다. (청중 박수)

노동 문제가 교양 문제인 이상한 나라

하 종 강   준비하면서 아노아르 씨에게서 도움을 많이 받았습니다. 너무 엄숙한 분위기니까 좀 가벼운 이야기부터 시작해보겠습니다. 여성 문제를 다루는 방송 프로그램에 제가 고정패널로 몇 번 출연했습니다. 방송에 나가서 잘했으면 계속 나갔겠죠? 제대로 못했는지 몇 번 출연한 뒤에 담당자가 "잠깐 쉬시죠"라고 해서 쉬었는데, 잠깐이 일 년이 넘었습니다. 하루는 여성 문제에 관해 어떤 내용을 다뤘느냐면, 가정주부들이 남편과 잘 상의하지 않기 때문에 취업사기 또는 부업사기 등을 당한다는 거예요. 세상 물정에 어두운 주부가 남편에게 말하지 않고 혼자 끙끙대면서 해보다가 다 그르친 다음에야 이야기하는 것이 문제이므로, 주부들이 남편들과 상의하는 풍토가 필요하다는 이야기였습니다.

마지막에 제가 몇 마디 해야 하는 순서가 됐습니다. 그래서 저는 "주부만 탓할 게 아니지요. 우리 사회 남편들이 가정에서 아내 이야기를 얼마나 존중하는지 한번 반성해봅시다. 아내가 뭔가 이야기하면 '알지도 못하면 살림이나 하라'면서 무시해버리지 않았는지, 아내가 남편에게 시시콜콜 자연스럽게 부담 없이 이야기할 수 있는 부부 사이를 유지하기 위해서 남편들이 얼마나 신경 쓰고 노력해왔는지부터 반성해봐야 합니다"라고 했지요. 녹화방송이라 그 다음 날 방송이 되는데, 식구들이 다 같이 방송을 보다가 제가 그렇게 말하는 장면에서 제 아내가 "참 가증스럽네"라고 했어요.^(청중 웃음) 저도 집에서 전혀 그렇게 못하고 사니까요.

제 아내의 노동량이 결코 저보다 적지 않습니다. 장애인들하고 온종일 함께 지내는 일을 한 30년째 하고 있는데, 오늘도 열심히 했겠죠. 밖에서 저 못지않게 힘들게 일하고 들어온 사람이니까, 제가 최소한 가사노동을 절반 이상을 해야 하는데 거의 손을 못 댑니다. 일주일에 절반 정도를 새벽에 들어가거나 못 들어가면서 한 30년을 살았습니다.

몇 년 전에는 제가 2박 3일 만에 새벽 5시에 열심히 집에 들어갔더니, 우리 가족들이 견디다 못해서 현관에 대자보를 하나 딱 써 붙여놓고 자고 있었습니다. "이대로 살 수 없다.(청중 웃음) 아빠와 놀고 싶고, 남편과 하루 지낸 이야기를 하고 싶은 평범한 가족의 소망을 무참히 저버린 사람은 당연히 규탄받아야 한다." 그럼 요구사항이 무엇이었을까요? "귀가 시간 엄수하라." 가족과 정한 귀가 시간이 일주일에 이틀은 밤 10시까지 들어오는 거였거든요. "아빠와 함께 놀고 싶다" 이것은 제 아내가 아이들을 선동한 듯합니다. "기본적인 가정생활을 보장하라." 노동자들 퇴근하면 바빠지는 일을 내가 직업으로 선택했는데, 일찍 들어오라고 하면 일하지 말라는 뜻이죠. 그래서 다음 날 아침에 메모지에 한 줄 적어서 대자보 옆에 붙이고 나왔습니다. "일찍 들어오라는 말로 남편을 무능하게 만들지 말자." 그렇지만 제가 너무 제 입장만 내세웠으면, 우리 가정이 파괴됐겠죠.(청중 웃음)

제가 실천하지 못하지만, 남편들이 가사노동을 분담해야 한다든가 여성들의 권리가 신장되어야 한다는 것에 대해서 전혀 이의가 없습니다. 여러분 다 동의하시죠? 장애인의 권리가 확대되어야 한다. 우리 모두가 그렇게 생각합니다. 노인의 복지가 향상되어야 한다, 우리가 다 받아들여요. 곧 사회에서 약자인 여성, 장애인, 노인 들의 권리에 대해 우리는 상당히 긍정적인 시각을 갖고 있어요. 그렇다면 자본주의 사회에서 대표적인 약자인 노동자의 권리에 대해서도 그렇습니까? 우리 사회에서 노동자의 임금이 인상되거나 노동자의 권리가 확대되는 것이 사회에 유익하다는 것에 대해 제대로 설명할 수 있는 사람들이 별로 없어요. 여러분들도 마찬가지일 겁니다. 이주노동자들의 권리에 대해선 더 마찬가지죠. 노동자의 권리에 대해 상당히 편협한 시각을 가지고 있는 한국 사회에서 이주노동자는 두 가지 짐을 짊어지고 있습니다.

이번에 이주노동자 문제를 공부하면서 자꾸 드는 생각이 비정규직 노동자 문제와 너무 비슷하다는 것입니다. 여러분 중에서도 기업의 경쟁력을 유지하기 위해서 비정규직 노동자가 필요하다고 생각하는 분이 많을 겁니다. 3D 산업인 중소기업의 인력 부족을 해소하기 위해서 이주노동자가 필요하다고 생각하면서도 그들을 국내인과 똑같이 대우할 수는 없다고 생각하는 것이 우리 사회의 정서입니다. 분명 옳지 않은 생각이지요. 노동 문제에 대한 시각이 다른 나라하고 좀 다릅니다.

저는 이주노동자 문제 전문가가 아닙니다. 그런데 이번에 저를 부른 이유는, 이주노동자 당사자가 아니라 외부에서 보는 사람으로서 어떤 시각을 가져야 할 것인가에 대해 강연해달라는 것이라고 생각했습니다. 그것이 또 여러분의 시각이기도 하고요. 여러분들 중에 이주노동자 손들어보세요. 안 계시잖아요. 여러분에게는 이것이 교양의 문제입니다. 그런데 그들은 당사자의 문제거든요. 그것이 바로 여러분 같은 분들에게 강의할 때 곤혹스러운 점입니다. 노동자들과 함께할 때는 "싸워서 쟁취하자"라고 하면 됩니다. 그렇지만 여러분에겐 여러분의 문제가 아니고, 지식이나 교양으로서의 문제거든요. 심지어 우리 사회는 노동자들조차 노동 문제가 교양의 문제라고 생각하는 이상한 사회입니다. 그래서 그런 문제를 먼저 이야기할 수 있는 기회를 저에게 줬다고 생각합니다.

6년 전에 양쪽 항공사가 동시에 파업해서 국내선 항공편 100퍼센트가 결항됐습니다. 그때는 고속철도가 없던 시대라서 저도 18시간 동안 운전해야 했어요. 그날 과속 스티커 두 장 받았습니다. 항공사 노동조합 파업하는 바람에 제가 18시간 동안을 운전하면서 그 상황을 어떻게 받아들였겠습니까? 저는 "도대체 왜 파업을 해가지고 날 고생시키는 거야?"라고 불평하지 않죠. "다 이해하겠습니다. 잘 참을 테니까 여러분들이 열심히 파업해서 빨리 권리를 찾으세요." 노동운동 물먹은 지 30년 가까이 됐고 그나마 명색이 노동문제연구소 소장인 저는 그렇게 이해합니다. 우리 사회에서는 특별한 극소수 사람들만 자기 불편을 감수하면서 노동자의 파업을 존중해요. 바로 여기 와 있는 여러분들 같은 사람들입니다. 대부분은 그렇지 않습니다. 그런데 다른 나라는 그렇지 않거든요. 다른 사회에는 노동자들의 파업을 극도로 혐오하는 이러한 정서가 거의 없습니다.

존경하는 홍세화 선배가 프랑스에서 21년을 살았습니다. 프랑스 사람들은 그러한 정서를 한 단어의 불어로 표현하죠. 바로 '톨레랑스'입니다. 다른 사람, 특히 사회적 약자들의 생각과 행동을 존중하는 정신자세죠. 대한민국 국민은 두 부류로 구분할 수 있습니다. 톨레랑스를 아는 인간과 그것을 전혀 모르는 인간으로. 그만큼 이것이 중요한 개념이 됐습니다. 주한 프랑스 대사관의 부대사가 텔레비전에 나와서 "프랑스에서는 대부분의 여론이 파업에 대해 이해심을 보이는 편입니다. 파업권이 필수적인 사회 권리라는 신념이 뿌리 깊게 박혀 있기 때문에 문제 삼지 않는 편입니다"라고 말했습니다. 그러므로 이와 같은 신성불가침의 권리를 문제 삼으려 하지 않습니다. 노동자가 파업함으로써 사회에 엄청난 손실을 발생시키는 행위를 "신성불가침의 권리"라고까지 표현합니다. 프랑스가 시민혁명의 종주국이고 특별히 문화 수준이 높아서 그런 게 아닙니다. 다른 나라도 대부분 비슷합니다.

이탈리아 한 지방도시에서 3년 동안 운수회사의 파업이 500번 있었다고 합니다. 우리나라 방송사의 리포터가 그 도시에 가서 인터뷰를 했습니다. "버스 회사가 3년 동안 500회나 파업을 벌였는데, 이 도시에서 살기가 불편하지 않습니까?" 그 질문에 대해 길가에 앉아 있는 노숙자 차림의 할아버지나 아주 세련된 차림의 멋진 여성이나 대부분 이렇게 답했습니다. "그 사람들도 파업을 할 이유가 있었겠죠. 그 노동자들의 권리를 존중하기 때문에 불편을 감수하고 있습니다. 내가 지금 불편하다고 불만이나 늘어놓으면 나중에 내가 파업할 때 누가 내 권리를 이해해주겠습니까?" 어쩌다 우연히 이런 사람만 만난 게 아니라, 이게 한국을 제외한 다른 나라 보통 사람들의 정서입니다.

〈빌리 엘리어트〉라는 영화가 있죠? 장기 파업 중인 광부 아버지가 어린 아들을 데리고 런던의 왕립발레학교까지 면접시험을 보러 가야 돼요. 물론 차비 한 푼 없죠. 소년은 자기 저금통을 다 털고, 광부는 부인의 유품을 내다팝니다. 동료들까지 도와줘서 어렵사리 돈을 만들어 런던에 가는데, 아버지도 광산촌에서 태어나 광부가 된 사람이라 런던이 처음입니다. 아들이 묻습니다. "아빠는 왜 런던에 처음 오시는 거예요?" 영화 보신 분들, 이 장면에서 아빠가 뭐라고 대답했는지 기억나세요? "여기는 광산이 없잖아." 이렇게 대답합니다.

으리으리한 왕립발레학교에 두 부자가 들어섰습니다. 아들의 면접시험이 다 끝나고 양복 한 벌 제대로 갖춰 입지 못한 촌사람이 잔뜩 주눅 든 채 "가자" 하면서 주섬주섬 강당을 나서는데, 교장이 "엘리어트 씨" 하고 부릅니다. 왕립발레학교 교장이면 영국 사회에서 최상류층 인사입니다. 파업하다 온 광부에게 마지막 인사를 해요. "파업에서 꼭 승리하세요." 이 영화감독에게 기자들이 질문을 했습니다. "이 장면에 특별한 메시지를 담았습니까?" 감독이 뭐라고 답했을까요? "아니에요. 이건 우리의 일상적인 모습입니다. 이건 특별한 장면이 아닙니다. 이것이 파업에 대한 상식적인 시민들의 정서입니다"라고 말했다는 겁니다.

이것이 영국판 톨레랑스고 곧 글로벌 스탠더드입니다. 한국 사회처럼 노동자가 행복하게 살기 위해서 하는 노동운동을 사회적 범죄행위처럼 다루는 정서를 갖고 있는 나라는 거의 없어요. 노동자의 기본적인 권리에 대한 이해가 너무나 부족합니다.

이러한 사회에서 이주노동자의 권리를 이해해달라는 것은 거의 원초적으로 불가능합니다. 저는 이주노동자 문제에 대해서는 부채감이 있어요. 1980년대 말부터 이주노동자가 유입된 것으로 기억합니다. 역사를 항상 저보다 몇 걸음 앞서 가시는 박석운 소장이 "노동 상담하는 사람으로서 반드시 해야 되는 일"이라면서 당시 어느 일요일에 성수 지역의 한 성당에 데리고 갔는데, 그날 깜짝 놀랐어요. 2시가 되니까 거리 전체가 다른 나라처럼 분위기가 바뀌었습니다. 어디서들 왔는지 수백, 수천 명의 필리핀 이주노동자들이 성당 마당을 가득 메웠고, 그 땡볕에서 박석운 소장님과 제가 책상 두 개를 내놓고 앉아서 짧은 영어로 몇 시간 동안 상담을 했습니다.

　　그 활동을 몇 번 하고 나서 더는 계속하지 못한 것은 제가 어느 칼럼에도 썼지만 참 어리석은 이유 때문이었는데, 상담을 하다 보니까 그 사람들이 자신의 고국에서는 노동자의 계급이 아니고 모두 대학을 졸업한 사람들이었습니다. 당시에 미숙한 제 생각으로는, 신인민군이 마르코스 독재에 항거하면서 총을 들고 싸우는 필리핀에서 돈을 벌겠다고 남의 나라에 온 사람들에게 심정적으로 다가가기가 어려웠어요. 지금 생각하면 참 어리석고 천박한 생각이었지만, 그래서 그 얄팍한 갈등 때문에 '내가 함께 해야 할 한국 노동자들도 너무나 많다'라는 핑계로 합리화했겠죠. 그래서 이번에 부채감을 갖고 속죄한다는 생각으로 2주 동안 이주노동자에 관한 자료를 50개쯤 봤습니다.

이주노동자의 권리를 보장해야 할 원초적 이유들

　　이주노동자 문제를 왜 해결해야 하는지 그 필요성을 한번 생각해 봅시다. 방글라데시 이주노동자 로크만 씨가 단속반원들이 던진 철제 물건에 맞아 발뒤꿈치가 파열되는 중상을 당했고, 2005년 10월에는 필리핀 이주노동자가 공장에 들어선 한국 사람을 단속반원으로 착각해서 심장마비로 사망했습니다. 2006년 2월에는 터키 이주노동자 코스쿤 셀림 씨가 수원 출입국관리사무소 6층에서 떨어져 사망했고, 2006년 10월에도 조사를 받던 40대 중국 여성이 공포에 못 이겨 뛰어내려 사망했습니다. 2006년 4월에도 단속반원들이 공장에 무단으로 침입해 단속하는 과정에서 이주노동자들 2명이 사망했고, 2006년 5월에는 창원에서 중국 이주노동자가 공장에 무단 침입한 단속반원들을 피해 도망치다가 2층에서 떨어져 머리를 크게 다쳐 중태에 빠졌습니다.

또한 안산에서 벌어진 살인 사건 용의자가 중국인이라는 것이 알려지자, 곧 전국적으로 이주노동자들에 대한 대규모 단속이 시행됐습니다. 아산에서는 이주노동자 존 씨가 사장에게 사기당한 돈을 해결해줄 테니 경찰서로 나오라는 경찰의 말을 믿고 출두했다가 출입국사무소로 이송됐죠. 미등록 이주노동자가 5개월 동안 8명이 사망했는데, 며칠 전에 신문에 보셨죠? 큰 화재가 발생했을 때 열 몇 명의 생명을 구한 이주노동자가 자기도 구급차에 실려 병원에 갔는데 그곳에서 도망쳤어요. 자기가 불법체류자라는 사실이 밝혀질까 걱정돼서요. 이런 비극은 인도주의적 차원에서 발생해서는 안 되는 일이죠. 오늘 아침에 급하게 찾은 기사만 이만큼입니다. 몇 십 분의 일도 못 찾았죠. 이러한 비참한 비극은 되풀이되지 말아야 합니다. 이것이 이주노동자 문제에 대해 우리가 관심을 갖고 해결해야 하는 첫 번째 이유입니다.

이주노동자에게 평등한 권리를 보장해주는 것이 우리 사회 전체에 유익합니다. 이주노동자들 가운데 미등록 이주노동자들이 지속적으로 많아지고 있습니다. 이것은 정책이 잘못되었기 때문입니다. 이주노동자가 특별히 사악하다거나 준법정신이 없기 때문이 아니라, 미등록 이주노동자를 확대시키고 양산하는 정책이 우리 사회에 존재하기 때문이지요. 제가 입국 비용 통계를 찾아보니까 백만 원 정도 든다고 하지만, 지금 아노아르 씨한테 물어보니까 실제로 오백만 원 정도 들었답니다. 그러니까 정부가 발표하는 각종 통계는 진실과 상당히 거리가 멉니다.

한국 사회에 미치는 긍정적 영향은 한 대학교 학생들이 세미나 하면서 발표한 자료에서 도움을 받았는데, 대개 이렇게 봅니다. '제조업 부문에서의 경쟁력이 강화된다. 쇠퇴하고 있는 농업 부문이 발전할 수 있다. 한국에 대한 이미지가 상승한다.' 부정적인 영향은 이렇습니다. '내국인 노동자의 취업률 감소로 사회 불안이 발생한다. 외국인 노동자의 유입으로 인한 민족 간 갈등이 발생할 수 있다. 외국으로 기술력이 유출될 수 있다.' 제조업체에 종사하는 이주노동자들에 의해서 어떤 기술력이 유출될지 이해가 잘 안 됩니다. 선반이나 프레스 잘 다루는 방법이 유출된다고 문제가 될까요? 학생들이 이주노동자에 대해 '단순노동직에 종사하는 외국인 근로자'라고 정의했더라고요.

이주노동자에 관련된 정책이 어떻게 변화해왔는지는 이주노동자 문제에 대해서 알아야 할 가장 중요한 지식입니다. 고용허가제에 이르기 전에 임시로 이주노동자의 체류에 대한 합법화 조치가 몇 차례에 걸쳐 실행됐습니다. 아무런 합법적 근거는 없지만 대통령에 의해서 출국 권고서를 발부하고 정한 시한까지 강제출국을 유예해주고 동시에 자진해서 출국할 경우에는 처벌하지 않는다는 조치가 법이 마련되기 전에 몇 차례나 시행됐습니다.

해외투자법인 연수제도가 1991년에 만들어졌습니다. 이 제도의 가장 큰 문제점은 현지에서 채용해서 한국에 송출한 노동자에게 현지 임금을 준다는 거예요. 이건 말이 안 되는 제도이지만, 아직까지 시행되고 있어요.

그 다음에 산업기술 연수제도가 시행됐는데, 이름에도 드러나듯이 이들의 신분이 연수생이기 때문에 노동자로서 권리를 보장받는 것이 불가능합니다.

그 다음 산업기술 연수제도를 취업연수제도로 전환시켰는데, 이렇게 전환하면서도 해외투자법인 연수제도는 그냥 존속시켰어요. 이유는 기업의 경비 절감 때문이었지요. 한국 사회에서 기업에게 뭔가 부담을 시키면서 옳은 일을 한다는 것은 그렇게 어렵습니다.

2004년부터 고용허가제가 시행됐는데, 이것을 한국에서 최초로 이주노동자의 권리를 보장한 제도로 의미를 부여하는 사람도 있습니다. 그러나 논의하는 과정에서 사용자 단체의 의견이 주로 반영됐기 때문에, 이주노동자의 권리를 보호하기보다 사용자가 이주노동자를 효과적으로 이용하기 위한 제도로 많은 분들이 받아들이고 있습니다. 현재는 기업이 이주노동자를 고용할 수 있는 고용허가제가 아니라 노동자가 취업할 수 있는 노동허가제여야 한다는 주장이 제기되고 있습니다.

이주노동자 관련 정책의 변화 추이를 보면 해외투자법인 연수제도로부터 산업기술 연수제도를 거쳐서 취업연수제도를 거쳐서 고용허가제까지 왔어요. 이 속에는 일정한 흐름이 있습니다. 어떤 흐름이 있을까요? 점점 글자 수가 줄었다?(청중 웃음) 이 다음에는 무엇이 있을 것 같습니까? 노동허가제가 오겠죠. 그런데 이것이 수천 년 동안의 인류 역사가 진행된 방향입니다.

주5일 근무제가 처음 도입될 당시에 한 방송사에 출연해서 주5일제에 대해 열심히 설명한 적이 있어요. "노동시간이 단축되고 출근 날짜가 줄어들지만 임금 수준은 저하시킬 수 없다. 기업은 이에 대한 방안을 마련해야 한다. 노동자가 더 적게 일하지만 임금 수준은 유지해야 하는 것이 핵심이다." 이렇게 설명했더니, 광고 나가는 시간에 그 아나운서가 저에게 재빨리 물었습니다. "그럼 노동자들이 전보다 일은 훨씬 더 적게 하면서 돈은 그대로 다 받겠다는 건데, 그게 도둑놈 심보 아닌가요? 일 적게 했으면 돈도 적게 받는 게 상식이잖아요. 지금 경제가 이렇게 다 어려운데……." 명문대학교를 우수하게 졸업하고 치열한 경쟁을 뚫고 공중파 방송사의 아나운서가 된 사람의 질문이었습니다. 이것이 우리 사회거든요.

그래서 제가 광고 끝나기 전에 재빨리 설명했지요. "인류 역사는 노동을 담당하는 사람이 조금씩 더 적게 일하면서 조금씩 더 잘사는 방향으로 발전해왔습니다. 강물이 높은 곳에서 낮은 곳으로 흐르는 것처럼 역사의 강물이 흘러가는 방향이 있어요. 노동자가 전보다 조금씩 적게 일하면서 조금씩 더 행복해졌다는 것입니다. 이 방향이 옳지 않았다면 노동자가 점점 더 열심히 더 많이 일하는 방향으로 우리 역사가 발전했다면, 노예제도가 철폐되지 않았고, 머슴제도가 사라지지 않았을 겁니다. 고대의 노예보다 중세의 농노들이 행복하고 중세의 농노보다 자본주의 사회의 노동자가 더 행복해야 합니다. 한국 사회에 주5일 근무제를 도입하느냐 마느냐는 전체 역사가 발전해온 과정에서 바라봐야 합니다." 이주노동자 제도도 결국 이처럼 변화해 가는 과정에서 긴 호흡으로 봐야 합니다.

고용허가제를 도입해야 한다는 정부의 주장은 "기업의 인력 부족을 해결하고 외국인 근로자의 고용질서를 확립하고 외국 근로자의 권익을 보호한다"라는 것입니다. 이것이 정부가 발표한 홍보책자에 나와 있는 내용이에요. 고용허가제는 '노동시장 보완성의 원칙, 송출 과정 투명성의 원칙, 외국인 정주화 방지의 원칙, 내외국인 균등 대우의 원칙, 산업구조 조정 저해 방지의 원칙'이라는 다섯 가지 원칙에 따릅니다. 장점도 있고 단점도 있는 원칙들이지만, 겉으로 볼 때는 번지르르하지요?

현행 고용허가제의 문제점은 대략 네 가지 정도를 들 수 있습니다. 우선 사업장 이동 금지의 문제가 있습니다. 헌법상의 권리를 이주노동자에게만 제한하고 있는데, 이건 합리적인 근거가 없어요. 실제로 이주노동자가 자기에게 맞는 사업장을 자유롭게 선택할 수 있는 권리를 제한하는 가장 중요한 이유는, 사업장 이동을 허가하면 이주노동자의 임금이 상승하기 때문입니다. 그리고 사업장의 노동환경을 일정 수준 이상으로 보장해줘야 되요. 자꾸 다른 곳으로 옮기지 않도록 말이죠. 기업에게 뭔가 비용을 부담시키면서 올바른 일을 하기가 상당히 어렵다는 거죠.

둘째로 정주화 방지 원칙의 문제점은 3년 동안 단기 체류하는 것만을 보장하고 가족 초청은 금지하는 것입니다. 한 번 들어오면 출국할 수 없기 때문에, 국제협약에서 보장하고 있는 가족과 함께 살 권리 자체를 침해하고 있습니다. "가족이 보고 싶으면 빨리 돌아가" 하는 식이죠.

셋째, 단속 추방의 문제가 있죠. 미등록 이주노동자에 대한 대책이 살인적인 추방 말고는 전혀 없습니다. 그래서 외국인보호소 문제가 발생하는데, 외국인보호소라고 하지만 아까 이야기 들으신 것처럼 감옥과 마찬가지입니다. 이처럼 인권을 탄압해온 것이 밝혀지니까, 정부가 그런 행위들을 합법화시키는 법 조항을 만들었습니다.

마지막으로 이주노동자를 프락치로 만드는 실적 위주의 단속 정책도 문제입니다. 불법체류 중이던 베트남인 N씨는 서울 출입국관리소 직원에게 적발된 뒤 같은 미등록 이주노동자를 밀고하라고 강요받았습니다. 불법체류자 20명의 소재를 알려주면 풀어주고 그러지 않고 도망가면 죽는다는 협박을 받았어요. 그래서 차를 타고 불법체류자 18명을 체포하는 데 협조했습니다. 그러자 협조했으니 한국에 있어도 된다고 석방됐어요. 그 사람은 양심의 가책 때문에 마음이 아프다고 동료들에게 말했습니다. 그래서 이러한 사례들을 모아서 규탄 기자회견을 열기도 했습니다.

다음으로 이주노동자 지위에 관한 판결에 대해서 잠깐 살펴봅시다. 행정법원의 판결은 "이주노동자 노조 구성원 일부가 불법체류자이므로 노조를 설립할 자격이 있는 근로자라고 볼 수 없다"라는 것이었습니다. 상급법원인 고등법원에서는 "헌법에 외국인의 지위를 보장하고 있고, 근로조건과 경제조건의 유지와 개선을 위해 단결권·단체교섭권·단체행동권의 근로3권을 누구에게나 보장하고 있다. 근로기준법도 국적에 따른 근로조건 차별대우를 금지하고 있으며, 노동조합 및 노동관계 조정법에서도 조합원에 대해 인종 등에 따른 차별대우를 금지하고 있다. 따라서 불법체류 외국인이라 하더라도 현실적으로 우리나라에서 근로를 제공하면서 임금이나 급료 및 이에 준하는 수입에 의해 생활한다면 노조를 설립할 수 있는 근로자에 해당한다"라는 내용의 판결을 했습니다. 앞으로 대법원에까지 이러한 판결이 계속 유지될지 지켜봐야죠. 우리가 많이 노력할수록 이 판결이 계속 유지될 확률이 높겠죠.

　이주노동자의 권리에 대한 법규 개념을 살펴보면 헌법 제6조 2항에 '외국인의 지위는 국제법에 따른다'라는 규정이 있고, 사회보장기본법에 보면 상호주의 원칙이라는 것이 있습니다. 국제법으로는 ILO 권고, UN협정이라는 게 있습니다. 그러면 상호주의라는 걸 알아봐야겠죠? 상호주의 원칙은 이제까지 외국인을 보호하는 데 상당한 역할을 해온 현실적인 법원리이지만, 미래지향적인 원칙이라고 볼 수는 없습니다. 상호주의보다 바람직한 원리가 내외국인 평등의 원칙인데, 점차 상호주의 원칙으로부터 내외국인 평등의 원칙을 지향하는 방향으로 바뀌어가는 것이 세계적 추세입니다. 또한 1975년에 ILO

권고에 불법체류 노동자도 노동조합원 자격과 노동조합권을 행사할 수 있다는 조항을 추가시켰습니다. 국제적으로 UN헌장이나 ILO 권고나 조약에 이처럼 이주노동자의 권리를 보호해야 한다는 내용들이 있습니다. 미등록 노동자 합법화 방안에 대해서는 각 단체들 사이에 여러 상이한 주장들이 있지만, 적대적 모순관계는 아닙니다. 비적대적 모순관계이므로 변증법적으로 서로 보완하면서 큰 것을 지향해가야 합니다.

다음으로 해결 방안 등을 말씀드릴 텐데, 제가 진짜 하고 싶은 이야기는 여기부터예요. 스페인에서 이주노동자들이 투쟁해서 승리한 사례가 있습니다. 만여 명의 시민들이 불법체류자에 대한 서류 발급을 촉구하며 가두시위를 벌였고, 700여 명이 8개의 교회에 모여서 농성했습니다. 그러자 정부에서 거의 이 투쟁이 승리하는 것에 가까운 각종 조치를 취해준 사례가 있습니다.

이주노동자 문제는 다문화 사회로 가는 과정의 운동

이주노동자 문제에 대해 문화적 갈등의 문제로 접근해볼 필요가 있습니다. 지금까지 이주노동자를 노동력으로만 받아들였죠? 실상은 우리 사회에 독자적인 문화를 간직한 사람들이 들어온 겁니다. 합법 또는 비합법 체류 자격을 갖고 국내에 거주하거나 일정 기간 거주하고 귀국하지만, 단일민족 개념을 중시하는 한국 사회에 이주노동자들은 영속적으로 계속 존재할 겁니다. 단일민족이라는 것이 유전학적으로 불가능한 개념이라면서요? 만일 우리가 단일민족이었으면, 국민의 절반 정도가 장애인이었을 테니까.(웃음) 한국 사회에서 이주노동자의 존재를 부정하려고 하지만, 우리 사회가 점차 다인종 사회로 변화해갈 수밖에 없음을 인정해야 합니다.

얼마 전에 《한겨레》에 나온 기사인데, 외국 사람이 한국의 고용허가제가 좋은 시스템이라고 말한 내용이 있었어요. 그런데 이 기사 중에 어떤 내용이 있었냐면, 독일이 택한 임시고용제가 가져온 문제를 반면교사로 삼아야 한다는 지적이 있었습니다. 일반적으로 독일이 다른 나라에 비해 이주노동자를 국내노동자와 동등하게 대우하고자 노력하는 나라로 알고 있는데, '독일의 문제를 반면교사로 삼아야 한다'는 말은 무슨 뜻일까요? 독일 사람들은 이주노동자들을 국내에 잠시 거주하다가 고국으로 돌아갈 사람이라고 가정하고 정책을 세웠는데, 결국 그 사람들이 모두 독일에 독일 국민으로 남았다는 거죠. 결국 이주노동자에 대한 우리의 정책도 그러한 방향을 지향해야 한다는 것입니다. 지금 한국에 와서 한국 남자와 결혼한 여성들이 벌써 십 몇 만인데, 그 사람들을 계속 '이주'나 '외국인' 같은 개념으로 볼 수는 없거든요.

이러한 문제의식에 대한 결론은 아노아르 씨가 마지막에 한 이야기입니다. 이주노동자의 문제는 단지 이주노동자들만의 문제가 아니라 한국 사회의 모순을 해결하고 다문화 사회로 가는 과정의 운동이고, 결국 한국 사회 전체의 모순을 해결하는 중요한 운동이 될 것이라는 점입니다. 이 주장에 대해 동의하지 않는 분들도 계시겠지만, 이것은 황우석 박사 논문이 실렸다고 난리가 났던 《네이처(Nature)》에 실린 논문의 내용이기도 합니다.

미국 에머리대학교의 과학자들이 원숭이를 대상으로 평등이라는 개념에 대해 실험을 했습니다. 복잡한 실험이지만 도식화시켜서 단순하게 설명해보겠습니다. 죄송하지만 여러분을 원숭이라고 가정하고, 제가 사육사라고 해봅시다. 여러분은 태어나는 순간부터 이 공간에 갇혔습니다. 모든 학습과 훈련의 기회를 차단당했어요. 글자 하나 숫자 하나 익힌 것 없이 본능만 남아 있는 상태로 여러분들은 사육되고 있습니다. 우리 가운데 투명한 막이 하나 쳐 있어서, 양쪽이 서로 보이지만 이동은 못합니다. 제가 먹이를 줄 때 이쪽 원숭이들에겐 두 개씩 주고, 다른 쪽 원숭이들에게는 먹이를 한 개씩만 줍니다. 그러면 어떤 현상이 발생할까요? 먹이를 한 개씩 받은 원숭이 중에서 소수의 몇 마리가 자기 먹이를 땅바닥에 패대기치면서 불평등에 저항하는 반응을 보인다는 겁니다.

다른 상황도 제시해봅니다. 똑같은 행동에 대해 이쪽 원숭이들에게는 아주 달콤한 잘 익은 과일을 주면서, 다른 쪽 원숭이들에겐 맛없는 오이를 줍니다. 다음 상황을 짐작할 수 있겠죠? 대부분 서걱서걱 먹습니다. 그러나 소수의 몇 마리가 자기 오이를 우리 밖으로 내팽개치면서, 먹이를 포기하면서 이 불평등에 저항하더라는 것입니다. 학자들의 결론이 무엇이었을까요? 불평등에 대해 부정적인 반응을 보이는 본능이 있다는 것입니다. 학습의 효과 이전에 불평등을 거부하는 방향으로 진화해온 유전인자가 있다는 겁니다. 정의감이나 평등의식이 학습에 앞서 진화돼온 본능일 수 있다는 거죠.

　　그러면 자연 상태에서 수만 년 세월 동안 공동체 생활을 유지해온 영장류들에게 왜 이런 본능이 형성됐을 것 같습니까? 이유를 짐작할 수 있죠? 누군가 계속 그처럼 평등을 지향하는 노력을 해야만, 자신의 손해를 감수하고 아노아르 씨처럼 감옥 같은 보호소에 갇히는 위험을 감수해야만, 평등과 정의를 위해서 계속 노력하는 개체가 있어야만 공동체 전체 구성원에게 유익한 결과가 초래됐기 때문입니다. 냉혹한 자연환경 속에서 제한된 먹이를 가지고 골고루 나눠먹으면서 건강을 유지하고 튼튼한 새끼를 낳으면서 종족을 유지할 수 있는 가장 효율적인 방법이었을 겁니다. 인간도 비슷하다고 봅니다. 인간을 정의한 굉장히 중요한 명제가 있죠? 인간은 사회적 동물이어서 항상 어딘가에 소속될 수밖에 없는데, 소속된 조직 안에서 불평등이 발생하면 항상 누군가 해결하기 위해서 나서는 사람이 생겨요.

　　예를 들어 이런 실험도 해볼 수 있습니다. 제가 천 원짜리 열 장으로 만 원씩을 한 사람 건너씩 줘요. 한 사람에게는 만 원을 주고, 그 옆 사람에게는 안 주는 거죠. 그리고 이런 조건을 제시합니다. "돈을 받으신 분은 그 돈의 일부를 옆 사람에게 나눠주십시요. 자신이 얼마를 갖고 얼마를 줄 것인지 스스로 결정하세요. 옆 사람은 그 돈을 받을 수도 있고 거부할 수도 있습니다. 스스로 선택하십시오." 그럼 어떤 결과가 초래될까요? 대개 5천 원 갖고 5천 원을 준 경우에는 옆 사람들이 받아요. 6천 원 갖고 4천 원 줘도 대부분 받죠. 그런데 7천 원을 갖고 3천 원 주면 안 받는 사람이 생깁니다. 그러다가 결국 자기가 9천 원 갖고 천 원짜리 한 장 달랑 준 경우에는 거의 안 받아요. 그러면 실험이 끝난 다음에 안 받은 사람에게 질문합니다. "천 원이라도 받으면 그만큼 이익인데 왜 안 받습니까?" 전 세계 어디서나 같은 답이 나와요. "불평등하잖아요." "공평하지 못하잖아요." "자존심 상하잖아요." "쪽팔리잖아요." 자신에게 유익할지라도 불평등할 경우에 거부하는 본능이 있다는 거죠.

이런 것들을 경제적으로 설명할 수 있습니다. 나눠 갖는 것이 사회 전체에 또 경제 전체에 얼마나 유익한가? 《한겨레》에 정남구 기자가 '한국의 경제 위기가 다시 올 수 있다'라는 주제로 칼럼을 썼는데, 그 중에 이런 내용이 있었습니다. 기업이 임금을 낮추는 방식, 곧 임금 조정으로 쉽게 돈을 버는 데 중독됐기 때문에 한국 경제의 위기가 다시 올 수 있다는 겁니다. 박정희 대통령 정부 시절부터 우리 사회에 항상 이러한 문제점을 지적하는 시각이 존재해왔습니다. 교수들과 경제학자들이 대학에서 해직당하면서 감옥에 가면서 박정희 정부의 경제정책에 대해 한 말이 20여 년 뒤에 정확하게 그대로 됐어요. 치욕스런 외환 위기를 맞은 거죠.

기업이 노동자의 임금을 절약하는 방식으로 경쟁력을 유지하면, 그 나라 경제가 성장하지 않아요. 기업의 단기적인 사익만 추구될 뿐이지, 장기적으로 경제에 유익하지 않습니다. 부가가치 유발계수라는 통계가 있는데, 이 수치를 분석해보면 한국은 이미 소비가 투자나 수출보다 점점 부가가치를 유발하는 경향이 커지는 경제체제로 옮겨가고 있습니다. 기업이 얼마만큼 수출하느냐보다 노동자가 얼마

만큼 소비할 수 있는 능력을 갖추느냐가 경제적으로 더 유익한 시대가 됐다는 거죠. 그래서 노동자의 임금이 인상되는 유익함이 기업의 인건비 부담을 가중시켜서 경쟁력을 낮추는 해로움보다 더 크다는 겁니다. 자본주의 시장경제체제를 인정하는 시각으로도 그렇다는 겁니다.

이와 유사한 내용을 수학적으로 정리한 학자가 있습니다. 그 수학자가 1994년에 노벨경제학상을 받습니다. 수학자가 왜 경제학상을 받았을까요? 이 수학자가 공동체의 구성원들이 평등을 지향하는 것이 전체에 얼마나 유익한지를 밝혀낸 원리를, 그 뒤에 경제학자들이 자본주의 사회의 자본가와 노동자의 관계 속에서 입증했기 때문입니다. 아직 생존해 있는 이 사람을 주인공으로 만든 영화가 〈뷰티풀 마인드〉예요. 마지막으로 노벨경제학상을 수상하고 시상식이 끝나면서 나가는 장면에서 자막이 나옵니다. "내쉬의 이론은 계속해서 국제 무역분쟁, 노사관계, 진화생물학 등을 해결하는 데 이바지하고 있다(Nash's theories have influenced global trade negotiations, national labor relations, and even breakthroughs in evolutionary biology)." 강대국과 약소국, 자본가와 노동자, 강한 생물과 약한 생물 들이 복잡한 갈등구조를 형성하고 있는 공동체 내에서 전체에 가장 유익한 선택을 수학적으로 찾아낸 겁니다.

영화에서 주인공이 처음에 이 수학 원리를 어디서 발견합니까? 남학생들이 술집에 모여서 놀고 있는데, 그 대학에서 제일 예쁘다고 소문난 여학생이 들어서는 순간 복잡한 갈등구도가 형성됩니다. 부자

남학생과 가난한 남학생, 모범생과 열등생, 예쁜 여학생과 못생긴 여학생들 사이에……. 자본가와 노동자, 강대국과 약소국, 약육강식, 술집의 갈등구도가 다 마찬가지입니다. 유리한 지위에 있는 존재와 불리한 지위에 있는 존재 들이 복잡하게 섞여 있는 공동체 내에서 전체에게 가장 유익한 선택을 수학적으로 찾아냈어요. 결론은 평등해질수록 유익하다는 거예요.

경영학과 학생은 죄수의 딜레마 게임도 배웠죠? 애덤 스미스가 개인의 이기적 행동이 사회 전체로 바람직하다는 이론을 말했습니다. 물론 애덤 스미스의 이론도 자본가들에 의해 심각하게 왜곡됐지만 영화에서도 이야기하듯이 애덤 스미스는 틀린 겁니다. 각자가 최선을 위해 노력하는 것보다 공동체 전체의 이익을 위해서 같이 고민하고 같이 결정하는 것이 유익하다는 여러 가지 원리들로 봤을 때, 이주노동자라고 해서 배제하는 것에는 합리적인 근거가 전혀 없다는 게 제 생각이죠. 도식적으로 단순화시키면, 경제적 효용가치의 크기는 자본과 노동이 나누어 가진 몫의 승(곱한 값)에 비례한다는 결론에 도달할 수 있습니다. 이것을 법률상으로 구체화하면 바로 '노동3권'입니다. 지금 노동자에게 적용되어야 할 권리이지요. 이런 전체적인 흐름 속에서 이주노동자의 문제를 봐야 한다는 것이 저의 소망입니다. 고맙습니다. (청중 박수)

인류 사회가 발전해온 방향을 따라가는 길

사 회 자   두 분 선생님 강의 잘 들으셨죠? 질문하는 시간을 갖도록 하겠습니다. 누구에게 질문하는지 꼭 말씀해주십시오.

청 중 1   하종강 선생님께 두 가지 질문을 드리고 싶습니다. 외국에 나갔다 오면 다들 애국자가 된다고 하잖아요. 그렇게 심한 일을 당한 것도 아닌데, 제대로 대접받지 못했다는 서러움이 굉장히 컸거든요. 그래서 한국에 돌아와서도 이주노동자에 대해 많이 고민하게 됐는데, 그때마다 가슴 한편이 찔리는 게 아까도 말씀하셨듯이 비정규직 노동자들도 이주노동자처럼 제대로 된 대우를 못 받고 있잖아요. 그러면서 과연 나한테는 어느 게 우선이어야 하는가에 대한 고민이 많습니다. 지금 노동운동을 하시니까 한국인을 위한 노동운동과 균형을 어떻게 맞춰가시는지가 궁금합니다. 그리고 국가에서 다음에 나올 정책에는 외국인 정주화 문제에 대해 깊이 생각하고 이를 반영해야 한다고 말씀하신 데 참 공감합니다. 그런데 그보다도 외국인 노동자의 권익 문제가 우리들에게는 교양이잖아요. 앞으로 이런 문제가 교양이 아니라 반드시 이루어져야 하는 일이라는 의식이 담론화되어야 될 텐데, 이에 대해서는 노동계 쪽에서 어떻게 운동 방향을 모아내고 있는지 궁금합니다.

하 종 강   첫 번째 문제는 바로 제가 처음에 겪은 갈등이었는데, 예를 들어 여성운동과 노동운동을 비교해봅시다. 지금으로부터 한 20년 전에 여성노동자회가 처음 만들어졌을 때, 제가 그 단체의 대표인 여자 선배를 만나서 이렇게 말했어요. "지금 인간해방도 안 된 마당인데, 여자들만 먼저 해방되겠다는 거야 뭐야? 활동가들 좀 빼가지 마." 그 지역에서 일손이 많이 모자랐는데, 여성들이 그 단체로 많이 갔거든요. 제 애길 듣고 그 선배가 거의 분노했어요. "이런 무식한 새끼 봤나? 지금 우리나라에서 좀 났다는 놈들도 이 모양이야. 너 노동 문제가 역사적 과제라고 생각하지? 여성 문제는 초역사적 과제야! 이 무식한 놈아. 너는 노동운동으로, 나는 여성운동으로 자본과 권력에 대해서 다양한 공격을 수행하는 거야." 저는 이주노동자 권익 운동이나 노동운동이 다 같이 각자가 할 수 있는 다양한 공격이라고 생각합니다.

따라서 '비율을 어떻게 배분할 것이냐'보다 더 중요한 것이 '자기가 무엇을 할 수 있느냐'라고 생각합니다. 자신이 할 수 있는 것을 하면 돼요. 그래서 하다못해 이주노동자 상담소에 가서 벽지를 바르는 일에서부터 자신이 할 수 있는 일이 무엇인가 찾아내는 것이 더 중요하다고 생각하고, 이주노동자의 권리를 위한 문제나 한국 비정규직 노동자의 권리를 위한 문제나 자신이 할 수 있는 것에 참여하면 된다고 생각합니다.

다음으로 질문하신 이주노동자의 권익에 대한 의식을 잘 모아내고 있느냐? 제가 아는 범위 내에서는 아직은 그렇지 못합니다. 제가 민주노총 내부에 깊숙이 개입되어 있는 사람은 아니어서 모르겠지만, 이주노동자들이 지금 한국의 노동운동, 민주노총에 대해서 섭섭한 게 많을 것입니다. 하지만 언젠가는 중요한 사업으로 상정하고 밀어붙일 것입니다. 이것이 담론화되기 위해서는 여러 방면에서 노력해야 합니다. 언론인들도 이 문제에 대해 올바로 알아야 하고, 교육자들도 이걸 올바로 알고 올바로 교육할 수 있어야겠죠.

교육계에서 할 수 있는 더 중요한 일은 7차 교육과정, 8차 교육과정을 만드는 데까지 영향을 미쳐서 제도권 교육 내에서 충분히 교육되도록 하는 것인데, 우리나라는 제가 아는 한 전 세계적으로 제도권 교육 내에서 사회적 약자에 대한 교육이 가장 취약한 사회입니다. 저는 노동운동을 하는 사람이니까 노동 문제 분야는 알아요. 예를 들어 독일 같은 경우는 초등학교 정규수업 과정에서부터 철저하게 노동교육이 이루어져서 1년 동안 초등학생들이 여섯 번씩 모의 노사교섭을 진행합니다. 자신이 경영자 입장을 맡아보기도 하고 노동조합 간부 역할을 맡아보기도 하면서, 경영자의 논리와 노동자의 논리를 가지고 상당히 수준 높게 토론을 벌입니다.

그 초등학교용 교과서에서 모의 단체교섭을 가르치는 내용을 번역한 걸 보니까, 벽보 만드는 법, 플랭카드 쓰는 법, 호소문 만드는 법, 편지 보내는 법, 언론과 인터뷰하는 법까지 초등학생 교과서에서 다 가르칩니다. 얼마나 철저하게 하느냐면 '노동조합 간부는 실제 노동조합의 선출과정과 똑같이 선출할 것'이라고 되어 있습니다. 중등 사회과 교과서가 340쪽 분량인데, 그 중에서 93쪽이 노동 문제입니다. 다시 말해 사회 과목에서 노동 문제에 4분의 1 넘게 비중을 두고 있습니다.

독일보다 더 철저히 가르치는 나라가 프랑스입니다. 프랑스는 고등학교 1학년 과정이 되면 인문실업계 공통으로 '사회·법률·시민교육' 과목에서 3분의 1 정도 비중으로 일 년에 몇 달 동안 가르치는 내용이 단체교섭의 전략전술이거든요. 그 안에 온갖 주제가 다 들어 있고, 이주노동자 문제, 양성평등 문제, 비정규직 문제까지 굉장히 수준 높게 다뤄집니다. 지금은 우리나라가 이런 교육을 안 하는 게 정상인 것 같고 다른 나라의 교육이 상당히 과격한 것 같지만, 우리는 그런 교육을 전혀 못 받은 사람들이 언론인이 되고 교사도 되거든요. 이런 악순환이 계속 되풀이되고 있지만 서서히 좋아지고 있고, 언젠가 이 악순환의 고리가 끊어질 겁니다. 7차 교육과정에서 조금 반영됐거든요. 8차에서 조금 더 많이 되겠죠.

사 회 자　7차 교육과정에 전태일 열사에 대한 것도 반영됐지요?

하 종 강　네. 그것도 가르치고 3·1만세운동이나 한국 독립운동에 윌슨 대통령의 민족자결주의 선언뿐만 아니라 러시아혁명의 영향도 많이 받았다는 내용도 반영됐죠. 지금은 굉장히 암울한 것 같지만, 진보의 속도는 생각보다 굉장히 빠릅니다. 저는 공무원 노동조합이 구청이나 읍·면·동사무소에 이렇게 뿌리 내리는 것을 환갑 더 지난 다음에야 볼 줄 알았습니다. 그런데 벌써 이렇게 실현됐잖아요.

사 회 자　예. 다른 분 질문 받도록 하겠습니다.

청 중 2　의정부에 살고 있는 교육노동자입니다. 아까 부채의식에 대해 말씀하셨는데, 저도 그런 비슷한 고민을 했습니다. 방글라데시에서 온 분과 대화해봤는데, 그 나라에서는 행복하고 먹고사는 데 문제가 없었답니다. 그런데 여기 와서 그 고생을 하시더라고요. 그래서 제가 물어봤습니다. 이 불행한 나라에 왜 오셨냐고 물었더니, 그분께서 여기서 돈을 벌어 방글라데시로 돌아가면 빌딩을 지어서 세를 주고 편하게 먹고살고 싶다고 하시더군요. 그래서 그건 과도한 욕망이 아니냐고 제가 반문을 했습니다. 물론 변명을 하자면 제가 처음부터 이렇게 말한 건 아니었습니다. 어떻게 생각하시는지 좀 알고 싶습니다.

사 회 자　한국 사람들이 흔히 문제의식을 덮거나 할 때 사용하는 논리라는 생각이 듭니다.

하 종 강　네. 그런데 그 사람의 존재가 한국 사회에 와서는 이주노동자잖아요? 저는 그것이 훨씬 더 중요하다고 보고요, 그것이 한국 사회 공동체 전체가 바람직하게 발전하는 데 부합하는 방향이라고 판단하는 것입니다. 정서적으로 쉽게 다가설 수 없었지만, 이들의 권리가 확보되는 것 또 이들이 이기적인 이익을 위해 노력하는 것을 우리가 도와주는 것이 사회 전체에 유익하다고 판단했어요. 진보적인 경제학이 아니더라도 미국식의 케인즈주의에 입각한 노자 간의 타협적인 질서로 봐도, 한국에 와 있는 이주노동자들의 권리가 확대되는 것이 한국 사회 전체 구성원에게 유익해요. 한국 사회 전체에서 노동자의 경제적 지위가 어느 만큼 향상되느냐가 굉장히 중요한 시점에 와 있거든요.

사 회 자　더 쉽게 설명해주실 수 없을까요?

하 종 강　아까 이야기한 것처럼 우리 사회에 여러 가지 많은 불합리한 문제점들을 발생시키는 원인들이 있거든요. 이주노동자 운동은 그 원인을 제거하는 데 기여하는 활동입니다. 다른 한편으로는 자본과 권력에 대해 다양한 공격을 수행하는 데 기여하는 과정 속에서 그 사람들이 의식이 바뀔 수도 있고요. 아노아르 씨 같은 경우도 방글라데시에선 학생운동을 한 사람입니다. 그래서 아마 우리나라에 와서도 구속될 각오를 하고 노동조합 위원장이라는 총대를 멨을 겁니다. 저런 사람이 생길 수밖에 없는 이유는 제가 아까 설명했죠? 원숭이 사회에서도 그럴 수밖에 없으니까.

사 회 자　제가 하종강 선생님께 한 가지만 여쭤보겠습니다. 우리도 예전에 이라크나 이란에 가서 많은 노동자들이 일하지 않았습니까? 고향에서 그분들이 집도 사고 그랬거든요? 그게 죄악입니까? 제가 답변을 대신해서 묻는 것입니다.

하 종 강　그렇진 않죠.

사 회 자　전혀 죄가 아니라는 거죠.

하 종 강　인간이 물질적으로 풍요로워지는 것이 인류 사회가 계속 변화해온 방향이거든요. 그래서 소비를 절약하는 방식의 환경운동이 어렵습니다. 물질적으로 풍요로워지려는 것이 만약에 다른 사람에게 손해를 발생시키면서 특수한 개인에게만 해당되는 것이라면 옳지 않지만, 그렇지 않을 경우에는 사회에 유익하다고 판단합니다. 결론만 말씀드린다면, 시장경제주의 입장으로 보더라도 한국 사회에서 이주노동자 집단의 경제력이 향상되는 것이 유익하다고 할 수 있습니다.

부채감에서 시작하는 연대

사 회 자　이번에는 아노아르 선생님께 질문하실 분, 손을 들어주십시오.

청 중 3　안녕하세요? 저는 언론인을 꿈꾸는 예비노동자입니다. 오늘 강연을 듣게 돼서 무척 반갑고요, 좋은 말씀 감사했습니다. 그런데 저는 이주노동자들이 한국에서 일하면서 연대하여 단체를 결성하고 활동해나가는 과정에서 이주노동자를 고용한 고용주들을 적으로 상정한다는 느낌을 강하게 받았거든요. 그런데 사실 고용주들의 입장도 이주노동자들이 없으면 공장이 돌아가지 않는다는 소리를 많이 하고, 이주노동자들이 절실히 필요하다는 사실을 여러 매체를 통해서 접했습니다. 그렇다면 그분들을 이주노동자와 연대할 수 있는 집단으로 생각하고 함께 할 방법은 없는지, 그런 노력을 하고 계신지 의문이 들었습니다.

아노아르 처음부터 안 좋게 시작했잖아요? 회사에서 미등록자를 고용하면 사장한테 벌금이 나옵니다. 처음에는 정부가 미등록 노동자를 쓰면 2천만 원을 벌금으로 내야 된다고 했는데, 나중에 사장들이 항의를 해서 300만 원으로 많이 줄였습니다. 그리고 회사들이 곳곳에 흩어져 있어서 사장들도 거의 신경 쓰지 않습니다. 이주노동자들에 대해 있으면 좋겠다거나 반드시 있어야 한다고 생각하지만, 자기가 직접 어떤 노력이나 움직임을 보이려고 하지는 않아요.

그래도 마석같이 공장들이 많이 모여 있는 곳에 가면 사장들이 모여서 만든 모임들이 있어요. 그런 곳은 아예 단속이 안 됩니다. 예전에 마석가구단지를 단속했는데, 시민들이 막았어요. 나중에 잡아간 서른세 사람을 모두 풀어줬습니다. 전체가 못하고 있고 관심이 없는 사장들이 많지만, 어느 지역에서는 되기도 합니다. 아까 말한 연대 같은 방식은 쉽지 않습니다. 사장들도 단속에 걸리면 벌금을 내야 하니까. 항상 사장의 입장으로 생각할 뿐이지 노동자에 대해서는 관심이 없습니다.

사 회 자　아노아르 선생님에 대한 질문 하나 더 받도록 하겠습니다.

청 중 4　아노아르 선생님께 여쭤보고 싶은데, 사실 한국인이 한국 사회 내에서 노동조합운동을 하는 것도 상당히 어려운 걸로 알고 있습니다. 노동자끼리의 요구사항도 많이 다르고 사업장 간의 요구사항도 많이 다를 수밖에 없을 텐데요, 이주노동자들도 서로 국적이 다르고 하는 일은 비슷하다고는 하지만 업장도 많이 다를 것입니다. 아직 합법화되지 않았지만 앞으로 노동조합이 합법화됐을 때 어떤 계획을 갖고 계신지, 그리고 현재 조직률은 얼마나 되는지 궁금합니다.

아 노 아 르　우리는 아까 이야기한 것처럼 끝까지 노동허가제를 실현하겠다는 계획을 갖고 있습니다. 언어가 달라서 조직하기 힘들었지만, 그런 노조 상황에서 소식지를 아홉 가지 말로 번역해서 이주노동자들이 일하는 공단에서 나눠주기도 했습니다. 그리고 공동체에 필요하면 말 잘하는 사람을 한 명 사오기도 합니다.(청중 웃음) 그분하고 같이 움직이면서 다른 사람들한테 교육 프로그램도 계속 진행합니다. 지역에 작은 모임들이 있습니다. 지부도 있고 분회도 있어요. 분회 밑에 준비위원회도 계속 조직되고 있습니다. 어렵고 힘들지만 좋은 것도 많습니다. 연대가 많이 이뤄져서 같은 지역의 센터나 다른 단체들이 많이 도와줍니다. 음식을 같이 장만하기도 하고요. 노동조합 만들 때는 첫날에 백 명쯤 모여서 만들었고, 나중에는 350명 정도로 조합원이 늘어났습니다. 그런데 수도권 중심 조직이라서, 수도권을 떠나면 조합

원 자격이 없어지는 문제가 있습니다. 또 조합원이 90명 정도 단속을 당해서 지금은 200명이 조금 넘습니다. 이제 다시 확대하려는 계획이 세워졌고, 제조업계 사람들이 많이 가입하고 있습니다.

하 종 강　　이주노동자 노동조합이 만들어지는 과정 자체가 연대였는데요, 처음에 서울 여성노조의 이주노동자 지부로 출발을 했습니다. 그런데 여성노조는 규약에 여성들이 모이는 노동조합으로 되어 있거든요. 그래서 이주노동자 지부를 산하에 만들기 위해서 노조의 이름을 평등노조로 개정했습니다. 그때 여성노조 위원장이 저에게 전화해서 노동조합의 명칭에 '평등' 같은 말을 사용해도 설립신고필증이 나오겠냐고 상담한 기억도 납니다. 그러니까 여성노조가 여성노조라는 정체성을 무너뜨리고 그 명칭을 평등노조로 바꾸면서 이주노동자 지부를 만든 것이고, 그 이주노동자 지부가 중심이 돼서 명동성당에서 장기투쟁을 거치면서 독자적인 노동조합으로 개편한 것입니다. 탄생하는 과정 자체가 연대였죠. 연대가 없었으면 불가능한 일이었습니다.

　　　　이주노동자 문제에 관심을 갖고 해결해 나가면 자본주의 체제를 신봉하는 시장경제주의자 입장에서도 유익합니다. 지금처럼 저임금으로 경쟁력을 유지하는 체제를 계속 유지하면 한국 기업이 선진기업으로 발전하지 않거든요. 기업들이 그런 자구책을 계속 만들어가기 위해서라도 이주노동자에 대한 권리가 평등하게 보장되어야 합니다.

사 회 자　　예. 아노아르 선생님께 질문하실 분 한 분 더 받도록 하겠습니다. 질문해주십시오.

청 중 5 저는 고등학생입니다. 노동자들이 한국에 와서 처참할 정도로 인권을 탄압당하고 있는 상황에서 노동자들의 본국은 자국민들을 위해 국가 차원에서 어떠한 노력을 하고 있는지 궁금합니다.

사 회 자 참 중요한 질문이었습니다. 아노아르 선생님, 제가 설명을 드리면, 이주노동자들이 외국에서 불이익을 당하거나 월급을 못 받거나 억울하게 목숨을 잃는 일들을 겪을 때 방글라데시나 필리핀, 베트남 같은 나라들이나 그 나라 대사관에서 어떻게 조치를 취하는지 물어보셨습니다.

아 노 아 르 대사관도 정부잖아요. 방글라데시든 필리핀이든 베트남이든 똑같은 입장입니다. 제가 이번에 연행당하면서 좀 다쳤습니다. 그래서 방글라데시 대사관에 갔는데, 저한테 한국 정부에서 하는 말들을 똑같이 하는 겁니다. 그냥 방글라데시로 돌아가라고 했습니다. 그래서 내 문제니 내가 알아서 할 테니까 신경 쓰지 말라고 했지요. 그 뒤에 여권 기한이 만료돼서 대사관에 신청을 하러 갔더니, 대사관에서 한국 법무부에 이 사람한테 여권을 줘야 되는지 말아야 되는지 묻는 겁니다. 똑같은 입장으로 더 많이 착취하거나 더 많이 탄압하고 있는 상태입니다.

예전에 이주노동자 지부가 있을 때, 이주 지부 조직국장이 비정규직으로 있다가 연행된 적이 있었습니다. 그런데 그 사람을 한국 정부에서 테러리스트로 만들어서 고향으로 돌려보내려고 했어요. 우리가 대사관에 가서 항의했지만, 대사관도 테러리스트라고 인정하는 바람에 그 사람은 강제로 자기 나라로 추방됐고 감옥에 들어갔습니다.

2004년도에 우리가 대사관 앞에서 계속 집회를 하니까, 또 출입국관리소에 신고하면서 두 명씩 추방하는 거예요. 모든 나라 대사관들이 마찬가지입니다. 도와주진 않습니다.

사 회 자　하종강 선생님, 이것이 상호주의 원칙입니까? 아노아르 선생님 이야기는 밤을 새워 들어도 가슴 저미는 이야기를 끝없이 듣게 될 것 같습니다. 기왕에 그 이야기가 나왔으니 제 이야기도 한 말씀만 드리겠습니다. 방글라데시를 포함한 일곱 개 나라에 이주노동자들이 한국에 거주하면서 태어난 어린아이들이 1만2천 명 정도 됩니다. 지금 제가 여러 사람들과 함께 그 아이들을 위해서 한국의 동화를 그 나라 말로 번역하는 작업을 하고 있습니다. 그 나라 동화를 한국말로 번역해서 무료로 나눠주는 작업도 준비하고 있습니다. 그 작업에 여러분께서 회원으로 참여해주십시오. 제가 홍보를 좀 했습니다.^(청중 웃음) 먼저 아노아르 선생님께 정리하는 말씀을 듣고, 하종강 선생님 말씀을 듣고 정리하도록 하겠습니다.

아 노 아 르　이주노동자 문제에 관심을 가져주시고 이 자리까지 와주셔서 다시 한번 감사드립니다. 정말 중요한 활동이라고 생각합니다. 전 세계에 현재 1억 7천만 명 정도 이주민들이 살고 있지만, 어디를 가든 이주노동자들 내부에서 계획이나 정보가 없습니다. 그래도 제일 기쁜 건 한국이 이주노동자 운동에 가장 앞서 있다는 점입니다. 다른 나라에는 그런 거 없습니다. 우리가 혼자 해서 된 것이 아니고, 한국에서 우리를 많이 도와줬습니다. 우리도 우리의 문제를 그냥 이주노동자 문제로 생각하지 않습니다. 왜냐면 이것은 사회 문제이기 때문입니다. 계속 이런 식으로 진행하면 나라 이미지에 문제가 생길 겁니다. 그렇기 때문에 많은 관심과 지지를 받기 위해서 지금도 열심히 돌아다니면서 사람들을 만나고 간담회를 하고, 할 수 있는 모든 것을 다하고 있습니다. 오늘 여기에 불러주셔서 감사드리고, 앞으로 함께 하면 좋겠다는 말씀을 드리면서 마치겠습니다. 다시 한번 감사드립니다. 수고하셨습니다.(청중 박수)

하 종 강　우리 사회가 노동 문제에 대해서 특별히 취약할 수밖에 없는 이유들 중 하나가 식민지와 분단이라는 이상한 역사를 거쳤기 때문이거든요. 식민지와 분단을 동시대에 같이 겪은 사회가 별로 많지 않습니다. 사회적 약자의 권리를 올바로 이해할 수 있는 과정이 역사발전단계에서 생략됐기 때문에, 지금 이런 현상이 발생하는 것입니다.

　제가 노동 문제를 제 생활의 중심으로 삼게 된 중요한 이유는 1978년 동일방직 사건 덕분이에요. 노동자 124명이 해고당하고 제 또래 여성 노동자 400명이 알몸으로 나체 시위를 할 수밖에 없었던 그런 상황을 내가 전혀 모르고 살았다는 것, 그 사람들이 동시대에 내 곁에서 살아가는 걸 전혀 몰랐다는 부채감이 저를 잡아끌었거든요. 그런데 이러한 유치한 도덕률이 만만한 게 아니라고 생각합니다. 인류의 진화과정 속에서 확립된 원칙들이기 때문에, 복잡한 건 모르더라도 초등학교 도덕 교과서의 원칙 정도만 잘 지키면서 살아도 아주 가치 있고 보람 있게 살 수 있습니다. 이주노동자가 저런 고통을 당하고 있는데 나는 행복하게 맛있게 먹고 편하게 잠자고 있었구나 하는 부채감이 결코 유치한 감정이 아니라고 생각합니다. 그래서 그런 부채감으로 작은 것이라도 할 수 있는 우리가 되기를 바라면서 마치겠습니다. 고맙습니다.^(청중 박수)

사 회 자   저도 짧게 한 말씀 드리겠습니다. 얼마 전 신도림동에서 큰 화재가 일어났을 때 불법체류 중이던 이주노동자 몽골인 네 분이 열한 명의 사람을 구했습니다. 그 뒤 그분들은 가슴에 흉통을 느끼면서도 경찰이 병원 응급실에 나타나자 링거 바늘을 빼고 어둠 속으로 사라져야 했습니다. 이 사건은 한국 사회가 얼마나 야만적 국가인가를 잘 보여주고 있습니다. 만약 그들이 한국인이었다고 한다면 아마 한국에서 의인이나 영웅으로 대접받았을 테고, 무슨 영화를 만들겠다고 했겠지요. 그러나 우리나라에서 그 사람들은 숨어 있어야 합니다. 《동아일보》기자가 가까스로 그 사람들을 만나서 인터뷰하고 사진 찍은 것을 봤습니다. 그들은 얼굴이 나오지 않고 뒷모습만 나와 있었습니다. 그들의 얼굴이 바로 돌아오는 그런 날은 우리가 앉아서 기다리고만 있으면 절대로 오지 않습니다. 우리가 같이 참여하고 행동했을 때만 비로소 그들의 얼굴을 정면으로 볼 수 있을 것입니다.

톨스토이가 이런 말을 했습니다. "이 세상에서 가장 부당하고 잘못된 말이 있다. 그것은 부자가 가난한 사람들에게 은혜를 베푼다는 것이다. 이것은 참으로 거짓말이다. 부자들은 가난한 사람들의 눈물과 피와 땀으로 배불리 먹고 좋은 옷을 입고 사치스러운 생활을 하고 있는 것이다." 톨스토이가 아마도 빨갱이였나 봅니다.^(청중 웃음) 실제로 톨스토이의 진면목은 한국 사회나 특히 지식계에 잘 알려지지 못한 대목이 많습니다. 그러면서 톨스토이는 또 이렇게 말했습니다. "이마에 땀을 흘리며 그날의 빵을 구워라." 이것은 노동에 대한 지극한 상찬, 최고의 찬사라고 생각합니다. 우리는 어쩌면 이 세상에 편견을 갖고 살고 있습니다. 사실 위대한 사상은 거룩한 편견과 마찬가지입니다. 우리는 600만에 이르는 이주노동자를 형제로 가지고 있습니다. 고전적인 의미에서 지금 나라 밖에 있는 해외동포를 이야기하는 것입니다. 한국에 와 있는 이주노동자들도 그들과 하나도 다르지 않습니다. 우리가 더는 '그들'이라고 부르지 않고 우리와 같이 일하는 노동자라고 부를 수 있는 그런 날이 오기를 바라면서, 오늘 강연을 마치겠습니다. 고맙습니다. ^(청중 박수)

누구의 자존심? —자존심의 경합

정희진

성공회대학교 NGO대학원 강사(여성학). 저서 《페미니즘의 도전—한국 사회 일상의 성 정치학》, 《저는 오늘 꽃을 받았어요—가정폭력과 여성인권》, 《한국여성인권운동사》(편저), 《성폭력을 다시 쓴다—객관성, 여성운동, 인권》(편저), 《월경하는 지식의 모험자들》(공저), 《섹슈얼리티 강의, 두 번째—쾌락, 폭력, 재현의 정치학》(공저), 《근대의 경계에서 독재를 읽다—박정희 체제와 대중독재》(공저) 등.

누구의 자존심?
—자존심의 경합 2007년 4월 2일(월) 늦은 7시

사 회 자　안녕하세요? 오늘 강연해주실 분은 정희진 선생님입니다. '여성 문제'라고 하면 사람들, 특히 남성들이 많이 어려워하는 것 같습니다. 한국 남자들이 대개, 여성학 공부를 하거나 여성 문제를 이야기하는 사람들에 대해 '공격적'이라고 말합니다. 하지만 평등을 요구할 때 '공격적'이지 않게 해서 평등을 얻어낸 역사가 일찍이 없었던 것 같습니다. 여러 부자들이 나서서 갑자기 전 재산을 다 내어주거나, 노예를 부리던 사람들이 종을 풀어주면서 이제 똑같이 지내자고 한, 그런 역사는 없지 않았나요? 다른 한편, 정치적으로는 평등을 주장하면서도 편리한 것은 원래 여자들이 해오던 방식대로 주장하기 때문에, 이율배반적이라는 비판이 있습니다. 이 대목에서 한 가지 짚고 갈 것은, 성평등을 주장한다고 해서 어떤 개인에게 모든 가치가 완전하게 나타날 수 없고, 조금씩 모순된 모습으로 나타날 수밖에 없다고 생각합니다. 이 모순 또한 불평등 구조 안에서 형성된 것이지요.

저는 오늘 정희진 선생님을 처음 뵈었지만, 선생님이 쓴 글이나 책을 읽어보면서 여러모로 즐거움을 느꼈습니다. 정희진 선생님은 여성주의에 대해서만이 아니라 우리가 가지고 있는 상식과 통념을 새롭게 깨우치게 하는 분이라고 생각합니다. 선생님 스스로는 비정규직 노동자로 소개해달라고 하셨습니다만, 노조와 시민단체, 대학에서 강의하시고, 또 여러 책을 쓰셨습니다. 그런 점에서 정희진 선생님은 정규지식인이라고 할 수 있겠습니다. 정희진 선생님을 소개합니다.(청중 박수)

'여성 문제'에 관한 몇 가지 오해

정희진   안녕하세요?

사회자   여러분을 대신해서 질문드리겠습니다. 제 주변에는 자칭 진보를 표방하면서 여성 문제에 대해서도 진보적으로 말하지만, 몸은 봉건주의라고 스스로 말하는 사람들이 제법 있습니다. 그런 사람들을 어떻게 생각하세요?

정희진   질문 자체가 굉장히 재미있는데요. 봉건도 어떤 시점에서는 진보였죠?

사 회 자   예. 그렇습니다. 노예사회에 비하면 당연히 진보였습니다.

정 희 진   그런 이야기, 굉장히 많이 하지요. 머리는 진보인데, 몸은 그렇지 않다는. 그런데 그 이야기의 전제는, 머리는 몸의 일부가 아니라는 것이잖아요? 그런 식의 논리라면, 머리는 날아가도 몸은 살아 있다는 거잖아요? 교수형이나 효수형(梟首刑) 같은 거, 소용없겠네요.

사 회 자   아, 그렇군요. ^(청중 웃음)

정 희 진   사실, 저는 그런 질문을 받으면 어이가 없어서, 대답을 잘 안 합니다.

사 회 자   여러분, 박수 한번 보내주시죠. ^(청중 박수)

정 희 진   아까도 선생님께서 계속 '여성 문제'라고 표현하셨는데, '여성 문제'가 여성이 문제가 있다는 건가요? 그렇다면 문제를 해결할 책임은 여성에게 있다? '여성 문제'의 의미가 무엇인가를 둘러싸고 여러 가지 해석이 있을 수 있겠지요. 정말 여성이 문제(women problem)인가요? 아니면 여성 혹은 남성이라는 사회적 범주가 질문의 대상(women question)인가요? '프러블럼'이나 '퀘스천'이나 모두 한국어로 문제는 문제지요. 골칫거리로서 문제가 있고, 질문으로서 문제가 있지요. 사실은, 여성이 문제가 아니라 사회가 문제죠. 아니, 굳이 붙이자면 남성이 문제고. ^(청중 웃음) 노동 문제라고 하면 노동자가 문제라는 의미가 아니고, 환경 문제는 자연이 잘못을 했다는 문제가 아닌 것처럼 말입니다.

     하여간 아까 질문은 머리가 몸의 일부이기 때문에 질문 자체가 성립하지 않습니다. 그리고 더 중요한 것은, 보통 "생각하는 대로 살라"라고 이야기하잖아요. 저는 그 말이 잘못되었다고 생각합니다. 오히려 사는 대로 생각해야죠. 사는 대로 생각한다면, 그런 고민이나 질문을 할 필요가 없습니다. 머리가 몸의 일부라고 생각한다면, 아까 말씀하신 그런 분들은 진보가 아닌 거죠.

사 회 자　　그렇군요. 몇 가지 질문을 더 드리도록 하겠습니다. 인터넷에서 남녀평등 이야기가 나오면, "그럼 여자도 군대 가라"라는 댓글이 올라오지 않습니까? 일상적 대화에서는 나서서 그런 말 하는 사람을 별로 보지 못하는데, 인터넷에서만 숨어서, 그것도 댓글로 그런 말이 올라올 때가 많습니다. 이게 과연 평등과 관련이 있나요?

정 희 진　　여러 차원에서 이야기할 수 있다고 봅니다. 첫 번째는, 일단 대한민국에 군인이 너무 많습니다. 10여 년 전부터, 그러니까 1998년부터 남성들 가운데 절반 정도만 현역으로 복무하고 있는데도, 한국이 병력 수에서 세계 6위예요. 전형적인 병력 집약적('후진국형') 군대를 유지하고 있는데, 사실 어떤 면에서 이건 군인들의 이해관계 때문이죠. 우리나라가 미국이나 다른 어느 나라보다 사병 대 장교 비율이 훨씬 높거든요. 이분들 밥그릇 때문에, 원래는 '군의 현대화'를 위해서라면 공군이나 해군을 강화시켜야 하는데, 우리나라 국방부를 육방부라고 할 만큼 육군 비율이 높지요. 한미동맹의 분업 구조이기도 하고요.

　　두 번째는, 제가 알기로는 여성주의자, 동성애자, 장애인 들이 주장하는 것은 평등이라기보다는, 어떤 면에서 차이를 누가 해석할 것인가의 문제라고 생각합니다. 누구의 입장에서 구성된 차이냐는 것이죠. 예를 들면, 남녀평등은 남성이 여성과 같아지는 것인가요? 아니면, 여성이 남성과 같아지는 것인가요? 여성과 사회적 지위가 같아지려고 노력하는 남성은 거의 없을 겁니다. 여성이 남성과 같아지는 것은 평등이고 '여권 신장'인데, 남성이 여성과 같아지는 것은 아마 남성분들 대다수가 추락으로 생각하지 않을까요?(청중 웃음) 여성에게 "남자 못지않네"라고 하는 것과 남성에게 "계집애 같은 놈"이라고 하는 것은 '남성'과 '여성'의 의미 자체가 이미 불평등하다는 거죠. 남녀평등, 양성평등이라는 말 자체가 어불성설입니다.

저는 평등의 기준을 문제 삼고 싶습니다. 남녀평등을 위해 남성들은 설거지를 하지 않으면서, 왜 여성에게는 군대에 가라고 합니까? 평등을 위해 노력해야 하는 사람이 누구입니까? 장애인과 비장애인의 평등을 위해서 비장애인 중심의 사회구조를 개선해야지, 장애인이 비장애인과 같아지기 위해 장애를 '초월'하고 '극복'해야 하나요? 평등은 공정한 것, 사회적 정의를 원하는 것이지, 똑같아지는 것이 아닙니다. 여성들이 남성하고 같아지겠다고 남성들이 여태까지 잘못해온 고문이나 전쟁 같은 일까지 하겠다고 생각하는 사람은 아마 없을 것입니다. 그러니까 이처럼 다양한 차원에서 "여자도 군대 가라"라는 이야기를 비판할 수 있겠지요.

사 회 자   제가 여자들에게 군대 가라고 그런 건 아니니까 오해하지 마시기 바랍니다.(청중 웃음) 또 엉뚱한 질문을 하나 더 하겠습니다. 한국 남자들은 대체로 부인에게 저금통장을 맡기지 않습니까? 어떤 사람은 그걸 가지고 한국 사회에 모계성이 강하다고 이야기하는 걸 들은 적이 있습니다. 정말 그런가요?

정희진　사실 남성이 생계를 부양하고 여성이 가사노동을 하면서 통장을 관리하는 성별 분업 가정은, 한국 사회 전체 가구의 10퍼센트도 안 될 겁니다. 이러한 성별 분업 이데올로기는 중산층 가정을 모델로 한 것이고, 중산층 가정이라고 해서 모든 남편이 통장을 맡기는 것도 아닐 테니까요. 아주 일부 중산층이 그런 것인데, 그것이 마치 사회 전체의 규범처럼 여겨집니다. 현실이 아니라 신화입니다. 그리고 여성들이 통장을 관리하는 것은 모계사회여서 그런 게 아니라, 성별에 따른 노동 분업이죠. 주류 경제학이나 비주류 경제학이나 전통적으로 노동과 소비를 구분해왔잖아요? 그런데 사실 노동과 소비, 생산과 소비를 구분하는 것은 남성 입장에서이고, 여성 입장에서는 생산과 소비가 잘 구분되지 않죠. 제가 만일 콩나물을 산다면, 이것은 소비입니까? 가사노동입니까?

　　　　이것은 계급 문제와도 연관됩니다. 물론 소박하게 저금통장 관리하시는 분들도 있지만, 우리나라 중산층 전업주부들 중에 부동산 투기 같은, 사적인 혹은 보이지 않는 비공식적 경제활동을 하는 분들도 있잖아요. 이것은 바람직하든 아니든 분명, 경제(노동)활동이죠. 현실적으로 많은 여성들이 '서울 강남의 중산층 전업주부'를 꿈꾸고, 또 그런 전업주부나 현모양처가 사회적으로 바람직한 여성의 성역할 또는 여성성이라고 여겨집니다. 하지만 역설적으로, 지금 그 여성들의 성역할이 굉장히 반사회적인 결과를 가져오고 있지 않습니까? 여러분들도 아시다시피 지금 우리나라에서 가장 심각한 문제, 예를 들면, 선거 때 가장 큰 이슈가 되는 것이 부동산과 교육 불평등 문제죠. 이게 젠더 문제와 밀접하게 연결되어 있습니다. 저는 솔직히 어떤 면에서는 현재 우리나라의 계급 문제와 교육(학벌) 문제를 동시에 해결하려면, 중산층 고학력 여성들을 다 강제로 취업시켜야 된다고 생각합니다. 지금 한국 여성들이 교육 수준은 엄청 높은데, 노동시장 진출률이나 그 질은 전 세계 최하위거든요. 그러면 그 여성들이 어디로 흡수되겠습니까? 노동시장으로 진출하지 않은 혹은 못한, 중산층 고학력 여성들이 자아실현을 위해 가정에서 자녀 교육에 올인하는 그런 구조를 막아야 여성도 아이도 삽니다. 지금 교육을 통한 계급 고착화가 말도 못하게 심각하잖아요? 강남 부동산 문제도 사교육과 연결되어 있고요.

사 회 자   선생님, 그런데 아까 제가 드린 질문은 진짜로 제 생각이 아닙니다. (청중 웃음)

정 희 진   여성주의는, 어떤 면에서 여성이 피해자임을 주장하는 것이 아니라 성별이라는 사회 제도를 문제화하는 것이라고 생각해요. 성별 때문에 여성(남성)들이 이익을 보기도 하고, 차별을 받기도 하죠. 예를 들면, 대개 남자 아이에게는 하늘색 내복을 입히고 여자 아이한테는 분홍색 내복을 입히죠. 여기까지는 큰 문제가 없어요. 이런 걸 가지고 저 같은 사람이 성차별이니 인권 침해니 억압이니 하면, 정신 나간 여자가 되겠지요. 그런데 문제는 가사노동을 하지 않는 분들은 잘 모르시겠지만, '때가 쏙 비트'라든가 '강력 슈퍼타이' 같은 세제의 포장지는 다 푸른색이에요. 강력함을 나타낼 때는 푸른색을 쓰죠. 그런데 '울샴푸' 같은 섬유 유연제들은 다 분홍색이거든요. 어린아이들에게 성별에 따라 내복을 입힐 때는 그 자체가 사회적 의미를 발생시키지 않지요. 그런데 푸른색이 힘을 상징하면서부터는 사회적 의미가 발생하기 시작하고, 그것이 남성성하고 연결되면 그때부터 문제가 되는 것이죠. 그러니까 다름은 언제나 문제가 되는 것이 아니라, 어떤 맥락에서만 문제가 되는 것입니다.

제가 생각하는 여성주의는, 차이가 차별을 만들어서는 안 된다고 주장하는 것이 아니라, 차이를 종속적 범주로 만들어내는 모든 권력에 대해 저항할 것을 주장하는 것입니다. 따라서 저는 여성주의적 세계관이 성별 문제에만 국한될 필요가 전혀 없다고 생각합니다. 어쨌든 여성주의는 우리가 날마다 직면하는 다양한 권력관계의 복잡한 맥락과 모순에 대해 사유하고 견디는 힘을 준다는 것이지, 무슨 문제를 갑자기 직접 해결하고 해소하려는 게 아니라고 봅니다.

사 회 자 알겠습니다. 박수 한번 보내주시죠.^(청중 박수) 어떤 책을 보니까 북아메리카에 원래 살던 인디언들이 문명 정도는 석기시대 수준이었다고 해도 사회적 성별이나 젠더가 매우 다양했다고 그래요. 그런데 자본주의에서는 왜 이렇게 남녀로 단순하게 갈라졌습니까?

정 희 진 그것은 근대 자본주의 사회가 노동자 모델을 남성으로 삼기 위해 핵가족, 모성애, 아동기를 탄생시킨 것과 관련이 있습니다. 그 이야기를 여기서 다할 수는 없고, 저는 선생님과는 조금 다르게 생각하는데, 일단 자본주의 사회에는 남자와 여자 두 개의 성이 있는 것이 아니라 하나의 성, 곧 남성만 존재하죠. 이분법은 하나만을 위한 세계관입니다. 여성은 남성의 대립적, 대칭적 범주가 아니라 잔여지요. 곧 남성은 남성이지만, 여성은 여성이 아니라 '남성이 아닌 존재'를 의미하지요.

사 회 자　얼마 전에 텔레비전에서 황진이를 다룬 드라마를 방영하지 않았습니까? 그걸 보면서 조금 화가 났습니다. 많은 사람들이, 기생들이 겪은 당시 사회의 억압구조에 대해서는 말하지 않고, 한 기생의 입신양명에 관해서만 그렇게 열광하는지 모르겠습니다.

정 희 진　제 생각과는 약간 차이가 있네요. 선생님은 사회구조라는 조건은 다루지 않고 그 중에서 출세한 기생만 다뤄서 기생의 본질을 은폐하고 성적 착취 같은 문제들을 정당화한다는 말씀이시죠? 우선 '기생'이라는 용어부터 재미있는 말이라고 생각합니다. 영화 〈괴물〉의 영어 제목이 '호스트'잖아요? 호스트는 숙주인데, 숙주의 반대말이 기생이죠. 그런데 사실 숙주의 관점에서 보면 기생이지만, 기생의 관점에서 보면 숙주가 자기 집이잖아요? 그러니까 숙주의 관점에서만 보는 것, 곧 '기생'을 노동하지 않고 먹고 산다는 의미로 사용하는 것은 문제가 있다고 봅니다. 단편적인 세계관이죠. 또 한 가지는, 저는 〈황진이〉를 못 봤는데, 주변에서 〈황진이〉를 비판하는 사람들은 그 드라마의 주제가 '예쁘고 나쁜 여자가 성공한다'라는 거라고 하더군요. 이게 지금 유행하는 사회 정서와 맞았다는 거죠. 예쁘면서도 능력과 권력이 모두 있어야 합니다. 저는 '나쁜 여자가 성공한다'라는 류의 생각에 동의하지 않고, 최소한 제가 아는 여성주의는 그런 주장을 한 적이 없습니다. 물론 사람마다 생각하는 의미가 다르겠지만, 착함, 보살핌, 배려 같은 가치들이 왜 부정되어야 하나요?

어쨌든 누군가 제게 농담 섞어서, "보통 여성주의자들이 재수 없는 말을 많이 하니까, 그런 이미지를 상쇄시키려면 페미니스트들도 예쁘고 섹시하면 된다"라고 말해서 충격받은 적이 있습니다.^(청중 웃음) "사람들이 너를 싫어하는 것은 네가 페미니즘을 말하기 때문이 아니고, 못생겨서 그렇다"라는 거예요. 페미니스트든, 간첩이든, 강도든 간에 여자는 예쁘면 만사 오케이라는 겁니다. 간첩 얼짱, 강도 얼짱……, 이게 다 그런 이야기 아닙니까? 여성의 정치적 입장이나 사회 활동은 중요하지 않다는 거죠. 그러니까 저한테 '정치적 프로파간다'를 위해서 예쁘게 하고 다니라는 거죠.^(청중 웃음) 〈황진이〉 같은 드라마들이 사람들에게 여성의 미모가 얼마나 대단한 자원인가를 학습하게 하지요. 그런데 사실 여성은 또 너무 예뻐도 안 돼요. 너무 예쁘면 실력이 없어 보이거든요. 그러니까 어차피 이중 메시지예요.

사 회 자   예. 그렇습니다. 정희진 선생님의 매력이 바로 이런 거 같습니다. 우리가 당연하게 생각하던 것에서 새로운 가치를 찾아내고 그것을 재해석하시는 능력의 소유자십니다. 마지막으로 이효재 선생님께서 두세 해 전쯤에 낸 책을 읽어보니 조선 후기 들어서 족보를 사고팔았는데, 이러한 개별적 신분상승 행위가 봉건체제 와해를 늦추었을 뿐 아니라 여성 억압 또한 더 가중시켰다는 대목이 있었습니다. 어떻게 해서 그런지, 이 질문부터 시작해서 강연을 부탁드리겠습니다.^(청중 박수)

첨가하는 지식은 발상을 달리하는 사유를 할 수 없어

정 희 진　오늘 서해성 선생님을 처음 뵈었는데, 보통 처음 누군가를 만나면 제가 '여성이기도 하고' 또 제 성격상 어색함을 피하기 위해서 제 쪽에서 감정노동을 많이 하는 편이거든요. 그런데 오늘은 너무 편했어요. 선생님이 다해주시는 거예요. 훌륭하신 분이에요.^(청중 웃음) 아까 강연 들어오기 전에 서 선생님께서 질문하신 것이 있었는데, 굉장히 좋은 질문이었어요. '된장녀' 같은 말이, 왜 그렇게 많냐고 물으셨습니다. 윤정모 선생님의 《에미 이름은 조센삐였다》라는 책도 있잖아요. 조센삐는 아마 '매춘여성'을 뜻하는 영어 단어 'prostitute'의 'p'를 가져온 것 같아요. 요새 여성을 칭하는 여러 가지 이름들이 많지요? 된장녀, 엘프녀 등등……. 옛날에 '맑스걸'이라는 말도 있었지요. 미국에서는 신여성을 가리키는 '깁슨걸'도 있었습니다. 사실 모두 누구(남자)의 여자라는 의미지요. '승리의 여신'이라는 말도 많이 하지요. 이런 걸 보면 세상이 엄청 여자들 중심인 것 같잖아요?^(청중 웃음)

　　이것이 바로 말하는 주체, 재현의 주체가 언제나 남성이기 때문에 여성이 재현의 짐을 지게 된 것, 남성의 인식 대상이 된 것입니다. 예를 들면 '신여성'이라는 말은 있지만, '신남성'이라는 말은 없잖아요. 은행에 가면 남성들은 사복을 입고 여성들은 유니폼을 입지요. 이수일, 곧 대개 민족의 대표로 간주되는 남성은 양복을 입고, 민족의 대표가 아닌 심순애는 한복을 입잖아요. 남자들은 전통을 지켜야 한다고 주장하지만, 제사를 지내거나 김치를 담그는 사람은 여자들이죠.

선생님께서 족보와 여성 억압에 대해서 이야기하셨는데, 정말 근본적인 문제입니다. 가부장제나 젠더구조에 대해 수많은 개념 정의가 있을 수 있지요. 예를 들면, 사랑에 대한 정의도 사람들마다 다 다릅니다. 사랑은 동일시 욕망이다, 사랑은 바보짓이다, 사랑은 노동이다 등등 여러 가지 정의가 있겠지요. 아무튼 가부장제에 대한 정의 중에 이런 게 있어요. 가부장제는 "여성의 몸에 대한 남성의 언어"다. 여성이 아이를 낳기 때문에, 계보를 따진다면 인간사회는 여성 중심일 수밖에 없어요. 모계일 수밖에 없어요. 예를 들면, 어떤 여성이 열 명의 남자하고 잤다고 칩시다. 그러면 임신한 아이가 누구의 애인지는 여성 본인만 알죠. '성(姓)'이라는 글자에 계집 녀 변을 쓰는 것도 그렇기 때문입니다. 그런데 이 계보를 남성이 가족제도로, 언어체제로 여성의 권리를 빼앗아간 거죠. 남자의 승인이 있어야 사회적으로 인정을 받으며 상속도 가능하고, 동성동본을 따지는 것도 남성의 성이 기준이 되죠.

결국 아이는 여자가 낳는데, 그것에 대한 소유권과 시민권을 남성이 독점한 것이 가부장제입니다. 그리고 여성의 노동력과 몸에 남성이 의미를 부여함으로써 남성의 계열로 만든 것이 족보죠. 쉽게 이야기하면, 계열을 만드는 노동과 일은 다 여성들이 하는데, 남성이 자신들의 입장과 이해관계를 중심으로 이름을 붙이고 조직한다는 것입니다.

지난해에는 인터뷰 특강 주제가 '거짓말'이었죠? 너무 좋았어요. 왜냐하면 제가 생각하기에 여성학은 '말'에 대한 학문이거든요.

그런데 이번에는 '자존심'이라는 거예요. 저는 처음에는 '자존심'이 무슨 말이지 싶었어요. 그런데 저한테 들어온 강의 주제가 '남자의 자존심, 여자의 자존심'인 거예요. 무슨 화성 남자, 금성 여자 같은 이야기를 하라고 하면서. 남자는 이렇고, 여자는 이렇다……, 제가 이런 종류의 책을 별로 좋아하지 않거든요. 사람들이 여성학을 피임이나 결혼, 연애 상담하는 것으로 국한해서 생각하는 경우가 있어요. 저는 솔직히 그런 것은 잘 몰라요. 모르는 것이 자랑스러운 것은 아니지만, 여성학이 그런 것만을 다루는 학문이 아니거든요. 여성학에서 다루는 남녀관계는 사회적 분석 범주로서 미시적인 영역에서부터 거시적인 영역까지, 권력관계에 작동하는 젠더의 영향과 효과를 포함합니다. 하여간 남자의 자존심, 여자의 자존심이라고 하면, 꼭 부부 사이의 기싸움 또는 연애 상담에 국한되는 듯한 느낌이 들어요.

'자존심'에 대해 이야기하기에 앞서, 일단 두 가지만 말씀드릴게요. 여성주의에 대해서 정의하라고 하면 저는 이렇게 생각합니다. 여성주의는 앎의 방식에 관한 사유입니다. 여성주의는 앎의 방식이 달라요. 앎에 도달하는 길이 다르다고 할 수 있습니다. 몸으로 안다고 할까요? 다른 말로 하면 질문하는 방식을 바꾸는 것이라고도 할 수 있습니다. '아는 만큼 보인다'라고 말하잖아요. 그런데 저는 다르게 생각합니다. 사실 고정관념이 사실을 만들잖아요? 믿는 대로 보는 거죠. 그렇기 때문에, 저는 어떤 면에서 새로운 것을 알기 위해서는 잠시 눈을 감고 보지 않아야 한다고 생각하는 사람입니다. 그래서 '눈을 감아야 보인다'라고 생각하지요. 영어에 'insight'라는 단어가 있죠? 통찰은 보지 않는 상태에서 가능하다는 의미죠. 자기가 아는 것을 버릴 때, 그때 새로운 것이 들어오죠. 그러니까 기득권을 지키려고 하면, 무식이 오래갈 수밖에 없어요.(청중 웃음)

제가 좋아하는 사람 중에 프란츠 파농이라는 사람이 있습니다. 서인도 제도에서 태어난 정신과 의사인데, 알제리 혁명투쟁에 참가해서 민족해방을 위해 싸우다가 서른여섯 살에 죽었죠. 그런데 파농한테 흑인들을 고문하는 유럽 제국주의 경찰이 정신과 상담을 청합니다. 어차피 고문하는 것이 직업이니까, 죄의식을 느끼지 않고 이 일을 할 수 있는 방법을 알려달라는 것이었습니다. 죄의식도 느끼기 싫고, 직장을 잃기도 싫으니까요. 하지만 이 둘은 굉장히 양립하기 어려운 거잖아요. 이와 비슷한 이야기를 여학생들이 자주 합니다. "선생님, 여성주의를 괴롭지 않게 공부하는 방법을 가르쳐주세요." 사람마다 괴로움과 쾌락의 정의가 다르겠지만, 고통 없는 앎은 저는 불가능하다고 생각합니다. 한편 남성들은 여성주의를 세계관이나 가치관이라기보다는 정보나 지식으로 받아들이는 경향이 있습니다. 그것이 나쁜 것은 아니지만, '학습 효과'는 떨어지지요. 자신을 그대로 둔 상태에서 자신에게 여성주의를 부가하고자 하는데, 사실 그렇게는 잘 안 되거든요. 어떤 면에서 교체(transform)가 돼야 하는 거죠. 부가와 변화는 굉장히 다릅니다. 부가는 기존의 것을 더 풍부하게 해줄 뿐, 변화가 아닙니다. 발상을 달리하는 사유를 할 수 없지요.

여성주의는 다른 방식으로 질문합니다. 예를 들면, 예전의 어른들은 대개 "남자는 울타리다"라고 하시잖아요? 그러면 저는 이렇게 대답하고 싶습니다. "그러면 울타리는 많을수록 좋겠네요."(청중 웃음) 원래 '울타리'라는 말의 의미는, 여성이 다른 남성들로부터 보호받기 위해 한 남성으로부터 보호받는 결혼 제도를 뜻하지요. 실제로는 그 한 남성이 언제나 말썽인데도……(청중 웃음) 또 다른 예를 들면, 어떤 분이 저한테 남자들이 요새 너무 기가 죽었다고 걱정하는 거예요. 사실 어떤 면에서 과거에 비해서는 '남자들이 기가 죽었죠'. 그러면 저는 이렇게 말해요. "기 살려서 어디에 쓰실 건데요?" "제가 기 살려드릴 테니까, 그 기를 더 어려운 사람들한테 좀 나눠주시면 안 될까요?"

이처럼 질문하는 방식 자체를 바꾸어야지, 기존의 질문에 방어하거나 답하려고 하지 마세요. 그래서 저는 사람들이 저한테 질문하는 것에 거의 대답하지 않고, 다시 제가 질문합니다. 이런 식의 말들이 많잖아요? 여성이 권리를 주장하면 제일 많이 듣는 이야기 중 하나가, 남자들 파이를 뺐는다는 거잖아요? 원원이 아니라 제로섬 게임의 사고방식이죠. 그러면 저는 이렇게 말하죠. "여태까지 여러분들이 혼자 파이를 만드느라 얼마나 힘드셨어요?" 이렇게 '위로'를 하는 겁니다.(청중 웃음) 권력은 누구한테 영향력을 행사하는 게 아니라, 공동체에 대한 책임을 공유하는 것입니다. 파이를 같이 만들자는 거죠.

상대방과 나의 위치를 묻지 않는 자존심은 의미가 없다

저는 앞서 다른 강사 선생님들이 말씀하신, 또는 주최 측이 주문한 '자존심'과는 조금 다른 의미의 이야기를 하고자 합니다. 제가 말씀드릴 것은 두 가지입니다. 자존심에 관해서, 흔히 '있냐', '없냐', '버려라', '지킨다', '양보해라', '똥고집이다' 같은 말들을 많이 합니다. 그러나 제가 생각하는 자존심에 관한 첫 번째 화두는, '누구와의 관계에서 자존심이냐' 하는 것입니다. 다시 말하면 자존심이라는 말은, 절대 독립적으로 존재하지 않는 언설입니다. 이것은 마치 '자유'라는 말과 같습니다. 자유라는 말도 독립적으로는 존재하지 않죠. 맥락 속에서만 존재합니다. 그렇기 때문에 그냥 자존심이라는 말 자체는 그것이 놓여 있는 특정한 상황성이 없으면, 좋은 말도 아니고 나쁜 말도 아니고 아무 의미 없이 증발돼서 날아가버립니다. 우선 누구와의 관계에서 자존심이냐가 문제가 되고, 그 다음에 자존심의 경합이 일어납니다.

자존심의 충돌이 아닙니다. 자존심이 충돌한다고 할 때는, 둘 중에 하나가 자존심을 버리거나 없앰으로서 상대방은 그걸 지키게 되겠죠. '경합'과 '충돌'은 다른 개념이에요. 유명한 예를 들면, 서구에서 군수산업의 전쟁 이데올로기를 제공한 대표적인 사람이 누구입니까? 사무엘 헌팅턴이죠. 그 사람이 '문명의 충돌'을 이야기했잖아요. 그 전제가 뭡니까? 문명이 다르면 충돌할 수밖에 없다는 거죠. 그 사람한테 차이는 곧 충돌이에요. 다르면 싸우는 것이 불가피하다는 거죠. 이에 대해서 에드워드 사이드가 뭐라고 비판했어요? 그것은 당신의 무지가 일으킨 충돌이지, 문명의 충돌이 아니다.(청중 웃음) 결론적으로 자존심의 경합을 통해서 기존과는 다른, 제3의 정치를 하자는 것이, 오늘 제가 자존심하고 관련하여 여러분과 가장 나누고 싶은 이야기입니다.

많은 경우에 우리는, 성역할, 또는 계급의식, 우월의식, 열등의식, 이런 것을 자존심이라고 생각합니다. "내가 자존심이 있는데, 너 따위 애하고 놀겠니?", "내 자존심에 말이야, 명품 아닌 걸 어떻게 쓰냐?" "내가 자존심이 있지, 여자들 하던 일을 하라고?" 사람들이 대부분 이러한 개념으로 일상에서 자존심이라는 말을 씁니다. 이때 이 자존심이라는 말은 모두 상황, 상대방, 대상이 존재해야만 가능합니다. 대표적으로 몇 가지 말씀드려볼까요? 예를 들어, 일본의 배용준 팬클럽이 대부분 나이 드신 기혼여성들이잖아요. 그러다 보니 한국의 미혼여성들이 팬클럽에서 많이 탈퇴했다고 합니다. '아줌마들'하고 배용준을 두고 경합하다니, 젊은 여성들이 자존심 상한다는 거죠. 보통 우리가 누굴 좋아한다거나, 팬이라든가, 사랑한다는 건 사실 그 사람을 사랑하는 게 아니잖아요. 타인이 그 사람에게 갖고 있는 욕망을 사랑하는 거잖아요. 그렇기 때문에 누가 나를 좋아하는가가 중요하잖아요. 왜냐하면 저런 애가 나를 좋아하면, 진짜 내가 좋아하는 애가 날 안 좋아할까 봐……. 그런 거 보면 인간성도 드러나잖아요?(청중 웃음)

　　특히 어떤 면에서는 여성들이 그게 더 심하죠. 성매매는 바로 이 문제의 역설이죠. 사람들이 성매매가 계급 문제냐, 젠더 문제냐를 가지고 싸우죠. 그러면 제가 질문 하나 하지요. "여자들이 가난해서 성판매를 하는 거, 맞다고 치자. 그런데 성판매가 계급 문제라면 왜 가난한 남자는 성판매를 안 하냐?" 왜 안 하는지 아세요? 누가 가난한 남자의 성을 사냐는 겁니다. 이성애 사회에서, 어떤 돈 있는 여성이 '노숙자' 남성의 성을 사겠어요? '자존심 상하게.' 무슨 말이냐면, 가부장제 사회에서 남성은 남성과 자신을 동일시하지만, 여성들은 많은 경우에 남편, 애인, 섹스 상대자가 누군가에 따라서 자기 자존심이 달라집니다. 남성은 남성과 동일시하지만, 여성은 여성과 자신을 동일시하지 않고 남성과 동일시하죠. 그렇기 때문에 부자 남자들은 가난한 여자와 그것이 성구매든 성폭력이든 가리지 않고 '섹스'를 해도, 그녀와 자신을 동일시하거나 자존심이 상하기는커녕 소유했거나 정복했다고 생각합니다. 하지만 여성들은 그렇지 않죠. 남성과 동일시하기 때문에 자기보다 낮은 계급 남자와 잘 경우, 자존심이 상하는 거죠. 높은 계급 남성이 자신을 선택해준다면, 자존심이 살고…….

성매매와 자존심 이야기는 뒤에 할 이야기와 겹치기 때문에, 지금 미리 할게요. 남성들은 계급이나 권력 등 자원이 많을수록 여자들이 많죠? 어떤 의미에서 가부장제 사회에서 여성은 '동산(動産)'이잖아요. 모든 남성이 그러는 것은 아니지만, 남성들이 자기 여자친구나 부인한테 살 빼라고 말하는 이유가 뭐예요? 여성의 미모가 자기 계급을 증명한다고 생각합니다. '용기 있는 자가 미인을 얻는다', '부자가 미인을 얻는다' 등이 그런 말들이죠. 예쁜 여자는 남성의 자존심이나, 남성이 갖고 있는 재산 가운데 하나라고 여겨집니다. 반면에 계급이 낮은 남성들은 여자가 없죠. '농촌총각 문제'가 이런 거지요. 성매매는 계급이 낮은 남성들이 한 명의 여성도 '가질 수 없기 때문에' 전통적인 집결지('사창가')에서 한 여성을 많은 남성들이 공유하는 거잖아요? 지금 우리나라에서 공식적으로 혼인신고 하는 결혼의 13퍼센트가 국제결혼이고, 농촌의 경우 국제결혼 비율이 40에서 50퍼센트에 이르잖아요. 반면 여성들은 계급이 높을수록 남자가 많나요? 물론 그런 '훌륭한' 여성들도 간혹 있겠지만,^(청중 웃음) 계급이 높거나 지식이 많은 여성들은 대부분 싱글이거나 한 명도 감당이 안 되서 이중노동에 시달리죠? 반대로 계급이 낮은 여성일수록, 많은 남성을 상대해야 할 경우가 많지요.

다시 말하면, 성별에 따라서 계급과 섹스가 맺는 관계가 정반대입니다. 그렇기 때문에 여자들은 자기가 누구와 섹스하느냐가 자기 자존심에 중요하죠. 사실 굉장히 복잡하고 어려운 문젠데, 그래서 성폭력 사건이 일어났을 때 해결하기가 어렵거든요. 예를 들면 '부랑아'가 중산층 여성을 성폭력했다면 구속하기가 쉽겠죠. 그런데 장동건이 누구를 스토킹했다고 한다면, 그걸 당한 여성이 이것을 성폭력이라고 생각하기 어렵습니다. 어떻게 생각하십니까? 여성운동이 지금 이 문제를 못 풀고 있잖아요. 성폭력이 얼마나 복잡한 문제인지 아세요? 성폭력을 파고 들어가면 계급과 젠더와 나이, 이 모든 것이 다 문제가 됩니다. 어쨌든 그렇기 때문에 가난한 남성의 성을 사는 여성은 별로 없다는 거고, 이것이 바로 성매매가 계급 문제라기보다 젠더 문제와 얼마나 깊이 연루되어 있는가를 보여줍니다.

그러니까 누구와의 관계에서 자존심을 논할 것인가가 가장 중요한 문제라고 생각합니다. 예를 들면 '자존심을 주장하는 나'라는 존재는, 하나의 통일된 존재가 아니에요. '고정된 나'는 없죠. 이것을 '유목적 주체'라고도 하지요. 유목적 주체라고 하면 우리 사회에서 가장 크게 오해하는 것 중에 하나는 이사를 자주 가는 거로 생각하거나,^(청중 웃음)

비정규직 노동자를 유목적 주체라고 생각하는데, 그런 게 아닙니다. 제 글을 주의 깊게 읽으신 분들은 아실 텐데, 여성주의자 외에도 제가 자주 인용하는 지식인이 있어요. 도미야마 이치로라는 일본 학자인데, 이분이 "만국의 노동자여, 단결하라"를 비판하면서, "만국의 프리캐리아트(precariats)여, 공모하라"라고 쓴 적이 있습니다. 저는 현재 우리나라 노동운동이 당면한 가장 큰 문제는 정규직과 비정규직의 문제가 아니라, 모든 사람이 비정규직화되고, 그 비정규직 사이에 계급차별이 굉장히 크다는 사실이라고 생각합니다.

이것은 조혜정 선생님이나 조순경, 김은실 선생님 등 여성주의자들이 이미 오래 전에 제기했지요. 예를 들어 재벌 임원들은 거의 계약직이잖아요. 교수도 계약직이에요. 비정규직 내에 엄청난 계급 차이가 있어서 자원이 있는 사람은 취직이 잘 되고 그 뒤에도 여러 번 자기가 마음먹은 대로 바꿀 수 있는데, 그렇지 않은 사람은 정반대입니다. 따라서 정규직 대 비정규직은 허구적인 대립구도라고 봅니다. 울리히 벡이 지적했듯이, 지금 전 세계적으로 경제구조 자체가 정규직이 존재할 수 없는 구조로 가고 있잖아요. 어쨌든 '프리캐리아트'라는 말은 'precarious'에서 나온 말로, 불안정한 사람이라는 말이죠. 자기를 설명할 수 없고, 내가 누군지 모르겠고, 자꾸 변하고, 정착할 수 없는, 고정된 소속이 불가능한, 영토를 갖지 않는……. 우리 존재 자체가 그렇게 확실하지가 않죠. 여러분들도 내가 왜 그랬는지 모르겠는 일이 굉장히 많잖아요. 사실, 우리가 모르는 것은 미래라기보다 과거입니다. 자기 과거가 해석되지 않는 사람들이 많잖아요. 저도 그래요. 사람은 늘 변화하는 과정에 있기 때문에, 자기 자신을 규정하기가 어려워요. 그래서 만국의 불안정한 사람들에게 '공모하라'고 하는 것입니다. 연대라면 몰라도, 단결은 옳지도 않을 뿐 아니라 불가능합니다. 이것이 2차 지구화 시대에 맞는 정치학이라고 생각합니다. 지금은 산업혁명 때가 아니잖아요?

이처럼 내 안에서도 이미 너무나 많은 정체성이 경합하고 있기 때문에, 그 정체성에 맞는 자존심은 다 다릅니다. 예를 들면, 제가 여성이기도 하고, 여성주의자이기도 하고, 남들이 볼 때 지식인이기도 하고, 한국인이기도 하고……, 이처럼 제 안에 여러 가지 정체성이 있죠. 경우에 따라서 저의 자존심이 다 달라집니다. 저도 '여성'으로서 어떤 식의 자존심이 있죠. 환경운동 하는 친구가 있는데, 며칠 전 그 친구하고 별일도 아닌데 싸운 거예요. 그 친구가 대화 중에 "페미니스트도 다이어트 하냐?"라고 하길래, 제가 열 받아서, "폭식하고 자포자기하는 게, 저항하는 거냐? 페미니스트도 다이어트 해"라고 맞받았어요.(청중 웃음) 대개 사람들은 어떤 사람이 어떤 주장을 하면, 그 사람의 생활 자체도 그럴 거라고 생각하는 경향이 있어요. 물론 노력은 하겠지만, 사람이 어떻게 그렇기만 하겠어요? 그런데 저도 결국 그 친구한테 같은 실수를 했어요. "얘, 환경운동가도 담배 피고 자가용 있니?"라고. 아무튼 제가 여성운동을 하지만 저를 '여성'으로 취급하지 않고, 여성성이 없다고 생각하고, 함부로 대하는 사람들이 간혹 있는데, 그럴 때는 기분이 나쁘죠. 복잡한 문제입니다.

어떨 때는 사람들이, 저의 여성으로서의 자존심과 지식인으로서의 자존심을 충돌시킵니다. 그것이 차별이죠. 제가 어떤 토론회에 가서 토론을 잘하면, 사람들이 당신처럼 똑똑한 사람 처음 봤다고 해놓고서는, 바로 그 다음에 제 외모나 성별에 대해 언급하거든요. 그러니까 지식인은 곧 남성이라고 전제하고, 그때는 저를 지식인으로 간주하는 것이 아니라, 제 외모에 대해 말함으로써 저를 여성으로 만들어버리는 거죠. 남성 지식인에게는 그렇게 말하는 경우가 없습니다. 예를 들어, 흑인 지식인이 무슨 발표를 했는데, 사람들이 그 내용에 대해 이야기하지 않고 흑인임을 집중적으로 부각시키는 것과 같은 거죠. 이런 일이 비일비재합니다.

그 다음에 한국인으로서의 자존심은 또 무엇인가? 이거 굉장히 어려운 문제예요. 사람들이 한국인으로서의 자존심을 '삼성'과 동일시하거나, '황우석'과 동일시하기도 하죠. 다시 말하면, 자존심이라는 주제는 두 가지 관점에서 복잡합니다. 하나는 내 안에 여러 가지 정체성을 복합적으로 갖고 있다는 것이고, 또 하나는 이것 자체도 고정되어 있거나 균형적, 균질적이지 않기 때문에 일반화해서 논할 수 없다는 것입니다.

그러니까 자존심의 상대방이 누구냐를 묻지 않는 상태에서는 의미가 없는 거죠. 이번 인터뷰 특강의 주제를 소개하면서 《한겨레21》에서 준비한 책자에 '노무현이 자존심이 세다'라는 표현이 있던데, 저는 약간 놀랐습니다. 노무현 정부가 미국과의 관계에서 어떤 자존심이 있었는데요? 너무 자존심이 없잖아요? 노무현 정부의 자존심 상대가 미국이냐, 《조선일보》냐, 국민들 전반이냐, 전라도 사람들이냐, 경상도 사람들이냐에 따라 모두 다 다르잖아요. 어떤 면에서 보면, 노무현 정부가 맥락적 사고를 못해서 망친 대표적인 정부잖아요. 노무현 씨는 정체성의 정치를 잘못 이해하셨죠. 경상도의 지역주의와 전라도의 지역주의를 같은 지역주의라고 봤기 때문에 (민주당과) 분당한 거죠. 그것은 마치 "남성도 성차별 당한다", "백인도 인종차별 당한다", "여학생 휴게실은 있는데, 왜 남학생 휴게실은 없냐", "왜 남성부는 없냐", "매 맞는 남편도 있다" 등등의 논리와 똑같거든요. 강자의 정체성의 정치와 약자의 정체성의 정치는 정치적 의미가 완전히 다른데, 그걸 같은 식으로 인식하는 것은 지배 이데올로기죠.

9·11사태 이후에 '재미있는' 사건이 있었어요. 아시다시피 9·11사건 때문에 미국에서 유색인종이나, 특히 아랍 사람들이 테러를 당했잖아요. 당시에 제 동생이 미국에 있었는데, 슈퍼마켓도 못 갔대요. 길거리에서 유색인종을 성조기로 덮은 다음 구타하고 그랬답니다. 그런데 이 상황에 대해서 미국의 여성학자가 신문에 쓴 글을 봤어요. 그 사람이 한 말에 의하면, '9·11 테러'는 '아랍 남성'들이 한 거잖아요. 그런데 사람들은 '남성'은 지워버리고, 아랍 사람들이 한 거라고 생각하잖아요? 또 아랍이 아니라 '남성'에 강조점을 둔다면, 모든 유색인종을 구타할 것이 아니라 백인을 포함한 남성들을 돌아다니지 못하게 하거나 남성을 공격해야 맞는 거 아니냐는 거죠.

그리고 이 '테러범'들이 9·11사건 전에 바닷가 휴양지에서 수백 달러를 쓰면서 여자들하고 놀고 술 먹고 그랬다고 하더군요. 긴장감을 해소하기 위해서 그런 거죠. 남성들이 전쟁 출격 전에 강간을 한다거나, 성구매를 한다거나, 술을 엄청 마신다거나 하는 식의 행동양식이 있습니다. 살인 전후에도 섹스 행위가 있지요. 남성의 입장에서 보면 살인과 섹스가 어떤 면에서 유사하지요. 여러분 〈300〉이라는 영화 보셨어요? 영화에서 그런 장면 나오잖아요. 남자가 여자를 강간하면서, "조금 아플 거야. 금방 끝나진 않을 거야"라고 이야기하죠. 그런데 나중에 그 여자가 이 남자를 칼로 푹 찌르면서 "조금 아플 거야. 금방 끝나진 않을 거야"라고 똑같이 말합니다. 어쨌든 '테러범'들이 바닷가에서 술 마시고 여자들과 자고 그런 사실을 가지고 미국 주류 언론들은 테러범들에게 "니들이 이슬람 근본주의자라면서 그렇게 술 마시고 여자 사는 서구 문명을 흉내 내도 되는 거냐"라며 비아냥거리는 기사를 내보냈습니다. 그런데 사실 이건 이슬람과 서구의 차이가 아니잖아요? 남녀 차이지.

이처럼 차이가 어디에서 발생하느냐에 따라 자존심을 주장하는 맥락도 달라집니다. 두 번째 이야기를 하겠습니다. 바로 누구와의 관계에서 자존심을 지킬 것인가라는 문제입니다. 저는 이 문제를 해결하려면, '나는 누구인가'가 아니라 '나는 어디에 서 있는가'라고 질문해야 합니다. 내가 누구인지는 아무리 면벽 수도를 해도 밝혀지지가 않아요.(청중 웃음) 내가 어디에 서 있는가를 사유해야 합니다. 사회적, 역사적 맥락에서 자신을 위치 짓는 것이고, 그것은 그 자체로 정치적 실천입니다. 자신의 위치는 상황에 따라서 늘 바뀌잖아요. 한국에선 제가 여성이지만 미국에 가면 '아시아 사람'으로 간주되고, 제가 남성, 아니 특정한 남성 집단과의 관계에서는 억압받을지 모르지만 장애여성과의 관계에서는 제가 비장애인으로서 사회구조적으로 가해자 그룹에 속한다고도 할 수 있지요.

자존심이 경합할 때 새로운 자존심이 탄생

다음으로 자존심의 경합에 대해 이야기해보겠습니다. 만일 강자의 자존심과 약자의 자존심이 갈등할 때, 사람들이 대개는 약자를 옹호하죠? 물론 요즘 우리나라 사람들이 좀 이상해져서 노골적으로 강자 편을 들기도 하지만, 많은 경우 약자를 불쌍하게 여깁니다. 어쨌든 강자와 약자가 대립할 때는 이 문제에 대해 어떤 식의 사회적 규범이 있습니다. 그런데 최근에 우리 사회에서 문제가 되는 것은 무엇입니까? 약자와 약자가 경합할 때입니다. 사회적 약자의 자존심이 경합할 때, 어떻게 해야 될까요? 사실 우리 인생에서 이런 경우가 굉장히 많죠. 제가 예전에 가정폭력 상담할 때, 아버지가 엄마를 구타해서 엄마가 가출하니까 엄마 대신 아이를 때린다는 내용을 많이 들었습니다. 그러면 누가 비난받습니까? 엄마 때문에 애가 맞는다고, 사람들은 대부분 엄마를 비난합니다. 엄마가 비난받는 것이 정당한가요? 어떻게 생각하세요? 우리 사회는 가정폭력이 일어난 경우에 때린 가해자를 비난하는 게 아니라, 폭력을 피해 탈출한 사람을 비난하거나 그들을 돕는 여성운동가들을 '가정파괴범'이라고 비난합니다.

최근에 우리 사회에서 성매매와 관련해서 장애 남성의 '인권' 문제가 대두된 적이 있었습니다. 장애인권운동단체에서 성매매방지법이 장애인의 '자존심을 짓밟는 법'이라고 성명서를 낸 것입니다. 여러분, 불법행위를 못하게 하는 것이 자존심을 짓밟는 건가요? 이는 성매매를 둘러싸고, 장애 남성과 비장애 여성이라는 다른 범주의 사회적 약자가 갈등한 사례지요.

앞서 말씀드렸듯이, 불법행위를 못하게 하는 것이 자존심을 상하게 한다고 할 정도로, 우리 사회에는 성매매를 당연하게 생각하는 분들이 많습니다. 성매매를 절도, 살인과 똑같이 불법행위라고 생각하면, 성매매를 둘러싼 비유가 너무나 웃기게 느껴집니다. 예를 들면, 공창제는 살인이 근절되지 않으니까 일정 지역에서만 살인을 허락하자는 방식과 똑같겠죠.^(청중 웃음) 그리고 절도도 매춘처럼 세상에서 가장 오래된 직업이니까 허용하자는 얘기가 되겠죠. 사실 가장 오래된 직업이 '창녀'라는 것도 잘못 알려진 거예요. 가장 오래된 직업은 포주입니다. 어쨌든 불법이라는 전제가 있다면, 이렇게 이야기할 수 없겠지요. 이 사례는 자존심의 경합이라는 주제의 좋은 예이기도 하지만, 여성 문제가 해결되기 어려운 이유 중에 하나가, 남성들 내부의 타자들, 곧 사회적 약자와의 관계 때문이라는 점을 보여주는 사례이기도 합니다. 우리 사회에서 과거에 김기덕 감독과 여성주의자들이 불편했던 것도 그런 경우지요. 장애 남성은 성을 살 권리를 주장하고, 성매매 제도에 반대하는 (비장애) 여성은 성매매가 인권 침해라고 주장해요. 이주 남성노동자까지 나오면 문제가 아주 복잡해지지요.

여성가족부에서 지하철에 이런 광고를 붙였죠. '성을 사고파는 것은 범죄입니다.' 이것은 잘못된 홍보물입니다. 제가 볼 때는 성매매방지법을 홍보하는 광고물이 아니라는 겁니다. 성을 사고파는 게 왜 범죄예요? 여러분 중에 성을 사고팔지 않는 사람 있나요? 그러면 이 효리 씨 하고 권상우 씨는 왜 안 잡아가요? 저는 성의 상품화가 문제라고 생각하지 않아요. 성, 곧 몸의 상품화는 어떤 면에서 불가피합니다. 성매매는 이것이 젠더 문제이고 여성 인권을 침해하는 문제기 때문에 불법이지, 상품화 문제이기 때문에 나쁜 것이 아닙니다. '남성'이 '여성의 성' 또는 여성의 몸을 사는 것이 범죄입니다. 상품화 담론은 성 중립적인, 다시 말해, 남성과 여성의 이해관계를 희석시키는 탈정치적 논리입니다. 소비자인 남성과 상품인 여성이 같은 지위일 수는 없습니다.

서울 광화문에 가면 신문사들 대형 광고판에 여성부 광고가 뜨는데, '성판매 여성은 우리의 누이고, 딸입니다'라고 써 있어요. 제가 기가 막혀서 여성부에 항의 전화하려다가 바빠서 못했어요. (청중 웃음) 문제는 바로 여자들이 "누이고 딸이기 때문에" 성판매를 하는 것입니다. 남성들은 노동자이고 시민인데, 여성들은 언제나 누이이고 딸로서 간주되잖아요. 남성들은 사회적 정체성이 우선인데 여성들은 성별화된 정체성을 우선적으로 보기 때문에, 성매매가 발생하거든요. 남성은 인간인데, 여성은 여자라는 것이지요. 그러므로 여성의 존재성이 성별적 정체성인 '누이', '딸', '어머니'로 환원되기 때문에, 남성에게는 그렇지 않지만 여성에게는 성판매가 사회적 노동일 수 있다는 주장이 나오는 겁니다. 이건 원인을 대책으로 제시하는 경우예요.

제 이야기는, 장애 남성과 비장애 여성의 자존심 또는 이해관계가 그런 식으로 경합할 때, 기존의 자존심 개념으로는 이들 사이의 갈등을 해결할 수 없다는 것입니다. 그렇기 때문에 새로운 사고방식을 제기해야 한다는 것이 제가 말하고자 하는 요지예요. 간단히 이야기합시다. 장애 남성이든 비장애 남성이든, 남성이 여성의 성을 사는 것이 '권리'가 될 수 있나요? 일단 성을 사는 것이 본능이에요? 그러면 장애 여성은 왜 이 이야기를 안 합니까? 예를 들면, 국가에 장애인을 위한 예산이 백만 원이 있다고 가정해봅시다. 그런데 한정된 예산을 쓸 때 장애인을 위해서 교육이나 의료시설을 짓는 게 좋을까요? 성매매 지역을 만드는 게 좋을까요? 제 이야기는 당연히 의료시설을 짓자는 이야기가 아니라, 그때 우리는 사회적으로 여러 가지 선택들 중에 무엇이 더 급한 문제인가를 토론하게 될 것입니다. 곧 이것은 사회적으로 선택해야 할 문제이지, 무조건 따라야 할 본능의 문제가 아니라는 겁니다.

우리가 보통 본능을 이야기할 때 성욕, 수면욕, 식욕이라고 이야기하지만, 이것은 남성 중심적인 이야기죠. 사실 누구에게나 수면하고 식욕은 에너지를 공급하는 문제이기 때문에 끊기면 죽어요. 하지만 성욕은 사람마다 문화마다 정도 차이가 크고, 이거 없어도 사는 사람이 있지요. 문제는 성욕을 식욕과 같은 급으로 놓음으로써, 남성들이 타인(여성)에 대한 성적인 침해나 폭력을 정상화하고 합리화한다는 겁니다. 그리고 성욕을 기본 욕구로 규정하기 때문에 얼마나 많은 남성들이 억압을 받습니까? 자기는 별로 생각이 없는데, 성욕이 강해야 한다는 스트레스도 정말 스트레스죠. 그래서 남성들이 과장된 행동을 하는 것이고요.

어쨌든 이것은 본능이 아니라, 무엇을 선택할 것인가 하는 사회적 실천의 문제입니다. 이론과 실천, 언어와 행동의 문제를 분리하고 대립시킨 것이 근대적인 사고방식의 전형적인 특징이죠. 하지만 이것은 분리되지 않고, 실은 어떤 면에서 언어나 인식이 물리적 현실을 생산해내지요. 마찬가지로 본능과 문화도 어떤 것은 본능으로 어떤 것은 문화로 나뉘어지는 것이 아니라, 본능의 범주 자체가 문화의 영역 안에 있는 것입니다. 어떤 것이 본능이고 어떤 것이 본능이 아닌가를 결정하는 것이, 바로 문화죠. 그렇기 때문에 본능이라는 영역은 사실상 존재하지 않아요.

다음으로 이렇게 반박할 수 있습니다. 장애 남성이 비장애 남성하고 같아지기 위해서, 평등해지기 위해서, 장애 남성이 비장애 남성들처럼 성매매나 성폭행을 해야 되나요? 아까 나온 이야기처럼, 여성들이 남성과 같아지기 위해서 군대를 가고 고문을 하고 전쟁을 하고 살인을 해야 되나요? 성매매와 성폭행을 똑같이 한다고 해서 장애 남성과 비장애 남성이 평등해지는 것은 아니죠. 이것은 지배자의 권력과 특권을 욕망하는 것이지, 사회적 정의로서의 평등이나 인권이 아닙니다. 성매매는 인간의 권리가 아니라 남성의 특권 또는 타인에 대한 인권 침해입니다. 세 번째로, 우리는 이렇게 이야기할 수 있습니다. 이것은 장애인의 욕구가 아니라 남성의 욕구라는 거예요. 왜냐하면 아까 말한 대로 장애 여성은 이렇게 주장하지 않고, 또 많은 경우에 장애 여성이 감금 성매매의 피해자가 되는 경우가 굉장히 많기 때문입니다. 그러니까 이것은 남성의 인권을 대변하면서, 장애인의 인권을 대변한다고 잘못 말하는 것이죠.

네 번째로, 장애 남성 또는 가난한 남성에게 성매매 말고는 다른 성적 활동이 있을 수 없는가라고 물을 수 있습니다. 아주 은유적으로 말한다면, 김기덕 감독에게는 실례지만, 이미 그분은 어떤 사회적 상징성을 가지고 있으니까 사례로 든다면, '김기덕' 감독과 페미니스트가 같이 연대하고 '사랑에 빠져야' 사회가 변합니다. 쉽게 이야기하면, 우리나라에 세 가지 계급이 있지요. 군대를 가는 사람, 안 가는 사람, 못 가는 사람. 그러면 군대를 현역으로 (끌려) 간 사람과 장애인과 여성처럼 군대를 못 가는 사람들이 연대해야지요. 여성이나 장애인은 특권층이라 병역에서 면제된 것이 아니라 배제된 것이니까요. 억지로 동원된 사람과 '2등 시민'이라 못 간 사람이 연대해서, '이회창' 씨 아들처럼 군대 안 가는 사람, 돈으로 다른 남자를 군대 보낸 사람, 그걸로 돈을 버는 사람을 공격해야 사회가 변하는 거예요.

그런데 왜 사회운동은 그렇게 안 됩니까? 바로 남성들이 여성과 같은 사회적 약자와 연대하려고 하지 않고, 남성들끼리 연대하려고 하니까 운동이 안 되는 것입니다. 장애 남성들이 장애 여성이나 비장애 여성과 연대하는 게 아니라, 장애 여성을 배제하고 스스로를 장애인의 대표라고 여기면서 비장애 남성들을 욕망하잖아요.

우리나라 민족주의도 그런 거죠. "니네가 우리 여자 강간하면, 난 니네 여자 강간하겠다." 미국한테 저항하는 것이 아니라 나도 미국 남자처럼 되고 싶다는 것입니다. 미국에 대한 욕망이지, 그게 무슨 반미입니까? 그런 의미에서 민족주의가 남성 정체성의 정치라고 할 때, 한국 남성들은 반미를 할 수가 없어요. 미국을 욕망하기 때문에 탈식민이 안 됩니다. 이것은 사회적 저항의 기본 원리입니다.

사회운동이 실패하는 이유는 사회가 남성 중심이기 때문입니다. 모든 남성들이 헤게모니적 남성성을 갖고 있지는 않잖아요. 지배적 남성성을 갖고 있는 엘리트 계층 남성들은 극히 소수죠. 대부분 남성들은 약자예요. 계급적으로 성적으로 그렇고, 연령이나 학벌, 지역으로도 그렇습니다. 그러면 그 많은 약자들이 왜 사회운동에 참여하지 않는가? 자신을 이상적인 남자들하고 동일시하면서, 성차별을 하잖아요. 쉽게 이야기하면, 계급이 높은 남자한테 스트레스를 받으면 그걸 여자한테 풉니다. 여자들과 단결해서 그 남자를 칠 생각을 하지 않고……. 모든 그룹에 남성이 있고, 모든 그룹에 여성이 있어요. 각 집단의 남성들이 어떤 선택을 하고 있습니까? 자기 그룹의 여성들과 연대하지 않고, 다른 그룹의 남성들과 남성 연대를 합니다.

그래서 저는 이렇게 말하고 싶어요. "장애 남성 여러분, 당신은 비장애 남성한테 억압을 받았으면 우리랑 같이 연대해서 비장애 남성들의 잘못된 성매매를 바꾸고 대안적인 성문화를 만들어야지, 왜 당신을 억압하는 사람들과 동일시를 하나요?" 오늘은 장애를 예로 들어 이야기했지만, 동성애자 차별, 계급 문제, 이주노동자 문제도 다 마찬가지입니다. 지배계급 남성보다 그렇지 않은 남성들이 여성 비하가 심한 경우가 많잖아요? 자신의 소외성을 남성성으로 보상받기 위해서. 사실 노동운동을 분열시킨 것은 여성노동운동이 아니라 가부장제죠. 남성 노동자들이 여성 노동자하고 연대하는 것이 아니라 남성 자본가들과 연대하는 것은, 어떤 조직이나 사회에서도 똑같이 발생하는 문제죠.

어쨌든 사회적 약자들의 자존심이 경합할 때, 똥고집이라느니, 누가 양보하라느니, 끝까지 지키라느니……, 이렇게 말하는 것은 자존심을 고정적이고 본질적으로 사고하는 것이죠. 자존심에 어떤 실체가 있다고 보는 것이에요. 그러나 그것은 관계적이고 유동적이므로, 버리고 말고 할 것이 아니라 새로운 자존심을 탄생시켜야 하는 것입니다. 새로운 질서, 새로운 대안, 다른 식으로 생각하는 정치를 생산하는 거죠. 제 강의는 여기까지입니다. 고맙습니다.^(청중 박수)

여성주의는 남성에 대한 애증과는 상관없어

사 회 자　여러분 즐거우셨죠? 처음에 제가 말씀드린 대로 정희진 선생님은 우리에게 늘 새로운 걸 발견하게 하는 분이십니다. 시간이 많이 지났기 때문에, 바로 질문을 받도록 하겠습니다.

청 중 1　정희진 선생님의 책 《페미니즘의 도전》을 읽으면서, 또 오늘 강의를 들으면서 느낀 두 가지를 질문하겠습니다. 한 가지는 김기덕 영화에 대해서 말씀하셨는데, 저는 김기덕 영화의 팬이라면 팬이라고 할 수 있습니다. 저는 그 사람이 페미니즘을 공격하는 것이 역설적으로 사회를 비판하는 것이 아닐까 생각하는데, 그 부분에 대해서 어떻게 생각하시는지 알고 싶습니다. 두 번째는 주위에 아는 사람들과 대화를 나누다가 제가 개인적으로 페미니스트라는 점을 밝히면 너는 마초에 대해서 어떻게 생각하느냐라는 질문을 많이 받는데, 그럴 때 제가 많이 막히거든요. 정희진 선생님은 마초에 대해 어떻게 정의하고 계신지 궁금합니다.

정 희 진   의미 있고 간단한 질문에 감사드립니다. 마초에 대해서 어떻게 생각하냐고 물으시면, 저는 시간이 없어서 관심이 없다고 이야기하거든요.(청중 웃음) 백인 남자들이 흑인을 엄청 남성적이라고 생각하죠. 영화에서 흑인 남성이 백인 여성을 강간할 때, 흑인을 동물처럼 묘사하잖아요. 반면에 서구 문화는 아시아 남자들을 여성화시키죠. 그러면 제가 질문 하나 할게요. 그럴 때 백인 남자, 아시아 남자, 흑인 남자 중에 누가 마초일까요? 제일 나쁜 남자가 마초인가요? 보통 '근육질'을 마초라고 하죠. 아주 영리한 남자 지식인, 신경질적인 남자 지식인을 마초라고 하지는 않죠. 주로 계급적으로 낮은 계층의 남성들을 마초라고 하죠. 교활한 그러나 세련된 남성 지배세력은 마초인가요, 아닌가요?

그렇기 때문에 저는 그런 질문을 받는다면, 어떤 마초, 어떤 맥락의 마초, 누구하고 누구와의 관계에서 마초인지를 다시 묻고 싶어요. 예를 들면, 조폭의 남성성과 재벌의 남성성은 다르지요. 재래식 무기를 쓰는 북한의 남성성과 미국의 남성성, 곧 포스(force) 위주의 남성성과 권력(power)의 남성성은 다르잖아요. 지금 북미의 관계가 포스와 파워의 갈등 아닙니까? 파워로 하면 절대적으로 북한이 불리하죠. 그렇다고 약자가 언제나 지는 건 아니니까, 북한이 포스를 보여주려고 지금 애쓰는 거잖아요. 인민들을 굶겨가면서. 그런데 그게 또 어느 정도 먹힙니다. 남성 내부에도 큰 차이가 있기 때문에 마초를 일반적으로 정의하기는 어렵다고 생각합니다.

어쨌든 제가 생각하는 여성주의는, 남성을 공격하고 미워하는 게 아니라 잠시 남성에 대해 관심을 덜 갖는 것입니다. 남성의 시선으로부터 좀 자유로워지고, 남성의 관점으로부터 나를 정의하지 않고, 내가 나를 정의해보겠다는 거죠. 곧, 여성주의는 남성의 존재성, 그들의 역사, 그들의 권력을 상대화하고자 합니다. 남성을 미워하고 좋아하고는 별 상관이 없습니다. 애증은 원래 같은 감정이지요.

다음에 김기덕 감독의 영화에 대해 질문하셨죠. 사실 저도 김기덕 감독 팬이라면 팬입니다. 〈빈집〉 보셨어요? 저는 〈빈집〉을 보고 일주일 동안 행복했습니다. 제가 이런 사람하고 동시대를 산다는 것이 너무나 행운이라고 느낄 정도였습니다. 저는 김기덕 감독의 영화를 거의 다 봤어요. 그런데 사실 제 입장에서 보면, 작품마다 편차가 있더군요. 〈빈집〉은 한국의 다른 남자 감독들은 절대로 만들 수 없는, 제가 볼 때 이 시대에 정치적으로 가장 급진적인 영화입니다. 그래서 〈빈집〉을 한 번 보시라고 꼭 권합니다. 보신 분들은 아시겠죠. 정말 훌륭한 작품이에요.

저는 김기덕 감독의 영화가 언제나 영화 자체로 말해지지 않고, 감독 개인의 역사나 정체성으로 논해지는 것에 분노합니다. 그것은 그에 대한 차별입니다. 어쨌든 많이 논의되고 지적된 것이지만, 김기덕 감독이 몇몇 영화에서 특정 계층 남성의 분노를 여성에게 투사한 것이 문제가 된 거죠. 〈나쁜 남자〉가 논쟁이 됐을 때, 제가 분개한 것이 뭐였는지 아세요? 맨 마지막 장면 때문이었어요. 트럭에서 '노동'은 여성이 했는데, 손님이 돈은 '그 여자의 남자'에게 내잖아요? 남성 사회의 주장대로 성판매가 노동이라면, '노동자'인 여성에게 줘야지요. 여기서 여성은 노동자가 아니라 상품이잖아요? 긴 이야기입니다.

사 회 자   알겠습니다. 마지막 질문 한 분 받도록 하겠습니다.

청 중 2   제 질문은 성매매특별법을 제정해서 공창제도를 불법화한 것과 관련된 내용입니다. 그 법 때문에, 많은 성매매 여성들이 지하로 들어가서, 따지고 보면 지하의 성매매 경제가 전보다 훨씬 커졌다고 들었거든요. 해외로도 많이 진출해서 결과적으로 시장이 더 커졌다고 해요. 이 상황에서 대안은 뭐라고 생각하시는지, 다시 그 집결지 제도를 시행해야 하는지, 아니면 네덜란드처럼 아예 합법화해서 이 구역에서만 성매매를 하라고 해야 하는지, 이 문제를 두고 고민을 많이 했는데 답이 안 나와서 선생님을 만나게 되면 꼭 한번 물어보고 싶었습니다.

정 희 진   너무 좋은 질문인데요, 저도 답이 없어요. 제가 대안이 있으면 지금 여기 있겠어요?⁽청중 웃음⁾

청 중 2   완전한 답까지는 아니더라도 최선의 선택은 무엇일까요?

정 희 진   완전한 근절은 없다고 생각합니다. 아주 좋은 질문이라고 생각하는데, 성매매방지법은 제가 알기로 성매매를 근절하거나 폐지하는 게 아니라, 규모를 축소하는 것이었죠. 성매매방지법은 여성운동의 성과이기도 하지만, 노무현 정부가 성매매방지법을 제정한 것은 우리나라의 성산업 규모가 농어업 규모보다 클 정도로 지나치게 비대하게 비정상이다 보니까 정상적인 국가경제를 위협하는 수준에 이르렀고, 국제사회에서 너무나 망신을 당하고 압력을 당해서였죠. 여러분 생각해보세요. 기업이 연구개발비에 돈을 많이 써야 '국가경제'가 발전할까요? 아니면 접대비에 돈을 써야 '국가경제'가 발전할까요? 한국 사회의 가정폭력, 성폭력, 성매매 발생율과 규모는 세계 최고입니다. 법무부의 한국형사정책연구원의 보고에 따르면 한국의 성폭력 신고율이 2퍼센트에서 6퍼센트입니다. 그런데 그 숫자만 갖고도 지금 세계 2등이거든요.

말씀하신 집결지, 공창제나 흔히 이야기하는 사창가는, 정확히 말해 전체 성매매 산업 규모의 몇 퍼센트인지 아세요? 겨우 5퍼센트에서 10퍼센트에 불과해요. 나머지는 어마어마한 변종이 있는데, '언덕 위의 하얀 집'에서 시작해서 말도 못하게 그 범주와 규모가 크거든요. 성매매는 성폭력과 달리 자본주의 법칙하고 결합되기 때문에, 특정한 형태의 성매매를 규제해도 시장 법칙에 의해서 변종들이 생길 수밖에 없어요. 그렇기 때문에 일단 집결지만이라도 축소하자는 것입니다.

그런데 지금 말씀하신 것처럼 이 집결지를 이용하는 사람들은 낮은 계급의 남성들이 많지요. 아주 좋은 질문입니다. 결국 이것을 폐쇄하자 낮은 계급의 남성들은 성구매를 '못하게 됐고', 기존의 여성들은 룸살롱 같은 데로 가서 더 싸게 '제공'되고 있지요. 그러니까 어떤 의미에서, 돈 많은 남성들은 더 싸게 구매하게 된 거죠. 생각지도 못한 이런 결과가 났는데, 그렇다고 해서 저는 이 법의 의의가 훼손된다고는 생각하지 않습니다. 사실 성매매가 계급 문제와 밀접하게 연관되어 있기 때문에 생겨난 복잡한 부작용입니다. 어느 정책이나 그렇다고 생각합니다.

특히 성매매가 해결되기 어려운 것은, 가부장제 사회에서 공사 영역 전반에 걸쳐 모든 남녀관계가 성매매와 연결이 되어 있기 때문입니다. 다시 말하면 성역할, 이성애, 성매매, 성폭력이 연속선상에 존재하기 때문에, 어디까지가 불법이고 어디까지가 합법이고 일상문화인지 판단하기가 매우 어렵습니다. 예를 들면, 우리나라에서는 전문직 여성에게도 성적 서비스를 요구하죠. 여자 교사에게 애교를 부리라든가, 커피를 타라든가. 심지어 강금실 선생님 같이 우리나라에서 가장 '출세한' 여성한테도 외모를 주로 언급하고, 목소리가 어때야 되고, 강효리…… 어쩌고저쩌고하면서 여성적인 역할을 요구하죠. 그리고 이번 인터뷰 특강에 나오신 강사 선생님들 중에서 아마도 제가 가장 장식적인 옷을 입었을 거라고 생각하는데, 저도 여성의 성역할 규범으로부터 자유롭지 않기 때문에 남성들보다 의상이 복잡하겠지요. 그래 봤자 청바지에 스카프입니다만.^(청중 웃음) 제가 예전에 성폭력 담당 수사관들한테 강의하러 갔다가 항의를 받았거든요, 남성 경찰분들이 제 강의는 듣지도 않고, 저한테 강사가 왜 화장을 안 하고 왔느냐고 하시더군요.

연애는 뭐 안 그런가요? 연애와 성매매도 연속선상에 있잖아요? 결혼정보회사 문서를 보세요. 결혼정보회사에서 남자 신랑감 1등의

조건이 뭐예요? 직업을 1순위로 봅니다. 여자는 뭐예요? 1위가 외모예요. 더욱 놀라운 것은, 저는 두 번째라도 직업을 볼 줄 알았거든요. 그런데 집안이에요. 여자는 본인보다 그 아버지가 누구냐가 중요하다는 것이죠. 연애나 결혼은 성별화된 매력의 교환입니다. 성별화된 자원이 교환됨으로써 가부장제의 남녀관계가 조직됩니다. 그 성별화된 자원이란, 남자는 돈이나 기술이나 권력이고, 여자는 많은 경우에 외모나 몸이죠. 그런데 문제는, 몸과 기술에 대해서 사회적 평가가 다르잖아요. 몸은 유한하고 소모되는 자원이며 어떤 면에서는 경멸받는 자원이기 때문에, 돈이나 기술, 권력에 비해 사회적 평가가 낮죠. 그렇기 때문에, 이것이 아무리 평등한 교환이 된다고 해도, 실제로는 그것조차 불가능하지만, 어쨌든 그것이 성별화된 자원인 한에서는 이것이 성차별이며 인권 침해라고 주장하는 것입니다.

사 회 자   네. 수고하셨습니다. (청중 박수) 두 시간 동안 빠른 말씀을 듣느라 여러분들 고생하셨습니다. 필기하시기 어려우셨죠? 그래도 여러분들 머릿속에 아마 정말로 새로운 것들이 많이 전해졌으리라 생각합니다. 선생님과 이야기하면 밤을 새더라도 재미있을 것 같습니다.

여러분, 해방되었을 당시에 우리나라 문맹률이 78퍼센트 정도였습니다. 동학혁명이 일어났을 때는 당연히 문맹률이 더 높았을 텐데, 엄청나게 빠른 속도로 사람들에게 동학이 퍼졌습니다. 대개 종교 같은 것들은 경전을 보거나 해야 믿게 될 것 같은데, 어떻게 그 많은 사람들이 그럴 수 있었는지 궁금했습니다. 그런데 그 비결은 생각보다 간명하고 단순했습니다. 동학교도가 되면 모든 사람이 서로 존칭을 사용했습니다. 며칠 전까지 호령하던 김초시나 이방도 상놈이나 머슴에게 말을 올리는 것이지요. 평생 하대를 당하던 많은 사람들은 그 즐거움 하나만 가지고도 충분히 동학교도가 될 수 있었겠지요. 그렇기 때문에 어떤 위대한 말씀으로 쓴 경전보다도 더 빠르고 널리 사람들을 감화시킬 수 있었던 것이죠. 여러분, 이것이 바로 평등이라는 것입니다. 그렇죠? 남녀평등 또한 마찬가지입니다. 고맙습니다. (청중 박수)

박지원,
똥 부스러기
문화도
배운다

박노자 · 고미숙

박노자 노르웨이 오슬로국립대학교 교수. 저서 《우리가 몰랐던 동아시아》, 《당신들의 대한민국》 1, 2, 《좌우는 있어도 위아래는 없다》, 《하얀 가면의 제국》, 《나를 배반한 역사》, 《우승 열패의 신화》, 《나는 폭력의 세기를 고발한다》 등.

고미숙 '연구공간 수유+너머' 연구원. 저서 《공부의 달인, 호모 쿵푸스》, 《한국의 근대성, 그 기원을 찾아서》, 《아무도 기획하지 않은 자유》, 《열하일기, 웃음과 역설의 유쾌한 시공간》, 《나비와 전사》, 《삶과 문명의 눈부신 비전 열하일기》 등.

박지원,
똥 부스러기
문화도 배운다

2007년 4월 3일(화) 늦은 7시

사 회 자   안녕하셨습니까? 오늘이 벌써 마지막인 여섯 번째 강연입니다. 오늘 소개해드릴 두 분은 모두 운전면허증이 없다고 하십니다. 참고로 저도 면허증이 없습니다. 이 자리에 오기 전에 밖에서 잠시 만났는데 박노자 선생님은 어렸을 때 두 사람이 다 낯가림이 심했을 것이라고 단호하게 추측했습니다. 잠시후 고미숙 선생님도 거기에 흔쾌히 동의하셨습니다. 그리고 오늘로 공통점이 또 하나 생겼습니다. 바로 지금 박지원과 함께 열하일기 여행을 떠난다는 것입니다. 오늘 주제가 '박지원, 똥 부스러기 문화도 배운다'입니다. 박지원이라는 사람은 1737

년에 태어나서 1805년에 돌아가신 분입니다. 그 박지원을 이렇게 새롭게 가까운 친구로 소개해주신 분이 바로 고미숙 선생님이십니다.

《열하일기, 웃음과 역설의 유쾌한 시공간》을 읽고 나서, 제가 머릿속으로 이 책을 읽어야 되는 대략 일곱 가지 이유를 떠올려봤습니다. 첫 번째는 고미숙의 글은 읽는 사람을 책에 대한 엄숙주의로부터 해방시킨다. 한자사전을 찾아가면서 줄줄 외우면서 읽어야 될 것 같은 고전에서 우리를 완전히 해방시켰습니다. 두 번째, 고미숙은 책 읽는 사람을 함부로 행복하게 한다. "니들도 이렇게 생각해봐"라고 말하는 듯하지요. 세 번째는 고등학교에서 가르치는 고전문학을 이해하는 방식으로 책을 쓰지 않고, 읽는 사람들에게 그런 걸 가르치려 하지도 않는다는 점입니다. 네 번째는 글 쓰는 사람 스스로가 무장해제를 하고 썼고, 또 무장해제를 하고 읽으라고 권하고 있습니다. 해방자적 글쓰기라고 말할 수 있겠습니다.

다섯 번째는 박지원을 통해서 한국 사람들 또는 우리 역사에서 근대 내지는 근대성의 상당 부분을 찾아내고 있다는 점입니다. 아마 그것이 오늘 주제가 된 중요한 이유가 아닌가 싶습니다. 더욱 중요한 것은 그것에 대해서 거룩하게만 말하는 게 아니라, 굉장히 유쾌하게 이야기를 끌어가는 점입니다. 주제에 진지하게 접근하는 것도 어렵지만, 유쾌하게 끌어가는 것은 사실 더 어려운 일입니다. 여섯 번째로 고미숙은 박지원이나 그가 쓴 글, 그의 생각이 결코 쪽팔리지 않는 이유를 잘 제시하고 있다는 점입니다. 그것이 바로 강연 주제죠. 일곱 번째로 고미숙은 이 책을 통해서 비록 창작물은 아니지만, 창조적인 단계에 이른 비평 글쓰기를 보여주고 있습니다. 다시 말해 우리도 책을 잘 읽음으로써 우리의 생각과 삶을 재창조해낼 수 있습니다.

이번에는 박노자 선생님에 대해 간략히 소개드리겠습니다. 박노자 선생님께서 '당신들의 대한민국'이라고 하면서 한국과 한국 사회와 한국인을 손가락질했거든요. 그런데 한국 사람들은 거의 서슴없이 '우리들의 박노자'로 받아들였죠. 이 대목에서 저는 양자 사이에 두루, '아, 박노자는 따뜻한 타자구나' 하고 생각했습니다. 이것은 '새로운 타자'입니다. 우리에게는 오랫동안 두 개의 타자가 있었습니다. 우리를 지배한 타자와 우리가 지나치게 숭모한 타자죠. 하나는 억압하는 자로서 타자이고, 하나는 사대주의로서 타자입니다.

그런데 박노자 선생님은 그동안 '당신들'이라는 말로 우리를 타자화하면서도 동시에 우리에게 깊은 울림을 주었습니다. 그저 안에서 본 바깥이나 밖에서 본 안쪽이 아니라, 안에서 보되 바깥에서 보는 눈길을 가진 '내부의 타자'라고 할 수 있겠습니다. 매우 성찰적인 시선으로 상대가 자신의 진정성에 동의케 하면서 강력한 유대감을 갖게 하는 것이 이 내부의 타자가 갖고 있는 특성이 아닌가 싶습니다. 그래서 '박노자는 따뜻한 내부의 타자'라고 말씀드린 것입니다. 박노자 선생님 성함이 이슬 로(露)에 아들 자(子)이지 않습니까? '러시아에서 온 사람'이라는 뜻으로 이름을 지었다고 어느 글에서 읽은 적이 있습니다. 20세기 초기만 해도 함경도 국경에 살던 사람들은 러시아 사람을 일러, 머우재이(毛子)라고 했더군요. 조선 사람에 비겨 털이 많다는 뜻이 아닐까요. 그런 점에서도 잘 어울리지 않나 싶습니다.

두 분 모시고 감동적인 이야기를 들어보도록 하겠습니다. 박수로 환영해주십시요.^(청중 박수)

자존심과 콤플렉스

사 회 자   제 소개가 좀 길었죠? 두 분께 간략한 질문 몇 개 드리도록 하겠습니다. 두 분께서 원래 아시는 사이신가요?

고 미 숙   예. 아주 친합니다.

사 회 자   친하다고 표현하시는군요. 어떻게 친하십니까?

고 미 숙   2001년쯤에 우연히 성균관대학교에 가서 지인과 이야기를 나누다가 박노자 선생님 이야기가 나왔는데, 그이가 잠깐 기다리라고 하더니 박노자 선생님을 모시고 왔어요. 그때 제가 《한국의 근대성, 그 기원을 찾아서》라는 책을 쓴 지 얼마 안 됐는데, 박노자 선생님이 그 책을 보시고 저를 만나고 싶다고 했대요. 그렇게 느닷없이 만나게 됐고, 얼마 뒤에 바로 박노자 선생님이 연구실로 찾아왔지요. 그날 이진경, 고병권, 정선태 등 연구실의 주역들과 인사를 나눴는데, 다들 박노자의 한국어에 혀를 내둘렀지요. 세상에! 저는 솔직히 박노자처럼 다양한 한국어를 자유자재로 구사하는 '한국인'을 만나보지 못했습니다. 그래서 해마다 정기적으로 연구실에서 강의를 해달라고 요청했지요. 법적 보장은 안 되지만, 박노자 선생님은 연구실의 유일한 '전임강사'예요.^(웃음)

사 회 자   그러셨군요. 오늘은 누가 만나자고 하셨습니까?

고 미 숙 일방적으로 박노자 선생님이 저를 여기로 끌고 나왔습니다.

박 노 자 고미숙 선생님 같으신 분한테 자기 자신을 존경하는 법을 같이 배우자는 생각이었죠.

사 회 자 고미숙 선생님 책에도 잘 나와 있습니다만, 비록 나이는 차이가 나지만 이런 것이 바로 진정한 벗이 아닌가 싶습니다. 두 분의 우정을 위해서 박수 한번 보내주십시오. (청중 박수) 그런데 두 분 중에 누가 더 자존심이 센 것 같습니까? 솔직하게 생생하게 이야기해주세요. 전문적으로 이야기해주셔도 상관없습니다.

박 노 자 아무래도 고 선생님이시겠죠. 선생님은 대학에서 취직하는 것에 관심이 없으시니 드문 일입니다. 대학이라는 것이 사실 아주 위험한 함정일 수도 있는데, 고 선생님은 그것을 잘 비켜가시면서 어떻게 보면 직접 대학을 만드신 셈이죠.

사 회 자 그 대학을 조금만 소개해주시죠.

고 미 숙 대학이라기보다는 그저 공부를 좋아하는 사람들의 배움터라고 해야겠죠. 정식 명칭은 '연구공간 수유+너머'인데, 이 이름 때문에 아주 문제가 많아요. '수유'가 무슨 의미냐는 질문도 많이 받고, 개중에는 '모유 먹이기 운동본부'로 생각하는 이도 있고, (웃음) 또 언론에 해명을 했는데도 '너머'가 도대체 어디를 넘는 거냐 하는 항의성 질문을 아직도 많이 받습니다. 처음 강북구 수유리에서 시작됐기 때문에 '수유연구실'이라는 이름이 붙었고, 학문 분과의 경계를 넘는다는 의미로 '너머'를 붙였습니다. 너무 길어서 고쳐보려 했으나, 새로운 이름을 만들지 못하고 그냥 '연구공간 수유+너머'로 결정해버렸습니다.

지금은 수유리를 떠난 지 오래됐고, 남산 밑에 자리를 잡고 있습니다.

사 회 자 알겠습니다. 그러니까 고 선생님은 지금 비정규직이신가요?

고 미 숙 무직자죠. 실업자의 자유를 누리고 있습니다. 그런데 요즘은 '백수가 과로사한다'라고, 직업은 없는데도 굉장히 바쁩니다.

사 회 자 《열하일기》의 박지원과 관계를 맺으신 지는 한 십 년 되셨습니까?

고 미 숙 예. 연구실을 통해 지식인 운동을 하면서 《열하일기》를 만났어요. 대학에 있을 때는 18세기, 곧 연암의 시대를 전공했는데도 《열하일기》를 만나지 못했습니다. 그러니까 아주 특이한 일이죠.

사 회 자 책에 나와 있는 경로를 따라서 여행해본 적 있으시죠?

고 미 숙 여러 번 있습니다. 《열하일기》에 대한 책을 쓰자마자 바로 여행을 떠난 것이 2003년 4월이었거든요. 연암이 중국에 갔을 때가 마흔네 살이었는데, 제가 바로 그 나이였습니다. 물론 우연의 일치였죠. 그 뒤에 한국방송공사와 같이 가기도 하고 오마이뉴스에서도 가고 해서 여러 번 갔는데, 처음에 아무런 목적이나 조건 없이 그저 연암이 간 길을 되밟아보고 싶다는 생각으로 갔던 그 여행이 가장 스릴이 넘쳤어요. 왜냐면 그때가 중국 전역에 사스가 유행하면서 전 세계를 공포에 떨게 하던 때였거든요. 주변 사람들이 가면 살아서 돌아올 수 없을 거라면서 여행을 취소하고 가지 말라고 붙잡았어요.(웃음) 하지만 그걸 다 뿌리치고 예정대로 여행을 떠났죠. 그런데 엎친데 덮친다고, 그때가 또 황사가 일어나는 시기이기도 했어요. 선양에 도착하는 순간, 황사의 진면목을 보고야 말았습니다. 선양이 랴오둥 벌판에 있기 때문에 황사의 진원지거든요. 아무튼 연암이 갔을 때만큼 극적이지는 않았지만, 이런저런 이유로 그 여행은 제 삶이나 공부에서 아주 의미 있는 계기가 되었습니다.

사 회 자 빨리 경의선이 뚫려서 박지원처럼 육로로 가는 완전한 열하 기행을 할 수 있기를 바랍니다. 선생님께서 스스로 문학 비평에서 철학으로, 그리고 '고전의 다시 읽기(rereading classic)'로 변화하며 발전했다고 하셨는데, 각각의 차이점이나 그 변화의 즐거움은 어떤 것이었습니까?

고 미 숙 글이라는 것이 지식인이 자기를 표현하는 가장 힘든 노동이자 즐거움인데, 《열하일기》처럼 평생 벗이면서 스승이 될 수 있는 텍스트를 만난 것은 굉장히 큰 행운이라고 생각합니다. 《열하일기》를 볼 때마다 새로운 사유와 삶이 변주되는 경험을 합니다. 지난 3월에 청소년들을 위한 《열하일기》 안내서(《삶과 문명의 눈부신 비전 열하일기》)를 냈고, 올 겨울이나 내년 봄쯤에는 모든 세대가 편안하고 즐겁게 읽을 수 있는 《열하일기》 번역본을 낼 예정입니다. 아마 그 밖에도 이 책에서 배운 글쓰기와 삶의 비전 들이 또 다른 양상으로 계속 펼쳐지지 않을까 생각합니다.

사 회 자 예. 선생님께서 근대에 대해서도 계속 관심을 갖고 있고, 《한국의 근대성, 그 기원을 찾아서》라는 책도 내셨죠. 한국이라는 사회가 근대적인 가치가 정상적으로 정립되지 못한 채 복잡한 과정을 거치면서 동시에 탈식민화도 되지 않고 있는 상황이라고 생각하는데, 탈식민화하지 못한 것과 자존심이 연관이 있을 듯합니다.

고 미 숙 한국의 근대를 자존심과 연관 지어 이야기한다면 '콤플렉스 덩

어리'라고 할 수 있죠. 지금 한미 FTA 같은 경우도 근대에 대한 콤플렉스가 낳은 어이없는 사건이 아닐까 생각합니다. 일제로부터 시작됐다는 그 모든 것들이 콤플렉스로 남아서 계속 미래를 발목 잡지 않을까 싶습니다. 오늘 박노자 선생님께서 그런 측면에서 자존심 문제를 많이 말씀해주실 겁니다.

사 회 자   박노자 선생님께도 몇 가지만 여쭤보겠습니다. 처가가 마산이시죠? 박노자 선생님은 마산 처자분하고 오슬로에서 살고 계십니다.

박 노 자   제가 말할 때 그렇게 표시가 납니까?

사 회 자   아닙니다. 제가 오늘을 위해서 아는 사람한테 전화해서 물어봤습니다. 선생님께 대단히 전문적인 질문 하나 드리겠습니다. 언젠가 인터뷰에서 강준만 교수님을 근본적 동지라고 생각하신다고 하셨는데, 지금도 그렇게 생각하시는지요?

박 노 자   예. 여러 가지가 있지만, 그분께서 지금 교양적 글들을 많이 쓰고 계시는 것이나, 10여 년 전부터 한국에서 모두들 생각은 하면서도 아무도 하지 못하는 말을 대신 표현해오신 것을 대단히 고맙게 생각합니다. 예컨대 마광수 교수가 재판을 받게 됐을 때, '왜 하필이면 마광수가 마녀 재판의 대상이 되었는가' 하는 이유를 제대로 설명해준 사람이 아니었나 싶습니다.

사 회 자   칭찬인 듯하면서도 외교적으로 발언을 하셨습니다. 알겠습니다. 2002년 월드컵 때 선생님께서 독특한 칼럼을 쓰셨죠?

박 노 자   칼럼을 쓴 것은 아니고, 포르투갈과 경기가 있던 날 밤새도록 한 잠도 못 자고 《오마이뉴스》와 인터뷰를 하면서 제가 느낌 점을 몇 마디 그냥 이야기한 겁니다.

사 회 자　그 일로 인터넷에서 댓글로 죽이겠다는 이야기도 들으셨죠?

박 노 자　구체적인 이야기까지 있었습니다. 대구에 오면 곧 죽이겠다든 가 그런 식이었지요. 그때는 사회가 정말로 광란에 빠졌지요. 제가 그 때 경희대에 살고 있었는데, 그 옆 병원에서 파업 중이었어요. 경찰력 까지 투입돼서 간호사분들이 짓밟히는 상당히 비극적인 파업이었는 데, 월드컵 응원한다고 아무도 신경 쓰는 사람이 없었습니다.

사 회 자　그 이야기하시니까, 제가 한 가지 말씀드리고 싶은 것이 있습니 다. 폴란드와 치른 축구 경기에서 한국이 이긴 그날, 종로서적이 문을 닫았습니다. 그런데 종로서적 앞에는 저를 포함해서 다섯 명밖에 없 었죠. 80년, 90년 역사를 가진 종로서적이 사라지는 그날, 그 앞에는 아무도 없었습니다.

박 노 자　아까 고미숙 선생님이 콤플렉스의 역사를 말씀하셨는데, 포르 투갈을 이기던 그날 콤플렉스가 그렇게 표현됐다고 생각합니다. 우 리가 열강은 아니지만, 축구 세계에서 열강이라고 쳐주는 포르투갈 을 이겼으니 우리도 열강이 됐다는 거죠. 콤플렉스로부터의 해방감 이라고 할까요? 이런 것을 느끼는 분들이 많았는데, 이건 사실 허위적 해방이죠. 진짜 해방이 아니죠.

사 회 자　그렇군요. 그 월드컵 기간 동안에 이주노동자 문제도 심각하지 않았습니까? 그때 저희 아들이 "아빠, 그럼 히딩크 감독도 이주노동 자야?"라고 묻더군요.

박 노 자　이주노동자라기보다 그때는 일종의 '이주우상'이었죠. 한국이 콤플렉스를 드디어 극복했다는 만족감의 상징이었다고 할까요? 상징적으로 그런 역할을 한 겁니다. 물론 콤플렉스가 조금도 극복된 것이 아니라는 게 문제입니다.

사 회 자 제가 질문드리고 싶은 것은 바로 이것입니다. 굉장히 전문적인 질문이 될 수도 있는데, 당시에 히딩크를 대통령으로 하자고 그랬거든요. 만약에 대통령 후보로 출마했다면 어떻게 됐을까요?

박 노 자 글쎄요. 대중들이 나중에 조금 평상심을 되찾을 수도 있었겠지만 잘못하면 대통령이 되었을지도 모르고, 어떻게 됐는지는 알 수가 없죠.

사 회 자 제가 2002년 이야기를 그냥 한 것은 아니고, 오늘 주제하고도 일정한 연관성이 있어서 간접적으로 여쭤본 것입니다. 한 가지만 더 여쭤보겠습니다. 박노자 선생님도 이주노동자 신분이신가요?

박 노 자 예. 말하자면 러시아 태생의 한국인으로서, 재(在)노르웨이 교육계 이주노동자입니다.

사 회 자 받아 적으셔야 할 것 같죠? 이 자체가 아주 중요한 규정이라고 생각합니다. 마지막으로 한 가지 더 질문드리겠습니다. 인터넷에서 어떤 분이 박노자 선생님에 대해 만일 동남아시아에서 오신 분이었다면 한국에서 이렇게 인정받았겠느냐는 질문을 하면서 비판했는데, 어떻게 생각하십니까?

박 노 자 제가 동남아시아계였다면 아마 단속에 붙잡혔을 테고,(모두 웃음) 보호소에 불이 나서 죽지 않았다면, 본국에서 열심히 살고 있을 것입니다.

사 회 자　예. 여러분, 두 분 덕분에 오늘 너무나 재미있는 강의가 될 것 같습니다. 즐겁고 행복한 강의가 될 수 있도록 박수 한번 보내주십시오.(청중 박수)

한국 자존심사(史)

박 노 자　저와 고미숙 선생님이 각각 자유 발제를 하고, 여러분들하고 말씀을 나누겠습니다. 자존심, 곧 자기 자신을 존경한다는 것은 인간 자율에 대한 문제일 듯합니다. 좀 더 구체적으로 이야기하자면, 인간은 태어날 때부터 온갖 권력관계에 휘말려져서 아마 죽기 전까지 평생 그 권력관계에서 자유로워질 수 없는 한계를 갖고 있는 존재가 아닐까 싶습니다. 그래서 결국 자존심이란, 어차피 온갖 권력관계 속에서 살아가야 하는 인간이 그 권력관계로부터 자기 자신을 지킨다, 또는 그 권력관계의 맥락 안에서 어떤 위치가 되든 간에 자기 자신을 존중함으로써 결국에는 이 권력관계와 거리를 둔다거나 '낯설게' 한다, 그 관계로부터 초탈한다는 것이 아닐까 생각합니다. 억압적일 수밖에 없는 현실 속에서 자기 자신을 지켜 나가는 것, 그 억압을 지금으로서는 완전히 벗어날 수 없다 하더라도 조금 상대화하는 것이 자존심이 아닐까 싶습니다.

　　사람이 태어나면 처음으로 경험하는 권력관계가 무엇입니까? 무엇보다 가족이죠. 가족 속에서의 권력관계는 사실 특히 동아시아 문화권에서는 죽기 전까지 벗어나기 어려운 부분이고, 상당히 강력한 권력관계 자장(磁場)이 이루어집니다. 아이를 키우면서 '착한 아이'라는 말을 잘 쓰지 않습니까? 그 '착하다'라는 말의 정의가 무엇입니까? 말 잘 듣는 아이죠. 착한 아이는 말 잘 듣고 떼를 쓰지 않는 아이입니다. 이 말이 가족 안에서의 권력관계를 그대로 반영하는 것이지 않습니까? 그 권력관계 안에서 잘 순응하고 자기 위치를 잘 아는 아이를 요구하죠. 아이한테 일찍부터 자존심의 상당 부분을 포기하라고 요구합니다.

하지만 아이한테도 자존심이 있습니다. 그것을 포기하는 아이도 있을 수 있지만, 상당수는 포기하려 하지 않고 우리 방식으로 표현하자면 떼를 쓰고 고집을 부립니다. 이런저런 방식으로 자기 자존심을 그래도 좀 지켜보려고 노력하는 아이들이 굉장히 많습니다. 그런 아이들에 대해서는 착하다고 보지 않죠. 어쨌든 그것은 아이로서의 자존심이지요. 물론 아이는 아직까지 경험이 짧고 알아야 할 게 많으니까 아이가 억지를 부리고 떼를 쓴다는 것을 무조건 좋다고 볼 수 없고 또 무조건 들어줄 수 없지만, 아이가 가족이라는 권력관계의 장 안에서 자기 자존심을 만들고 지켜나갈 때 이런 자존심을 세워주고 키워주고 일단 갖도록 놔두는 것이 조금 더 나은 육아방식이 아닐까 싶습니다. 그런데 우리 사회 안에서는 말 잘 듣는 아이를 착하다고 하면서 아이의 자존심을 굉장히 심하게 제한시키는 경향이 있습니다.

아이가 자기 자존심을 지켜가면서 자라기도 쉽지 않지만, 나중에 학교에 들어가면 그것이 더욱더 어려워집니다. 요즘 학교에서 학생에게 맞는 교사가 늘고 있다는 기사가 종종 나옵니다. 그렇다고 매

맞는 학생보다 늘어난 것은 아닐 것입니다.^(청중 웃음) 지금 통계를 그대로 믿는다면, 한국 학생의 절반 정도는 체벌을 경험했다고 합니다. 그렇지만 어쨌든 '교사에 대한 학생들의 폭력', '교권 침해' 관련 기사에서는 요즘 아이들이 얼마나 제멋대로인지 아이들이 얼마나 질이 나빠졌는지 엄숙하게 꾸짖습니다. 그 기사에서 소개한 교사에 대한 학생의 폭력은, 교사가 학생에게 아주 모독적인 방법으로 지적한다든지 또는 학생이 숙제를 안 했다고 뺨을 때렸다든지 하는 일상화된 교사의 폭력에 대해 학생이 참다못해 폭력으로 대응한 경우가 상당히 많습니다.

그렇다면 만약 교사한테 폭언을 듣거나 교사에게 모욕적인 언행을 당한 경우에 과연 학생으로서 자기 자존심을 지키는 최선의 방법이 무엇일까요? 물론 그런 학생이 저한테 와서 상담을 한다면 폭력을 쓰라는 말은 절대 하지 않겠죠. 아마도 교사의 폭언이나 폭력에 대해 문제를 공식적으로 제기하라든지, 학부모나 학교 당국을 통해 문제를 제기해서 학교 안에서 교사의 폭력이 조금씩 근절되는 분위기를 만들면 좋겠다고 조언할 것입니다. 그런데 문제는 무엇인가 하면, 이렇게 하는 것이 학생으로서 어려울 수 있고 또 그런 생각을 할 수 없을 수도 있지요. 그러다 보니 결국 일부 경우에 자기도 폭력으로 교사의 폭력에 맞서는 즉흥적인 반응을 하는 것이지요. 결국 가족 안에서도 그렇듯이, 학교에서도 일부 학생들의 폭력적 반발을 자초할 정도로 학생으로서 자존심을 포기하게 하는 분위기를 자주 만드는 것입니다. 가정에서 또 학교에서 성장하면서 자존심을 지켜가는 것은 참으로 어렵고 어려운 일입니다.

그러다 보니 사회가 돌아가는 모습을 보면, 자존심이 강한 인간으로서 살아가는 것이 대단히 어렵다는 것을 알 수 있습니다. 가정에서도 그렇지만 학교에서나 권력관계의 장에서 나보다 권력이 더 강한 사람, 나에 대해서 상당한 결정권을 갖고 있는 사람이 내 자존심을 빼앗아도, 거기에 대해 제도적인 방법으로 내 자존심을 보호하기가 대단히 힘들죠. 가끔 가다가 어떤 사람들이 제도적이지 않은 방법으로 자기 자존심을 지키려고 할 때, 물론 좋은 일이 아니지만 무조건 비판하기도 어렵지 않은가 하는 생각이 가끔 듭니다.

그런데 성장기는 물론이거니와 그 다음에 점차 속하게 되는 사회라는 자체가 사실 자존심을 아예 잊어버리고 살지 않는 이상 살아가기 어렵습니다. 아까 고미숙 선생님의 말씀하신 대로 거의 미친 듯이 근대성을 무조건 추구하는 사회가 아닌가 싶을 정도니까요. 굳이 군대 같은 특수한 공간을 이야기하지 않더라도, 예를 들어 대학 안에서의 일상생활을 한번 이야기해보면 어떨까 싶습니다.

지금도 한 대학에서 묵고 있다 보니 왔다 갔다 할 때마다 여러 가지 현수막들을 봅니다. '사발식은 불법이다', '새내기들의 자존심을 지켜가면서 살자' 같은 현수막들도 있는데, 그 중에 제가 가장 신기하게 본 것이 '면접 역량 배가'라는 현수막입니다. 학교에서 실시하는 일종의 교양강좌를 광고하는 것인데, 취직이라는 것이 결국 학생이 자기 몸을 고용주에게 다 파는 것이니까 높은 값에 잘 팔기 위해서는 면접을 잘 봐서 좋은 직장에 들어가야 하므로 면접 보는 능력을 배가

시켜준다는 것입니다. 좋은 회사의 면접을 잘 보게 가르쳐준다는 그 강좌는 4년제 대학에서 크게 인기가 있습니다. 결국 어떤 이야기인가 하면, 이 사회에서 생산수단을 지배하는 주인한테 내 능력, 곧 나 자신을 잘 파는 기술을 가르쳐줄테니 가서 몸을 잘 팔라는 것입니다. 이것을 대학교에서 하나의 학문으로 가르치고 있습니다. 대학교가 이처럼 자존심이 없어진 지 오래됐고, 사실 언제 가진 적이 있었는지 모르겠지만, 이처럼 이런 것을 당연지사로 알고 사회생활을 하는 사람들이 과연 어느 정도 자존심을 가질 수 있을지 확신이 없어집니다.

예를 들어 우리 사회에서 자존심이 어떤 상태인지를 알아보는 좋은 방법은 대형 서점에 가서 가장 잘 팔리는 책이 무엇인지 찾아보는 것입니다. 실제로 사람들이 가장 많이 읽는 서적 중에 하나는 처세서 종류인데, 그 내용이 이 사회의 진실한 모습을 상당히 많이 보여줍니다. 처세술이라는 것이 결국 어떻게 살아야 성공하는가, 곧 이 사회 어디에서도 이야기되지 않는 그런 불문율이나 이 사회에 숨겨진 비밀들을 가르쳐주겠다는 것입니다. 그런 처세서를 많은 분들이 보셨을 거라고 생각하는데, 대인관계, 특히 직장에서 상급자와의 관계에 대해 처세술에서는 어떻게 나옵니까? 대체로 처세술의 주요한 부분이 '원만한 대인관계 비결'인데, 여러 가지 이야기가 나오죠. 상사들의 유형들을 소개할 수도 있고, 어떤 유형의 상사에게는 어떻게 접근해야 한다는 구체적인 내용일 수도 있습니다.

결국 원만한 관계를 구축해서 위계서열에 따라 구성된 사회 안에서 또 자기가 속한 서열 안에서 힘을 키울 수 있는 방법을 가르쳐주는

것이 대한민국에서 가장 잘 팔리는 책입니다. 인간이 이처럼 위계질
서적 구조에서 어떤 대가를 치르더라도 무조건 상향 이동을 강요받는
상황에서는 사실 자존심을 논하기도 쉽지 않습니다. 그래도 어떻게
보면 요즘 많이 나아졌다고 볼 수도 있죠.

　　우리 사회가 이처럼 자존심을 갖고 살기 어려운 사회가 된 것은
역사적으로 볼 때 전쟁과 분단이 낳은 결과라고 볼 수 있습니다. 1950
년대나 1960년대 상황을 생각해본다면 그때는 자존심이라는 단어를
꺼내는 것이 허사였습니다. 무의미했죠. 1950년대에는 전쟁을 거치
다 보니 개인이 거의 무력한 상태였고, 굶어 죽지 않기 위해서 시장에
자존심이고 뭐고 다 내다 팔아야 하는 절망적인 상황이었습니다. 그
나마 유일하게 힘을 갖고 있던 부분이 그때 이미 60만 대군을 가지고
있던 군대였죠. 미국에서 원조를 많이 받을 수 있도록 반공국가가 '자
유 진영의 대(對)공산권 대결 보루'라는 자신의 역할을 많이 강조했습
니다. 그때 그걸 '우리 모두의 자존심'으로 생각하는 사람들도 상당수
였지요. 이처럼 한국 사회는 1950년대에 외국에서 원조를 많이 받아
서 그 일부를 사회에 배분함으로써 엄청난 권력을 가질 수 있는 만능
의 국가와 그리고 무엇이든 시장에 내다 팔아서 겨우 배고픔을 면하
는 수많은 무력한 개인들이라는 권력관계로 출발했고, 그 흔적들이
오랫동안 없어지지 않고 남아 있다고 볼 수 있죠.

　　여러분들 중에서 혹시 소설가 손창섭(孫昌涉)을 아시는 분 계세
요? 지금은 기억하는 사람이 거의 없지만 1950년대에 아주 인기 있는
작가였고, 현재 도쿄에 살고 계십니다. 그분 소설에는 전쟁이 끝난 지

얼마 안 된 절망적인 사회에서 자존심을 지키며 살아가고자 하는 인물이 등장합니다. 예를 들어 《유실몽》이라는 소설에 '춘자'라는 여주인공이 나오는데, 춘자의 자존심은 어떻게 해서든 검정고시에 붙어서 교사 자격을 얻은 뒤에 미국으로 유학 가는 것입니다. 당시에는 아무리 자존심이 세더라도 그 정점이 미국 유학을 가게 해달라는 정도였습니다. 미국으로 유학을 갔다 오면 자존심을 100퍼센트 세울 수 있다는 것이 거의 일반적인 생각이었죠. 그것은 사실 진정한 의미의 자존심과 거의 관계가 없죠. 권력관계에서 한국보다 훨씬 강력한 미국이라는 힘에 접근한다는 것과 내면적인 의미의 자존심이 전혀 관계가 없는데도, 어쨌든 간에 그때 절망적인 사회에서는 그것이 자존심이었습니다.

혹시 여러분들 〈마부〉라는 영화를 보신 적 있으세요? 1960년대 초기에 만들어진 한국의 고전적인 영화입니다. 주인공이 아주 고생을 많이 하는 마부인데, 결국 행복한 결말로 끝납니다. 어떻게 끝나느냐면 마부의 아들이 오랫동안 열심히 공부해서 고시에 붙는 거예요.(청중 웃음) 당시로서는 해피엔딩 중에서도 최고급 해피엔딩이었죠. "전지전능한 국가에 내 몸과 마음을 다 바쳐 복무할 수 있다"라는 정도면 자존심의 최고점이에요. 그만큼 어떤 면에서는 다른 의미의 진정한 자존심을 발견하기가 대단히 어려운 사회였습니다.

나중에 사회가 많이 발전되면서 국가와 사회의 균형이 좀 잡혔는데, 예를 들면 1980년대 후반의 대투쟁을 통해서 노동자들이 어느 정도 집단으로서의 자존심을 갖게 됩니다. 집단으로서의 자존심이라는 것은 무엇보다 '정규직 중년 남성 노동자 집단'의 자존심을 이야기하는 것입니다. 사실 지금도 노조가 강하다 싶은 직장이라고 하면 집단적인 자존심이 강한 것이지, 개인적 관계에서는 여전히 하급자가 상급자에게 자존심을 세우기가 대단히 힘듭니다. 사회가 발전해서 계급 간의 역학관계가 그래도 많이 정상화됐는데도 그렇다고 한다면, 미시적인 권력관계는 1950년대와 1960년대에 한번 잡힌 틀에서 얼마나 벗어났는가 하는 것을 의심해볼 수 있는 대목이죠. 그렇지만 이것은 어디까지나 한국 근현대사의 비극적인 과정이 낳은 현상이라고 볼 수도 있고, 전반적으로 고미숙 선생님이 많이 천착하고 계시는 자본주의적 근대성 자체의 문제라고 볼 수도 있습니다.

그런데 한국의 전통문화를 보면 오히려 그 반대로 자존심을 굉장히 강조하는 것 같습니다. 전통문화란 전통적인 사회구조 속에서 몇 백 년 동안 나름대로 누적돼온 지혜라면 지혜라고 할 수 있겠는데, 지배계급의 전통문화 같은 경우에는 예를 들어 권력을 완전히 부정할 수 없었지만 그렇다고 그 권력에 한 지식인이 완전히 포섭되는 것을 적어도 자랑으로 알지 않았습니다. 물론 땅을 갖고 농민과 노비를 착취한 지주 계통의 사대부들은 고매한 지식인이 아니었고, 그들 중에는 권력과 돈을 쫓아다닌 사람들이 아마 대다수였겠지요. 그럼에도 어쨌든 당위론상(當爲論上) 당시 지식인이라고 하는 존재는 어디까지나 권력관계를 상대화할 수 있는 사람을 의미했습니다.

《매천야록(梅泉野錄)》을 본 분은 아실텐데, 거기에서 매천 황현(黃玹, 1855~1910) 선생이 사람을 평가하는 법이 약간 독특해요. 예를 들어 매천도 유명한 시인이었는데, 매천과 힘을 겨룰 수는 없었겠지만 어쨌든 비슷한 반열에 오른 사람이 운양(雲養) 김윤식(金允植, 1835~1922)이었어요. 매천은 이 '미친 귀신들의 나라', 곧 구한말 혼란기에 벼슬할 생각이 절대적으로 없었는데, 40대 초반에 늦깎이로 공부한 운양 김윤식은 과거에 붙어서 황해도 암행어사가 됐습니다. 그 뒤에 크게 발탁돼서 중국에 대사로 가고 군국사무아문(軍國事務衙門)과 통상교섭사무아문(通商交涉事務衙門)의 협판(協辦)도 되고 갑신정변 직후 한때 국가의 외교를 책임지다가 유배도 가고 갑오개혁 때 정권에 참여해서 종신유배 당하는 등 하여튼 벼슬길을 아주 극적으로 걸어갔는데, 황현이 그 사람을 두고 "남산 밑에서 그냥 독서나 할 때는 대단히 좋은 사람이었는데 벼슬에 나가서 사람이 망가졌다"라는 식으로 평가합니다. 그러니까 전통적인 지식인 관점에서는 벼슬생활에 모든 에너지를 바치는 것이 자존심 세울 수 있는 방법이 절대 아니었죠.

그런데 재미있는 것이 실제로 운양 김윤식만 해도 자존심이 센 편이었어요. 1884년에 일어난 갑신정변이 실패하고 정변의 주모자 중 한 사람인 박영효(朴泳孝, 1861~1939)가 가까스로 몸을 피해 일본으로 갔는데, 그 뒤에 박영효의 아버지가 돌아가십니다. 그러자 평소에 고인과 친하던 김윤식이 대역적의 아버지라는 것에 관계없이 장례식에 참석합니다. 그것이 화근이 되어 김윤식은 벼슬을 내놓고 명천으로 유배를 갑니다. 그래도 김윤식으로서는 국가가 두려워서 친구의 장례식에 못 간다는 것이 자존심상 허용할 수 없는 일이었죠. 당시에 실제로 모든 사대부들이 그렇게 했다는 것은 절대 아니고, 대다수가 그렇지는 않았지만 어쨌든 간에 당위론으로서는 한국 전통의 자존심이 대단히 강조하는 부분이 있었습니다.

이것은 유교철학의 근본적인 부분과도 연결되어 있습니다. 유교철학은 한편으로 어디까지나 지배계급의 통치 이데올로기라는 측면이 있지만, 또 한편으로는 어떻게 해야 이 통치가 안정될 수 있고 이 사회가 기본적으로 안정을 찾을 수 있는가 하는 부분에 중점을 두는 철학입니다. 그 안정성을 찾는 방법 중 하나는 독립적인 지식인이 존재할 수 있는 공간을 만들어주는 것인데, 유교철학에서 이 부분이 많이 강조됩니다. 어짊(仁)의 문제에서는 자기 스승한테 반대해도 된다거나, 선배는 아집이나 편견이 있으면 안 된다는 등 유교에서 나름대로 강조하는 덕목들이 있습니다. 어디까지나 전통적 지배계급의 통치철학이라고 하더라도, 좀 더 보편적인 입장에서 본다면 긍정할 수 있는 가치들이 나름대로 내재되어 있는 것이죠.

이제 자존심의 마지막 대목을 이야기하고 끝내겠습니다. 제가 보기에 한국에서 자존심의 전성시대라면 개화기와 일제시대가 아닐까 싶습니다. 이렇게 생각하는 데는 몇 가지 이유가 있습니다. 하나는 일제 말기까지만 해도 대체로 전통적 교양을 가지면서도 근대적 교육을 받은 사람들, 그러니까 전통적 의미의 자존심과 근대적 의미의 인격주의 같은 것을 나름대로 융합시킬 수 있는 사람들이 많았기 때문이고, 또 하나는 정치의 자존심이 일제에 의해 짓밟힌 만큼 그 권력관계도 분명했고 또 그런 권력관계에 복종한다는 것이 치욕스러운 시대였기 때문입니다. 일제시대는 권력에 대한 거부감이 아주 강할 수 있는 환경이 만들어진 때였으므로, 그 시대를 살펴보면 유독 자존심이 강한 사람이 많이 나옵니다. 혁명사상도 상당히 일상화되어 있었지만, 실제로 그러한 사상과 함께 저항도 나름대로 일상화되어 있었습니다.

대표적으로 자존심이 강한 사람을 추천하자면, 나중에 월북을 해서 비극적으로 끝났지만 상허(尙虛) 이태준(李泰俊, 1904~?)이라는 작가가 일제시대 문단에서 자존심이 최고 강한 사람으로 알려져 있죠. 자존심이 강해서 결국 북한에서도 잘 적응하지 못했어요. 자존심 강한 사람이 남한에서 잘될 리 없었지만, 북에 가서도 역시 마찬가지였습니다. 일화를 하나 들어보면 어느 누구도 범접하기 어려운 강력한 자존심의 소유자임을 알 수 있을 만큼 재미있습니다. 이분이 이화학당에 출강을 했습니다. 그런데 다른 강사들은 여학생들한테 인기가 많아서 친한 여학생들이 많았는데, 이분에게는 말 거는 여학생이 없어서 김활란(金活蘭, 1899~1970) 교수 같은 이화학당의 실세들이 무방한 사람이라고 아주 좋아했대요.

이처럼 이태준은 특히 자기보다 책을 더 많이 내서 팔고 문단에서 위치가 높은 선배 이광수(李光洙, 1892~1950) 같은 사람 앞에서도 자존심 꺾고 자세를 낮추는 법이 절대로 없었고 지배자들한테도 절대로 아양을 떨지 않는 성격의 소유자였는데, 일제라는 독특한 시기가 가혹하고 억압적이던 만큼 또 그런 저항성의 자존심을 잘 키워낸 것 같기도 합니다. 재미있는 부분이에요. 사실 일제시대가 한국 공산주의 운동의 황금기이기도 했고 일제시대 조선이 공산주의 운동이 가장 일상화된 아시아 국가이기도 했는데, 어쨌든 간에 그러한 상황과 일종의 묘한 관계가 있지 않나 싶습니다.

당시에 자존심 강한 사람으로 가장 잘 알려진 사람이 만해 한용운(韓龍雲, 1879~1944)일 것입니다. 만해 한용운의 자존심에 대한 일화들은 하도 많아서 일일이 소개할 필요도 없겠죠. 예를 들어 일제에 몸을 팔아서 일제가 세운 괴뢰 '만주국'에서 이른바 '건국대학'의 교수가 된 최남선(崔南善, 1890~1957)을 만났는데 한용운이 인사를 안 하자 최남선이 따졌더니, "당신은 이미 죽었어" 하고 지나가더랍니다. 그것이 민족주의의 발로라고 보는 사람도 있지만, 그보다는 남한테 자기 몸을 판 사람, 곧 자기 자존심을 포기한 사람을 더는 사람으로 볼 여지가 없다는 끈질긴 개인주의적 자존심의 발로가 아닐까 싶습니다.

만해는 제자도 별로 없었어요. 왜냐면 불교계에서 별다른 위치를 차지하지 않았고 힘이 없었으니까요. 하지만 젊은 사람들 사이에서는 인기가 많았는데, 젊은 사람들과 술 한잔 하면서 늘 하던 이야기가 "너희들, 나한테 제자로 삼아달라고 하지 말고 나를 매장시켜라"라고 했습니다. 나한테 복종하거나 나를 추종하지 말고, 제발 나를 매장해 가면서 당신네들 길로 가라는 뜻입니다. 다른 말로 바꿔 말하면, 나 같은 개인주의자가 되라는 이야기죠. 진짜 자존심이 있는 사람만이 할 수 있는 이야기가 아닌가 싶은데, 사제간의 관계가 제대로 되자면 제자들과 술자리 가질 때마다 이런 말을 해야 하지 않을까요? "제발 나를 매장해달라. 나를 제대로 반대해서 내 학설보다 더 나은 이야기를 제발 해달라." 그것은 아마도 진짜로 자존심이 있는 사람만이 할 수 있는 말이 아닐까 싶습니다. 말이 너무 길어졌는데, 제 이야기는 이것으로 끝내고 이제 자존심에 대해서 본격적으로 토론해봅시다. (청중 박수)

우월감도 열등감도 없는 연암의 철학

고미숙 박노자 선생님 강의를 들으면, 도대체 한국사에 관한 저렇게 많은 자료들을 어디서 봤을까 궁금해집니다. 저는 큰 범위에서 '근대와 콤플렉스'라는 문제에 대해 간단하게 말씀드리겠습니다. 사실 전에는 자존심이라는 문제에 대해 별로 생각해본 적이 없었는데, 최근에 《경향신문》에 이주노동자들의 '여수 참사 사건'에 대해 칼럼을 쓰면서, 이주노동자 문제를 이야기하다가 나도 모르게 마지막에 '대체 어떻게 가난한 나라의 외국인이라는 이유만으로 법과 제도로 뻥땅을 쳐서 한국 자본주의의 부를 축적할 수 있는가? 제발 우리에게 자존심을 지키며 살게 해달라'는 말을 썼습니다. 말하자면 그 순간 저는 스스로에게 한국인이라는 정체성을 부여한 거죠. 그 문제가 국적을 가지고 할 이야기인지 아닌지는 모르겠지만, 어쨌든 불법체류라는 법을 이용해서 이주노동자의 임금을 낮추고 때로 사지로 몰아넣으면서 동시에 계속 불러들이는 이 현실이 한국인으로서는 굉장히 자존심이 상했습니다.

그런가 하면, 제가 미국에 잠깐 있을 때 거기서 일본인을 만나면 굉장히 반가웠습니다. 우선 영어가 아주 잘 들리고 또 같은 아시아인이라 이웃집 아저씨를 만난 것 같이 친근하게 느껴졌는데, 그 사람들은 한국인을 만나면 무조건 〈겨울소나타〉 이야기를 해요. 우리말 제목은 〈겨울연가〉죠. 두 주인공이 사랑을 하는 무대가 강원도 춘천인데, 제가 춘천에서 고등학교를 나왔다고 하니까 거의 성지 예루살렘에서 온 (청중 웃음) 그런 존재가 되고 말았어요. 그래서 굉장히 많은 배려와 서비스를 받았거든요. 미국 오지에서 한류의 대단한 저력을 확인한 셈인데, 그때 심정이 솔직히 웃어야 될지 울어야 될지 모르겠는 거예요. 아무튼 그럴 때 '아, 내가 한국인이구나!' 하고 불현듯 깨닫게 되죠.

그런데 우리나라 십대 여고생들이 연애와 감성을 훈련하는 통로가 거의 일본 하이틴 소설이에요. 한국 십대의 감정교육을 몽땅 일본 소설이 담당하고 있는 실정입니다. 〈겨울연가〉가 일본을 휩쓰는 것에 대해서는 굉장히 흐뭇해하고 환호하면서, 반면 이런 상황에 대해서는 침묵합니다. 이걸 보면 국적을 통해 정서적 장벽을 쌓고 거기에서 오는 기득권을 누리고, 나아가 지배와 억압의 구조를 형성하는 것이 얼마나 유치한 것인지 알 수 있습니다.

특히 스포츠가 그런 역할을 하지요. 국제대회에서 입상을 하면 갑자기 스포츠 선수들이 스타가 되어버립니다. 김연아라는 피겨스케이팅 선수가 광고에 나와서 자신에게는 우승해야 할 몇 천만 개의 이유가 있다고 말하는 걸 보고 정말 기겁을 했어요. 수영이든 피겨스케이트든 뭔가 기미만 포착되면 바로 국가와 권력과 자본이 회수해버리는 거죠. 궁극적으로 우리의 욕망과 원초적인 본능까지 다 몰수하고 있습니다.

그렇다면 우리의 자존심이라는 것이 권력과 자본으로부터 얼마나 자유로운지를 먼저 물어야 합니다. 그래야만 일단 내 안에서 벌어지는, 지배와 억압이라는 열등감과 우월감이 반복되는 병적인 상황에서 벗어날 수 있지 않을까요? 내가 누구에게 지배당하느냐 또는 누구를 지배하느냐 하는 문제에 앞서, 내가 우월감과 열등감 사이를 왔다 갔다 한다면, 그건 참 병적인 증상이잖아요? 그게 논리적으로 유치하기 짝이 없는 짓이라는 것을 알아야 한다는 겁니다. 그런데 그것을 그 장 안에서 서로 공모하기 때문에 그런 판단을 계속 침묵시키는 거죠.

《열하일기》를 보면 연암은 완벽하게 열등감과 우월감이 없어요. 완벽하다고까지 말할 수 있는 이유는, 연암은 당시 북벌론과 소중화주의라고 하는, 제3공화국 시절의 반공 이념보다 더 심한 이데올로기 공세 상황에서 중원으로 들어갔거든요. 그 상황이 얼마나 심했냐면, 마부들조차 노린내가 난다고 중국 산천을 돌아보려 하지 않고 연암이 중국에서 다시 태어나면 어떻겠냐고 하니까 여기는 야만인들의 나라라서 싫다고 말할 정도였습니다. 병자호란의 수치를 되새기느라고 그렇게 이념 공세를 편 거죠. 이런 상황에 전혀 영향을 받지 않을 수 있다는 건 굉장히 놀라운 일입니다. 지배와 예속이라는 정서적 기제로부터 완벽하게 자유로워야만 가능했겠죠. 그런 점에서 저는 연암의 지성이 민중적이고 개혁적인 지식인의 실천보다도 더 대단하다고 생각합니다.

아까 일제시대에 자존심을 세운 지식인들이 많다고 했는데, 그때는 조선의 지식인이라는 존재 자체가 권력과 자본으로부터 벗어날 수 있는 전선 같은 게 있었어요. 다시 말해, 존재 자체가 마이너라는 겁니다. 적이 분명하게 있을 때, 그것이 권력의 이름으로 작동할 때는 자존심을 지키기가 상대적으로 쉽습니다. 자존심을 꺾었을 때도 꺾었다는 것을 확실히 알 수 있어요. 그런데 내가 그 권력을 향유하게 됐을 때 과연 자존심을 지킬 수 있는가? 솔직히 지금의 상황은 내가 자존심을 지키는지 안 지키는지도 확인하기가 쉽지 않아요. 그러다 보니 지금 한국의 대학교수나 지식인 들은 자본에 포섭되는 것에 대해서 아무런 자각 증세가 없습니다.

그런데 연암은 노론 벌열가문에서 천재적인 지식인으로 성장했고 가문으로부터 모든 지원을 받고 권력을 완벽하게 향유할 수 있는 조건에 있었는데도, 그처럼 지배와 예속이라는 정서적 기제로부터 벗어날 수 있었습니다. 그리고 그것이 중국을 여행하면서 유감없이 펼쳐진 거예요. 《열하일기》에 기가 막힌 문장이 많지만, 최고의 명제는 역시 '청나라 문명의 정수는 똥 부스러기와 기와 조각에 있다'가 아닐까 싶습니다. 이건 그냥 수사적 과장이 아닙니다. 연암은 그 하잘것없는 것들이 어떻게 문명의 토대를 이루는지 정말 섬세하게 관찰하고 있거든요.

반면 당시 최고의 선비들은 중국에 갔다 오면, 그곳 사람들은 다 머리를 깎았기 때문에 오랑캐이고 오랑캐는 개나 돼지와 같으니 거기서 배울 것이 뭐가 있겠느냐고 큰소리를 쳤어요. 이것이 얼마나 어이없는 말이냐면, 청나라가 세워지면서 한족 남성들은 다 변발을 하도록 했습니다. 황비홍 머리 스타일을 떠올리면 됩니다. 한족 남성들에게는 이 변발이야말로 가장 치욕적인 것이었어요. 이것이 바로 권력이 신체를 통해 작동하는 예인데, 만주족의 지배를 받는다는 것을 신체에 명확하게 새겨준 거죠.

그런데 한번 생각해보세요. 병자호란 때 조선을 단 한 달 만에 무릎 꿇려놓고서, 왜 변발을 강요하지 않고 그냥 돌아갔을까요? 그냥 상투 틀고 선비문화를 지키게 내버려둔 거예요. 예의를 중시하는 족속이라 강제로 머리 깎게 하면 계속 번거롭게 할 텐데, 청나라 측으로서는 그렇게까지 관리할 필요가 없었기 때문에 그냥 문화적 자긍심이나 지키라고 내버려두고 돌아간 거예요. 그런데 조선의 선비들은 그걸 마치 굉장한 문화적 특권이나 되는 양 과장하고 소중화주의 문명의 수호자라 여기면서 청나라를 오랑캐라고 경멸했거든요.

이것이야말로 루쉰이 이야기한 '아큐식 정신승리법'이죠. 정말 완벽한 정신승리법이에요. 당시 조선의 선비들은 다 아큐들이었어요. 그런데 연암은 그 상황을 정확하게 파악하고 있거든요. 왜 청나라가 한족 남성들한테는 변발을 강제하고 한족 여성들에게는 계속 전족을 하도록 묵인했는지, 또 왜 조선인들에게는 상투나 도포 같은 것을 다 지키도록 내버려뒀는지 등등. 그리고 연암 일행이 중국에 갔을 때, 황제가 조선사신단을 예의를 존중하는 나라에서 왔다며 특별히 대우해줬어요. 그러면 이러한 상황 속에서 지키는 자존심이라는 것이 과연 어떤 것이었을까요? 한 발자국만 물러나 생각해봐도 이건 정말 '쪽팔리는' 짓이거든요.

연암은 그 모든 상황을 다 꿰뚫어보고 그것에 대해 아주 투명하게 기술해놨습니다. 그렇다고 이 사람이 대국주의에 견인되어 있던 건 아닙니다. 청 문명의 허점 또한 아주 날카롭게 파악하고 있어요. 따라서 '청 문명의 정수가 똥 부스러기에 있다'라고 했을 때, 연암의 마음 안에서는 어떤 식의 경계 또는 위계 자체가 사라진 것입니다. 열하로 들어가는 길목에서 하룻밤에 아홉 번 강을 건너면서 "아, 이제야 도(道)를 깨달았도다!"라고 외치는 장면이 있죠. 그때 그가 말하는 '도'에는 국경은 물론 문명적 위계도 없습니다. 따라서 그 안에서는 열등감과 우월감이 존재할 수 없죠.

우리가 진짜로 자존심을 지키고자 한다면 이런 종류의 앎을 전제해야 합니다. 그런데 근대와 중세가 근본적으로 다른 점이 있습니다. 그때도 허장성세긴 해도 북벌론이 있어서 언제든지 중원을 정복해야 한다는 생각이 지배했지만, 실제로 무장훈련 같은 것은 절대 안 했거든요. 그저 입으로만 북벌을 외쳐댔어요. 그러니까 병자호란의 패배와 굴욕이 있다고 해서, 조선시대 문화에 어떤 한(恨) 같은 정서적 기제를 낳지는 않았어요. 판소리가 잘 보여주듯이, 모든 작품이 다 해피엔딩으로 끝나는 것이 조선시대의 문화적 틀이거든요. 그런데 근대 이후에는 일제가 우리 민족을 지배하면서 모든 것을 한이라고 하는 정서적 기제 안에 꽁꽁 묶어서 얼려버린 거예요. 따라서 여기에서 해방되기 전에는 콤플렉스에서 절대로 벗어날 수가 없어요.

따지고 보면, 한국인들은 20세기 내내 틈만 나면 한풀이를 하는 방식으로 지배와 예속의 관계를 반복한 거죠. 우월감 아니면 열등감

하는 식으로. 지금도 3·1절이나 8·15가 되면 늘 일본에 대한 엄청난 콤플렉스를 갑자기 부각시키다가, 평소에는 우리가 갖고 있는 자본과 권력의 힘으로 남을 억압하는 상황에 대해 나름 굉장히 뿌듯한 우월감을 누리곤 하죠. 스포츠에서 그런 점이 아주 유치한 방식으로 드러납니다. 사실 우리가 농구선수들 중에 나이지리아에서 온 외국 선수가 있으면 나이지리아를 사랑합니까? 기억도 잘 못해요. 그런데 박찬호가 외국에 나가 어떤 성과를 올리면 거기에 바로 대한민국이라는 꼬리표를 붙여서 상품화하는 거죠. 이런 식으로 아주 유치한 우월감을 끊임없이 재생산하고 있다는 것을 말씀드리고 싶습니다.

그리고 맥락이 정확한지 모르겠는데 딱 한 가지만 더 말씀드리면, 베트남 전쟁 때 한국군이 참 몹쓸 짓을 많이 했고 한국 자본주의가 사실 베트남 전쟁의 피에 의해서 성장했다는 것은 누구나 알고 있는 사실입니다. 그러다 보니 양심적 지식인이라면 베트남 민족에 대해 미안해하고 사과해야 한다는 생각을 많이 하는데, 베트남 사람들은 한국인이 미안해하는 것을 굉장히 짜증나 한대요. '미안해할 이유가 없다. 너희들은 용병으로 끌려와서 전쟁에 동원됐을 뿐이다.' 그렇게 생각한다는 거예요. 심지어 미국에 대한 증오심도 별로 없다는 말을 듣고 굉장히 놀랐어요. 그것이 바로 승자의 진정한 자존심이거든요. 한국 군대나 민족에 대해서 특별히 무슨 콤플렉스나 증오심을 가질 필요가 없는 거지요. 그런데 왜 우리는 베트남보다 훨씬 잘살고 이렇게 눈부신 진보와 발전을 이루었는데도, 여전히 우월감과 콤플렉스 사이에서 끝없이 동요하는 병적인 징후를 반복해야 하는가를 여러분과 한번 되새겨보고 싶습니다.

제가 연암을 일컬어 근대를 넘어서는 지식인이라고 하면 굉장히 항의를 많이 하십니다. "연암이 대체 한 일이 뭐가 있냐? 평생 그냥 하고 싶은 대로 친구들하고 어울려 놀고 중국 여행한 것 밖에 더 있냐?" 그런데 지배와 예속이라는 정서적 기제가 없는 철학이 우리 역사에 과연 얼마나 되는지 한번 생각해보세요. 우리가 생각하는 훌륭한 지식인들은 대개 유배를 가거나 사약을 받고 죽거나, 이를테면 권력과 첨예하게 대립한 인물들이에요. 그렇기 때문에 그들이 권력을 소유했을 때 타자에 대해 마찬가지로 억압을 반복하는 일이 적지 않았습니다. 그래서 이처럼 사유와 정서의 새로운 경계를 연 연암을 별로 대단하지 않다고 평가하는 것에 대해 굉장히 안타깝게 생각합니다. 저는 오히려 이런 것이 21세기에 우리의 비전이 될 수 있다고 생각합니다. (청중 박수)

스포츠 스타와 민족주의자의 자존심

사 회 자   예. 질문 받도록 하겠습니다. 가장 먼저 손 드신 분, 자기 소개하고 질문해주십시오.

청 중 1   저는 음악을 전공하는 학생입니다. 인터뷰 특강을 들어보니 민족주의와 관련 있는 내용이 많이 있다고 생각이 듭니다. 저는 스포츠 스타에게 온 국민이 지지를 보내는 것이 우리나라 민족주의의 문제가 아니고, 천박한 자본주의나 언론 플레이가 빚어낸 쇼라고 생각합니다. 그것에 대해 어떻게 생각하는지 궁금합니다.

고미숙 그런 양상은 국가와 자본, 민족 이 셋의 영합에 의해 만들어지는 것입니다. 옛날에 저도 차범근에 열광한 세대인데, 그때는 차범근이라는 스타가 있어도 자본이 기민하게 움직여서 어떤 상품을 만들어낼 수 있는 시스템이 없었어요. 그 시절에 차범근이 광고에 나오는 일 같은 건 없었던 것같아요. 그것이 국가와 민족이 일치된 제3공화국 시대의 상황이었다면, 지금은 자본이 좀 더 우세하게 움직이는 거죠. 그래서 국가, 민족이라는 기호로 회수할 수 있는 욕망이 형성되었다고 판단되면, 자본이 즉각 나서서 상품을 제조해내지요. 너무 노골적으로 그러니까 솔직히 좀 역겨울 때가 많습니다.

사회자 네. 질문에 답이 되셨습니까? 다른 분 질문 받겠습니다.

청중2 박노자 선생님께 질문드리겠습니다. 아까 한용운 선생님께서 일제에 타협한 사람에게 "당신은 이미 죽었소"라고 말씀하신 것을 자존심을 지킨 것으로 볼 수도 있고 민족주의의 발로라고 볼 수도 있다고 말씀하셨지요. 그런데 박노자 선생님께서 《당신들의 대한민국》에서 민족주의를 비판하시는 것은, 그렇게 자존심으로부터 시작된 민족주의가 현재의 민족주의로 변질되었기 때문인지, 그 둘의 상관관계를 여쭙고 싶습니다.

박노자 한용운 스님 같은 경우는 일제뿐만 아니고 권력에 포섭된 지식인이면 누구에게도 그렇게 이야기했을 것 같은데, 실제로 그분 자신이 권력에 휘말린 적이 별로 없어요. 불교계 안에서 주지를 해본 적도 없고, 주지들 사이에서 왕따가 되기도 했습니다. 일제시대에 본사(本

注) 주지라고 하면 총독이 직접 임명하니까 사실 고등 권력자지요. 그런데 그 본사 주지들 모인 자리에서 한용운이 "똥보다 냄새 나쁜 것이 바로 여러분들이다"라고 설파한 적도 있습니다. 이처럼 일제에 몸을 판 사람뿐만 아니고 다른 통로를 통해서라도 몸을 판 사람에게는 대체로 비슷한 방식으로 반응하셨으니까, 이것을 민족주의와 연결시키는 것에 대해서는 약간 회의적입니다. 그런데 그렇게 연결시키시는 분들이 많이 있으니까 아까 언급한 것입니다.

민족주의도 각양각색이라서 다 싸잡아서 이야기하기는 어렵지만, 한국의 우파 민족주의 경우에는 일본에 대한 자존심 세우는 방법이 '우리가 일본보다 더 강해야 한다', '우리가 일본을 배워서 일본을 이기자'라는 식입니다. 말하자면 제국주의에 반대한 것이라기보다, 한국이 제국주의 국가가 되지 못한 것에 대해 엄청난 한을 가지고 있던 것이죠. 그래서 우파 민족주의자들을 보면 일찌감치 1920년대 말부터 파시스트적인 경향이 나타나기 시작합니다.

대표적으로 이광수가 일종의 우파 민족주의 대표자라고 할 수 있는데, 1931년 5월에 《동광》이라는 잡지의 제21호에서 낭만적인 주제로 〈야수에의 복귀〉라는 글을 썼습니다. 사람이 되기 전에 좋은 동물이 되자는 글이었는데, 이탈리아의 파시스트들처럼 몸과 마음이 건강하고 강력한, 동물처럼 생존의 의지가 강한 존재가 되자고 주장했습니다. 조선 민족을 그러한 식으로 개조하자는 우파적 민족주의의 주장은 처음에는 이광수가 중심이었지만, 결국에는 기본적인 틀이 똑같았어요. 그러니까 일제한테 패했다고 생각하고 우리가 일제보다 힘을 키워야 한다는 욕망이 대단히 강했습니다.

그런 욕망을 지금도 많이 읽을 수 있는 것이 텔레비전이에요. 〈연개소문〉, 〈주몽〉 같은 유명한 사극들 많이 보시죠? 한국을 강국으로 재현시킴으로써 일종의 제국주의적인 욕망을 북돋우는 성격이 굉장히 강한데, 그것이 민족주의의 본질입니다. 적어도 우파적 민족주의의 본질이라는 데 아마 이론이 별로 없을 것 같습니다. 그 밖에 약간 진보된 다른 민족주의 변종들이 많이 있지만, 어쨌든 간에 아무리 진보된 변종이라고 해도 힘에 대한 숭배는 남아 있는 것 같아요.

사 회 자 참고로 한 말씀드리면, 한용운 선생님께서 '님'이라는 말을 많이 쓰셨지 않습니까? 고은 선생님은 그 '님'이 과도하게 해석돼서 '민족'이라는 것으로 해석되었지만, 실제로 어떤 여자일 것이라고 말씀하십니다. 여러분, 편하지 않으세요? 저는 그런 한용운이 훨씬 더 좋습니다. 스님이 여자에게 시를 쓰면 안 됩니까? 하지만 고은 선생님 주장에 대해 불교계에서 굉장히 반발을 합니다. 스님이시니까 거룩한 민족 내지는 부처님이어야 된다는 거죠. 사실 저는 제가 나라를 '님'이라고 표현해야 한다면 글을 쓰고 싶지 않거든요. 우리가 그런 표현까지 모든 것을 지나치게 조국과 민족에 연결시키는 경향이 있는 듯합니다. 다른 분 질문 받도록 하겠습니다.

청 중 3 아까 고미숙 선생님께서 베트남 갔다 온 이야기를 하셨는데요. 일본에 대해서 우리가 취한 태도들과 베트남이 우리 한국 사람한테 갖는 감정이나 미국에 대해서 갖는 감정 들을 다른 처지와 상황을 고려해서 다른 측면에서 판단해야 하지 않을까요? 아까 한국 사람들이 베트남에 미안한 마음을 갖는 것을 짜증스럽게 느낀다고 표현하셨는데, 베트남 사람들이 그렇게 받아들인다는 것이 저는 좀 이해가 잘 안 됩니다. 선생님께서 덧붙여 설명을 구체적으로 해주시면 좋겠습니다.

고미숙 제가 지난해 3월에 호치민 시에 갈 일이 있어서 호치민의 자취를 훑어봤습니다. 베트남이 문명권으로 보면 중화문명권이거든요. 중국의 지배를 오래도록 받은 탓에 베트남 사람들이 제일 싫어하는 사람이 중국인이래요. 그 다음 두 번째가 한국인인데, 이유는 한국인 관광객들이 하도 오만방자해서 한국인을 아주 싫어한답니다. 그리고 우리가 생각하는 것과 달리 미국인에 대해서는 특별한 마음의 장벽이 없는 것 같았어요. 그런 측면에서 보면, 역사적으로 중국과의 관계에서 국가 차원으로 자존심을 굉장히 잘 지킨 나라가 베트남이기도 하거든요. 우리가 과거에 대해 사죄하고 미안해하는 마음을 표현하려는 것이 그들로서는 지금 관계에서 중요하지 않다고 생각하는 거지요. 그런 점에서 짜증스러워한다는 표현을 썼습니다. 반면 우리는 그 관계에 대해 굉장히 큰 부담감이 있는 거죠. 이런 것들도 사실은 국경이라는 경계를 계속 염두에 두는 거잖아요?

민족주의는 어느 지점에서는 자존을 지키는 영역이기도 하지만, 속죄하는 마음은 실제로 지배에 대한 욕구와 맞물려 있습니다. 따라서 자존심이라는 것은 궁극적으로 마음 안에 경계가 없고 편견과 위계를 없애려는 종교적 수행에 가까운 일을 해야만 지켜질 수 있는 것이라고 저는 생각해요. 그래서 일본과의 관계에서 자존심을 지키기 위해 하는 일이 국경이나 민족이라는 울타리 안에서만 이루어진다면,

우리가 강자가 됐을 때는 일본과 똑같은 짓을 반복하겠죠. 따라서 설령 우리가 억압당하는 처지에 있을 때 자존심을 지키기 위해 어떤 가치를 표방했다 하더라도, 그 다음에는 즉각 그런 가치를 버릴 수 있어야 된다고 생각해요. 따라서 지배와 예속을 만들어내는 관계와 위계들로부터 벗어나는 작업이 필요합니다. 내가 지금 상황이 나쁘고 또 우리 공동체 자체가 굉장히 위기에 처해 있다고 하더라도 그것을 한으로 응축시켜서 다시 지배와 예속의 위계를 만들어내지 않도록 해야, 곧 민족이건 개인이건 자기 운명을 사랑할 수 있어야 자존심을 지킬 수 있지 않을까요? 그런 측면에서 베트남인들이 우리에게 시사하는 바가 있지 않나 싶습니다.

청 중 4 지난겨울에 《나를 배반한 역사》를 통해서 박노자 선생님을 알게 됐고, 근현대사도 관심을 갖게 됐습니다. 지금은 수능시험을 보기 위해서 공부하고 있죠. 그러면서 제가 느낀 점은 아무래도 우리나라 근현대사가 자존심을 갖기에 힘든 부분이 있지 않나 하는 것입니다. 일제시대나 전쟁, 사회 분쟁을 겪으면서 그런 점들이 있는데, 근현대사를 배우면서 자존심을 지켜나갈 수 있는 방법이 있을까요? 그리고 제가 앞으로 근현대사를 열심히 공부하려고 하는데 앞으로 어떻게 나아가야 할지 방향을 제시해주시면 감사하겠습니다.^(청중 웃음)

사 회 자 박 선생님께 과외 지도를 받겠다는 말씀이시죠?^(청중 웃음)

박 노 자 하하. 제가 아까 일제시대 때 투쟁의 기제가 민족주의였다는 말씀을 드렸는데, 재미있는 것은 저로서도 그나마 자존심이 생기는 대목이 당시에 보편화된 정서였던 민족주의보다도 아주 안 좋은 식민지적 상황 속에 놓여 있었든, 당시 사람들이 그럼에도 민족주의를 나름대로 상대화시켰다는 점입니다. 민족 차별을 받는 상황에서 민족주의의 자장으로부터 완전히 벗어날 수는 없었다고 해도, 민족주의와 다른 여러 보편적인 요소들을 얼마나 많이 갖고 있었는가 하는 점이 저로서는 역사에 대해 자존심을 갖게 하는 부분입니다.

예를 들어 테러리스트로 알려져 있는 의열단(義烈團)이 있지 않았습니까? 1920년대 중국에서 지금 이라크에서 일부 독립투사들이 항미(抗美) 항쟁하는 과정에서 이용하는 방법들과 비슷한 방법으로 일제와 싸운 아나키즘 계통의 단체였는데, 대체로 경상남도 출신들이 많았고 그 중에서도 대개 유교 교육을 받은 선비 출신들이 많았습니다. 그들의 창단선언문을 보면 재미있게도 암살 대상으로 조선 총독이 제1호 대상이지만, 제2호가 누구인지 아십니까? 타이완 총독이에요. 무슨 뜻이냐 하면 우리는 우리 민족을 해방시킴과 동시에, 우리 형제인 중국인도 같이 해방되도록 타이완 총독을 암살함으로써 중국의 자존을 세워주겠다는 것입니다.

어쨌든 재미있는 것은 일종의 암살주의적인 국제연대를 할 수도 있었다는 것입니다. 실제로 의열단과 협력하면서 활동한 사람들 중에 일본인 아나키스트도 있었지만, 중국인들도 많았어요. 국제적 암살연대라고 할 수 있죠. 암살이라는 방법이 절대 좋은 방법이 아닙니다만, 어쨌든 그런 쪽에 있는 사람들도 민족주의로부터 완전히 자유롭지는 못했어도, 민족주의와 전혀 다른 아나키즘이나 아시아 여러 민족의 항일을 위한 연대 또는 계급 타파 등을 꿈꾸었다는 것입니다. 의열단의 창단선언문 세부 항목을 보면 대규모 생산시설 국유화 같은 사회주의적 성격의 이야기도 나옵니다. 그러니까 끊임없이 일본형의 민족주의를 계속 갖게 하는 그런 사회 속에 살면서도, 이 사람들이 억압적이지 않은 다른 색다른 것을 갈망했다는 점에서 존경심이 생깁니다.

사 회 자   저도 우스갯소리 하나, 아니, 우스개라고 해야 할지 잘 모르겠습니다만, 자유당이라는 정당 아시죠? 그 정당의 정강에도 일제로부터 빼앗은 재산을 다 국유화한다고 되어 있습니다. 이미 적산불하(敵産拂下)로 다른 사람에게 다 나눠주고서도 문서에는 그렇게 써놓았습니다. 김원봉 선생님이 이끈 의열단의 경우와는 자세가 정반대라고 해야겠지요. 제가 우스갯소리라고 한 건 자유당 창단선언문을 읽으면서 하도 우스워서 데굴데굴 구른 적이 있어서였습니다. 실은 기가 막힐 따름이지요. 다음으로 고미숙 선생님께 질문드리실 분 계십니까?

연대하여 한 걸음 앞으로

청 중 5   안녕하십니까? 제가 드리고 싶은 질문은 선생님께서 아까 우리가 가진 열등감이 식민지시대 때 갖게 된 한에서 발생한 것이라고 하셨는데, 마찬가지로 저도 국호에서부터 그 열등감을 찾을 수 있다고 생각합니다. 우리나라 이름이 대한민국인데, 옛날에 '하다'라는 말에는 많다, 크다라는 의미가 있었습니다. 한국이라는 말 자체에 큰 나라, 많은 나라라는 의미가 있는데, 굳이 대한민국이라고 한 것은 이를테면 배운 것이 없는 사람이 더 잘난 척하고 없는 사람이 더 많은 척하

듯이 워낙 가진 게 없고 땅이 작기 때문에 그렇게 국호를 지은 것이 아닌가 생각합니다. (청중 웃음)

고미숙 글쎄요. 한국이라는 국호에 있는 '한'은 한강의 '한'과 다른 것 같은데, 이름에 그런 의미가 있다는 생각은 별로 못해봤습니다. 말이 나온 김에 '한'에 대해서 좀 더 말씀을 드리자면, 〈서편제〉라는 영화가 판소리를 '한'의 미학으로 규정한 대표적인 영화예요. 그렇지만 실제로 조선시대 판소리에는 그런 비극의 정서가 기저에 깔려 있지 않아요. 조선시대 문학은 거의 해피엔딩이 기본이고, 굉장히 낙천적이고 신명과 흥을 기본으로 합니다. 그런데 20세기에 들어서면서 시대가 어려워서 그랬을 텐데 '한'을 민족적 정체성으로 고정시킵니다. 잘 아시겠지만 야나기 무네요시라는 일본인 미술연구자가 한국의 미를 그런 식으로 규정하고, 아울러 그것을 식민지시대 지식인들이 수락하면서 정착되어버립니다.

저는 날마다 멜로드라마에서 그러한 사실을 확인합니다. 아침 드라마를 보면 기본적으로 그 내용이 '한'의 미학이에요. 거기에 나오는 사람들은 세상에 한을 품기 위해서 사는 사람들이에요. 저런 히스테리와 콤플렉스 속에서 어떻게 살 수 있을까 하는 생각이 들 정도로 집단 병리적인 증상에 해당될 만한 비극 정서가 일반화되어 있거든요. 그래서 사실 지금 한류라는 문화를 만들어낸 것도 그것을 너무나 잘 가공하다 보니까 생겨난 현상이지요. 〈겨울소나타〉에 열광하는 일본 사람들이 중년 이상이잖아요? 일본이 굉장히 답답하고 합리적인 틀 때문에 자살률이 아주 높은데, 그런 나라의 중년 아줌마들이 〈겨울소

나타〉를 통해 정서의 해방구를 찾은 것이 아닐까 싶습니다. 그것을 잘 분석해보시면 한의 정서라는 게 콤플렉스 아니면 우월감 사이를 끝없이 왔다 갔다 하는 양상을 여실히 볼 수 있습니다.

사 회 자   제가 이야기를 조금 보태자면, 우리가 알고 있는 도깨비 설화 중 혹부리 영감이라는 이야기가 있지 않습니까? 이게 대표적인 일본 설화입니다. 일제가 지배하면서 우리 이야기 안으로 들어와서 교과서에도 실린 것이지요. 이런 경우가 생각보다 많은 줄 압니다. 흔히 알고 있는 소리꾼이 눈을 찌르고 하는 판소리 설화도 이야기 원형이 일본 사미센 설화에서 비롯된 것으로 알고 있습니다. 일제와 연관을 갖게 되면서 필시 여러 사람들이 그런 이야기들을 어렸을 때부터 듣게 되었겠죠. 이야기꾼들이 다시 전파를 했을 테구요. 이러한 과정을 통해 이야기 또한 식민 지배를 받게 되는 것이지요. 고상한 말로 포스트 콜로니즘 형태로 이게 지속적으로 우리 안에서 작동하는 것을 알 수 있습니다.

하도 한류를 가지고 말들 삼으니깐 굳이 하는 말인데, 지난 2000년 동안 동북아시아사회는 '중류' 아니었습니까? 지난 100년 동안은 일류였죠.

어떤 분이 저한테 장문의 편지를 보내셔서 박노자 선생님께 질문을 대신 드려달라고 하셨는데, 그 중 한 가지만 여쭙겠습니다. '한국의 군대문화를 재생산해내는 기제로서 한국어 일상말법에서 문제점을 못 느끼시나요? (웃음) 좀 더 민주적이고 평등한 사회를 건설하기 위해 새로운 말법 창조의 필요성을 못 느끼는지 꼭 물어봐주십시오'라고 적으셨습니다. 그 밑에 참고로 건국 후 북조선에 김두봉 문화상이 사회주의 조선을 건설하기 위해 제일 먼저 한 것이 동무, 선생, 동지 등의 호칭을 단순화함으로써 신분제적 봉건적 말투를 타파시킨 것은 뜻하는 바가 많다는 이야기도 덧붙여주셨습니다.

박 노 자 김두봉도 만만치 않은 자존심을 가지고 계셨던 분이었어요. 그 '동무'로 호칭들이 다 통일이 되었으면 좋았을 텐데, 문제는 이북에서도 동무가 있는가 하면 동지도 있어요. 동무보다 동지가 다소 높습니다. 아무리 좋은 뜻을 가지고 있어도 기본적인 사회구조가 평등하지 않은 이상 김두봉 선생님의 좋은 뜻이 수포로 돌아가버리고 만 것입니다.

그런데 예를 들어 한국 전통사회가 절대적으로 평등하지는 않았는데, 일단은 사실 말 형태가 크게 봐서 두 가지라고 할 수 있습니다. 하나는 예컨대 노비한테나 천민한테 양반이 반말이라는 것을 할 수 있었지만, 대개 양반사회에서도 대체로 연배가 비슷해서 서로 말을 터놓고 할 수 있는 사이에서 평등하게 말할 때 '평어'라고 하여 반말을 썼죠. 또 한편으로는 대체로 평등하지 않은 많은 관계의 경우에는 하오체를 많이 썼습니다. 지금 같으면 아마도 반말을 쓸 만한 많은 경우, 예컨대 스승이 제자한테 무엇을 가르치는 경우에도 하오체를 많이 썼습니다. 대체로 그런 면에서 언어구조가 어찌 보면 독일어나 프랑스어와 흡사한 경우가 있었던 것입니다. 그쪽에서도 공식적인 관계와 비공식적인 관계를 나타낼 때, 예컨대 독일어 같은 경우에는 'Sie'와 'Du'처럼 공식적인 2인칭 명칭과 좀 더 비공식적인 관계에 쓰는 2인칭 명칭이 존재합니다.

이처럼 어찌 보면 조선시대 말기까지만 해도 언어 현실이 유사성을 보였는데, 근대화되면서 사회 자체가 물론 원래부터 서열적이었지만 이 서열성이 아주 구체화되었죠. 학번이라는 일본말이 들어오고 군번이라는 말도 들어오면서, 학번과 군번에 따라 사회가 철저하게 구분되었지요. 백 년 전만 같았으면 서로 나이 차이가 열 살 정도 되도 대충 말 터놓고 편하게 쓸 수가 있었는데 말이죠.

사 회 자   백 년 전 아니어도 그랬습니다.

박 노 자   그랬습니까? (웃음) 그런 것이 빨리 없어지지 않았겠죠. 그러나 이제 근대 체제 안에서는 나이 차이가 한 달이라 해도 정확하게 선후배를 따지기 시작했고, 그러면서 언어적인 불평등이 더 심화된 것이죠. 한국에서 원래부터 언어가 평등하지 않았습니다만, 불평등함이 근대에 접어들어서 공고화되고 구체화되고 거의 고질화되어서 지금으로서는 불치병의 경지에 이르렀다고 할 수 있는 것입니다.

예를 들어 당장 그러한 문제를 없앨 수 있다고 본 김두봉 선생은 너무 낙관적이셨던 것이죠. 동무를 일반화시키면 다 되는 줄 아셨는데, 당장 그것을 없앨 수 없다고 하더라도 여러 가지 작은 의미 있는 실천들을 해나갔으면 어땠을까요? 예컨대 학교에서 교실 안에서는 선생부터 반말을 쓰지 않는다든가, 아니면 일단 아이들이 선생한테 반말을 못 쓰니까 선생도 일본처럼 교실에서 존댓말 쓰는 것이 어떨까요? 적어도 그러면 일방적이지 않고 쌍방적인 커뮤니케이션이 쉬워지지 않을까요? 요즘에는 운전기사분도 운전기사 선생님이 될 수 있는 것처럼, 선생님이라는 말이 너무 일반화돼서 계급성이 그래도 많이 희박해졌습니다. '양반'이라는 말이 거의 2인칭 대명사가 된 것처럼 선생님도 그렇게 조금씩 변할 듯합니다.

고 미 숙　이 양반, 저 양반 하는 것처럼 말인가요?

박 노 자　그렇죠. 그렇지만 아무래도 반말과 예를 들어 선생님은 일반화되어서 그래도 많이 괜찮아졌지만, 학교에서는 아직도 교수님이라는 아주 좋지 않은 말이 잔존하고 있죠. 그러니까 언어적으로 호칭할 때 거기에 직급의 관계를 실어서 표현하는 말들이 많이 남아 있는데, 교수님 같은 표현들을 조금씩 없애는 쪽으로 힘을 모아가는 것이 어떨까 하는 생각도 있습니다. 당장 우리가 평등한 언어를 만들 수는 없어도 여러 방면에서 자그마한 실천들을 할 수는 있을 듯합니다.

사 회 자　네. 굉장히 중요한 지적을 해주셨습니다. 다음으로 고미숙 선생님께 질문해주십시오.

청 중 6　취직을 준비하고 있는 사람입니다. 지금 제 앞에 당면한 가장 큰 권력이 자본권력이거든요. 그런데 제가 생각하기로는 고미숙 선생님께서는 '수유+너머'라는 연구공간을 통해서 자본권력에 대해 자존심을 세우고 계시다고 생각합니다. 그러니까 저처럼 취직을 준비하고 있는 많은 학생들이 자존심을 세울 수 있는 방법이 있을지 요즘에 가장 큰 고민이라서 한번 여쭤보고 싶었습니다.

고 미 숙　제가 자본과 권력으로부터 정말 자유로운가를 생각해보면, 완벽한 건 아니고, 상대적으로 좀 자유롭다고 할 수 있을 겁니다. 직장을 갖고 어떤 직위를 가지고 계신 분들보다는 그렇다는 겁니다. 친구나 선배 교수 들을 만나면 제가 자유롭다는 것을 좀 느껴요. 제 처지가 확실히 교수들과는 대비되니까. 그런데 사실 처음부터 이런 식으로 길을 나선 건 아니고, 늘 말하지만 저는 딱 한 걸음만 내딛은 거예요. 대학에 취직해야 되고 돈을 벌어야 되고 그 안에서 위계적인 질서를 지켜야 하는 상황에서 그냥 한 발짝 옆으로 샌 것처럼, 지금은 또 다른 방식의 문턱이 있습니다. 그것은 제 안에도 있고, 제 주변에도 있는 거예요. 공동체 안에도 언제나 지배와 예속의 관계가 존재할 수 있습니다. 결국 한 걸음씩 앞으로 나아가야 한다는 점에서는 처음이나 지금이나 똑같고 지금 질문하신 분이나 저나 크게 다르지 않아요. 지금 있는 그 자리에서 한 발짝만 옆으로 가는 거예요.

개인마다 상황이 다 다를 터이기 때문에 구체적으로 조언을 드릴 수는 없지만, 제일 먼저 내 욕망이 어디로부터 오는가를 생각해봐야 합니다. 예를 들어 취직을 해서 어떤 직종을 갖고 싶다는 것 자체는 지극히 당연한 일인데, 그 욕망의 뿌리가 어디인가는 살펴볼 필요가 있지요. 그리고 난 다음, 거기에서 하나씩 경계를 넘어서는 일이 필요합니다.

그런데 이것이 혼자 힘으로는 참 어렵기 때문에 두 사람이든 세 사람이든 친구와 연대를 해야 한다는 것이 제 전략입니다. 사실 저는 그 작전 하나로 여기까지 왔는데, 저는 절대 저 자신을 믿지 않아요. 제 자신의 재능을 믿지 않을 뿐만 아니라 제가 정말 제 안에 있는 지배와 예속으로부터 자유로운지에 대해서 저 자신을 믿을 수가 없기 때문에, 항상 어떤 관계와 활동 속으로 저를 밀어 넣어버립니다. 그러면 저의 내면과 활동이 장점이든 단점이든 다 노출이 되거든요. 그러면 그걸 바탕으로 한 발짝씩 좀 더 유능하고 힘있는 사람에게 묻어서 갈 수 있는 거예요. 혼자 힘으로 실존적인 결단을 내리는 것은 잘못하면 좀 위험해요.^(청중 웃음) 그리고 스스로 결단을 내리고 행동하는 사람들은 나중에 파시스트가 될 확률이 커요. 왜냐하면 자기가 그런 과정을 거쳤기 때문에 남에게도 그런 식의 결단을 요구하거든요. 그래서 인간은 자기의 약점은 약점대로 강함은 강함대로 혼자서 승부하면 백전백패라고 생각합니다. 능력 있는 사람이라도 어떤 관계를 만드느냐가 중요한데, 지금 옆에 있는 친구들을 최대한 활용해서 내가 잘 못하는 부분은 그 친구가 더 열심히 하도록 도와주는 것입니다. 예컨대 나는 취직이 안 되고 친구가 취직이 되면, 친구 가방도 들어주고 ^(청중 웃음) 밥도 얻어먹고 그러다가 보면 또 상황이나 조건이 바뀌거든요.

저기 계신 박노자 선생님은 제가 아는 한 한국어를 제일 다중적으로 구사하는 한국인이에요. 외국어의 천재지요. 노르웨이 말과 러시아 말은 당연히 잘하겠죠.^(청중 웃음) 심지어 한문, 산스크리트어로 불경을 봅니다. 그런 걸 알면 질투와 분노가 막 솟구치지만, 그것만 살짝 누르고 나면 그 다음부터는 절대 경쟁할 필요가 없어요. 어떻게 하면 저 두뇌와 신체를 잘 활용할까?^(청중 웃음) 그것만 연구하면 돼요. 일종의 매니저가 되는 거죠. 그래서 박노자 선생님이 연구실에서 강의를 하면 저도 강의를 열심히 듣습니다. 그러면 네이버 지식검색과는 비교가 안 되는 온갖 종류의 자료가 그냥 막 술술 흘러나옵니다. 그러면 그 순간 내 신체는 박노자 두뇌와 접속되는 거예요. 박노자 선생님 자신이 어떻게 생각하건 간에 저는 그렇게 생각합니다.^(청중 웃음) 그러니까 그런 것이 사실 실질적인 연대죠.

이런 것들을 할 수 있으면 이 세상에 어떤 사람도 열등하고 우월한 게 없어요. 이런 기막힌 방법을 알려고 하지 않고, 혼자 힘으로 모든 것을 헤쳐 나가야 된다고 생각하기 때문에, 결국 자본과 타협해버립니다. 권력의 장막 속으로 무릎을 꿇고 들어가는 거예요. 사실 그렇게 해서 남을 지배하고, 남을 지배하는 쾌감으로 살고 있는 거죠. 이 세상에 자본가라는 것이 다 그런 거 아닙니까? 남을 지배하기 위해서 돈을 무지막지하게 벌어야 하잖아요. 그러지 말고 지금부터 10년 동안만 저처럼 머리를 굴려서 친구들과 연대를 하면, 10년 뒤엔 분명히 다른 종류의 삶이 펼쳐져 있어요. 하지만 지금 당장 하지 않으면 단 한 발짝도 못 벗어납니다. 10년, 20년 뒤에는 더더욱 자본으로부터 강력한 압력을 받게 되고, 결국 무릎을 펼 수 없는, 아니 무릎을 꿇었다는 것조차 기억할 수 없는 그런 존재가 되고 말겠죠.

사 회 자　굉장히 결정적인 질문을 하신 것 같습니다. 고미숙 선생님께서 방금 연대에 대한 이야기를 말씀하셨죠. 이것이 우정이라는 모습을 띨 수도 있고 동지애가 될 수도 있고 다양하겠습니다만, 동시에 훌륭한 절도에 대해서도 말씀하셨습니다. 훔치는 것 말이죠.^(청중 웃음) 여러분 잘 훔치시기 바랍니다. 그런데 고 선생님이 박노자 선생님께 천재라고 칭찬하셨는데, 박노자 선생님께서 좀 화가 나실 거 같아요. 왜냐하면 아마도 사실은 매일 공부하셨을 테니까요. 그러셨죠?

박 노 자　지금 고미숙 선생님 말씀을 들어보니까 이건 불경보다 훨씬 좋은 불경입니다. 불경이 굉장히 많지 않습니까? 팔만대장경이라고 하는데, 그 내용을 축약해서 말씀하신 것 같습니다.(청중웃음)

결국 중요한 것은 '지금 얼마큼 앞으로 나아갈 수 있는가' 이다

사 회 자　예. 두 분 선생님께 한 번씩 더 질문하는 것으로 하겠습니다. 우선 박노자 선생님께 질문드리실 분 말씀해주십시오.

청 중 7　강연 잘 들었습니다. 두 분 중에 어느 분에게 답변을 들어도 좋습니다. 요즘 FTA 문제도 있지만, 모든 국가 간의 관계가 권력관계고 힘의 관계라고 생각합니다. 이번 FTA 경우에도 우리가 먼저 가서 하자고 했다고 할 만큼 미국에 어떤 의미에서 굉장히 사대를 하고 있지요. 제가 평소에 궁금하던 것이 조선시대에는 지식인들이 분명히 강한 중화사상을 가지고 있었잖아요? 조선시대 중국에 대한 사대와 지금 현대사회에 한국이 미국에 하고 있는 사대가 그 양상이나 모습이 어떻게 다른 부분이 있는지 그것이 궁금합니다. 그리고 두 번째 질문은 개인적으로 한국이 지리적으로 중립을 지키면서 권력을 행사할 수 있는 좋은 위치에 있다고 생각하거든요. 땅은 크지 않지만 강한 소국이 될 수 있는 여러 가지 조건이 있다고 생각하는데, 질문이 좀 바보스러울 수도 있지만 왜 그렇게 안 되는 걸까요?

박 노 자　대미관계와 과거의 대중관계를 비교하자면, 사실 비교하기조차 어렵다는 생각이 들기도 합니다. 조선시대 사대는 다분히 문화적이고 상징적인 부분이 강했고, 특히 조선 말기 같은 경우에는 현존하는 중국이라기보다 이미 없어진 명나라에 대한 것이었죠. 당시 박규수(朴珪壽, 1807~1877) 같은 한국의 우수한 실학파 지식인들이 베이징에 가서 맨 먼저 하는 일이 무엇이었습니까? 명나라 황제와 충신들의 묘를 찾아가서 거기에다가 말하자면 마음으로 제사를 지내는 것이었죠. 마음뿐만 아니라 의례적으로 만동묘(萬東廟)라는 사당에서 실제로 제사를 지내기도 했습니다. 그것은 현존하는 중국이 아닌 아이디어로서의 중국이었던 것인데, 그 아이디어로서의 중국을 가장 잘 표현한 것이 우리라고 생각합니다. 명나라에 대한 사대주의와 아까 고미숙 선생님이 말씀하신 소중화 사상이 연결되어 있었던 것이지요. 바로 조선을 명나라의 '적자(嫡子)'로 생각하여 대단한 자부심을 가졌습니다.

실제로 중화를 통해 군사적으로 의지하는 부분이 있었다고 해도, 조선시대 경제를 연구한 사람의 말로는 1870년대 초반에 조선이라는 나라의 총생산에서 무역에 의존하는 비율이 1퍼센트도 안 됐어요. 그러니까 무역을 하기는 했지만, 크게 봐서 자급자족이었고 무역이 큰 영향을 미치지 않는 구조였습니다. 그런데 지금 같은 경우에는 삼성전자가 어디에 공장을 세웠다 하면, 그 공장 노동자들이 월급을 얼마나 받는가에 대해서는 관심이 별로 없지만, "우리 기업이 어디론가 크게 진출했다" 하면서 박수를 치지요. 실제로 지금 한국의 자본은 국제자본 커뮤니티 안에 아주 깊이 포섭되어 있고 그 국제자본 또는 세계적 자본이라는 맥락을 떠나서 존재할 수 없는데, 나중에 어떻게 바뀔지 모르지만 아직까지는 이 세계적 자본의 커뮤니티를 지배하고 있는 것이 어디까지나 미국의 자본이라는 거죠. 삼성전자만 해도 우리가 국민기업이다 뭐다 그쪽에서 선전도 하고 하지만, 그 주식의 절반 이상을 갖고 있는 사람들이 좋은 말로 외국인이고 실제로 다수는 미국 쪽의 기본 투자자들이죠. 물론 미국 쪽뿐만 아니고 노르웨이 투자자들도 몇 퍼센트를 갖고 있습니다.

그런 면에서 한국의 자본은 사실 민족이라는 말 자주 들먹이고 국경을 이용하면서도, 한국이라는 행정체계를 잘 이용해서 본인들이 미국에서 약간 더 싸게 팔 수 있는 기회를 터놓기 위해서는 FTA를 맺어서 수많은 농민을 자살로 몰아넣을 수도 있는 것입니다. 그러니까 국민국가를 적절히 잘 이용하고 있지만, 한편으로 이 국민국가보다 훨씬 높은 위치에 있는 것이죠. 그런데 그 자본은 미국으로부터 절대 자유롭지 못하고 그 안에 포섭이 되어 있습니다.

한국이라는 국가의 행정체계를 보면 교육인적자원부나 국방부의 고급 공무원들 중에는 미국에 유학 갔다 왔거나 거기서 연수받았거나 그쪽에서 직접 영향을 받은 사람이 대다수고, 또 자녀들이 미국에서 살고 있다든가 본인들도 나중에 거기서 살고 싶은 사람들이 많습니다. 조선시대로서는 생각할 수 없는 부분이지만, 미국과 개인적인 관계를 맺는 사람들도 굉장히 많습니다. 그들로서는 한국이라는 국민국가를 자기 출세를 위해서 이용하고 있지만, 그 정체성은 중첩적입니다. 국제적인 지배계급의 일원으로서의 정체성과 한국이라는 국민국가를 이용하는 지배자로서의 정체성이 겹쳐 있는데, 어디가 더 센지 모르겠어요. FTA 맺는 과정을 보니 한국 한반도적 정체성이 가장 센 것은 아닌 듯하다는 생각이 들었어요.

한국의 지배자들이 국제적인 지배계급이라는 맥락 속에 아주 깊이 포섭되어 있기 때문에, 사고(思考) 자체가 한국에 사는 대다수 빈민들에 대해 고려하는 것이 전혀 없고 어디까지나 국제자본과 커뮤니티의 규칙을 한국에 어떻게 더 철저하게 적용시킬 수 있는가에 중점이 두어져 있지요. 옛날에는 유교에 인의예지가 있었지만, 지금 그들의 인의예지는 무한경쟁입니다. 왜냐하면 저들이 무한경쟁에서 이미 승리자로 사실상 지목되고 있기 때문이죠. 그런 면에서는 저들은 지금 미국적 가치나 세계 자본계급의 가치를 자기화하여 자기 문화로 만들어가고 있습니다. 지금 상황을 보면 조선시대와는 아예 비교하기가 어렵습니다.

다음에 강소국 이야기는 특히 노무현 씨를 비롯해서 요즘 한국 지배자들이 잘 쓰는 화법 중에 하나입니다. 한국이 지금처럼 이른바 개방 위주의 길, 실제로 국제자본의 흐름을 더 많이 받고 거기에 내부 구조를 완전히 맡기는 길로 가면 약소국이기는 하지만 강해질 수 있다는 이야기를 많이 합니다. 그런데 문제는 무엇인가 하면, 예컨대 지금 베트남에서는 제가 기억하기로 한국이 제1위 투자국이에요. 베트남이나 라오스, 몽골 같은 작은 나라에서 한국은 사실상 강소국을 넘어서 강대국이에요. 베트남 노동자 입장에서는 한국이 강대국입니다.

그런데 동시에 잘 생각해보세요. 한국의 전체 국민총생산(GNP)은 일본에서 오사카, 관서(關西) 지역 GNP와 대체로 맞물려 있죠. 여러분들이 그런 것을 안 보시기를 권합니다만, 자본의 위계서열을 매겨놓은 미국 《포보스》의 2006년도 세계 백만장자 리스트를 보면 한국을 지배하는 이건희 같은 사람들은 82위로 밀려나 있습니다. 이건희 같은 분들이 한국에서는 지배를 할 수 있고 베트남 같은 나라를 경제적 식민지라든가 또는 한류라는 현상을 통해 문화적 식민지로 어느 부분까지 만들 수 있지만, 세계적인 야수들의 서열에서는 그렇게 아주 높지가 않아요. 그리고 여러 가지 이유로 더 높아지기도 어려워요. 옆에 상대적으로 약해졌다 해도 여전히 동아시아의 자본 흐름을 잡고 있는 일본이 있고, 다른 쪽에는 중국이라는 새로 떠오르는 또 하나의 제국주의 국가가 있으므로, 그런 면에서 노무현 씨가 이야기한 그러한 의미의 강소국은 어디까지나 지배자들이 쓰는 화법 가운데 하나죠. 다소 기만적인 화법이 아닐까 싶습니다.

사 회 자 설명 잘 들으셨죠? 마지막으로 고미숙 선생님께 이 질문을 꼭 드려야 한다 하시는 분께 기회를 드리겠습니다.

청 중 8 저는 40대 직장인이고요, 우연히 고미숙 선생님의 《아무도 기획하지 않은 자유》라는 책을 읽고 굉장히 열광했습니다. 그래서 제가 반성을 하면서 나도 공부 좀 해야 되겠다고 생각하고 이것저것 읽게 되었습니다. 주변 사람들한테도 그 책을 사주면서 읽어보라고 권하기도 했고요. 그러다 보니 고병권 선생님이 온라인에서 강의한 것도 듣고, 연극 〈열하일기 만보〉를 한다고 해서 쫓아가서 보고 그랬습니다. 지난번에 진중권 선생님이 말씀하신 한을 버려야 진리를 볼 수 있다든가, 오늘 고미숙 선생님 말씀하신 것도 들어맞는다는 생각이 들고 제가 다 받아들일 수 있습니다.

그런데 한 가지 자존심이 상하는 게 있습니다. 저한테는 진중권 선생님이 이문열 씨한테 당신은 훌륭한 17세기 작가라고 이야기하는 방식보다는, 아직까지 아까 말씀하신 만해가 최남선한테 너는 죽었다고 이야기했다든지 아니면 서가에 있는 이문열 책을 다 뽑아가지고 그 사람한테 보내면서 돈을 돌려달라고 하는 그런 행위가 더 자존심을 살려준다고 생각하거든요. 다시 말해서 오늘 선생님께서 말씀하신 대로 앞으로 미래사회에는 한을 버리고 우월감과 열등감을 다 버린다면, 아직까지 거리에서 분신하는 사람이 있는 상황에서 지식인들이 현실을 외면하고 자기 혼자 만족하는 게 아닐까 싶어서 더는 다가가지 못하는 것이 제 자존심이거든요. 거기에 대해 간단한 말씀 부탁드리겠습니다.

고 미 숙　　에피쿠로스가 그런 이야기를 했다고 합니다. 에피쿠로스의 정원에 노인, 창녀, 거지 들이 다 모여서 지식의 향연을 열었다는데, 노인한테는 포기하지 말라고 하고 어린이한테 더 기다리지 말라고 하고 창녀한테는 지금은 아니라고 말하지 말라고 했다고 합니다. 말하자면, 정말 중요한 건 지금 당장 이 순간에 구현되어야 한다는 거지요. 제가 한이라는 것이 계속 지배와 예속, 위계를 만들어낸다 해서 버려야 된다고 말할 때, 그것은 어떤 시간을 기다린 다음에 이루어져서는 안 되고 지금 당장 그렇게 되어야 한다는 뜻이에요.

과연 역사적으로 이젠 충분하다는 시간이 올까요? 예컨대 지금 농민들에게는 일제시대보다 더 참혹한 상황이 벌어지고 있잖아요? 국가가 자기 나라 농민을 사지로 몰아넣으면서 경제를 성장시키겠다고 설치고 있거든요. 그런 점에서 일제 초기나 지금이나 근본적으로 크게 달라지지 않았어요. 또 우리가 놓여 있는 자리와 연암이 놓여 있던 자리도 그다지 다르지 않다고 생각해요. 그러니까 연암이 실현한 그만큼이 내 삶의 기준이 되어야 하는 거지요. 결국 중요한 건 지금 내가 얼마큼 앞으로 나아갈 수 있는가가 문제라는 겁니다. 유보하고 지연시킬 문제가 아니라는 거지요.

답변이 됐는지 모르겠는데, 저는 그래서 역사에 진보라는 것이 있다는 관념을 버렸어요. 그래서 고대 원시인들이 불을 만들어낼 때나 연암 박지원이 열하에 가서 아홉 번 강을 건널 때나 일제와 합병이 되는 순간이나 크게 다르지 않다고 봅니다. 누구건 어디서건 어떤 배치 속에 살게 되어 있고, 어디서건 매순간 실존적 결단을 내려야 하는 건 마찬가지니까요. 그런 점에서는 정말 공평하다고 생각하거든요.

사 회 자　더 필요하신 것은 '연구공간 수유+너머'로 가셔서 말씀하시는 것이 좋겠습니다. 마지막으로 박노자 선생님께 질문 드리실 분 있습니까?

청 중 9　안녕하십니까? 강연 너무 잘 들었고 짧게 질문 하나 드리겠습니다. 아까도 말씀이 나왔지만 우리나라가 너무나 편협하게 민족주의를 주장하지 않느냐 하셨는데, 우리나라가 여태까지 걸어온 역사를 보면 중국도 있고 일본도 있습니다. 그런데 세 나라가 민족주의라고 하면 어떠한 면이든지 다 일류를 외치고 있다고 생각하거든요. 그렇다면 앞으로 세 나라와 그 속에 끼어 있는 우리나라가 어떤 길을 가야 되는지에 대한 의견을 듣고 싶습니다. 어떻게 생각하시는지 궁금합니다.

박 노 자　제가 아주 짧게 말씀드리자면, 한국의 대표적인 지배집단 삼성이 있지 않습니까? 거기는 노조를 못 만들게 하고 대신에 삼성가족이다 뭐다 해서, 노동자들을 여러 방법으로 회유하고 포섭하고 원자화해서 개개인으로 체제 안에서 묶어두지 않습니까? 그런데 일본 같은 경우 도요타라는 회사가 있는데 거기 정규직은 거의 다 노조원들이죠. 대신에 이 노조는 이미 죽은 지 오래됐어요. 만해가 최남선에게 당신 죽었다고 했지만, 도요타 노조에게도 그 이야기를 몇 십 년 전부터 할 수 있었습니다. 노조는 회사의 이득을 위해서 봉사하는 것이 자신의 일이라고 생각하고, 도요타는 공장들이 동남아에도 많지만 그들은 전혀 생각하지 않고 일본인 남성 정규직 노동자만을 챙겨줍니다. 도요타 노조는 말 그대로 그들만의 노조, 회사의 노무 문제 해결 사적 노조가 되어가고 있습니다. 어쨌든 일단 표면적으로 회사에 노조가 있으면 노동자들한테 결사의 자유를 부여하는 것이죠. 삼성과 도요타를 비교해보면, 한일 양국의 지배자가 민중들을 포섭하는 방법, 민중들을 다루는 방법, 민중들의 불만을 수습하고 그들 한 명 한 명을 체제 안으로 끌어들이는 방법에서 그 차이점과 비슷한 점, 동일한 점까지 한꺼번에 알 수가 있습니다.

　　바람직한 방향이라면 삼성의 노동자들도 도요타 노동자들도 결국에는 이 상황이 영원할 수 없다는 점, 정규직으로 많은 월급을 주어도 이와 같은 생활이 결국 부유한 노예의 생활이라는 점, 그리고 남성 정규직 노동자가 받는 비교적 높은 월급의 대가는 결국 외국에서 고생하는 외국인 노동자나 여성 비정규직의 낮은 월급이라는 점, 그러니까 하급에 배치된 수많은 노동자들이 추가로 고통의 대가를 지급해서 받는다는 점을 알아야 합니다. 결국에는 삼성에서도 도요타에서도 노동자들이 이 점을 깨달아서 이 회사들 같은 지배체제가 전면적인 위기에 봉착이 된다면 한국에서도 일본에서도 그것이 최선의 방법이 아닐까 하는 생각을 합니다.

사 회 자   저는 기업에서 무슨 무슨 가족이라고 할 때마다 느끼는 게 있습니다. 그 말을 처음 쓴 기업이 기억하기로는 대우였습니다. 1970년대부터 대우가족이라는 말을 사용했지요. 문제는 김우중 씨가 돈을 수천 억 가지고 도망갔을 때 가족들이 아무도 몰랐거든요.^(청중 웃음) 참 이상한 가족이 다 있죠. 그걸 가족이라고 하기는 어렵겠지요.^(청중 웃음) 제 생각으로는 아버지 주머니에 얼마 있는지 대략 정도는 아는 게 가족이라고 생각해왔는데 말이죠.

여러분 3주 동안 여섯 번에 걸쳐 여덟 선생님들의 강연을 들으면서 많은 공부가 되셨을 것이라고 생각합니다. 두 분께 박수를 부탁드리겠습니다.^(청중 박수) 연암 박지원 선생님께서 자기 조카가 시집을 내서 요즘 말로 추천사 비슷한 글을 쓰셨습니다. 오늘 박지원 선생님이 주제여서 그 말씀으로 마무리를 지을까 합니다. 그분께서 이런 말씀을 하셨습니다. "세상에 여러 선비가 있는데, 그 중 깨달은 선비를 달사(達士)라고 하고 그렇지 않은 사람을 속인(俗人)이라고 한다." 간단하게 말씀드리면, 깨달은 선비와 좀 안 깨달은 선비라고 할까요? 그런데 이분께서 재미있는 말씀을 하셨습니다. 깨달은 선비는 괴이한 것이 없지만, 깨닫지 않은 선비에게는 괴이한 것이 많다. 그러면서 비유하시기를 해오라기나 백로를 보고 까마귀와 비교하면서 까마귀는 왜 저렇게 검을까 하고 이야기한다는 것입니다. 저마다 다 까닭이 있고 내력이 있어서 그런 것인데 말이죠. 그러면서 구체적으로 비유를 들었습니다. 까마귀에 햇빛이 조금만 비쳐도 어떨 때는 붉게 보일 수도 있고, 보는 사람이 색깔을 잘 모르면 보라색으로 보일 수도 있다는 것입니다. 그렇다면 빨간 까마귀가 있느냐는 생각으로 발전할 수도 있지만, 그것은 그 대상의 본질을 정확하게 파악하지 못해서 생기는 일이라고 말씀하셨습니다. 우리가 공부하는 이유는 그런 것들로부터 자유롭기 위해, 그렇게 눈앞에서 잠깐 현혹하는 것들에게 끌려가지 않기 위해, 뭔가 잘못 돌아가는 세상을 이겨내기 위해, 우리 앞에 놓여 있는 여러 거짓들을 분간해내고 분별력을 갖기 위해, 그리고 행동하기 위해 공부하는 게 아닌가 싶습니다. 그래야 자존심 또한 지켜낼 수 있을 것이고 말이지요.

3주 동안, 연암 선생님 말씀을 빌자면 달사의 길을 가기 위해 우리는 함께 구두끈을 졸라매거나 하나의 화두를 놓고 공론을 다투어보았다고 생각합니다. 여러분들과 강사들은 서로 길라잡이가 되어 3주 동안 한 길을 걸어왔습니다. 머지않아 다시 어떤 길 위에선가 여러분들과 만나게 되리라고 생각합니다. 참으로 보람되고 즐거운 지난 3주였습니다.

여러분, 다들 달사가 되어 새로 만날 수 있기를 빕니다. 고맙습니다. (청중 박수)

21세기에는 지켜야 할 자존심

© 진중권, 정재승, 정태인, 하종강, 아노아르 후세인, 정희진, 박노자, 고미숙. 2007

초판 1쇄 발행 2007년 11월 14일
초판 9쇄 발행 2013년 12월 20일

지은이 진중권 외
펴낸이 이기섭
편집인 김수영
기획편집 임윤희 김윤정 정회엽 이지은 이조운 김준섭
마케팅 조재성 성기준 정윤성 한성진 정영은
관리 김미란 장혜정

펴낸곳 한겨레출판(주) www.hanibook.co.kr
등록 2006년 1월 4일 제313-2006-00003호
주소 서울시 마포구 공덕동 116-25 한겨레신문사 4층
전화 02-6383-1602~3 **팩스** 02-6383-1610
대표메일 book@hanibook.co.kr

ISBN 978-89-8431-243-2 03810